天机十二宫 1

—诡局—

王超 ◎ 著

海南出版社
HAINAN PUBLISHING HOUSE

图书在版编目（CIP）数据

天机十二宫 . 1, 诡局 / 王超著 . -- 海口 : 海南出版社 , 2018.7

ISBN 978-7-5443-8400-1

Ⅰ . ①天… Ⅱ . ①王… Ⅲ . ①长篇小说 – 中国 – 当代 Ⅳ . ① I247.5

中国版本图书馆 CIP 数据核字 (2018) 第 136005 号

天机十二宫（1）·诡局

作　　者：王　超
监　　制：冉子健
丛书策划：冉子健　刘军民　陈　娟
责任编辑：孙　芳
策划编辑：朱庭萱
责任印制：杨　程
印刷装订：三河市祥达印刷包装有限公司
读者服务：蔡爱霞　郄亚楠
出版发行：海南出版社
总社地址：海口市金盘开发区建设三横路 2 号　邮编：570216
北京地址：北京市朝阳区黄厂路 3 号院 7 号楼 101 室
电　　话：0898-66830929　010-64828814-602
投稿邮箱：hnbook@263.net
经　　销：全国新华书店经销
出版日期：2018 年 7 月第 1 版　2018 年 7 月第 1 次印刷
开　　本：787mm × 1092mm　1/16
印　　张：21
字　　数：323 千字
书　　号：ISBN 978-7-5443-8400-1
定　　价：45.00 元

目录

序章　杀戮

杀戮。

疯狂的杀戮。

山贼骑马纵横、肆意狂笑的手起刀落，沾血的刀刃不断地劈砍仓皇乱跑的犯人，一个又一个的犯人倒在血泊中，挣扎着死去，他们至死都不明白这些山贼为何劫杀他们这群身无长物、发配流放之人。

五名负责押解犯人的衙役早已断气身亡，尚且苟活的犯人拖着锁链拼命地乱跑，唯独有一个少年犯人盘膝坐地、一动不动，他漠然的目光凝视着这群肆意屠杀的山贼，沾着泥渍的稚嫩面孔看不出一丝的情绪，似乎身边的杀戮与他无关，只有摁着膝盖的双手微微颤抖，生死攸关，少年自然恐惧，可他知道与其他人一样逃窜必死无疑，他只能强迫自己冷静。

山贼头领并没亲自参与屠杀，坐在马上惬意地欣赏这群在生死边缘垂死挣扎的人们，少年的镇定引起了他的注意，他骑着马走到少年面前，弓了弓身子，居高临下地凝视着少年，笑意正浓。少年缓缓抬起头，直视着山贼头领的眼睛，眼神中没有丝毫的惧怕。

五名衙役、几十名犯人已全部被斩杀，尸横遍野，血流成河，一名山贼举起鲜血淋淋的刀正准备朝少年砍下去。

山贼头领抬手制止，盯着少年，好奇地问道："你为何不跑？"

"比起这个，你应该更好奇为何会有人想要我们这些流放之人的命吧？"少年不答反问道。

"为何？"

"呵呵……"

少年微微一笑，继续说道：“比起这个，你应该更想知道找你办事的人见事情办完，是杀了你灭口还是付给你银子吧！”

山贼头领眉心紧缩，他明白少年话中意思，一开始他就觉得此事古怪，有人找上门，以白银千两让他们屠杀路经此地的发配流放者，保证不留活口，这摆明就是杀人灭口，可银子摆在面前，他觉得此笔生意可做，便答应下来，现在不得不掌握些底牌。若真有意外，他便拿出少年这张底牌；若没有，再杀少年也不迟。

“带走。”

山贼头领吩咐了一句，扯着马缰绳掉头回山寨，少年被一名山贼拽拉跟在后面；到了山寨，少年被丢进满是乱石的废弃石屋，被钉在巨石里的锁链锁住双手。

山贼离开，少年确定无人，捡起一块石头，将锁着锁链的手放在巨石上，朝手虎口部位狠狠地砸了下去。

“咔嚓！”骨头错位，鲜血直流，少年痛得青筋直冒、冷汗直流，他紧咬牙关，愣是没发出一声，忍着疼痛将错位的手从锁链中抽出来，用另一只手掰回错位的手骨，如法炮制砸向另一只手的手骨，将手抽出来。

少年用牙齿撕开身上破烂的衣服，艰难地包裹住满是鲜血的双手，走出石屋，这才发现山寨已大火四起，一具具山贼的尸体倒在血泊中，少年忍着疼痛笑了笑，一步步艰难地走出山寨……

第一章　鲜衣怒马少年郎

天水街是武邑县最繁华的街道，商铺林立，妓院、赌场、客栈应有尽有，每日都车水马龙、人流涌动，今日最为热闹，是因为兴隆赌场开张。

兴隆赌场老板袁超是武邑县黑道首屈一指的人物，黑白两道不少人前来捧场，自然门庭若市。开张庆典极为热闹，欣赏完舞狮，人们都陆陆续续走进赌场大展身手，围在赌场门口的观客少了很多，原本站在人群中不扎眼的少年一下子进入眼帘，少年双臂环抱着一把破旧的剑站在赌场门前，他神情漠然、一动不动，活像一尊雕像。

赌场门口的两名招呼客人的汉子注意到少年，神情一变，相视一眼，其中一人飞快跑进赌场，不一会儿，一名身材魁梧的汉子带着数十名手持兵刃的汉子走出来。

“陈十六。”领头汉子眯着眼睛凝视着少年，冷冷威胁道，“今日我大哥的赌场开业，你若有兴趣玩两把，我们欢迎；若敢闹事，老子定让你有来无回。”

陈十六没有赌钱的喜好，老大霍天与袁超水火不容；两个帮派多次血拼，这家赌场也是彼此争抢，最后落入袁超手中，霍天不想让袁超开张顺利，陈十六来的目的就是为了闹事。

陈十六淡淡瞥了汉子一眼，没有说话，迈着步子走向赌场。经过汉子身边，汉子伸手摁住陈十六的肩膀，令陈十六停了下来，气急败坏地吼道：“陈十六，你他娘的别敬酒不吃吃……”

汉子话音未落，陈十六手中的剑已经出鞘，身影一闪，利落的一剑划过了汉子的手腕，果断、冷酷地割断了汉子的手筋，汉子惨叫，其余汉子见状，纷纷挥着手中的兵器朝陈十六砍去，陈十六抬手一剑挑开砍来的兵刃，身影一闪，冲向赌场。

“杀了他，给我将他碎尸万段。”

汉子捂着满是鲜血的手腕，气急败坏地嘶吼，与众汉子冲进赌场，赌场内的打手也手持兵刃冲过来，陈十六跳到赌桌上警惕着四周随时冲上来的打手，他来之前便考虑过其中危险，但真正身临其境才明白远比自己想象的要危险。

“诸位，稍微等一下，一点小事，很快处理好。”

袁超走来，安抚惊慌的客人，见客人冷静下来，他阴冷的眸子盯着陈十六，淡淡说道：“陈十六，你还真不怕死，一个人来砸场子，哼……霍天手底下不会就你一个人了吧！”

“我一人足矣！”

陈十六淡淡回了一句，冷冷扫视了一番在场赌客，威胁道：“我的剑不长眼，不想死的赶紧滚。”

这些赌客只是为了赌钱，武邑县的赌场这么多，哪里赌不一样，怎会拿性命开玩笑？一些前来捧场的道上人士不愿插手霍天、袁超之间的争斗，得罪谁都不好过，还是走为上策。转眼间，赌客跑了大半之多。

袁超脸色狰狞起来，低声吼道：“抓活的。”

赌场打手立即朝着陈十六冲了上去，挥舞着兵刃砍去，陈十六出剑凶猛，却无招式可言，很快漏出破绽，他身法灵活，可赌场打手实在太多，几刀同出，便封住了陈十六退路，若非袁超抓活的，恐怕他早已被乱刀砍死，纵然如此，不到半炷香的时间，他已身中数刀，浑身鲜血，狼狈不堪。

“呼……”陈十六被逼到墙角，喘着沉重的粗气，冷冷凝视着面前数十名随时冲上来的打手，他已无路可走，若是帮派兄弟再不杀进来，他真的要死在这里。就在此时，一群汉子手持兵刃冲进赌场，见人就砍，袁超等人心中一惊，这才明白上当了，手下立即护送袁超从后门离开。

陈十六终于放下心，长长呼了口气，双腿再也无法支撑，一屁股坐在地上。

一时间，两方激战起来，不消片刻，赌场里的打手死的死、逃的逃。

霍天爽朗大笑着走进来，满意地称赞道：“十六，我果然没看错你，这招真是厉害，重重有赏。”

“谢帮主。”

“来人，带十六去医馆。”

霍天下令，立即有两名手下搀扶着陈十六离开赌场，去医馆疗伤。

医馆的病人不少，大多是跌打损伤的出劳力的汉子，另外便是小病小恙的妇人、孩童，都是普通老百姓。陈十六浑身是血，又由两名带着沾着鲜血兵刃、表情凶狠的同伴搀扶进来，大吵大嚷着让大夫先行医治，谁也不敢阻拦、多说。

陈十六被扶进内屋，大夫紧张地为其清洗伤口、缝合，陈十六痛得冷汗直流，咬着牙不发出一丝声响。

外面两位上了年纪的妇人搂着孩子正家长里短地闲谈。

“昨天那场大火真是吓人，将徐家的宅子烧了大半。天不亮，捕快、衙役就到了，说徐家的公子被烧成干尸了，全身漆黑，连模样都看不出来。”

“哪个徐家？”

“还能是哪个徐家，就是那个考了几次都没考上秀才的徐麟栋家呗！”说话的老妇人停了一下，继续说道，“这徐家不知触了什么霉运，这才一年，先是徐老爷跟夫人过世，现在连唯一的儿子也死了，这么大的家业不知道落到谁手里。”

徐麟栋？陈十六听到这个名字，不由一愣，不顾大夫正在缝合伤口，猛然起身，走了出去，大夫跟在后面焦急地大喊：“伤口，伤口，还没缝完呢！”

“你说徐麟栋死了？”

陈十六不理大夫，走到两名老妇人面前，着急地询问。那俩老妇人吓了一跳，战战兢兢地点头，小声说道：“昨晚被火烧死的。”

…………

徐家宅子，大门四敞。

陈十六来得匆忙，身上的血衣都没来得及换，可到了徐家大门前，他不由停下了脚步，脑海中不由浮现出那日与徐麟栋争执、绝交的场景，如今徐麟栋已死，自己以何种身份前来祭拜？陈十六正犹豫着，大堂的争吵声传来，徐麟栋父母一年前先后过世，徐麟栋昨夜失火而死，怎么会有人在他家中争吵？陈十六疑惑地走了进去。

“这个宅子姓徐，哪轮得到你们外姓来分？”

“徐二叔，话不能这么说。当年我姐姐嫁给姐夫，只有几片瓦屋，你分家出去还没有这宅子，这宅子是我姐姐、姐夫打拼挣下来的，现在姐姐、姐夫入土，麟栋出了意外，我们自然有权分到家产。”

“嫁出去的女人泼出去的水，这家宅子姓徐，就只能归我们徐家，跟你们没有任何关系，赶紧滚，再不滚，我去县衙报案。”

陈十六听着争吵声，已走到大堂门口，里面十几人争吵不休，其中几人陈十六见过，徐麟栋的二叔以及堂哥、堂弟，另外，恐怕便是徐麟栋母亲那边的亲戚，徐麟栋才刚死，都还没入土，他们就开始争夺财产，实在面目可憎。

“不用去县衙报案。”陈十六走进大堂，淡淡地说了一句，立即引来这些人的注意力，不等这些人开口，陈十六将手中沾满鲜血的剑一亮，冷冷说道：“再不滚，我手中的剑就不客气了。”

“陈十六，别以为你在帮派混就无法无天，这是我们徐家的家事，还轮不到你一个外人来……”

“啪！”陈十六手中的剑一挥，落在说话者的肩膀上，那人吓得愣生生将后面的话咽了回去，满脸恐惧，一动不动，他是徐麟栋的堂兄，知道徐麟栋与陈十六的关系，也知道陈十六如今在帮派混，出了名的心狠手辣。

“滚。”陈十六冷冷地说了一句，一群亲戚吓得逃也似的跑了，只留下徐麟栋家的管家刘伯。刘伯唉声叹气地摇头，说道：“真是造孽啊！少爷的尸体刚从县衙运回来，连棺木都没打造，他们就来抢夺财产。陈公子，我替少爷谢谢你。”

“我想去祭拜一下徐大哥。”

“陈公子，这边请。”

刘伯带着陈十六走到前堂厢房，棺木尚未送来，徐麟栋烧焦的尸体摆放在一张木板上，尸体几乎烧成焦炭，看不出一丝模样，陈十六无法想象到底多大的火能将人烧成这样。尸体双手的姿势非常奇怪，呈张开、高举之状，陈十六悲痛地祭拜完徐麟栋，转头对刘伯问道："刘伯，县衙那边怎么说？"

"什么怎么说？"刘伯不解地问道。

"徐大哥真的死于意外失火？"

"县衙那边是这么说，仵作验尸，说少爷口、鼻、体内有熏烟，表示少爷在大火中丧命，应该确定是死于意外失火。"刘伯认真回道。

"昨晚失火，你没听见徐大哥的叫声？"陈十六疑惑地问道。

"没有。"

刘伯摇了摇头，说道："昨晚少爷喝得醉醺醺的回来，回来后还让我陪着喝，我又陪着少爷喝了点酒，见少爷睡了，我也有点醉了，就把少爷送回房间，自己也去睡了。直到外面有人喊叫，才醒来，天都亮了大火才扑灭，少爷烧死了，都怪我，早知道就不喝那么多酒了。"

"你送徐大哥回房间？"

"是。"

"徐大哥房间起火的原因是什么？"

"油灯歪了，烧起来。"

"你离开房间没把油灯熄灭？"

"我记得熄灭了，可仵作检查说起火的原因是油灯，我当时喝得有些晕，也想不起来到底有没有把油灯熄灭。"刘伯表情痛苦、自责，似乎为了良心稍微好过些，继续说道，"衙役们说也或许是少爷起夜，自己点了油灯，又睡回去忘记熄灭了，唉，怎么会出现这样的事。"

陈十六安慰了一下刘伯，离开了徐家。他沉思着走在空寂无人的街道上，不知为何，心里总觉得徐麟栋家的这场大火有问题，可他打人杀人还行，这种用脑破案的事情真是不擅长。

破案？陈十六脑海中猛然想起一个人，他听闻过的一个人，传闻此人断案如神，只要对案件有疑问者便可求助于他查明真相，只不过此人性情古怪，让他出山必须付出极大的条件。

第二章　孤山小楼冷待客

悠然孤山，遍地竹林，所寻之人便住在这竹林之间吧！

陈十六连赶了一天一夜的路，精神略显疲惫，可步伐却没慢下来。又走了不久，前面出现一座石拱桥，山涧清水缓缓流淌，一座草房映入眼帘，陈十六脸上泛起喜悦之色，走过石桥，到了门前。

竹门敞开，小小的庭院中站着四个汉子，脚边还有两个大箱子。陈十六探了探头，庭院一角，搭着小小的凉亭，两人对面而坐，正在饮茶，其中一人看似五六十岁，一身华丽服饰，坐姿庄重，一看便是不俗之人，却隐约能感觉到此人极力表现出讨好姿态；另一人看上去二十七八岁，手持茶壶行云流水般地沏茶，他抓着茶壶的手的虎口部位有一道狰狞的伤疤，此人举止儒雅，似乎将沏茶当成一门艺术。

“在下恳请沈先生出山相助，查出杀死我儿的凶手。”衣着华丽的老者态度恭敬地说道。

“喝茶。”

沈爻沏了杯茶，端到老者面前，示意了一番，见老者端茶饮用，继续说道：“程老先生应该知道在下的规矩吧！”

“知道，知道。”

程老先生着急忙慌地饮了口茶水，放下杯子，激动地说道：“在下带来白银千两。”

白银千两？陈十六心中咂舌，想到自己全身上下只有几十两银子，这位沈先生会出山帮忙查清徐麟栋的死因吗？

“千两白银，程老先生果然出手阔绰。”沈爻笑了笑，优雅地端起茶杯饮了口，缓缓说道："比起千两白银，在下只对程氏的五雷天印掌有兴趣。"

程老先生脸色一下子变了，五雷天印掌乃是他们程家不传绝学，程家正是因有此秘籍才在江湖中闯出些威望，这沈爻的胃口也太大了。若是别人，程老先生早就暴怒，可儿子被杀已过半月，没有丝毫线索，他只能将所有希望寄托给这位传闻破案如神的沈爻了。

"沈先生，五雷天印掌乃是我程家不传绝学，若交与先生，实在愧对祖宗。我儿无故被杀，还希望沈先生能体谅我这个做父亲的。"程老先生极力摆出恳请姿态，说道。

"你儿被杀与我何干？"

沈爻不耐烦地回了一句，冷冷地下逐客令道："若拿出五雷天印掌，我便帮你查出凶手；若不能，另请高明。慢走，不送。"

"沈爻。"程老先生极力压制住心中愤怒，冷冷说道，"我诚心诚意恳请你帮忙，你竟如此强人所难。"

"你求我，我便帮你？"沈爻轻蔑一笑，继续说道，"强人所难？我已提出条件，选择权在于你，我又何尝逼你？"

"真的不能商量吗？"

"不能。"沈爻果断拒绝道。

"好，好，好。"程老先生连说了三个好字，猛然站起身，大袖一拂，转身就走，走了两步停了下来，连头也没转，冷冷说道："希望沈先生永远求不到我程某人。"

程老先生说完，愤怒地离开，庭院的四个汉子架着两箱白银也跟着离开了。

陈十六目送程老先生几人远去的身影，扭头望了望坐在凉亭饮茶的沈爻，犹豫了片刻，走了过去，双手抱拳，说道："沈先生，在下陈十六，特来恳请先生出山调查一场火灾真相。"

"可知我的规矩？"

沈爻淡淡问了一句，目光没有离开面前的茶壶，双手娴熟地沏茶，陈十六微微抬起头，这才发现沈爻两只手虎口部位都有一道狰狞伤疤，也不知这两道伤疤怎么来的。

"听闻一些。"陈十六收回思绪，认真回了一句，缓缓从怀里掏出钱袋放在石桌上，说道，“这是在下全部家当。”

“多少？”沈爻瞥了一眼钱袋，随口问道。

“三十五两银子。”陈十六不卑不亢地回道。

“刚才程老先生带来多少白银你可听到？”

“千两白银。”

“程老先生带来白银千两，我都不出山，你区区白银三十五两就想让我出山？”沈爻轻蔑地笑了笑，问道。

“千两白银对于程老先生九牛一毛，这三十五两银子乃是在下的全部家当，在下为查明失火真相能倾其所有，程老先生则不肯。”陈十六回道。

沈爻沏茶的双手停了下来，缓缓转过头盯了陈十六几息时间，笑了笑，又将头转过去，认真沏茶。陈十六心中茫然，不解沈爻是何意，正要开口，沈爻缓缓说道：“果然有些心思，这三十五两银子对于一个打手来说确实可算得上攒了几年的全部家当，可银子就是银子，在我眼中，没有赚银子的艰难与轻松，只有多与少。拿上你的银子，离开。”

“沈先生。”陈十六不甘地喊了一声，可沈爻不为所动，端起茶杯饮了口茶，完全不搭理。陈十六猛然拔剑，架在沈爻脖子上。

沈爻面色如常，惬意地饮完茶，缓缓地将杯子放在石桌上，扭头望着陈十六，笑着开口道：“你想杀我还是想逼我？”

“只希望沈先生能出山相助。”

“你杀不了我，更逼不了我，世上没人能逼得了我沈爻。”

沈爻越说语气越发冰冷，身上弥漫着一股浓浓的杀气，令陈十六有些恐惧、慌乱，沈爻似乎洞悉陈十六内心的恐惧，继续说道：“更何况还是一个小小的打手，刚受了伤的打手。”

沈爻说完，无视脖子上架着的利剑，继续沏茶，似乎任何事都无法阻碍他享受沏茶、饮茶的乐趣。陈十六内心震撼，茫然地收起利剑，反应过来，连忙单膝跪地，恳求道：“在下鲁莽，请沈先生别见怪，恳请沈先生出山相助。”

“威胁我没用，求我也没用，我这人向来铁石心肠。”

“沈先生。”陈十六不甘地喊了一声，可沈爻听而不闻，继续沏茶、饮茶，完全将他当成空气。一时间，陈十六不知该怎么办，这沈爻简直软硬不吃、油盐不进，可他又不甘心如此一走了之。

当年他年仅六岁，沿路乞讨，终日受欺，差点饿死，幸得徐麟栋慷慨施恩，不仅给自己饭吃，还给自己栖身之所。陈十六不仅把徐麟栋当作恩人，还将他当作朋友，纵然后来两人因陈十六加入帮派产生分歧而分道扬镳，可陈十六心中一直感恩徐麟栋，如今徐麟栋死于大火，他必须查明大火是意外还是人为，这才是好友之间的情义。

“陈十六再次恳请先生出山相助，在下愿为先生做任何事。”陈十六抱拳说道。

“任何事？”

沈爻端着茶杯的手停了下来，微微转过头，嘴角流露出戏谑的笑容，玩味的目光盯着陈十六，幽幽说道：“那你便去杀了刚才那人。”

“好。”陈十六爽快地应了一句，起身提剑离去。沈爻放下手中的茶杯，目视着离去的身影，嘴角的笑容愈发浓厚。

身上有伤，又赶了一天一夜的路，陈十六早已筋疲力尽，可他知道这是唯一能让沈爻出山的机会，就算拼死也要争取。杀人，他早已习惯了，只要对方不是手无寸铁的老弱妇孺，他便没任何纠结、负担，他早已适应了为达目的不择手段，更何况杀人。

程泰一行人速度不快，半炷香后，陈十六便追上，纵身一跃，跳到程泰面前，挡住对方去路。程泰刚在沈爻那吃了闭门羹，憋了一肚子火无处发泄，又被一少年挡道，此时杀人的心都有，可他在江湖中多少有些名气，涵养还是要保持，程泰极力压制心中愤怒，笑道：“这位少侠，此举意欲何为？”

“杀你。”

陈十六冷冷回了一句，直接抽剑，直奔程泰，凌厉的一剑朝着程泰的胸口刺了过去。程泰如何也没想到这少年说动手便动手，错愕半许，心中的愤怒如火山喷发，当即暴怒，身影一闪，躲开陈十六的一剑，双手化掌，与陈十六激战起来。

远处。

沈爻站在一块巨石之后，神情漠然地凝视着激战的两人，喃喃自语道：“五雷天印掌不过如此！”

程泰掌法如雷如电，霸道、凶猛、招招相扣，几招下来，陈十六便招架不住，被逼得连连后退。程泰步步紧逼，纵身一跃，大喝一声，凌厉的一掌由上往下朝着陈十六的肩头轰去，陈十六此时已无法出剑，为避免重伤，连忙提剑抵挡，可对方招式过于凶猛，程泰强压着剑身，一掌轰在陈十六的肩头。

“砰！”陈十六被轰得摔出三四米远，整条手臂几乎被废，鲜血直流，躺在地上难以起身。沈爻收回目光，转身离去，他窥视五雷天印掌的目的已达到，至于那少年是死是活与他无关，刚走两步，沈爻听见程泰冷冷质问，好奇地停住了脚步。

“小子，谁让你来杀我？”

陈十六紧咬牙关，一言不发，倔强地用剑撑起孱弱的身体，弓着腰、抬着头冷冷盯着程泰，脖子上吊着的玉扳指在空中晃荡，阳光的照射下显得异常耀眼。陈十六吐了口血水，抓起玉扳指缓缓塞进衣服里，淡淡回道：“我便是要杀你。”

说着，陈十六提剑冲了上去。程泰不再掩饰心中的愤怒，冷冷地低吼道：“找死。”

陈十六身影冲来，程泰轻易躲避，抬手一掌，打在陈十六胸口，陈十六又被轰飞出去；程泰迈着步子走过去，一脚踏在陈十六的胸口，骂道：“说，到底是谁让你来杀我？”

陈十六二话不说，甩手一剑，程泰腿一抬，轻易躲过，落脚踏在陈十六握剑的胳膊上，狠狠碾着，逼问道：“说。”

陈十六一言不发，猩红的眸子盯着程泰。

“说。”程泰咬牙切齿，脚上的力度加重，陈十六痛得青筋直冒，沾着鲜血的脸布满汗滴，两眼一翻，晕死过去。

“一个少年，何必如此大动干戈？”沈爻慢悠悠走来，说道。

“沈爻？”程泰转过身，凝视着走来的沈爻，心思一动，冷笑道，“你是为这少年而来？”

“是又如何？不是又如何？”

“若是，那在下就卖沈先生一个面子，只要沈先生肯出山相助，在下便对这小子的行为既往不咎，饶他一命。”

程泰心里甚是得意，他没想到峰回路转，竟遇上与沈爻交易的筹码。

“他是死是活与我何干？你可听闻我沈爻管别人的生死？”沈爻满不在乎地反问道。

“既然如此，那我便杀了他。”程泰冷冷威胁道。

“随你。”沈爻无所谓地回了一句，话锋一转，继续说道，“不过，我要提醒你，弄脏了这座山头，我会将你埋在这座山头，你若不信，大可一试。”

“沈爻。”程泰恨得咬牙切齿，他早就听闻沈爻冷血无情，眼里只认武功秘籍与财宝，绝不会为任何人出头，这少年武功平平、衣着朴素，皆不是沈爻需要之人，沈爻到底是为了他出头还是真如他所说不允许任何人弄脏这山头？程泰一时间无法确定，他蹲下身子，用手指按住陈十六的人中，顿时，陈十六苏醒过来。

程泰一把卡住陈十六的脖子，目光直视着沈爻，不断加大手上的力度。陈十六浑身是伤、筋疲力尽、无力挣扎，只能任由程泰卡住，只觉得呼吸越来越艰难，死亡近在眼前。

沈爻一脸漠然地望着这一幕，任谁也看不出他心中所想。

许久。

程泰妥协了，一把松开陈十六，冷冷说道：“走。”

陈十六拼命咳嗽，跪在地上大口大口地吸气。沈爻迈着步子走到陈十六面前，蹲下身子，一把抓起陈十六脖子上的红绳，扯出玉扳指，仔细端详着，玉佩是上等的蓝田玉，颇为珍贵，最特别的是玉扳指内侧有些纹路，很细微，雕刻着春猎场景，雕刻者的手法很精湛。

沈爻突然想起一件很遥远的事，扭头望向陈十六，问道：“哪来的？”

“什么？”陈十六一时间没反应过来，问道。

“这玉扳指。”

“不知道，从我记事起便一直戴在身上。”

沈爻不再说话，随手将玉扳指丢在陈十六面前，起身就走。陈十六见状，连忙捡起玉扳指、长剑，跟了上去，问道：“先生，在下无能，没能杀得了程泰，可在下……”

“什么案件？”

陈十六一听，满脸喜悦，连忙回道：“我的一位……好友，家中发生大火，烧死其中，我希望沈先生能帮忙调查大火是意外还是人为，若是人为，请沈先生查出凶手，将凶手绳之以法。”

“我只为人查明案情、查出凶手。”

“明白，明白。”

陈十六听出沈爻答应下来，欢喜得直点头。沈爻突然停住脚步，陈十六差点儿撞到，也连忙停了下来，不明所以地望着沈爻。

“条件还未提，你明白什么？”

“先生请说。”

“从此以后跟着我。”

“什么？”陈十六茫然地问道。

“离开帮派，做我的下人。”

“这……”

陈十六一脸疑惑，他怎么也没想到沈爻竟会提出这样的条件，程泰这类人请他出山随便就是千两白银，这能招多少下人？沈爻竟然只是让自己做他的下人。

“同不同意在你。”

陈十六虽性情孤傲，从未想过做别人的下人，但能查明徐麟栋的死，他自然愿意，连忙点头答应道：“同意。”

第三章　态度决然验焦尸

沈爻、陈十六来到武邑县，找了家客栈，将行李放下，便前往徐家。到了徐家，徐麟栋的几位亲戚又来争吵遗产分配，徐二叔翻着账簿，不信地吼道：“不可能，家里怎么可能就这么点银两？我大哥经营了这么多年的店铺，账上怎么可能没有钱？”

“徐二爷，账簿记载得很详细，从老爷、夫人过世之后，店铺的生意一日不如一日，少爷又不懂管理生意，还经常从店铺支钱，店铺真的没钱。”店铺掌柜为难地说道。

“那家里的字画、古董呢？”

“都让少爷拿去卖了。”刘伯无奈地回道：“老爷夫人走后，少爷受了很大的打击，整日流连烟花之地，花钱大手大脚，没钱了就拿家里的古董字画去卖。除了店铺，徐家又没有别的经济来源，哪还有钱啊！”

“败家子，这个该死的败家子。”徐二叔气得将手里的账簿狠狠地扔在地上，大声辱骂道：“他怎么不早些死。”

“爹。”徐二叔的大儿子徐龙见陈十六走进来，喊了一声作提醒。徐二叔见陈十六走进大堂，气愤地吼道：“祭拜已经祭拜完了，你又来做什么？”

“与你无关。”

陈十六没好气地回了一句，扭头对沈爻说道：“沈先生，从何查起？”

“先去失火现场。”

“刘伯，麻烦带我们去徐大哥烧死的现场看看。”陈十六对刘伯说道。

“哦，好，这边请。”

刘伯过了好一会儿才反应过来，点点头，在前面带路，沈爻、陈十六跟在后面走出大堂。徐二叔等人一脸茫然，不明白陈十六什么意思，扯着嗓子问道："陈十六，你这是什么意思？"

"调查烧死徐大哥的大火是人为还是意外。"陈十六停下脚步，扭头望着徐二叔等人，冷冷说道，"若徐大哥是被人害死，我陈十六定然让凶手为徐大哥陪葬。"

徐二叔等人被陈十六身上那股凌厉的杀气吓得不由哆嗦了一下，许久才回过神，陈十六那话什么意思，徐麟栋是被人害死的？徐二叔等人顾不得多想，连忙跟了上去，朝着失火的后院走去。

通往后院的门锁着，刘伯掏出钥匙开锁，推开门，烧焦、残破的景象映入眼帘，从目睹的景象中完全可以想象到那晚的火势得有多大。整个正房东面一半化为乌有，西面摇摇欲坠；东厢房受到波及，烧了大半；西厢房倒是无碍。

陈十六记得那晚刮的是西风，起火点应该在正房东屋，正房西屋才没被完全烧毁，东厢房因风向受到波及，后来被扑灭。

沈爻目光扫视了一番整个后院，问道："死者生前住哪儿？"

"正房的东屋。"刘伯回道。

"屋里都有什么？"沈爻迈着步子走向烧焦的东屋，继续问道。

"大多都是书籍，少爷很刻苦，整日读书，唉……可就是与考中无缘，落榜四次。"刘伯说着哀叹道。

"本就不是读书做官的料，还气死……"徐二叔愤愤不平地插话道。

陈十六冷冷地瞪了他一眼，才令他将后面的话咽了回去。沈爻瞥了徐二叔一眼，收回目光，没有说话，走到烧焦的废墟上，问道："尸体在哪儿发现的？"

"那里。"

刘伯指着正房东屋一角的位置，继续说道："就在少爷睡觉的地方，床铺已经烧毁，少爷的尸体就在那发现。"

"你确定？"沈爻觉得不对劲，认真地问道。

"确定，大火扑灭的时候，我就在现场，第一个冲进去，少爷的尸体就在那里。我在这家几十年了，正房什么地方摆放什么东西没人比我更清楚。”刘伯回道。

沈爻不再多说，迈着步子继续在废墟上走，烧得已惨不忍睹，现场不少脚印，应该是抬走尸体留下的脚印；沈爻围着整个废墟走了一遍，并没发现什么线索，说道：“走吧！”

“先生，怎么样？”

陈十六焦急地询问，他很想知道这场大火是意外还是人为。沈爻没搭理他，继续对刘伯问道：“失火的前几天少爷可有什么反常？”

“反常？”

刘伯想了想，恍然大悟，说道：“我想起来了，少爷当天晚上喝得醉醺醺地回来，兴致很高，回到家还让我陪着喝，说什么终于能让老爷、夫人九泉之下瞑目了，他要做大官了。”

“做大官？”

沈爻诧异地反问了一句，刘伯似乎也不明白徐麟栋死前那些话的意思，摇了摇头，说道：“可能是少爷喝醉胡言乱语吧！”

“你家少爷当晚在哪儿喝的酒？”

“醉香楼。”

沈爻得到回答，不再说话，几人已走出了后院，到了前院。陈十六心急如焚，压低声音，问道：“先生，到底怎么样？徐大哥他……”

“别急。”

沈爻淡淡回了一句，问道：“你家少爷的尸体呢？”

“已经入土了。”

“走，带我去你家少爷坟前。”

“去坟前干什么？”刘伯疑惑地问道。

“开棺验尸。”

刘伯一听，脸色一变，连忙说道：“不行，这怎么可以？少爷刚刚入土，还没过头七，怎么能开棺呢？这是让少爷死了也不得安宁啊！之前县衙的仵作已经验过尸体了，直接看县衙的记录不就行了？”

“荒唐，实在荒唐，他一个外姓人如何能管我们家的事？他怀疑麟栋可能被人谋杀，你们就开棺验尸？我还怀疑你们图谋不轨呢！我能不能去县衙告你们？再者说，县衙都检查完，你们折腾什么？陈十六，你与我侄儿早已决裂，现在又让我侄儿九泉之下不得安宁，你到底安的什么心？”徐二叔气急败坏地大骂道。

沈爻瞥了一眼陈十六，态度很明确，此案是否继续查就看他的了！陈十六深知其中利害，若是烧死徐麟栋的那场火是意外，他日后定被人指着脊梁骨骂，他凑到沈爻耳边，问道：“先生，这场火到底是不是意外？”

“得验尸之后才可知道。”

沈爻淡淡回了一句，其实他心中更倾向于另一种结果：烧死徐麟栋的这场火并非意外，只是他不知道凶手到底用了什么手法，或许尸体上有证据，必须验尸才行。陈十六犹豫片刻，猛然抽出长剑，架在刘伯的脖子上，威胁道：“刘伯，带我们去徐大哥坟前。”

“陈公子，不可啊！”刘伯苦苦哀求道。

“不要逼我。”

陈十六动了动长剑，吓得刘伯只好在前面带路。徐二叔见他们离开，气得一张脸铁青，愤怒地咆哮道：“无法无天，简直无法无天，阿龙，去县衙报案。”

…………

登临半山，景色宜人，只不过，面前的几座坟墓、一口木棺实在难以让人有兴致欣赏如此美景。陈十六在来的路上雇了几名壮汉，不到半炷香的时间便将坟墓掘开，抬出棺材。

“陈公子，不可以啊！你这样做，惊扰了少爷，少爷九泉之下难以瞑目啊！”

刘伯一把鼻涕一把泪地哭喊着劝说，陈十六上前安慰道：“刘伯，我这样做才是让徐大哥九泉之下瞑目，开棺。”

几名壮汉手持工具准备开棺。

“住手。”远处传来一声呵斥，徐二叔等人带着一帮捕快走了过来，徐二叔指着沈爻、陈十六义愤填膺地说道：“荀捕头，就是这二人，非说什么麟栋被烧死是被人害死，还要开棺验尸。你看看，你看看，我们家的祖坟被挖成什么样了。”

徐二叔称之为荀捕头的那人是当地县衙的捕头荀勖，他接到徐二叔的报案立即带着捕快赶来，没想到还是迟了一步，徐麟栋的棺材已经被挖出来，荀勯下令道：“来人，将一干人等全部带回县衙。”

“是。”

众捕快领命，准备上前拿人。

“等等。”陈十六走上前，挡住捕快，抱拳对荀勯说道，“这位捕头大哥，徐大哥在我心里犹如我的亲大哥，我只想确定烧死他的那场火是意外还是人为。”

“仵作已经验尸，大人已经结案，你若对此案判决不服，便可去县衙击鼓鸣冤，得到家属同意开棺验尸，你如此私自开棺乃是触犯律法，按律当杖责三十，立即将棺木入殓，随我去县衙领罚。”荀勯不耐烦地说道。

“触犯律法，我自当接受惩罚，但今日，这尸体我验定了。”

陈十六横刀立马，态度决然，头也没回地对沈爻说道：“先生，这些捕快交给我，就有劳先生验尸了。开棺，工钱是之前的五倍。”

五倍。这些挖坟的汉子都是出卖力气的脚夫，一个月也赚不了几个钱，陈十六雇他们前来就已出了天价，如今又是之前的五倍，将近一两银子，快赶上他们干一个月的活了，纵然捕快在，他们也豁出去了，立马拿起工具开棺。

“拿下。”荀勯见陈十六还敢下令开棺，脸上弥漫着怒气，厉声命令。三四个捕快立即冲上去，陈十六持剑拦阻，他虽学武杂乱，没有固定招式，可在帮派混了几年，经历了无数次的血拼，技巧十足，抗揍能力颇强。捕快主要是拿人，并非性命相搏，一时间难以拿下陈十六，反被陈十六挑翻在地。

此时，棺材盖已打开，烧焦的尸体摆放其中，双手摆放在胸前，却感觉很是别扭，沈爻伸手摸了摸尸体腋下。荀勯瞥了一眼沈爻，纵身一跃，抽出腰间佩刀朝沈爻后颈砍去。

沈爻收回手，继续检查尸体其他部分，尸体额头有一处砸伤，伤口不大，呈三角形，不足以致命，沈爻又看向死者的手，盯着手腕，似乎全然没注意后面致命的一刀，眼看着这一刀就要砍中沈爻，陈十六抽出长剑，一个横扫击退两名捕快，纵身一跃，持剑格挡荀勯的一刀，大喊道：“先生，小心。”

“哐当！”兵刃相撞，发出清脆的声响。

陈十六救人心切，招式破绽百出。荀勖轻易察觉，抬脚踹去，重重的一脚踹在陈十六的胸口，陈十六直接被踢飞出去，摔在地上，捂着胸口站起来想冲上去，可这时，荀勖的刀已经架在沈爻的脖子上，冷冷威胁道："还不住手。"

沈爻淡然一笑，伸出两指夹着脖子上的刀刃移开，缓缓转过头，将目光从棺材的尸体上移开。在陈十六与荀勖缠斗之际，沈爻已检查完尸体，尸体最为明显的特征就是手腕、脚腕、嘴巴上的肌肤烧焦程度较轻，与其他部位的烧伤程度不同，还有便是尸体的双手姿势有些别扭。

"带走。"荀勖收回佩刀，下令道。

几名捕快立即上前收缴陈十六的兵器，制服陈十六、沈爻。陈十六伸手入怀，捕快吓了一跳，说道："你要干吗？"

"掏东西。"

陈十六从怀中掏出钱袋，丢给刘伯，说道："刘伯，待他们将棺木埋好，把这些银子分给他们。"

"哦，好。"

刘伯接住钱袋，点点头。

荀勖在前带路，几名捕快押解着沈爻、陈十六走在后面。陈十六边走边小声问道："先生，现在尸体也验了，总有结果了吧！烧死徐大哥的那场火到底是意外还是人为？"

"我问你，死者死时双手是不是张开、高举？"沈爻没回答，凑到陈十六耳边压低声音问道。

"你怎么知道？"陈十六吃惊地问道。

荀勖听见陈十六的声音，好奇地转头望了一眼，见沈爻不再作声，又将头转了回去，继续走路。一路上，陈十六心急如焚，迫切想知道结果，可沈爻就像哑巴了一样，一句话不说。

第四章　焦尸暗藏命中案

县衙。

县令刘树升堂判案，沈爻、陈十六被押上堂，徐二叔等人也上堂，大堂外聚集着不少围观者。

“堂下犯人，青天白日挖人坟墓，你们可知罪？”刘树一敲惊堂木，厉声说道。

“大人，草民怀疑徐麟栋烧死火中另有隐情，这才开棺验尸。”陈十六说道。

“开棺验尸？”

刘树冷哼一声，不屑道：“你以为你是谁？此案仵作已验尸，本官已判案，徐麟栋家中失火烧死人实属意外。既然你们已认罪挖人坟墓，每人各打三十大板。”

“那场火不是意外，是人为，徐麟栋是被人谋杀。”

沈爻突然开口，此话一出，众人哗然，围观者个个交头接耳。刘树一张脸瞬间变得铁青，沈爻当众说出这话，摆明自己这个县令当得不合格，胡乱判案。他猛然一拍惊堂木，大吼道：“堂下何人？敢如此信口雌黄。”

“上爻堂沈爻。”

“上爻堂沈爻？”刘树自言自语了一番，他觉得这名字有些耳熟，猛然，他想起来了，此人便是传闻中断案如神的隐士，可听闻此人古怪，出山条件非常苛刻，陈十六这个混混怎么能请他出山？刘树一时间不敢断定此人身份，打量着沈爻，问道：“你说徐麟栋被人谋杀，可有证据？”

“有。”沈爻回了一句，开口说道，“证据有二，第一，案发现场，死者烧死在床上。”

“这是什么证据？”刘树不解地问道。

“据管家交代，死者死前饮了很多酒，直到饮醉。很多人便以为死者在睡梦中被烧死，实则不然，大火烧起，被火灼烧的痛苦就算醉得一塌糊涂也会逃避，这是人的本能。可死者却死在床上，并没有想逃出去，这难道不奇怪吗？”沈爻缓缓说道。

“仵作验尸，死者额头上有砸伤，可能大火刚烧起来，屋梁上的瓦块砸下来将死者砸晕，死者想逃逃不出去，也或许死者醉醺醺得找不到门，大火烧得厉害，又返回床上，不巧被掉下来的瓦块砸到了。”刘树不以为然地说道。

“确实如此，便才要验尸。”

沈爻淡淡回了一句，继续说道：“我检查尸体，发现尸体的手腕、脚腕、嘴巴部位烧伤的程度与其他部位不同，死者死时双手张开、高举，这便是第二个证据。想必仵作也发现了，记下来了。”

刘树朝旁边的书办看了一眼，书办翻阅完仵作记录，朝刘树点了点头。刘树扭头望向沈爻，问道：“那又如何？这如何说明死者被火烧死是被人谋杀？”

“那是因为死者在被火烧死之前，双手、双脚被人绑住，嘴巴被人捂住，火烧起来，他根本无法行动、无法呼救。”

沈爻掷地有声地说道：“凶手应该知道死者好酒的习惯，当夜见死者喝醉，便潜入死者的房间，用沾湿的布条将死者的手腕、脚腕绑在床上，用沾湿的布块盖住死者的嘴，沾湿的布块可以阻止死者发出求救声，而且沾湿的布不容易烧着，死者被活活烧死，而烧成干尸，尸体形状便固定，死者的双臂才呈现张开、高举的状态。燃烧中，布条上的水慢慢被蒸发，最后也烧着，消失不见。死者为了求救，嘴是张着，死后熏烟能进入口中，而死者一直用鼻呼吸，体内自然也有熏烟，完全像是意外死亡。如此能够证明死者并非意外死亡而是被谋杀的了吧？”

众人听得瞠目结舌。

刘树好一会儿才反应过来，态度一下子变了，小心问道：“你真是上爻堂沈爻？”

“是。”

“沈先生果然不愧断案如神四字，那沈先生可知杀害徐麟栋的凶手是何人？”刘树已然相信沈爻身份，态度谦卑地询问道。

“目前只知道徐麟栋的死并非意外，至于凶手，还需继续查。”沈爻回道。

“查，一定要查，必须将凶手绳之以法。”

刘树激动不已，继续说道：“没想到凶手作案手法如此诡异，就连本官都被骗了，差点酿成一桩错案，这多亏沈先生啊！沈先生，此案就有劳了。”

沈爻微微点了点头。

“荀捕头。”

刘树喊了一声，荀勖连忙应答，刘树继续说道：“在沈先生调查此案期间，你务必全力配合，一定帮沈先生将凶手捉拿归案。”

“是。”荀勖抱拳应答道。

“退堂。”

刘树大喊一声，徐二叔等人一脸茫然，不是审沈爻、陈十六挖坟墓的案子吗？怎么还没审就退堂了？徐二叔问道：“大人，那他们挖我侄子坟墓的事呢？”

“你侄子乃是被人谋杀，他们不挖坟验尸怎么确定是被人谋杀？你侄子差点死得不明不白，他们找到证据，你不感激还想怎样？”刘树摆了摆手，不耐烦地说道，“退堂，退堂。”

徐二叔等人只好无奈地离开了，荀勖走上前，抱拳道：“之前多有得罪，请两位别介意，在下也是职责所在。”

“理解。”沈爻点了点头。

“大人有令，在下会全力协助你们，若是有需要，尽管开口。”荀勖说道。

“一定，告辞。”沈爻朝荀勖抱了抱拳，与陈十六走出大堂，荀勖站在大堂望着两人离开的背影出神，直到旁边的捕快提醒，他才回过神。

沈爻、陈十六两人一出县衙，陈十六激动地说道：“先生，你可真厉害，这么短的时间就找到证据证明徐大哥是被人谋杀。”

“难的是找到凶手。”

“那我们怎么查？”陈十六问道。

“去醉香楼。”

醉香楼，坐落在天水街，武邑县最知名的风月场所。虽不及京城妓院那般豪华，可里面的佳人并非都是庸脂俗粉、只卖皮肉，擅长琴棋书画、吟诗作对的女子不在少数，吸引了不少不仅为一夜风流，也为灵魂交流的风流学子。

沈爻、陈十六来到醉香楼，天色已暗下来，醉香楼门口的姑娘搔首弄姿，热情招揽路过的行人来醉香楼快活。在路上时，陈十六道出心中不解，询问沈爻为何来醉香楼，这里怎会有徐麟栋被杀的线索？

沈爻说道：“刘管家说的那句话你还记得吗？”

“什么话？”

“他说徐少爷当天晚上喝得醉醺醺地回家，到家还让他陪着喝，说终于能让老爷、夫人九泉之下瞑目了，他要做大官了。”

“哦，这句话啊！我记得，我当时也很疑惑，不过一想，可能是徐大哥喝醉胡言，毕竟他一心考功名，却次次落榜，心中对中榜十分在意，喝多了吹牛也情有可原。”陈十六反应过来，连忙回道。

“是真话还是胡言，查过之后才知道。”沈爻淡淡回了一句，停下脚步，转头凝视着陈十六，严肃地教导道，“记住，任何一句话都有可能成为破案至关重要的线索，绝不可忽视。”

沈爻说完，迈着步子上了醉香楼的台阶，门口的姑娘热情上前，搂着沈爻走进醉香楼，陈十六若有所思着跟了上去。远处，一个人影凝视着醉香楼门口，见陈十六他们走进醉香楼，才收回视线，转身闪进旁边的一条漆黑胡同。

沈爻两人一进醉香楼，风韵犹存的老鸨子便热情上前招待，询问想让哪位姑娘作陪。沈爻笑了笑，从怀中掏出一锭银子，吩咐道：“前几日陪徐家公子徐麟栋的姑娘。”

“如霜小姐啊！”老鸨立即想起来，打量了两人一番，满是脂粉的脸皱了皱，表情古怪地问道，“两位只要一位姑娘伺候？”

沈爻苦笑，敢情这老鸨将两人当成有着特殊癖好的一类人了，指着陈十六，说道："再给他找位漂亮姑娘。"

陈十六一愣，又见老鸨朝自己望来，尴尬不已，一张脸立即红了起来。老鸨见他这番羞涩模样，一看就是没碰过女人的雏崽，上前靠了靠，摸着陈十六的胸口，说道："小哥第一次来吧？放心，妈妈一定给你安排个长得漂亮、技术又好的姑娘，保证让你乐不思蜀。"

陈十六被老鸨这么一摸，忍不住打了个寒颤，麻溜地躲开。老鸨笑了笑，对小二吩咐道："赶紧把如霜姑娘、含烟姑娘找来，两位客官，楼上请。"

老鸨将两人带到房间掩上门走了，陈十六见四下无人，连忙问道："先生，咱不是来查案吗？怎么还……还找姑娘？"

"你是官差？"沈爻饮了口酒，问道。

"不是啊！"

"既然不是官差，人家便有权不答，直接询问徐麟栋的事，谁会理你？自然花些银两套些话了。"沈爻慢慢悠悠地解释道。

"陪徐大哥的姑娘是如霜，直接套她的话不得了吗？何必找两位姑娘？"陈十六不满地问道。

沈爻没好气地白了陈十六一眼，没想到这小子对男女之事竟毫不了解，随口胡诌道："你是我的下人，主人赏你。"

此时，两位姑娘推门而入。陈十六还想说什么，听有人进来，只好咽了回去，闷在桌前喝酒，连看都没看两位姑娘，他似乎对这里的姑娘提不起兴趣。沈爻扭头瞥了一眼，只见这两位姑娘长得亭亭玉立，走在前面的姑娘在姿色上比后面的姑娘略次几分，然而她举止相对淡雅，身上有些书卷之气，后面的姑娘则比较活泼大方，俗气几分。

两人一进门，后面的姑娘便打量着沈爻、陈十六，见沈爻一袭华丽服饰，而陈十六一身布衣长衫，连忙超过前面的姑娘坐在沈爻旁边，端起酒杯，身子朝沈爻凑了凑，殷勤说道："公子，眼生得紧，第一次来醉香楼吧！奴家含烟敬公子一杯。"

"你去招呼他。"沈爻冷淡地回了一句，掏出一锭银子放在桌上，说道，"把他灌醉了，这银子归你。"

“好，好。”

含烟盯着银子，两眼放光，连忙凑到陈十六身边，开始灌酒。陈十六何曾见识过如此热情如火的女子，如何推脱都推脱不掉，专门为了查案套话，又不能拂袖而去，只好耐着性子，勉强灌了几杯。沈爻瞥了一眼，笑了笑，将目光放在略显书卷气息的女子身上，笑着说道：“如霜姑娘，请坐。”

如霜落座，倒了杯酒，敬沈爻。

“公子，奴家敬你一杯。”

沈爻接过酒杯，一饮而尽，开门见山地说道：“如霜姑娘，实不相瞒，我是为徐麟栋而来。”

如霜神情略显悲伤，说道：“公子想问什么尽管问。”

沈爻打量着如霜，心中已猜测此女子与徐麟栋之间并非简单的客人与妓女的关系，问道：“请问徐麟栋家中失火那晚来此饮酒，都说了些什么话？”

如霜边倒酒边说道：“那晚徐公子说了很多，具体说了些什么，奴家一时间也想不起来。不过，奴家记得，那晚徐公子的兴致很高，很开心，还信手拈来两句诗。”

如霜想了想，继续说道：“山阳道窄路不通，天降横梯入朝宫。对，就是这两句。再后来，徐公子喝得有些醉，悲痛自责表示父母在世没能看到他入朝为官，实在愧对父母。最后，他喝得很醉，说什么要做大官了，奴家见他醉得厉害，让在此过夜，他坚持回去。”

山阳道窄路不通，天降横梯入朝宫。

这两句诗不难理解，徐麟栋多次科举落榜，科举考试这条路，他根本行不通。天降一件好事砸在他身上，让他能直接入朝为官。他到底遇上了什么好事？此事为何与朝廷有关？难道这就是他被杀的原因？沈爻问道：“那徐公子可说他最近经历了什么事？或者遇见了什么人？”

如霜想了想，摇头回道：“这倒没说。”

“若在下没猜错，如霜姑娘与徐公子交情匪浅吧！徐公子父母离世，如霜姑娘给了徐公子很多安慰、鼓励吧！”

如霜脸色略显不自然，摇了摇头，苦笑道：“或许徐公子仅把我当成聊天解闷的烟花女子，如我这等低贱女子哪里能配得上他？”

“若是如此，如霜姑娘更应淡然放下。”

沈爻劝了一句，他看得出来如霜话语中透露着对徐麟栋的爱意以及对他丧命的难过，同时也有着一种难以言说的卑微。或许如她所说，徐麟栋从未爱上她，可她已爱上徐麟栋。

世间多少薄情郎，又有多少痴情女。

“多谢如霜姑娘。”沈爻谢了句，从怀中掏出银子放在桌上，瞥了一眼陈十六，只见他已被灌得满脸涨红，笑着说道，“走了。”

陈十六如临大赦，连忙摆脱含烟姑娘，夺门而逃，一出醉香楼，扶着墙狂吐。

沈爻站在一旁静静看着，陈十六终于吐完，强压住心中被沈爻整的怒火，没好气地问道：“问出些什么？”

“意想不到的收获。”沈爻淡淡回道。

“什么收获？”陈十六激动地问了一句，就在这时，街道两边传来杂乱的脚步声，两人扭头看了看，只见街道两边分别走来数十名手持火把的汉子。

第五章　深巷大战险中胜

袁超。

陈十六看清其中一边走在最前面那人正是袁超，脸色立即严肃起来，压低声音对沈爻说道："你找机会逃走。"

汉子们纷纷停了下来，袁超上前一步，冷冷说道："陈十六，没想到吧！"

"袁超，对付我一个小人物，用得着这么大的阵仗？你还真瞧得起我。"陈十六一脸不惧，说道。

"陈十六，无论你说什么，今夜都插翅难飞。我会亲自把你的脑袋砍下来，送给霍天当礼。"袁超恶狠狠地说道。

"那就看你的本事了。"陈十六淡淡地回了句，一把将剑拔出来，压低声音对沈爻恳求道，"若是我死了不能当你仆人，还请一定帮我查出害死徐大哥的凶手，就用我身上的玉扳指当酬劳，多谢了。"

说话间，众汉子涌来，陈十六大喝一声，冲了上去，甩手就是一剑横扫，击退数名汉子。旁边的汉子也涌上来，挥着兵刃砍了上去，陈十六转身，反手一剑，挑开砍来的兵刃，手中的剑快速挥舞，一剑划过其中一名汉子的胸口，那汉子惨叫一声倒地，可这群汉子像是不怕死一样，怒吼着继续朝陈十六劈砍。陈十六狼狈躲避，可对方人数太多，很快陈十六身上多了三道血痕。

沈爻望着狼狈逃窜的陈十六，知道陈十六已撑不了多久，再不出手，这小子就被乱刀砍死了。沈爻大步一跨，一把擒拿住最近一名汉子的手腕，利落地夺过对方手中的兵刃，直奔袁超。袁超以及众汉子的目的只是陈十六，完全没在意站在一旁观战的沈爻，发现沈爻打倒一人冲过来，再想躲避已然来不及了。

沈爻手中的刀瞬间架在袁超的肩膀上。

“让他们住手。”沈爻冷冷命令道。

“你是谁？敢掺和我帮派的事。”袁超一脸铁青，冷冷问道。

沈爻微微动了一下手，架在袁超肩膀上的刀贴着袁超的脖子划了一下，顿时，袁超脖子被划出一道血印，鲜血直流。袁超一脸慌乱，吩咐道：“住手，快住手。”

众汉子往后退去，陈十六不顾身上的伤，连忙爬起来，惊愕地望着沈爻，他从没想过沈爻竟会武功。沈爻瞥了他一眼，说道：“走。”

两人挟持着袁超退到街道口，见无人敢上，这才放开袁超，狂奔而逃。

“呼呼……”沈爻、陈十六拼命狂逃，跑了大约三四里路，见袁超的人没追上来，两人才停下来。陈十六蹲在地上大口大口喘气，过了好一会儿才恢复过来，见沈爻脸不红气不喘，惊讶地问道：“先生，没想到你竟然还会武功。”

“你没想到的事情多着呢！”沈爻回了一句，问道，“他们是谁？为何要杀你？”

“他们是这混帮派的，为首的叫袁超，之前我在另一个帮派，前不久我扰乱了他们开的赌场，袁超这是带人报仇。”陈十六简明扼要地解释了一番，继续说道，“抱歉，让先生卷入其中了，这事我会尽快解决。哦，对了，先生，你问出些什么？”

“之前刘管家说的那些关于徐麟栋说的话应该不是胡言，至于什么事让他自信能入朝为官就不得而知了，这应该就是案情的关键。”沈爻说完，关切地问道，“你身上的伤无碍吧？”

“一点小伤，没事。”陈十六毫不在意地说道。

“走，去徐家找刘管家。”

深夜。

徐家大门紧闭，陈十六敲了七八声，刘管家才披着衣裳来开门，见来人是沈爻、陈十六，惊讶地问道："陈公子，沈先生，这么晚了，有什么事吗？"

"刘管家，想向你了解一下情况。"沈爻开门见山地说道。

"两位里面请。"

刘伯带两人进了前厅大堂，边为两人沏茶，边问道："不知沈先生想了解什么？"

"徐家失火之前，徐公子可经历过什么不寻常的事？或者见过什么陌生人？"沈爻问道。

"不寻常的事？陌生人？"刘伯皱着眉头仔细回想了一会儿，摇着头说道，"我不太清楚，少爷的朋友很少，也就书院那几名学子，偶尔会出去游玩，失火前的几日，少爷还曾与他们湖中泛舟。少爷不喜热闹，老爷、夫人没过世之前，少爷整天在家中读书，直到老爷、夫人过世，少爷悲痛难耐才留恋烟花之地。若是遇上不寻常的事、陌生人，只能是与学子泛舟游玩或者在醉香楼发生的啦！"

沈爻他们刚从醉香楼离开，与如霜姑娘谈的内容便是关于徐麟栋，也曾问过如霜姑娘这个问题，如霜表示不知，她就算想隐瞒，可一查便知，何必令自己落于嫌疑呢？那应该不是在醉香楼发生，难道是与学子们泛舟游玩时？沈爻连忙问道："刘管家可知那些与徐公子泛舟游玩的学子都有谁？"

"这个知道。"刘伯应了一句，继续说道，"王家的公子王旭超、程家的公子程登科，还有……卞家的公子卞良辰。"

"我知道他们几人都住在什么地方。"陈十六插了句，这几人都是武邑县富人之子，本县的人大部分都知道，陈十六在这里住了几年，自然了解。

"这么晚劳烦刘管家了。"沈爻见也问不出什么，天色已晚，也不好意思继续打扰，向刘伯告辞，与陈十六起身离开。刘伯送两人出了前厅大堂，走在庭院里，突然想起一事，连忙说道："哦……我突然想起来了，若说不寻常的事，还有一宗。"

"什么事？"沈爻激动地问道。

"失火的前一天下午，少爷出门，被一外乡人偷窃，当场抓获外乡人，那外乡人竟反咬一口说少爷偷了他的东西。徐家可是武邑县的大户人家，就算家道中落，可少爷是学子，怎么可能行偷盗之事？最后，两人对簿公堂，县令判案，偷盗者乃是那名外乡人，县令把外乡人关进大牢。这事应该跟少爷被杀无关，我就是突然想起来了。”刘伯说到最后，尴尬地说道。

“那外乡人现在还关在大牢？”沈爻问道。

“嗯。”刘伯点了点头，继续说道，“行盗窃，按律法应关三个月，少爷向县令求情，认为那外乡人定是走投无路才行盗窃之罪，县令法外开恩判关押一个月。”

“徐大哥生性善良，不计前嫌。当年若非徐大哥，恐怕我已经饿死了。”陈十六感慨道。

沈爻一言不发，隐约觉得这应该便是此案的关键，若偷盗者并非外乡人而是徐麟栋，那案情便说得通了，可那外乡人被关在牢房之中又如何能分身杀人？难道那外乡人有同谋？两人争执之物又是什么？怎么会牵扯朝廷？沈爻连忙问道：“刘管家，你可知外乡人盗窃徐公子的是何物？”

“好像是块玉佩。”刘伯回道。

“你可曾见过？”

“没……没见过。”刘伯想了想，摇摇头继续说道，“也就当日在县衙远远瞧了一眼，当日我听闻少爷卷进案子，连忙去县衙观看，后来见少爷无事，就把这事忘了，沈先生这么一问，我还真的好像没见过那块玉佩。”

“你当时看见那玉佩是什么样子？”

“不知道，隔得太远，没看清。”

“之后在家中可又见过那块玉佩？”

“也没有。”

“失火之后也没发现？”

“没有。”

如此一来，案子就说得通了。当日，徐麟栋见财起意，故而行窃，却被主人发现，两人闹上公堂，可没想到县令错判案件，将被盗者判入狱。徐麟栋良心过不去，便为外乡人求情，之后，徐麟栋发现玉佩的秘密，便认为自己能入朝为官，可没想到被人灭口。

这玉佩到底是何物？外乡人是否有同谋？他们在隐藏什么？

“刘管家，麻烦你再仔细寻找一下，若发现玉佩及时通知我。”

“哦……好。”刘伯点了点头，应下来。

目前，玉佩与外乡人是案情的关键，若真如自己推测一样，想必玉佩已被人拿走，只有外乡人这个突破口了，沈爻转身就走，朝陈十六喊了一句：“走，去大牢。”

陈十六反应过来，连忙小跑着跟了上去，疑惑地问道：“先生，去大牢干吗？”

“去见那个外乡人。”

“见他做什么？”

“若是我没猜错，偷盗者应该是徐麟栋，徐麟栋正是因为这块玉佩被杀。”

沈爻简明扼要地将心中推测说出来，陈十六一听，脸色立即变得难看起来，一把扯住沈爻，义愤填膺地说道：“不可能，徐大哥怎会是偷盗之人？徐大哥生性善良，乐善好施，不可能做出这种下作行径。”

“我知道他对你有恩，可此一时彼一时。”沈爻一脸漠然，继续说道，“今日你也见到了，徐家二叔查看徐家账簿，徐家伴随着徐老爷、徐夫人的死，生意逐渐凋零，家里的财物也被徐麟栋典当，人心会变，徐麟栋也可能会变。”

“不可能，徐大哥不是这样的人。”陈十六怒吼反驳道。

“他是不是这样的人，调查之后便知。”

沈爻冷冷回了一句，严肃地说道：“陈十六，调查案情必须根据客观线索，现在所有的线索都指向这点。案件的背后极有可能藏着一些令我们无法接受的事实，可真相就是真相，既然你选择揭露真相，便要承担揭露真相的事实。查案，不能主观臆想，更不能感情用事。现在，这案子你查还是不查？”

“我……”陈十六一时间无言以对，在他心里，徐麟栋一直都是善良、完美的人，身上没有一丝污点，可现在沈爻却说徐麟栋可能行偷窃之事，这让他如何接受？他恐惧，恐惧查到最后真如沈爻所说，可他又不想就此放弃，难道要让杀死徐麟栋的凶手逍遥法外？陈十六内心挣扎，咬着牙说道：“查。”

“去大牢。”

第六章　扑朔迷离案中案

两人立即赶往大牢，还未走到县衙大牢，迎面跑来一群手持火把的捕快，荀勖走在前面，沈爻连忙走上去，问道："荀捕头，发生了什么事？"

"犯人们杀死两名狱卒越狱了，我们正全城搜查。"荀勖随口回了一句，问道，"这么晚，你们这是干什么去？"

"越狱的是何人？"沈爻心里有种不好的预感，不答反问道。

"大牢里的犯人都越狱了。"

"什么？"沈爻一惊，实在没想到会发生这种事，这种集体越狱很是少见，难不成这其中有不为人知的秘密？

"这事太严重了，不过，好在衙役及时赶到，抓捕了一些犯人，目前尚有五名犯人在逃。沈先生，在下不与你多说了，若是这些犯人逃出城，就麻烦了。"荀勖说着准备继续追捕犯人。

"荀捕头，可否带在下去大牢？"沈爻连忙问道。

"你去大牢做什么？"荀勖不解地问道。

"是徐麟栋的案子。"

"当然可以，大人命我全力协助沈先生破案。"荀勖爽快地应了一句，又为难地说道，"只不过，在下现在要全城搜捕逃跑的犯人，免得他逃出城外。这样吧！我派个人带你去大牢。"

"有劳荀捕头了。"

荀勖摆了摆手，喊了一名衙役，交代了一番，便向沈爻两人告辞，带着众捕快继续搜捕逃跑的犯人。那衙役带着沈爻、陈十六朝县衙大牢走去。

县衙大牢阴森、潮湿，沈爻脸色微微一皱，两名被杀的狱卒尸体摆放着，其中一具尸体脖子被扭断，另一具尸体脑袋满是鲜血，面容惨不忍睹。大牢里传来惨绝人寰的嘶叫声，一个狱卒正愤怒地用皮鞭抽打着犯人，估计是逃跑的犯人被抓回来在用刑。

沈爻、陈十六在狱卒的带领下走进牢房，仔细检查了一番，沈爻问道："牢房平时晚上有几人看守？"

"四个人，里面两人，门口两人。"

"两名狱卒被杀时，有同僚在场吗？"

"下面只有他俩人，并没人在场。"

沈爻瞥了一眼牢房里的其他犯人，走到其中一间关着一个骨瘦如柴、躺在草堆上嘴里叼着草根的犯人的牢房门前，从怀中掏出一锭银子丢了进去，说道："问你几个问题。"

那犯人见银子，骨碌爬过去，一把抓起银子吐掉嘴里的草根，用牙齿咬了一口，嘿嘿一笑，露出一排焦黄的牙齿，笑嘻嘻地说道："大爷，尽管问。"

"说说他们越狱时的情况吧！"

"他们？"那犯人一愣，笑嘻嘻地问道，"大爷怎知我没越狱？"

"看你这副坦然模样，想必是这里的常客。手指长而细，指尖有茧，应该是鸡鸣狗盗之辈，偷盗罪行较轻，一旦越狱，罪行就大了。"沈爻轻描淡写地分析了一番，继续问道，"银子都拿了，该说了吧！"

"说。"那犯人站起身，朝沈爻走过去，隔着木栏，指着斜对面的一个牢房，说道，"最先杀狱卒的是那个牢房的犯人，狱卒走到那个犯人的牢房前，那犯人突然动手，卡住狱卒的脖子，一下子扭断，拿了狱卒身上的钥匙开了牢门，之后，捡起狱卒身上的刀，砍断其余牢房的锁，其余犯人发了疯地冲出去，将另一名赶来的狱卒脑袋撞在墙上撞死，然后冲出大牢。"

"狱卒是怎么走到那犯人的牢房前的？"

沈爻敏锐地察觉到这是问题的关键，一般来说，牢狱之中，狱卒面对犯人会非常防范，怎会犯如此低级的错误？

"就是很自然地走了过去，哦……对了，狱卒站在牢房前，那犯人也走到牢房前，狱卒似乎并没有防备，两人小声说了些什么。”犯人将见到的场景说了一遍，继续说道，“可能是狱卒没想到他会越狱，那个犯人跟我一样是偷窃入狱，正如大爷所说，偷窃小罪，一旦越狱，罪行就大了，谁能想到他会杀人越狱？”

“偷窃？”沈爻心中隐约猜到那犯人是谁，扭头对旁边的狱卒问道，“那个牢房关押的人可是前不久盗窃徐麟栋玉佩的犯人？”

“正是他，刘海。”狱卒回道。

沈爻愈发觉得此案扑朔迷离了，徐麟栋被人纵火烧死时，刘海一直关在牢房之中，根本不可能犯案，就算查到他询问，他也有不在场证明，一个月之后便释放了，他为何还要冒险越狱？难道……刘海身上有不为人知的秘密？担心事情暴露冒险越狱？可他为何早不越狱晚不越狱，偏偏在确定徐麟栋是被谋杀后才越狱？是巧合还是蓄谋？难不成刘海知道外面的情况？他又是如何得知？毕竟徐麟栋被谋杀一事今日下午才说出来，一连串的问题进入沈爻脑海，沈爻立即问道：“今天可有人来探望过刘海？”

“没有。”狱卒果断地回答，继续说道，“他不是本县人，哪有人来探望他？”

“多谢。”沈爻谢了一番，告辞离开牢房。陈十六跟在后面，疑惑地问道：“先生，他一个偷窃犯为何越狱啊？”

“你也觉得奇怪？”沈爻反问了一句，继续说道，“现在几乎可以肯定我之前的推测，徐麟栋偷了刘海的玉佩，被县令错判，刘海入狱，徐麟栋得到玉佩，而徐麟栋知道了玉佩的秘密被人灭口，凶手应该就是刘海的同谋。我终于明白徐麟栋为何不告诉任何人他遇上的到底是何好事，行窃本就不是光彩之事，或许他对如霜姑娘也动了真感情。”

“徐大哥真是这样的人？”陈十六无法接受，他心中的徐麟栋善良、乐善，怎会做出行窃之事？他不甘心地说道：“先生，这些都是你的推断，没有任何证据证明，刘海越狱也可能有别的原因，徐大哥被纵火烧死可能是因为凶手贪恋他的家产，像徐二叔他们那些人，他们巴不得徐大哥死了能继承徐家的遗产。”

“徐麟栋死前说的那些话又作何解释？”沈爻淡淡地问道。

“可能是酒后胡言。”陈十六说着，自己都觉得不可信，颓废地问道，

“那先生，我们现在要做些什么？”

“回客栈睡觉。”沈爻丢下一句话，迈着步子离开了。陈十六连忙跟了上去，问道：“难道咱们不查了吗？先生，你可是答应我啦！”

“都到半夜了，怎么查？”沈爻没好气地回了一句，继续说道，“现在案件的关键在于玉佩，找出玉佩的秘密便真相大白，可玉佩应该被放火的凶手顺走了，只能明日一早看县衙有没有备案，或者县令记不记得玉佩的样子。除此之外，就是荀捕头抓到刘海。这两种情况，无论哪种，都得明日一早再说。”

陈十六一听，只好乖乖跟着沈爻回客栈。

回到客栈，两人分别回房。没过多久，沈爻房间的门打开了，他衣衫没换，走出房间，下楼。

店小二正趴在桌上睡觉，沈爻走上前去敲了敲桌子。店小二抬起头，揉了揉蒙眬的双眼，见面前的人是客栈的客人，打着哈欠问道：“客官，怎么了？”

“小二哥，向你打听个事，本县帮派头领袁超的地盘在什么地方？”

“袁超？客官问袁超做什么？”店小二似乎还没完全清醒，想了很长时间才回道，“天水街有个赌场，不过前段时间被砸了。另外，还有个船队，在曼城河桥附近，现在这个点船夫们都在卸货，你老远就能看到。”

“多谢。”沈爻向店小二致谢了一句，走出了客栈。

此时已子时，街上空荡荡，一个人也没有，沈爻散步般朝着曼城河走去，到了桥头，果然如店小二说的那般船夫们都在卸货，沈爻走了过去，向正在记账的一人问道：“袁超在吗？”

“你是谁？这么晚找我们帮主干吗？”那人打量着沈爻，问道。

“有事。”

“你等会儿。”

那人打量了沈爻好一会儿，喊来一人，将账簿交于对方，吩咐把账记好了，扭头对沈爻说道：“跟我来吧！”

沈爻跟着那人进了屋子，里面堆放着不少装满货物的麻袋，有些麻袋已破裂，沈爻瞥了一眼，里面装的是粮食，越过屋子，走过庭院，大堂传来汉子们粗犷的声音。那人在门口停了下来，扭头说道：“你在这等着，我去报告一下帮主。”

过了没多久，那人回来，让沈爻进去。

沈爻走进大堂，里面十几个粗壮的汉子围着桌子赌钱、喝酒，这些汉子都是几个时辰前参与围截陈十六的人，一眼便认出沈爻，一脸愤怒，纷纷将手放在桌子上的兵器上，准备随时动手。袁超坐在正中央，冷冷盯着沈爻，这人还真不怕死，刚刚用刀架着自己的脖子，现在竟然敢一人来自己的地盘。

“我还没找你，你倒先来找我了？”袁超淡然一笑，继续说道，“不会是来求我饶了你的命吧！”

“哈哈……”众汉子纷纷大笑起来。

沈爻脸上没任何表情，淡淡说道：“不是求，是让，让你放过陈十六。”

“什么？”袁超觉得好笑，他笑了起来，大堂里的汉子们也跟着笑起来。好一会儿，袁超才停住笑声，夸张地对手下问道：“我没听错吧！他竟然让我放了陈十六。”

“帮主，这人脑子进水了。”

“既然进水了，这脑袋留着也没啥用了，砍了吧！”

袁超淡淡说了一句，众汉子纷纷站起来，抓起身旁的兵器。沈爻一脸漠然，冷冷瞥了一眼众人，说道：“我既然敢来就自信你们留不住我，我就问你一句话，你到底放不放过陈十六？”

“若是我不放过他呢？”袁超玩味地反问道。

“那就当我没来，不过，我肯定袁帮主会后悔。”沈爻淡淡回道。

“哼……本帮主这辈子后悔的事情还真不多。”

“既然如此，那在下就告辞了。”

沈爻说了一句，二话不说，转身就走。众汉子见状，纷纷跑到门口，将大堂的门堵住，沈爻停下脚步，扭过头，一双杀意十足的眸子盯着袁超，冷冷说道：“袁帮主打算拿这些人的命试一试我说的话吗？”

袁超对视着沈爻的目光，心里不由咯噔了一下，似乎被沈爻那双凌厉的目光吓到，他混迹江湖这么多年，本能的直觉告诉自己，此人不好惹，袁超摆了摆手，命令道：“退下。”

汉子们连忙退到两边，沈爻扭过头，迈着步子走出大堂。

深夜。

袁超怀里搂着娇嫩的美人酣然入睡，他翻了个身，突然感觉小腿传来一阵疼痛，袁超迷迷糊糊醒来，伸手一摸，觉得手上粘稠，放在鼻尖闻了闻，一股浓重的血腥味，着急忙慌地喊道："点灯，快点灯。"

女人被吵醒，嘟囔着起身，点燃床边的油灯。光线亮了起来，袁超凝视着满是鲜血的手，惊恐万分，立即掀开被子，小腿被划出一道血痕，鲜血直流，一把匕首、一张折叠的纸放在被窝里。女人吓得尖叫起来，袁超不耐烦地骂道："别他娘地叫了。"

袁超忍着痛，打开纸张，上面是一封信，收件人是漕运总督孙启平，落款沈爻。

第七章　事情突变牢狱灾

“嗒嗒嗒”，急促的马蹄声在荒凉的路上回荡，驰骋在最前面的骏马上坐着一个女子；女子衣着六扇门服饰，头顶扎着发髻，英姿飒爽，眉宇之间英气十足，三名男子紧随其后，皆衣着六扇门服饰。

“吁……”女子拽拉缰绳，骏马停了下来，后面的三名六扇门捕快也停下来，其中一人快速下马，跑到道路旁边的一棵树旁，树干刻着一个箭头，这是六扇门特殊的标志，那人检查完箭头，立即回去向女子汇报。

“万捕头，邢空留下的记号，就是这条路。”

“走。”万筠灵应了一句，拽着缰绳，策马扬鞭，一骑绝尘，三名捕快连忙跟了上去。四人策马扬鞭，路经一座破庙，行了大约五里路，停了下来，在四周仔细找了一番，并未发现任何线索。邢空已五日未传递消息，他们心中已猜测到邢空极有可能遭遇不测，六扇门行事，五里一个记号，看来邢空应该就在这附近遇害。

“回刚才的破庙。”万筠灵沉思片刻，吩咐了一句，几人立即上马，返回经过的破庙。几人在破庙前下马，万筠灵吩咐道：“四处查找。”

“是。”三名捕快齐声应答，立即分开查找；万筠灵迈着步子走进破庙，如炬的目光仔细观察着破庙的每一处，并没发现什么不妥。她盯着脚下的枯草，用脚踢开，地面有杂乱摩擦的痕迹，似乎在掩盖什么。

“万捕头。”此时，外面传来呼喊声。万筠灵走出破庙，见其余两人朝喊话那人走去，万筠灵走了过去，三人正挖地上的土，没过多久，一具尸体呈现在眼前，此人正是六扇门捕快邢空。

三名捕快表情悲痛，他们与邢空关系颇好，邢空就这么死在荒郊野外，连个敛尸的草席都没有，实在悲凉。万筠灵心里也不好受，却没表现出来，她蹲下检查了一遍邢空的尸体，淡淡吩咐道："胡瑜，你随我继续追捕，你们两人将邢空的尸体送回六扇门。"

"是。"

"是，万捕头。"

万筠灵与胡瑜离开，留下的两名捕快将邢空的尸体搬出来，准备送回六扇门，胡瑜翻身上马，问道："万捕头，邢空被杀，没了线索。这条路前方有个岔口，一条通往武邑县，距离二十余里；另一条通往阜城县，距离五十余里，咱们往哪里追？"

"去武邑县。"

万筠灵丢下一句话，扬起马鞭，率先出发。胡瑜紧随其后，不解地问道："万捕头，此犯人身系要案，应该隐藏才对，不会在大庭广众之下出现吧！"

"剑走偏锋。"万筠灵淡淡回了一句，继续说道，"此犯人行事缜密，从杀害邢空可看得出来。他在破庙杀了邢空，却将邢空尸体搬运到距离破庙之外一里的地方掩埋，并将破庙收整干净，他早被六扇门盯上还抽时间做这些事，他在跟我们耍心理。"

"万捕头怎知邢空是在破庙被杀？"

"破庙之内虽无血迹，看不出打斗，可枯草之下杂乱摩擦的痕迹便是为了隐藏搬运尸体留下的痕迹。"万筠灵淡淡解释了一番，继续说道，"此人心思缜密，藏于市井很难被察觉，荒郊野外反而更容易暴露。"

城门已开。

两名官差精神萎靡、打着哈欠站在城门两侧，万筠灵、胡瑜换了便服策马进城，吓得两名官差精神一抖，还没看清来人长啥样，人马已绝尘而去。

万筠灵、胡瑜直奔县衙，到了县衙门口，翻身下马，直接冲了进去，门口的官差见状拦截，胡瑜从怀中掏出六扇门令牌，官威十足地训道："六扇门办案，立即通知你们大人。"

"是。"拦截的官差见六扇门的招牌，吓得腿都软了，连忙应了一句，慌里慌张地跑去后堂请县令大人；另一名官差谄媚地领着万筠灵、胡瑜去前堂。不一会儿，刘树慌慌张张地跑进来，人还没进门，便大喊道：“下官参见大人，不知大人前来，有失远迎，还望……”

“好了。”万筠灵不耐烦地打断，开门见山地说道：“本官来此地是为了捉拿在逃的犯人，没这么多礼节，胡瑜。”

胡瑜听令，立即从怀中掏出一张纸，向刘树展开，说道：“此人叫刘海，六扇门缉拿的要犯，根据可靠线报，此人逃到武邑县。”

刘树看清画像之人，吓得双腿都软了，心里冷汗直流，若他不认识刘海还好，全力配合六扇门办案就行，至于能否抓到此人跟他关系不大，可关键刘海在他手中被抓，又从大狱逃走，这可是渎职之罪。一时间，刘树不知如何回答，不断擦拭额头上渗出的汗滴。

万筠灵坐在椅子上饮着茶，见刘树神情不自然，放下茶杯，疑惑地问道：“你见过此人？”

“没……”刘树刚想否认，可刘海与徐麟栋对簿公堂很多人目睹，找人一问便知，根本隐瞒不了，连忙推卸责任道，“见过……见过。大人，下官不知他是六扇门缉拿的犯人，若是知道，定派重兵把守，不让他逃脱。”

万筠灵一听，觉得此事不简单，厉声说道：“将你所知一五一十地说出来。”

“是，是。几日前，此人曾与本县的一名学子徐麟栋发生纠纷，两人都说对方偷了自己的东西，下官明察秋毫、公正严明，断定正是此人偷窃，便将他打入大牢，可没想到昨晚此人杀了狱卒越狱了，本县上下一夜未睡，全城缉拿逃跑的犯人，现在捕快们还在全力搜查。”刘树激扬顿挫地说道。

“因为纠纷被抓入狱？”

万筠灵觉得此事过于诡异，刘海已知被六扇门盯上，还杀了邢空，依照他的行事方式，应该极为小心才对，怎会因偷窃闹上衙门？

“是。”

“他偷了那学子何物？”

“一块玉佩。”

“你可知那玉佩模样？”

“这个……”刘树一脸为难，解释道，“下官当时只是瞥了一眼，只隐约记得那玉佩晶莹剔透，应该是上等之物，至于模样，记不太清楚了。”

“那学子现在在哪儿？”万筠灵冷冷问道。

“死了。”

“死了？”

万筠灵惊讶不已，刘树连忙回道：“就在两人发生纠纷的当天晚上，那学子家中失火，烧死其中。”

“带我去那学子家中。”万筠灵说着，站起身朝门口走去，胡瑜跟在后面。刘树见状，也连忙跟了上去，三人刚走出县衙大门，正好撞见来县衙的沈爻、陈十六。

沈爻一眼便注意到刘树身旁的万筠灵、胡瑜，见两人浑身傲气、气度不凡，步伐稳健如风，便知二人来历不简单，手上功夫了得。在沈爻打量二人时，万筠灵也打量着他，此人衣着华丽，举止儒雅，气质不俗，可这只是此人的表面，不知为何，万筠灵隐约感觉到此人并非表面这般简单。

“县令大人。”陈十六开口喊道，“您这是去哪儿？我们正想问你，你可还记得徐麟栋与刘海争执的证物，就是那块玉佩的模样吗？”

万筠灵一听玉佩，立即瞥了陈十六一眼，又扭头盯着刘树。刘树被万筠灵凌厉的目光盯得胆战心惊，连忙解释道：“他们是那学子的朋友，正在查学子被杀一事。”

陈十六也看出刘树对着两人的态度不一般，疑惑地问道：“他们是谁？”

“我这还有正事，徐麟栋的案子以后再说。”

刘树敷衍了一句，便要请万筠灵、胡瑜走。三人刚要离开，沈爻淡淡开口说道：“六扇门都出动了，刘海牵扯的案子不小吧！”

万筠灵不由停了下来，扭头盯着沈爻，问道：“你如何看出我们是六扇门的人？又如何得知我们是为了刘海到此？”

“姑娘气度不凡，步伐稳健，应该是练武之人；眼神凌厉，一双眼睛似乎能洞察一切，观察入微自然是六扇门的基本功。”沈爻淡淡褒奖了一番，话锋一转，语带讥讽地说道，“最重要的是姑娘目空一切，神情傲慢，实在是六扇门的风格。”

“找死，敢诽谤我六扇门。”胡瑜大怒，怒吼着就要朝沈爻冲过去。万筠灵抬手制止，美目盯着沈爻，冷冷说道：“六扇门行事再霸道也比不上公子，至少……六扇门懂礼。”

“在下只是回答姑娘的问题，并非无礼，难不成在下说错了？”沈爻淡然一笑，反问道。

“那你说说六扇门行事能否霸道到直接取你项上人头？”万筠灵冷冷威胁道。

“在下这颗脑袋不重要，重要的是刘海。”

“你知刘海在哪儿？”万筠灵立即问道。

上钩了。沈爻心里一阵窃喜，调查出徐麟栋被谋杀，查出徐麟栋死前曾表示自己好运到来，推测徐麟栋的死应该是他掌握了某个秘密，从而查到刘海的身上，可就在昨晚刘海越狱，今日一早，便出现这两个陌生人。沈爻能看出两人身份、目的不一般，便诈了一番，没想到蒙对了，便顺杆往上爬，目的就是想打探出刘海的身份。

“不知道。”沈爻淡淡回了一句，脸上流露出高深莫测的神情，说道，“可我知道一些你们不知道的事情。”

“什么事情？”万筠灵问道。

“不急，谈谈条件。”沈爻淡淡说道。

“谈条件？”万筠灵俏脸泛着冷笑，她还头一次见到有人竟敢跟六扇门谈条件，此人当真是活得不耐烦了。刘树站在一旁吓出一身冷汗，这沈爻以为自己是谁，他只是一个无权无势、有破案能力的隐士罢了！竟然跟六扇门谈条件，真是活腻歪了。陈十六一脸沉思，他隐约听出来先生要做什么，可先生知道些什么六扇门不知的事情？难道先生在骗他们？

“没错，你想抓刘海，而刘海也是我追查另一个案子的关键人物，其实你我目的相同，何不坦诚地将所知的事都说出来。”沈爻一脸自信地回答，笑了笑，引诱道，“或许你知道了我知道的事能很快抓到刘海。”

“回县衙谈。”万筠灵沉思了片刻，丢下一句话，转身返回县衙。胡瑜、刘树连忙跟了上去。沈爻淡然一笑，也走进县衙，陈十六连忙跟了上去。

县衙前堂。众人落座。

万筠灵开门见山地说道：“说吧！你都知道些什么。”

“在我说之前，先请捕快大人说说刘海到底是什么人，犯了什么罪？”

沈爻不退半步，反问道。

"好，我告诉你，若你敢骗我，我保证今日摘定你这颗脑袋了。"万筠灵冷冷威胁了一番，继续说道，"一年前，国库失窃，上百万两黄金、珠宝被劫一空，六扇门一直追查此事。前不久，六扇门在市面上发现失窃的珠宝，查到刘海身上，一个捕快便一直追踪他到武邑县附近，可遭到刘海杀害，我二人便是缉拿刘海而来。"

"国库失窃？果然。"

沈爻一听，恍然大悟，他终于明白徐麟栋为何被杀了，那玉佩应该属于刘海从国库中盗出之物，徐麟栋起先见财起意，后来发现这块玉佩非比寻常。他身为学子，自然对朝廷动向了然，此案已过去一年尚未结案，他掌握了这么重要的线索，汇报给朝廷，自然会得到重赏，他才会如此兴奋。

"该说你知道的事情了吧！"万筠灵见沈爻失神，不满地提醒道。

"此事应从徐麟栋与刘海对簿公堂说起，两人因一块玉佩对簿公堂，刘海因偷窃被关入狱，徐麟栋家中失火烧死其中，两者看似毫无关联，可徐麟栋死前曾说过他好事到来，可能要做大官了，可以推测，那块玉佩并不属于徐麟栋，徐麟栋被杀也正是知道了那块玉佩是国库中的物品，可没想到徐麟栋当晚被杀，而刘海尚在大牢，那杀徐麟栋的又是何人？"沈爻侃侃而谈，最后反问道。

"你的意思是刘海有同谋？"万筠灵反问了一句，摇摇头，说道，"不可能，我们六扇门的捕快一路跟踪刘海，并传递消息，非常确定只有刘海一人。"

只有刘海一人？沈爻一愣，这怎么可能？若刘海没有同谋，谁杀了徐麟栋？若凶手不是因为玉佩暴露而杀了徐麟栋，徐麟栋死了，那玉佩为何消失了？

就在这时，一名官差走了进来，抱拳喊道："大人，徐府的刘管家来了，他说要见沈先生跟陈公子。"

"让他等会儿。"刘树不耐烦地说道。

"大人，刘管家说……"

"说什么？"

"说徐公子的玉佩找到了，沈先生一直关心这个，他挺着急。"

"让他进来。"沈爻心里觉得此事有些不对劲，玉佩之前找了许久没找到，为何突然出现？刘海越狱也是如此。在沈爻遐想之际，刘管家走了进来，向县令行礼，从怀中掏出玉佩递给沈爻，说道："沈先生，就是这块玉佩。"

"县令，可是这块玉佩？"沈爻问道。

"好像是。"刘树仔细回想了一番，可记不大清，含糊其辞地回道。

胡瑜走上前，一把夺过玉佩，看了看，递给万筠灵，万筠灵看了一番，说道："不是这块玉佩。"

刘管家、刘树说的这块玉佩是当日在县衙大堂，徐麟栋与刘海争执之物；万筠灵所说的不是这块玉佩是指不是国库失窃的玉佩。

沈爻顿时哑口无言，这一切都与他的推断大相径庭。

"说什么你知道些我不知道的事，你就是这么破案？那学子被何人所杀，我没兴趣知道，你强行牵扯到刘海身上，扰乱我断案，该当何罪？来人，将他打入大牢。"万筠灵俏脸盛怒，下令道。

第八章　消失无踪身成迷（上）

牢房。

这并不是沈爻第一次入狱，上次入狱在十五年前。那时，他年仅十二岁，坐了两个月的大牢，他永远都不会忘记那两个月是如何度过，如何看着亲人一个个地被用刑逼供、鞭打得体无完肤，最后被拉出去砍头。

“大爷，你咋也进来了？”

沈爻被这声音从思绪中拉回来，扭头一看，两间牢房相连的墙上有个小孔，露出一只眼睛，说话者正是之前沈爻来狱中询问的那名未越狱的犯人，他对此犯人颇有印象，微微一笑，说道：“得罪了个女子。”

“能随便将人关进大牢，这女子肯定很厉害。”

“确实厉害。”

“大爷，不是我说你，你得罪谁不好，得罪女子。古人都说了，唯有女子与小人难养也，女子心眼小，你这不是找不自在嘛！”

沈爻觉得此人颇有意思，笑了笑，说道：“阁下教训的极是。”

“这点你应该学学我，别看我是贼，可我从不偷女人的东西，还有，我偷的钱财留一部分，其余全部交给我家那口子。要不然，我蹲大牢，她还不背着我偷汉子。”

“那你真是个不一般的贼。”

“贼就是贼，哪有啥不一般。”

沈爻心情不由愉悦起来，与此等有意思的人闲聊，这牢坐得并不无聊。不仅如此，此犯人是县大牢的常客，这里的事情几乎门儿清，聊了很多县衙里的私密之事，甚至连哪个狱卒的娘子跟何人通奸的事都清楚，实在令沈爻哭笑不得，突然，沈爻想到一个问题，问道："你可知县衙里的人都是什么时间来此入职？"

…………

断案如神?

哼……狗屁的断案如神，查案连方向都查错，怎么可能查明真相？自己竟然会相信市井传闻，找沈爻来调查徐麟栋的案子。陈十六对自己当初求助沈爻的决定悔得肠子都青了，不过，徐麟栋的案子不能不查，县衙那边正在追捕越狱的囚犯，六扇门亲自督促，荀勖等捕快忙得热火朝天，根本指望不上，那就只能自己亲自查。

玉佩的出现几乎可以肯定沈爻之前的推测错误，既然如此，那只有从头查起，凶手布下如此精妙的方式杀了徐麟栋，那表示凶手不是临时起意，而是蓄谋已久，不是与徐麟栋有深仇大恨便是为了徐麟栋家的财产。

徐麟栋的亲戚。陈十六最先怀疑的便是徐麟栋那些钻到钱眼里的亲戚，他记得很清楚，徐麟栋还未入土，这些亲戚就来徐宅争夺财产，他们有作案动机。可经过两日的调查，陈十六发现这些亲戚都有不在场证明。徐二叔当夜未离开家门，他两个儿子都在酒肆饮酒，皆有人证；至于徐麟栋姨妈那边，她们住在隔壁县，徐麟栋家中失火之后，刘伯派人去的消息，她们才来武邑县，根本没时间作案。

一时间，陈十六毫无头绪，不知为何，心里时常会想沈爻在牢狱之中过的如何，心情愈发糟糕。次日，便是徐麟栋的头七，陈十六一大早带了两壶酒就去山上祭拜，还没走到徐麟栋坟前，就远远看到一个倩影伫立在坟前。

如霜姑娘。

陈十六认出那倩影便是醉香楼的如霜姑娘，疑惑地走了上去。如霜脸上泛着释然的微笑盯着徐麟栋的墓碑，听到脚步声，扭头望去，见来人是陈十六，微笑点头施礼。

"如霜姑娘来祭拜徐大哥？"陈十六率先开口问道。

"奴家没什么事，今日又是徐公子的头七，便来祭拜一下，也算是了却奴家一桩心事。"如霜笑着回道。

"如霜有什么心事？来祭拜就能了却？"

“沈公子没告诉你？”如霜俏脸诧异，她以为沈爻已将自己爱慕徐麟栋的事告知陈十六。随后，心情舒展开来，淡淡说道：“沈公子果然是可信之人。”

“可信？哼……”陈十六不屑冷笑一声，不愿继续谈论沈爻，继续问道：“如霜姑娘，你还没说到底有何心事来祭拜徐大哥才能了却？”

“如今我已释然，告知你也无妨。其实，也没什么好说，只不过是个卑贱的青楼女子爱上了一个男子罢了！”

“你说的是徐大哥？”

“是谁重要吗？”如霜莞尔一笑，反问了一句，继续说道，“纵然一厢情愿，然能遇上便是幸运。陈公子，还请务必查出杀害徐公子的凶手，让他九泉之下得以瞑目。”

“徐大哥在我心中如亲生大哥，我定将凶手绳之以法。”

一时间，两人都沉默起来，气氛显得有些尴尬，如霜率先开口问道：“听闻沈公子入狱了？”

“是啊！”

“因何入狱？”

“扰乱六扇门办案。”

“怎么会与六扇门扯上关系？”

“追查徐大哥被谋杀一案，先……他认为与六扇门通缉的要犯刘海有关，可事实证明毫无关系，六扇门的人便将他打入大牢了。”陈十六略显不耐烦地回道。

“陈公子也认为沈公子错了？”

陈十六闭口不言，似乎不愿回答这个问题。如霜莞尔一笑，缓缓说道：“断案一事，奴家不懂，奴家与沈公子也仅是一面之缘。不过，奴家对他印象深刻，觉得他并非欺世盗名之徒，陈公子若信任他，何必在意别人说什么？”

如霜见陈十六不说话，淡淡说道：“奴家已祭拜完，先告辞了。”

“如霜姑娘慢走。”

陈十六送走如霜，深深地叹了口气，打开酒，猛然灌了一大口，又倒向地敬徐麟栋。不知为何，他脑海中反复回味着如霜说的那些话，想起沈爻在这坟前验尸差点儿被荀勖所杀，想起沈爻在天水街从众打手手中救下自己……

陈十六坐在地上，凝视着徐麟栋的墓碑，自言自语道："徐大哥，我不知道能否信任他，或许我应该信任他。"

杂草丛生的废弃草房，此地已许久无人居住，庭院里的草有一米多高，石头砌成的墙壁已倒了大片。

一群七八岁的孩童嬉笑着在里面玩捉迷藏，一人捉，其余藏。捉人的小男孩捂着眼睛数数，数到十，将双手从脸上拿开，大喊道："我开始找了。"

男孩走进废弃的草房，走在杂草中，突然，草房角落传来小女孩稚嫩的尖叫声，小男孩开心地朝声音的方向跑了过去，见小女孩坐在地上，兴奋地喊道："蛮妞，我抓到你了。"

女孩坐在地上一动不动，小男孩疑惑地走了过去，到了女孩身边，正想问怎么回事，眼神一瞥，看到草房角落躺着一具满是鲜血的无头尸体，小男孩也吓傻了，撕心裂肺地尖叫起来。

村民们听见尖叫声，立即赶来，孩子们的家长也陆续赶来安慰着吓到的孩子。

捕快们开始抬尸体，荀勖向村民了解情况，几名听闻孩子尖叫声率先赶到的村民讲述了一番，说孩子们在这玩捉迷藏，发现了尸体，率先发现尸体的两个孩童已吓得说不出话，荀勖无法询问，便带着尸体返回衙门。

县大牢。

陈十六站在大牢门口，停住脚步，他犹豫起来，到底去不去见沈爻。沈爻被关入狱已三天了，他一次都没来见，不知沈爻会如何想自己。陈十六深吸一口气，终于下定决心，迈着步子走进大牢，赏了狱卒几个小钱，便被带进牢房。

沈爻盘膝坐在枯草上，后背挺直，一副老僧入定模样。身上依旧是整洁、华丽的服饰，完全跟潮湿、难闻的牢房格格不入。陈十六走了过去，一时间不知如何开口，沈爻缓缓睁开眼睛，瞥了他一眼，开口道："来了？"

"嗯，来了。"

陈十六机械地回应，又不知该说些什么，沉默了片刻，努力找话题，开口道："先生，刘海还没抓到。"

"我知道。"沈爻淡淡回了一句，解释道，"荀捕头将抓捕的犯人带回大牢时与我说了。"

"先生，您还认为徐大哥的死与刘海有关？"

"为何不这么认为？"沈爻反问道。

"徐大哥的那块玉佩找到了，县令说正是两人对簿公堂时的玉佩，六扇门的人说不是朝廷失窃的玉佩。"陈十六急切地说道。

"县令说的是'好像'，他不能肯定。"沈爻提醒道。

"好。"陈十六实在不知该如何扭正沈爻的思想，只好妥协，继续问道，"就算找到的那块玉佩不是公堂对簿的玉佩，那怎么又能说明与刘海有关？"

"若找到的玉佩不是公堂对簿的玉佩，那便表示有人将玉佩调包了，徐麟栋的死还是与玉佩有关。"

"可已经三日了，六扇门都出动还没能抓到刘海，说不定他已经逃了，难不成抓不到刘海，就无法查出谋杀徐大哥的真凶？"陈十六又急又气，愤愤地吼道。

"他真的能逃得了吗？"沈爻幽幽地自语了一句，扭头望了一眼陈十六，话题一转，问道，"最近县里可有发生什么案子？"

"你问这做什么？"陈十六没好气地回了一句，见沈爻盯着自己，不耐烦地回道，"就在今日下午，县衙接到报案，发现一具无头尸体，荀捕头已开始调查了。"

第九章　消失无踪身成迷（下）

“嗖”，深夜，黑影身法利落地在街道上穿梭，不一会儿，便来到县衙侧门。黑影停了下来，警惕地四处打量了一番，纵身一跃，双手扒着墙头翻了过去，身影灵巧落地，靠着墙壁，几乎与黑暗融为一体，检查四周，确定无人，黑影走了出来，绕了两个院子，来到一处阴森、恐怖的院子里。

院子无人看守，阴风阵阵，着实恐怖。

黑影凝视着面前阴森的屋子，不由打了个哆嗦，这屋子是县衙停尸房，暂时停放一些无人认领的尸体，而这黑影正是陈十六。沈爻让他连夜潜入县衙停尸房检查今日发现的无头尸体。

陈十六实在想不明白沈爻为何关心这具无头尸体，这具尸体与徐麟栋的案子有何关系？他更不明白沈爻为何非得让自己大晚上趁没人来检查。陈十六也询问过，可沈爻闭口不言，只让陈十六看完尸体，告知他情况。陈十六鼓了鼓气，克服心里的恐惧，走到停尸房门前，轻轻推开门。

顿时，一阵阴风莫名吹来，陈十六恨不得立即转身走人，纠结了一番，低声骂了一句，硬着头皮走进停尸房。陈十六打开火折子，里面摆放着八张板床，有三张上面有尸体，盖着白布，陈十六一一掀开白布，找到那具无头尸体。

尸体穿着一身粗布麻衣，类似于脚夫一类苦力的穿着，还沾着鲜血，衣服看似有些不合身，略微偏大。脖子砍断的部位的伤口参差不齐，像是一刀一刀的蛮力乱砍。

陈十六拿着火折子靠近，抬起尸体的手，发现尸体手掌虎口处的茧很厚，而手掌上的茧却很少，死者应该善于兵器，是个练家子。检查完这些，陈十六无奈地呼了口气，掀开尸体身上的衣服，非常不情愿地检查，身体强壮，肌肉厚实，并没什么特别之处。陈十六将尸体翻过来，顿时吓了一跳，尸体的后背血肉模糊，也不知被砍了多少下，简直没一块好肉，凶手实在太残忍了吧！

陈十六见此情景，忍不住作呕。

“谁……谁在里面？”这时，外面传来一声紧张的质问声，陈十六二话不说，立即将尸体翻回来，盖上白布，熄灭火折子，身子钻到放置尸体的板床之下。刚做完这些，门“咯吱”开了，两名衙役举着火把走了进来，四处看了看，并没发现有人。

“你眼睛花了吧！谁会大半夜来这鬼地方？”

“我明明看到有火光啊！”

“不……不会是鬼火吧！”

一名衙役吓得牙齿打颤，连忙催促道：“走了，赶紧走了。”

俩衙役掩上门，离开了。

陈十六长舒一口气，从板床下出来，走出停尸房，身影消失在夜幕中。

越狱事件已过去三日，大部分越狱的犯人已捉拿归案，可尚有三名要犯消失无踪，其中一人便是刘海，另外两人皆是杀了人已判秋后问斩的死刑犯。

越狱的犯人抓捕归来都经历严刑，逼问其他犯人逃跑动向。然而这些犯人逃出大牢便分开而走，并不知晓彼此确切动向，追捕起来并不是件易事。

县令刘树这三日来急得如热锅上的蚂蚁，犯人越狱，本就是大事，最麻烦的是六扇门在此索要要犯刘海，更是大事中的大事，若无法将刘海捉拿，别说他头上的这顶乌纱，保不齐连项上人头都保不住。

刘树满脸愁云惨雾，在后堂踱来踱去，见万筠灵、胡瑜走进来，勉强挤出一抹谄笑，迎了上去，招呼道：“两位大人。”

“刘海可有消息？”万筠灵一进门便开门见山地问道。

“这……”刘树不知如何作答，连忙擦拭了一下额头上的汗滴，回道，“尚在追查，尚在追查。”

“刘树，我看你这个县令当到头了，人从你县大牢逃出去，已过三日，竟连个消息都没有。”胡瑜厉声质问道。

刘树低着头，不敢出声，不断用手帕擦脸上的汗。就在这时，荀勖迈着步子走进来，正欲开口，见情况不对，一时间走也不是留也不是，站在门口不知如何是好。

刘树见荀勖前来，如发现救星一样，连忙问道：“荀捕头，可有发现？”

“哦……下官正是来汇报，下官挨家挨户调查，本县确实有位脚夫失踪，已派人传唤脚夫的妻子前来认尸。”荀勖连忙回道。

“什么脚夫？什么认尸？”刘树没好气地问道。

“就是那具无头尸体啊！”

刘树一听，不悦地骂道：“这都什么时候了，你还管什么无头尸体案，如今重中之重是将刘海捉拿归案。”

“大人，刘海等人尚在追捕。”荀勖回道。

“尚在追捕？三日前就尚在追捕了。”刘树气急败坏地吼道。

万筠灵、胡瑜坐在一旁冷冷旁观，他二人出自六扇门，眼光何其老辣，刘树故作姿态，他们如何看不出来，却什么也不说，冷冷看着刘树一个人的表演。

“报。”就在这时，门外传来急促的脚步声，一名捕快跑进后堂，一一向几位大人行礼后，急忙说道：“荀捕头，我们已经发现两名越狱犯人的踪迹。”

“在哪儿？”荀勖问道。

“可有刘海？”刘树急切地问道。

“在鸟鸣山。”捕快回了荀勖一句，又扭头对刘树说道，“大人，卑职负责传讯，具体情况并不了解。”

“让兄弟们集合，立即去鸟鸣山。”荀勖吩咐了一句，那捕快立即离开。荀勖扭头对刘树三人说道：“几位大人，下官先行告退。”

“等等！”万筠灵喊了一句，从椅子上站起来，说道，“本官也去。”

“本……本官也去。”刘树见万筠灵都亲自捉拿凶手，哪还能继续留在县衙，无奈地表示一同前往。

三人走到衙门口，县衙里的捕快已准备完毕，万筠灵带队前往鸟鸣山。一个时辰后，人马便到了乌鸣山，负责追踪的捕快立即前来汇报，表示两人就藏在山上。

乌鸣山地势陡峭、险峻，后山几乎是悬崖峭壁，从前山搜捕，这两人插翅难飞。荀勖向万筠灵讲述了一番乌鸣山的情况，请求指示，万筠灵淡淡说道："你全权负责吧！"

"是。"荀勖应了一句，立即下令搜山，众捕快开始搜山。

刘树老胳膊老腿受不了颠簸，已从马背上下来找了块石头休息。万筠灵依旧坐在马背上并未下来，胡瑜如她一样跟在一旁，问道："万捕头，刘海武功了得，若真是他，恐怕这些捕快并非他的对手，咱们……"

"他不在这。"万筠灵直接打断道。

"那两名犯人之中没有他？"胡瑜一脸诧异地问道。

"还记得来时的路上我与你说的话吗？"

"呃……"

"刘海心思缜密，藏于市井也很难被察觉，荒郊野外反而更容易暴露。"

胡瑜不解地问道："那万捕头为何还浪费时间来此？"

"了解犯人的逃跑路线，以及武邑县附近的地形。若我猜得没错，刘海还在武邑县城内。"万筠灵自信地说道。

"可县里的捕快几乎已将县城翻个底朝天，为何一点关于刘海的线索都没有？"胡瑜不解地问道。

"或许他隐藏能力比我们想象的还要厉害。"

万筠灵悠悠地说了一句，猛然，她不知为何想到了沈爻说过的话，喃喃自语道："或许他已经死了。"

一个时辰后，荀勖带着捕快下山，两名逃跑的犯人已捉住。果然如万筠灵猜测的一般，并没有刘海。万筠灵一言不发，扯着马缰绳扭头回县城，刘树苦着脸回去，纵然这两名逃跑的犯人犯下十恶不赦的杀人罪行，可比不上刘海的价值。

刘海啊刘海，你到底死哪儿去了？刘树心中暗骂。

县衙大牢。

陈十六提着饭盒在狱卒的带领下走进县大牢，走到关押沈爻的牢房前，摆好饭菜，见四下无人，小声将昨夜潜入停尸房检查尸体的情况一字不差地告知沈爻。

沈爻听完，沉默不语，他有一点想不明白，为何凶手要将死者的后背砍得血肉模糊？陈十六见沈爻一脸沉思，疑惑地问道："先生，为何要查那具无头尸体？这跟徐大哥的案子有何关系？"

"不知道，或许有关系，或许没有。"

沈爻回过神，不再想关于死者的问题，打开饭盒，吃了口菜，问道："县衙可有什么动静？"

"今天早上，县衙捕快出动，好像前往鸟鸣山抓捕逃跑的犯人。"陈十六连忙回答，继续说道，"真希望能抓到刘海，那所有的事情就能真相大白了。"

"现在你相信我了？"沈爻反问道。

陈十六一脸尴尬，不知如何回答这个问题。

沈爻也没继续追问这个问题，将手里的筷子放下，将脑袋凑到牢房门柱旁，压低声音说道："现在帮我去办件事，找万筠灵，切记不能让任何人发现，找到她之后，告诉她，若想知道刘海在哪，让她回答我一个问题。"

"什么问题？"

第十章　恶鬼在背阎王殿

陈十六在阴暗、潮湿的大牢内走着，他走得很慢，满脑子都在思考沈爻询问万筠灵的问题——恶鬼在背阎王殿。

这是什么鬼问题？

先前，陈十六询问过沈爻这句话包含的深意，可沈爻一笑了之，自信满满地表示万筠灵定会明白其中的意思。这更令倔强的陈十六不悦，势要想出来这句话中的深意，哪还有闲心顾忌其他，走路也没注意，刚出大牢，差点儿撞上押解逃跑犯人回牢的荀勖。

“荀捕头，不好意思，差点儿撞上你。”陈十六抱拳致歉。

“没事。”荀勖摆了摆手，没当回事，笑着问道，“不过，你这是想什么呢？连路都不看。”

陈十六一脸无奈地回道：“在想先生说的一句话。”

“什么话？能让你这样。”

“什么‘恶鬼在背阎王殿’，说是个问题，搞不明白。”陈十六摇头说着，注意到几名衙役押解的两名犯人，朝两名犯人走了过去，瞧了瞧，他问道：“荀捕头，这两人中可有刘海？”

陈十六没听见荀勖回答，扭头望了一眼，只见荀勖一脸沉思，似乎在想事情，又唤了一声，荀勖这才回过神，连忙问道：“陈公子，怎么了？”

“我还想问你这是怎么了？怎么突然走神了？”陈十六疑惑地问道。

“哦……我在想你提到的沈先生说的那句话。”荀勖这才听清楚，尴尬地回了一句，继续问道，“沈先生为何与你说这话？难不成与徐公子的死有关？”

“好像跟刘海有关。”陈十六摇了摇头表示具体自己也不太清楚，继续问道，“苟捕头，你还没回答我的问题呢！”

“什……什么问题？”

“这两名犯人之中可有刘海？”

荀勖摇了摇头，无奈地说道：“我正为这事头疼，六扇门的人盯着，刘海一日未落网，县衙上下如履薄冰，也不知道他藏在什么地方，真希望能尽快抓到他，我们也不用看六扇门的脸色了。”

“六扇门？”陈十六一听，立即想起正事，着急忙慌地说道，“差点儿把这事忘了，荀捕头，在下先告辞了。”

陈十六说完，一溜烟跑出大牢。荀勖凝视着陈十六的背影，许久才回过神，收回目光，对身边的衙役吩咐道：“走吧！”

荀勖说完，率先走进牢房，衙役们押着犯人跟在后面，将两名罪大恶极的杀人犯关进牢房，上好锁链。荀勖朝关押沈爻的牢房望了一眼，犹豫了片刻，对身旁的几名衙役说道：“你们先回去吧！我去看看沈先生。”

“是，捕头。”几名衙役应了一句，便离开大牢。

荀勖迈着步子走向关押沈爻的牢房，狱卒带着钥匙跟着，走到沈爻牢房前，狱卒上前开锁。沈爻已吃完饭菜，正盘膝坐在枯草上饮茶，茶具、茶是陈十六带来，水是狱卒提供的热水。

荀勖见沈爻气定神闲地饮茶，率先开口道：“沈先生果然非同寻常，恐怕这世上没有几人能如沈先生这般在大牢之中还能惬意饮茶。”

“荀捕头也来饮一杯。”荀勖微笑着邀请道。

狱卒打开牢房的门。

荀勖走了进去，边席地而坐边说道：“那在下就却之不恭了。”

沈爻微笑着为荀勖沏了杯茶。

荀勖端起茶杯饮了一口，称赞道：“好茶。”说完，荀勖将茶杯放在地上，望着沈爻，开口问道：“沈先生，为何不问在下是否抓到刘海？”

沈爻微微抬起头，望着荀勖，问道：“荀捕头是否抓到刘海？”

“呃……哈哈……”

荀勖一愣，尴尬地笑了笑，继续说道：“沈先生实在有趣，实不相瞒，刚刚在下与众衙役抓捕逃跑的犯人，抓回两名犯人，却没有刘海，也不知道他到底藏在什么地方，不将此人抓捕归案，衙门上下便一日不得安宁，真是令人头疼。”

沈爻为荀勖续了杯茶，抬起眼皮瞥了一眼，问道：“荀捕头可有线索？”

“这便是在下最为不解的地方，按道理说，刘海乃一外乡人，刚到本县便坐牢，可以说对本县完全陌生，他如何能躲得过衙门捕快的追捕？甚至没留下一丝线索。”

荀勖摇头说完，端起茶杯饮了一口。

沈爻静静听着，眼神一动，瞥了荀勖一眼。只见荀勖饮了口茶，将茶杯放下，继续说道：“在下觉得先生之前的推测大有可能，刘海有同谋，他在逃跑后有人相助，才能避开捕快的视线。”

“荀捕头难道就不担心六扇门的人以扰乱查案为由将你也关押起来？”沈爻笑着打趣道。

“案情不合理自然要有所怀疑。”荀勖语气坚决地回了一句，继续说道，“这正如一团麻线，按照常理，两头并不相连，若是两头已连在一起，却认为两头不相连，那永远无法梳理好这团麻线。”

沈爻诧异地望着荀勖，实在没想到对方能有如此见地，心底不由生出智者相惜之感，开口问道：“荀捕头可听闻过阎王殿？”

“阎王殿？”荀勖自语地说了一句，沉思了片刻，摇了摇头。

“传闻，天机十二宫，十二个神秘组织，其中之一便是阎王殿。”沈爻继续说道，“一年前，国库失窃，一夜之间，国库上百万两黄金、珠宝消失不见。六扇门追查发现，阎王殿与国库失窃案有关，可这时，六扇门发现阎王殿已经不在了。”

“不在了？什么意思？”

“这个神秘组织一夜之间土崩瓦解，死伤无数，至于是被他人所杀还是内部为金钱互杀，无从得知。若是在下没猜错，刘海应该是阎王殿的人，他没死，或许阎王殿还有其他人活着。”沈爻停顿了一下，饮了口茶，继续说道，“若阎王殿真有他人尚在人间，应该就是谋杀徐麟栋的凶手，他们要隐藏身份，隐藏玉佩的秘密逃避六扇门的追捕。”

“如此一来，徐麟栋被杀，刘海越狱之后消失得无影无踪便说得通了。”荀勖恍然大悟，握着拳头兴奋地说道。

“荀捕头相信在下？不认为在下在胡说八道？”

沈爻万没想到荀勖竟如此反应，他与荀勖仅有几面之缘，谈不上交情，对方竟如此信任自己，沈爻纵然心冷如铁，也不由一暖。

“怎么会呢？沈先生所作推断乃是根据案情推演，推断合理，并非天马行空臆想，为何不信？在下虽然武夫出身，可经手的案子也不少，合不合理，在下心里有判断。”

“多谢荀捕头信任。”沈爻抱拳感激道。

“先生能为在下指点迷津，应该是在下感谢您。”荀勖略显不好意思，似乎猛然想到什么，继续问道，“沈先生，如此推断合情合理，那也就是说刘海极有可能在别人的帮助下隐藏在武邑县某处，也或许逃出武邑县，那帮助刘海之人定是对武邑县颇为了解。”

“没错。”

荀勖感觉找到案情突破口，亢奋地说道：“在下立即将沈先生的话告知大人，根据这个线索通缉刘海。沈先生放心，在下会立即说服大人放沈先生出狱。”

“有劳荀捕头了。”

“沈先生，那在下先告辞了。”

“不送。”荀勖抱拳说完，便兴奋地走出大牢，狱卒上了锁也离开。沈爻凝视着荀勖离开的背影，直到荀勖的背影离开了视线，他才收回目光，缓缓地端起茶杯优哉游哉地饮了口茶，缓缓说道：“好茶，好茶。”

陈十六离开大牢，便奔向万筠灵居住的悦来客栈。一路上，他小心翼翼注意四周，确定无可疑之人，才进了悦来客栈。对于沈先生交代找六扇门一事不要让他人看见，陈十六并不理解，纵然凶手看见又如何？自己还不能跟六扇门的人见面了？不过，既然是先生交代，陈十六还是遵守，生怕影响查案。

陈十六向店小二打听了一番，上楼来到天字一号房，敲响了门。

门开。

万筠灵站在门口，神情冷漠地打量着陈十六，一动不动，似乎并不想请陈十六进屋。陈十六见对方一副冷淡态度，沈先生正是因为这女人才坐牢，态度自然好不到哪去，冷冷说道："先生让我来找你，问你想不想知道刘海的下落。"

万筠灵侧了侧身子，让出一条道。陈十六大摇大摆走进屋，找了个椅子，一屁股坐上。万筠灵掩上门，冷冷地打量着他，问道："刘海在哪？"

"跑了一路，口渴了。"陈十六笑嘻嘻地说道。

万筠灵目光冰冷地盯着他，不耐烦地说道："不说滚出去。"

"我……"陈十六自讨没趣，心里很是不爽，恨不得一走了之，可此次前来是询问万筠灵问题，他必须把先生交代的事情做好，为了不显得尴尬，自顾自拿起茶壶倒水，灌了一口，说道："先生交代，告知你刘海在哪之前，有个问题需要问你。"

"哼……莫不是又想从我嘴里打探消息？"

万筠灵一脸冷笑，似乎已猜出沈爻的那些把戏，不过，她并没有直接将陈十六轰出门外，一直没追查到刘海的下落，万筠灵也开始思考之前的消息是否出了纰漏，刘海会不会真有同党，这点是沈爻率先提出，或许他知道些什么，淡淡问道："什么问题？"

"哟！之前不是不相信我家先生吗？"

陈十六戏谑了一句，见万筠灵一张俏脸阴冷下来，随时要发作，生怕真的惹怒这女人，连忙说道："先生让我问你，恶鬼在背阎王殿。"

万筠灵听闻这话，眉心紧缩，沉思起来。陈十六见她这副模样，心中不由生疑，这话到底什么意思？为何万筠灵听闻会这反应？

万筠灵沉思了许久，缓缓开口说了一个字："是。"

"明白了。"陈十六得到答案，起身要走。万筠灵立即上前将其拦住，冷冷问道："我已告知你答案，告诉我，刘海在哪？"

"先生没告诉我，先生只让我来问问题，至于刘海在哪，你亲自去问他吧！"

陈十六耍无赖地回了一句，见万筠灵没注意，身子一弯，闪了出去。万筠灵并没追上去，满脸沉思地站在屋内思考着陈十六带来的那句话——恶鬼在被阎王殿。此时，胡瑜走进来，问道："万捕头，那小子来干吗？"

万筠灵没理会胡瑜的询问，继续沉思着，突然，她表情一变，似乎想到什么，立即说道："去县衙。"

第十一章　无头尸身化焦灰

万筠灵一言不发，闷头在前面走着。先前，六扇门同僚发现刘海，一路跟踪，传递的消息仅有刘海一人，自己便先入为主认为刘海独来独往。然而，刘海越狱，在人生地不熟的武邑县消失无踪，本县的捕快竟连一丝线索都找不到，这太诡异了，最大的可能便是如沈爻说的那般刘海有同谋，这人助刘海躲避捕快追捕，也或许……

万筠灵不敢往下猜，她前往衙门便是要印证这个猜想，或者应该说是印证沈爻给她的提示。

“万捕头，到底发生了什么事？那小子跟你说了什么？”

胡瑜跟着万筠灵，见对方神情严肃，想不通陈十六说了什么令万筠灵能这样，忍不住询问。

“他说恶鬼在背阎王殿。”

“恶鬼在背阎王殿？阎王殿我知道，恶鬼在背是什么意思？”胡瑜不解地问道。

“阎王殿这个组织成员都有什么特征？”万筠灵瞥了胡瑜一眼，提醒道。

“特征？”胡瑜一愣，回想起见到阎王殿成员尸体的情景，立即恍然大悟，连忙说道，“文身，阎王殿的成员背后都有恶鬼的文身。”可胡瑜还是有些想不明白，继续问道：“不过，万捕头，那小子跟你说这个是什么意思？”

“他在向我求证，或许给我提示。”万筠灵没有放慢脚步，淡淡地回了一句，扭头见胡瑜一脸疑惑，继续解释道，“沈爻之前说过刘海有同谋，可我不相信。可刘海越狱，消失得无影无踪，刘海对此地人生地不熟，怎么可能连一点线索都没有？最大的可能性就是有幕后人帮他，还有另一种可能性……”

万筠灵说到此处突然不说话了，胡瑜正听得起劲，望了一眼万筠灵，好奇地问道：“万捕头，另一种可能性是什么？”

“那人真正的目的是杀刘海。”

“什么？杀刘海？”

胡瑜惊讶得停了下来，无法理解万筠灵为何会做出这种猜想，见万筠灵神情凝重地往县衙赶，胡瑜连忙跟了上去。过了没一会儿，两人便到了县衙门前，衙役认识这两位六扇门的大人，立即表示带他们去见大人。万筠灵冷冷地吩咐道：“没必要惊动刘大人了，带我们去停尸房。”

衙役带路，很快到了停尸房，万筠灵进了停尸房，八张板床有两张板床盖着白布，万筠灵直接上前掀开白布，两具完整的尸体映入眼帘，万筠灵瞥了一番尸体，俏脸满是疑惑，扭头问道：“昨天不是发现一具无头尸体嘛！在哪？”

“这个……卑职不清楚。”那衙役回了一句，继续说道，“卑职这就去找负责停尸房的衙差。”

衙役说完便转身走了出去，过了没多久，带着另一名衙役匆匆忙忙走了进来，一进停尸房的门，负责停尸房的衙役行礼，说道：“禀大人，那具无头尸体上午时已被其家属带回去了。”

“家属？”万筠灵一愣，死者家属认领死者？那无头尸体便不是刘海。难道自己曲解了沈爻的问题？还是说沈爻的提示出了错误？万筠灵继续问道：“家属的地址可有留案？死者叫什么名字？认领尸体的家属叫什么名字？”

“有。死者叫白山，家属是死者的妻子，叫李梦娇。”那衙役应了一句，着急忙慌地翻出记录的本子，翻到那一页，看了一眼才递了过去。万筠灵没接，对另一名衙役说道：“记下上面的地址，一会儿带我们过去。”

衙役应了一声，接过本子开始记地址。

万筠灵想了想，继续对负责停尸房的衙役问道：“无头尸体的后背有文身吗？是不是恶鬼的文身？”

“文身？”衙役一愣，苦着脸说道，“这我还真不清楚，就算有估计也看不出来。”

“什么意思？”

“那具无头尸体的后背不知被砍了多少刀，都砍得血肉模糊了，有没有文身根本看不出来。”衙役似乎在回想见到的死者后背的画面，不由打了个寒颤，继续说道，“不过，死者的家属表示死者生前确实有文身。”

死者有文身？后背被砍的血肉模糊？是巧合还是蓄谋？

万筠灵沉思了一会儿，继续问道：“那领尸的家属如何肯定死者的身份？”

“死者家属表示死者生前曾受过伤，手臂有一条伤疤，尸体确实有一道伤疤，与死者家属的描述完全吻合。”

“完全吻合？”万筠灵低声重复了一句，继续问道，“仵作可验尸？”

“验了。”

“立即将仵作找来。”万筠灵对着默记死者家属地址的衙役吩咐了一句，那衙役点头应了一句，便离开，过了没多久，便带着仵作回来，仵作看上去四十余岁，一身藏青色布衣长衫，嘴下留着一撮山羊胡，时不时伸手抚摸胡子，仵作一进停尸房便向万筠灵、胡瑜行礼，万筠灵点了点头，直截了当地问道：“说说那具无头尸体的验尸情况。”

“是，大人。”仵作应了一句，缓缓讲述道，“死者脑袋被砍下，伤口参差不齐，应该是用斧头一类的钝器砍下，后背被砍了数刀，皆是钝器所划，后背已血肉模糊，除此之外就没有别的伤口了，死者年龄……”

“那可否看出死者背后有文身？”万筠灵打断，问道。

“啊……哦，有。”仵作一愣，似乎被打断一时间没回过神，过了好一会儿才反应过来。

万筠灵一听，心中一喜，连忙问道：“什么图案？”

“大人，死者后背被砍得太厉害，卑职只能从一些完好的肉中判断有文身，至于什么图案，实在无法判断。”仵作摇头回道。

死者后背的文身图案不清，然而，刘海的后背也有文身，凶手为什么非得将死者的头颅砍下又将死者的后背砍得血肉模糊？凶手手段残忍还是为掩盖真相？死者的身份到底是谁？

万筠灵心中疑惑，见已无法从仵作口中得到更有利的价值，只能亲自检查尸体，见见这所谓的死者家属了。

“带我们去找死者家属。”

留案的地址是白客庄，衙役带路，万筠灵他们很顺利地找到白客庄，向村民打听了一番，三人来到一户房屋残破的门前。

门是矮小的木门，显得很寒酸，连一般女子进去都要低着头，门上挂着白布，显然正办丧事。院墙是参差不齐的石头砌成，从外面都能看到院子的情况，狭小的院子里聚集着不少人，灵堂设在堂屋门口，穿戴丧服的几人跪在灵堂两侧正向吊唁的亲戚朋友答礼。

“大人，就是这家。”衙役向万筠灵说道。

“走。”万筠灵说了一句，低着脑袋走了进去。衙役穿着官服，一进门便引来众人注意，跪在灵堂前的几名穿戴丧服的人也纷纷扭头望来，其中一男子站起来，走了过去，着急忙慌地问道：“大人，可是抓住杀死我大哥的凶手了？”

“还没有。”

“那你们是来……”

“找李梦娇。”万筠灵回道。

这时，一名穿戴丧服的女子从灵堂走了过来，万筠灵朝对方看了一眼，女子很年轻，也就二十岁，身材娇小，苗条匀称，瓜子脸上挂着少许泪滴，樱桃小嘴发白，可怜楚楚，实在貌美。

“我就是李梦娇，官差大人，请你一定要为奴家做主，抓住害死我官人的凶手啊？”

李梦娇哀语动容，说着就要下跪。万筠灵见状，心生怜悯，连忙上前搀扶，说道：“关于你官人的案子想向你了解一下情况，你看……”

“大人，里屋请。”李梦娇沉思了片刻，请万筠灵进里屋谈。这时，刚刚站出来询问的那名穿戴丧服的男子朝李梦娇喊道：“嫂嫂。”

李梦娇朝男子点了点头，走向堂屋。万筠灵瞥了那人一眼，只见男人看上去二十多岁，一张国字脸，身材魁梧，皮肤略黑，此人应该是白山的弟弟。

胡瑜与衙役留在院子，万筠灵跟着李梦娇进了里屋，里屋只有一张床，一个破烂的衣橱，一张破桌子，摆放着水壶跟几个茶杯，显得颇为寒酸。李梦娇走到里屋，倒了杯水，递给万筠灵，开口说道：“大人。”

万筠灵接过茶杯，开门见山地说道：“白李氏，根据县衙留下的记录，你认准那具无头尸体是你官人的根据是尸体手臂上的一道伤痕？”

“是。”

“除此之外呢？我是问其他身体特征，比如你官人身体某处可有天生胎记、黑痣？”

“没有。”李梦娇摇了摇头，肯定地回了一句，又疑惑地问道：“大人，你问这个是什么意思啊？”

“我怀疑那具无头尸体并不是你官人白山。”万筠灵冷冷地回了一句，凌厉的目光盯着李梦娇。

只见李梦娇俏脸布满惊慌，柔嫩的小手紧握在一起，显得很慌张，激动地说道：“不可能，那就是我官人，我官人手臂上有一条伤疤，那具尸体手臂上也有一道伤疤，世上怎么可能会有这么巧的事？如果不是我官人，那我官人去哪儿了？”

万筠灵没有回应，确实如此，无头尸体手臂上的伤痕与李梦娇官人手臂上的伤痕一模一样，世上怎么会有这么巧合的事？不过，李梦娇刚才为何惊慌？是因为她不相信自己的话，还是因为她知道自己说的是真相？

万筠灵无从得知，继续问道：“白李氏，我能不能重新检查一下尸体？你也不希望弄错了，也希望尽快抓到真凶吧！”

“我明白，我明白，可……可尸体已经火化了。”李梦娇为难地说道。

第十二章　针尖麦芒刺对刺（上）

“火化了？”万筠灵吃惊地反问了一句，她万万没想到这种情况，李梦娇上午才去县衙认尸、领尸，下午就将尸体火化了，这也太快了。而且，村民一般采取土葬，直接将尸体入殓下葬，很少采取火葬，李梦娇为何将官人的尸体火化？最为重要的一点，白山死于被杀，头颅尚未找到，真凶尚未抓到，家属怎会如此草率的火化？为死者举办葬礼说得过去，可直接火化就有些说不过去了吧！

万筠灵本能地认为眼前的李梦娇在隐瞒些什么，突然，万筠灵厉声质问道：“李梦娇，你为何这么着急将尸体火化？”

“我……我……我没有。”李梦娇慌乱地说道。

“你没有？”万筠灵上前一步，一把抓住李梦娇的手腕，冷冷吓唬道，“无头尸体昨天才被发现，你上午就去衙门领尸，下午就将尸体带回来火化，还不承认你着急处理尸体？你说，你是不是在隐瞒你杀死你官人的真相？”

“没有，我没有。”李梦娇慌乱尖叫、挣扎，万筠灵见自己恐吓、威胁管用，死死抓着李梦娇的手腕，继续吓唬道：“还说没有，你长得这般美貌，却嫁了个脚夫，过着这般清贫的日子，恐怕心里早就希望你官人去死，然后找个富裕人家改嫁吧！”

“我没有，我没有。”李梦娇瘫在地上，任由万筠灵抓着手腕，哭着重复着这句话。万筠灵见她精神崩溃，正想继续逼问，这时，李梦娇的小叔子白兵从外面冲进来，看了一眼屋内的情况，朝万筠灵大吼道：“你干吗？放开她。”

白兵吼着，冲了上去，一把将瘫在地上的李梦娇拉起来，搂在怀里，眼神充满敌意地瞪着万筠灵。

万筠灵冷冷地打量着这两人，这俩有着叔嫂关系，动作却亲昵得像是对情人，冷冷说道："李梦娇涉嫌谋杀，我要带她回衙门，让开。"

"涉嫌谋杀？不，不。"白兵激动地大叫着，慌乱地说道，"人不是她杀的，不是她，是我，是我杀了我大哥，跟她没关系，要抓就抓我，跟她无关。"

这时，胡瑜、衙役以及村民也跟着跑进来，听到白兵承认杀了白山都震惊无比，呆呆地望着这一幕，李梦娇满脸泪痕，仰头凝视着白兵，哭着唤道："白兵。"

"没事，没事，只要你没事就好。"白兵抚摸着李梦娇满是泪痕的脸颊，温柔地说着，咧了咧嘴努力挤出一抹笑容。

万筠灵冷冷命令道："带走。"

万筠灵押着白兵、李梦娇到了大牢，将两人交给狱卒，命狱卒将他二人先关入大牢，又吩咐另一名狱卒将沈爻带过来。过了没多久，沈爻在狱卒的带领下走了过来，万筠灵望着他，只见沈爻神情坦然，嘴角泛着令人捉摸不透的微笑，也正打量着自己。

万筠灵冷笑一声，打趣道："看来你这牢坐得很舒服嘛！"

"这得多谢万捕头，让在下体会这坐牢的滋味。"沈爻不咸不淡地回道。

万筠灵脸色冷下来，眸子死死地盯着沈爻，不想与对方逞口舌之争浪费唾沫星子，问道："你怎么知道那具无头尸体有问题？"

"猜的。"沈爻笑容玩味地回了一句，问道，"怎么？已经证实了？"

"还没有。"万筠灵没好气地回了一句，继续说道，"不过，抓到去衙门冒认尸体的人。"

"什么意思？"沈爻不解地问了一句，他并不知道李梦娇去县衙认领尸体。

"你不是会猜吗？继续猜啊！"万筠灵觉得自己终于扳回一局，戏弄地望着沈爻吃瘪的样子。沈爻苦笑，这女人实在小心眼、爱记仇。

"万捕头把我叫来，不会只是为难我吧？"

“为难你？哼……我闲的。”万筠灵心口不一地回了一句，从椅子上站起来，说道，“走吧！去见见那两名犯人。”

沈爻深知万筠灵心里的如意算盘，她无非是想借助自己的能力破案，抓到与刘海有关的真凶。两人目的相同，案件中的一些情况，沈爻并不知情，如此了解案情的大好机会，他自然不会放过，便跟着万筠灵朝牢房走去。

万筠灵停在一间牢房前，沈爻朝里面望了一眼，只见一名身材魁梧的汉子低头坐在土床上，听到脚步声，汉子抬起头，看来人是万筠灵，立即冲到门口，扒着门柱，急切地问道：“梦娇呢？你将她怎么样了？我认罪，事情是我做的，人是我杀的，跟她一点关系都没有，我求你，求你放了她。”

“开门。”万筠灵吩咐了一句，狱卒将牢门上的锁打开。万筠灵走了进去，沈爻紧随其后，白兵不甘心地继续询问李梦娇的情况，万筠灵冷冷命令道：“坐好，想李梦娇没事，我问什么，你便答什么，若本案确实与李梦娇无关，自然会放了她。”

“好，好，我说，我一定问什么答什么。”

“说说你大哥白山的案子吧！你为什么杀他？”万筠灵问道。

“我……我并不想杀他。”白兵很紧张，或许在回忆杀死白山的画面，或许也在后悔。他深深叹了口气，眼睛闭了一会儿，睁开，才缓缓说道：“四年前，大哥迎娶梦……嫂子过门，那是我第一次见到嫂子，我看到她的第一眼就喜欢上了她。”

“哼……你俩这是叔嫂通奸，谋杀亲夫啊！”万筠灵冷笑道。

“不，不是这样，我跟嫂子是清白的。”

白兵连忙否认，继续说道：“我承认我喜欢她，可从不敢对她有非分之想，在我心里，她永远都是我的嫂嫂。如果大哥能真心待她，我默默为他们祝福。可大哥他痴迷赌博，赚的钱都输了进去，不仅如此，他还问嫂子要钱，勉强能温饱的家哪有钱，可大哥不甘心，要不到钱便对嫂子拳打脚踢，嫂子被他打得伤痕累累，我看不下去，说了两句，也被大哥一顿羞辱，他甚至羞辱我与嫂嫂的清白，逼我们给钱，不给钱就对外说我们苟且，那外人如何看待梦娇。我一气之下，用榔头杀了他，我真的不想杀他，他是我大哥，从小跟我相依为命，可我……”

白兵双手捂着脸悲痛地哭着，像是一个做错事的孩子。

万筠灵见惯了这种事，感情没有丝毫波澜，淡淡问道：“尸体呢？你们将尸体怎么处理的？”

“丢了，丢在山里，之后，我们便报案，计划哪天有人看见尸体报案，我们假装不知道地去认尸，不让官差怀疑到我们身上。”白兵抽了抽鼻子，回道。

“那为何还冒领那具无头尸体？”万筠灵不解地问道。

“就在七日前，一个蒙面人带着我杀死大哥的凶器找到我们，说出我杀死大哥的事，他表示可以帮我们。但条件是若衙门发现无头尸体，我们必须去认领，他告诉我们那具尸体的特征，并保证县衙绝对不会查到我们。若我们不照做，他就将我害死大哥的事情说出来，我们虽然知道无头尸体有问题，可我们别无选择。”

蒙面人？万筠灵、沈爻相视一眼，觉得这蒙面人或许与刘海有关。

万筠灵厉声问道：“你可看到蒙面人的容貌？”

“没有，他一直蒙着面，而且是在晚上出现，根本没看到他的样子。”白兵摇头说道。

“你总该看出他的身高、体型、嗓音了吧！”

“身高大约五尺三寸，体型匀称，至于嗓音，有些沙哑。”白兵想了想，回道。

“还有别的吗？”

“别的就没有了。”

“真的没有了？”

“真的没有了。”

“你确定你所说的都是真的？”万筠灵再次求证道。

“捕快大人，我说的句句属实。”白兵一脸恳切地回道。

沈爻、万筠灵相视一眼，走出了牢房，白兵扒着牢门着急地询问什么时候放了李梦娇，万筠灵没有搭理。两人又去了关押李梦娇的牢房，询问案情经过，几乎与白兵说的一模一样，唯一的出入点便是李梦娇表示是自己杀的白山，与白兵无关。

万筠灵、沈爻双双走出大牢，一出牢门，万筠灵扭头望了一眼沈爻，问道："对他两人的话，你怎么看？"

"应该属实，只是有一点很奇怪，凶手是如何知道他们杀人，并以此威胁？"

"这算不上疑点吧！毕竟李梦娇曾去县衙报案，此事知道的人不少，凶手只要……"万筠灵说到此处，突然停了下来，之前的疑惑又浮现在脑海，忍不住问道，"也就是说凶手早就计划杀刘海了，只是，他为什么要杀刘海？"

沈爻见万筠灵没听明白自己话中真正的意思，不愿继续多说，瞥了万筠灵一眼，语气冷淡地回道："那你就得去问凶手了。"

万筠灵正在沉思，冷不丁听到沈爻这话，脸色立即冰冷下来，美目狠狠瞪着沈爻，问道："沈爻，你这话是什么意思？"

"万捕头不会连这句话的意思都听不出来吧？"沈爻嘴角泛起戏谑的微笑，故意反问道。

"本官不懂，劳烦解释一二。"

沈爻咧了咧嘴，他说这话确实有暗讽之意，万筠灵不分青红皂白将他关入大牢，蹲了几天大狱，沈爻心中自然不快，才说这话讽刺万筠灵抓不到凶手，没想到此女子竟也是聪慧之人，听出话中暗讽之意。

沈爻并不吃她那套，态度傲然道："若在下不解释，万捕头是不是还要将在下关入大牢？"

"本官办案向来公正，之前将你关入大牢是证据有失，你涉嫌扰乱办案，这才将你关入大牢协助办案。"万筠灵脸不红、气不喘地推卸失误，端着一副十足的官威，继续说道，"至于此时，你涉嫌暗语诽谤六扇门捕快，我有权将你关入大牢调查。"

"六扇门还真是公正。"沈爻语带讽刺，一副死猪不怕开水烫的样子，继续说道，"那万捕头就把我关起来吧！"

"沈爻，你真以为本官不敢关你？"万筠灵气得俏脸涨红，愤愤威胁道。

"万捕头已关了一次，哪里会不敢关第二次。"

万筠灵一时间气得连话都说不出来，六扇门，何等威严的名字，捕快出动查案，就连朝廷命官都得老实配合，可这沈爻一出现便讽刺六扇门，万筠灵本想稍微惩戒他一番，再以开恩姿态放过他，令他诚心实意地替自己办理此案，没想到对方竟如此油盐不进。

几宗命案，正是因沈爻提示，万筠灵才能查出些眉目，她相信沈爻手中定还有自己不知的线索，无论如何都得利用此人办案，至少让他吐露出已知的线索。

万筠灵压制住心中怒火，摆出一副高姿态模样，说道："本官大度，可你对你言行既往不咎，只不过有个条……"

"等等！"沈爻不等万筠灵说完，直接打断，似笑非笑地说道，"万捕头，你不用对在下大度，在下可消受不起，在下还是老实地蹲大牢吧！"

"沈爻，你……"万筠灵彻底被气疯了，恨得直跺脚，平日来那副冰冷如霜的冷酷模样消失全无，此时完全像个被气疯的小女孩一样，气急败坏地指着沈爻的鼻子吼道，"你到底想怎样？不就是关你几天大牢嘛！难道还得让我蹲几天大牢你才舒服？"

"这个主意倒是不错。"沈爻得意洋洋地说了一句，见万筠灵被自己气得够呛，也知道见好就收，继续说道，"在下开玩笑，万捕头放心，在下受人之托，终人之事，案件该查的还是会查。"

"当真？"万筠灵不相信地问道。

"当真。"

"那我们从哪起案子开始查？"万筠灵激动地问道。

"我们？"

"对啊！我们。"

第十三章　针尖麦芒刺对刺（下）

傍晚时分。

火红的晚霞映照在天边，犹如火烧燎云，几乎将地面都映成火红色。

荀勖没有心思欣赏这难得一见的美景，他正急匆匆地赶往县大牢，十几名捕快推搡着抓捕的嫌疑人跟在后面。

县大牢就在前方，荀勖放眼望去，正见沈爻、万筠灵双双从大牢里出来，他不由一愣，下意识地停下了脚步。

“荀捕头，怎么了？”后面的捕快见荀勖停下来，疑惑地问了一句。荀勖这才回过神，随口说了句没事，加快步伐走了上去。此时，万筠灵已翻身上马、骑马远去，沈爻苦着一张脸直摇头晃脑。

万筠灵坚持与他一起查案，沈爻无论怎么保证会及时告知她案情进展都不行，好说歹说才让她先回去。这女子临走之前还说晚上去找他一起去案发现场调查，沈爻真觉得头大如斗，果然，古人有云：“唯有女子与小人难养也。”古人不欺我啊！

“沈先生。”荀勖远远喊了一声，沈爻从思绪中回过神，回头望见荀勖，迎了上去，不等沈爻开口，荀勖欢喜地问道：“沈先生，万捕头将你放了？”

“嗯，放了。”

“那真是太好了，我中午找大人求情，大人还说六扇门没下令他也没办法，没想到下午万捕头就亲自将你放了。”荀勖激动地说着，似乎不解万筠灵为何改变主意，问道，“沈先生，万捕头怎么突然改变主意了？”

“因为她已确定刘海有同谋。”

“这……这到底是怎么回事？”荀勖不解地问道。

沈爻简明扼要地将白兵、李梦娇杀死白山，冒领尸体，以及受蒙面人威胁的事说了一遍，荀勖这才恍然大悟，问道：“也就是说，那具无头尸体是刘海？”

“虽然已无法查证，但应该错不了。”

沈爻淡淡回了一句，见十几名捕快押解着犯人，问道：“这是怎么回事？”

“哦，之前沈先生不是提醒在下阎王殿的事嘛！在下就立即带人查本县背后有恶鬼文身的人，这不，抓到几个嫌疑人，正准备带回大牢审问。”荀勖解释道。

“哦，原来是这样。”沈爻点了点头说道。

“沈先生，你断案如神，不如一起审讯这些犯人？”荀勖恳请道。

“荀捕头，在下已在牢中待了数日，未曾沐浴，这身上都有些发臭了。待明日，明日在下与你一同审讯。”

这捕头怎么都一副熊样，完全不管别人的感受，沈爻苦笑着推脱。

“也是，沈先生刚出狱，是该去去身上的晦气了，在下鲁莽了。”荀勖尴尬地回道。

“在下就先告辞了。”沈爻点了点头，便与荀勖告辞，迈着步子离开了县大牢门口。荀勖凝视着沈爻远去的背影，摇头笑了笑，对身旁的捕快下令道：“将他们带进大牢。”

温水裹身，花瓣浮水。

沈爻微闭着双眼，坐躺在浴桶中惬意地享受沐浴，温水泡着身子，全身的毛孔张开，实在舒服。想想这几日的无妄之灾，那大牢之中潮湿、难闻，实在令人无法忍受。女人还是少惹为妙，然而她是六扇门的人，若……沈爻觉得自己的想法有些大胆，六扇门岂是那么好惹？这十几年来，他一直小心谨慎筹划，虽名声在外，却绝不与六扇门打交道，便是担心被这群敏锐之人嗅到蛛丝马迹。不过，事情已经过去十几年，世人皆知沈家余孽少年已死于山贼之手，自己是否太过警惕了？

“警惕点是好事。”沈爻喃喃自语了一番，随手抓起水中的手帕放在脸上，浮在水面上的脑袋慢慢潜入水中，让自己思考思考。

国库失窃案已一年多未破，此次好不容易追查到刘海这条线索，可刘海极有可能已被杀，那杀害刘海的凶手是否与国库失窃案有关？万筠灵无法确定，她如今要做的便是尽快查出真凶，虽然她向来对自己的破案能力充满自信，不喜与人联手查案，然而此次案件沈爻接触较早，之前的各种推测都趋向真相。更重要的一点，沈爻极有可能知道自己并不知道的线索，就算不与他联手查案，也要想办法从他口中套出些话。

万筠灵从不浪费时间，用过晚餐，便来沈爻居住的客栈找他。向店小二打听了一番，来到沈爻居住的天字二号房门前，伸手敲了敲门，无人回应，又喊了两声，还是无人回应。沈爻之前表示不愿与自己一同查案，难不成他故意装作不在？

万筠灵左思右想，一把将门推开走了进去，房内空无一人。万筠灵正在纳闷，这时听见内屋传来“哗哗哗”的流水声，她心中诧异，走了过去，只见沈爻正浑身赤裸地从浴桶中出来，万筠灵目瞪口呆，怔在那里，那裸露在外的躯体浑身满是狰狞伤疤，这沈爻到底经历了什么？

沈爻舒舒服服地洗完热水澡，正从浴桶中起身，突然看到万筠灵出现在门口，吓得他直接跌进浴桶，弄得水花四溅。沈爻翻腾了两下，坐起身，摸了把满是水的脸，双手扒着浴桶边缘，紧张地问道：“你怎么在这儿？”

万筠灵的脸色也略显尴尬，可瞬间她便恢复过来，一脸若无其事地说道：“我都不紧张，你紧张什么？”

“我……”沈爻一时间无言以对，他从未见过如此女子，见男人赤裸出浴竟毫无羞耻之态，转念一想，他瞬间平复紧张的心情，边缓缓站起来边说道：“说的对，你都不紧张，我紧张什么，既然你想看我不穿衣服的样子，那便给你看。”

万筠灵见沈爻正慢慢从浴桶中站起来，俏脸不由一红，无意撞见这幕，她并不觉得有什么，身为捕头，验尸见过赤裸男性很正常，她仅将沈爻当成一副躯体。然而沈爻挑逗、玩味地站起身，那情况便不同了，她怎么说也是个女子，哪还能继续看，连忙转身退了出去，不忘骂道：“无耻。”

沈爻见状，不由笑了笑，从浴桶中起来，穿上衣服走了出去。只见万筠灵冰着一张脸坐在椅子上，见自己出来，一双美目正恶狠狠地瞪着自己。沈爻无视对方杀意的眼神，走到桌前，自顾自地倒了杯茶，率先开口道：“万捕头很喜欢晚上不敲门进男子的房间嘛！”

“本官不至于如此饥不择食，就算要看，也不看你。”万筠灵的俏脸愤怒得快喷火了，愤愤说道，“而且本官敲门了，只是没人应。”

沈爻悠悠地饮了口茶，不愿继续谈论这个问题，淡淡问道：“万捕头这么晚了找在下所为何事？”

“你这是明知故问吧！不说好一起查案嘛！”

“在下确实表示竭尽所能查明案情，可从没答应和万捕头一起查案吧！”

万筠灵气得肺都快炸了，她极力压制心中的愤怒，质问道：“为什么不能与我一起查案？难道怕本官抢了你的功劳？”

“在下查案只因答应了陈十六，要还徐麟栋一个公道。”

“那到底是为什么？”

“只因在下不喜。”

“你……”

万筠灵气得从椅子上站起来，美目冒火地盯着沈爻，愤愤说道：“好，好，本官可以不与你一同查案，但你必须将你知道的关于这几起案子所有的线索告诉我。”

“在下所知的，万捕头也都知道。”

“不可能。”

万筠灵如何都不信，又坐回椅子上，威胁道：“你若不说，我便一直赖着你，你走到哪里我跟到哪里。”

这女人还真是如狗皮膏药，粘上就赖住了。

沈爻确实知道一些无人所知的线索，可他不能确定，更没证据，生怕被万筠灵知道，这女人急于破案打乱了计划。沈爻决定先隐瞒，至少等到陈十六调查出结果。他悠悠地饮了口茶，瞥了万筠灵一眼，笑着说道：“在下要上床睡觉，万捕头上床也跟着吗？”

“本官看你活腻歪了。”

万筠灵彻底怒了，她从未遇见沈爻这种给脸不要脸的人，猛然抬手，一巴掌朝着沈爻的脸扇去，沈爻没想到这女人说动手便动手，来不及将手中的茶杯放下，身子往后一移，躲过了这一巴掌。

万筠灵一巴掌没扇到，不由一惊，想也没想，双手摁着桌子，抬起一只脚朝着沈爻的脑袋踢去。沈爻连忙抬起左臂，挡住万筠灵这凌厉的一脚。万筠灵见沈爻挡下了自己用了七成功力的一脚，异常惊讶，将腿收回来，冷冷说道："没想到还是个练家子。"

万筠灵说着，腰间的佩刀已抽出来，朝着沈爻横劈过去。沈爻不敢大意，连忙从椅子上起身，快速往后退去。万筠灵并没收手，手持佩刀继续朝沈爻劈去。

"万捕头，没必要如此吧！在下若有线索，早就告知了。"沈爻边躲边相劝道。

"今日你不说，我便让你身上再增几条伤痕。"

万筠灵发了疯般劈砍，沈爻不断闪避，正在这时，门被推开了，陈十六站在门口，见沈爻正被人刺杀，而万筠灵背对着门口，陈十六没有看到她的脸，认为有人对沈爻不利，立即抽出长剑刺了过去。

开门声响起，万筠灵便听到了，她并非真要杀沈爻，只是要吓唬对方，听见有人推门进屋，便下意识地收刀，转过身想看是谁，可陈十六的剑已到她胸前。陈十六看清对方是万筠灵，也是惊讶不已，想收剑可已来不及，只能眼看着这一剑刺中万筠灵。

千钧一发之际，一个茶杯爆射而来，打在陈十六的剑上，剑的方向偏移，没刺在万筠灵的身上。陈十六阵阵后怕，连忙问道："万捕头，你为何要杀先生？"

"没什么。"万筠灵收回刀，冷冷回道。

"先生？"陈十六疑惑地望着沈爻，在询问两人到底怎么了，为何在房间内打打杀杀？

沈爻淡淡回道："切磋，万捕头在与我切磋武艺。"

"真的吗？"陈十六不信地反问了一句，这两人有病吧！大晚上的在房间里切磋武艺。

"让你查的事情，怎么样了？"沈爻懒得过多解释，转移话题问道。

"哦，查了。"陈十六的思绪回到沈爻的话题上，应了一句，继续说道，“程申最近没接触过什么陌生人，除了当差便是在家，至于钱财方面，虽然家境一般，但还过得去，并没有来历不明的钱财。”

“程申是谁？你们为什么要调查他？”万筠灵听得一头雾水，插话问道。

沈爻满脸沉思，没理万筠灵的问题，他总觉得刘海杀狱卒越狱有问题，正常情况下，狱卒不会没有防备地接近牢门，他才怀疑狱卒很可能有问题，便让陈十六暗中调查被刘海所杀的狱卒程申。

陈十六瞥了一眼沈爻，见先生正在思考，小声对万筠灵回道：“就是那个被刘海杀的狱卒。”

第十四章　无处可寻案难查（上）

刘海所杀的狱卒？那不是刘海越狱时杀的无辜者吗？沈爻为什么要调查他？难不成他与这几宗命案有什么关系？万筠灵心中充满疑惑，扭头望向沈爻，见他正一脸沉思，伸手敲了敲桌子想吸引沈爻注意，可对方完全无视，似乎完全沉浸在自己的思绪中。

“喂。”万筠灵喊了一声，可沈爻并没有反应，身子一动不动，只有眼珠在不停地旋转，思绪早已飞离。万筠灵好不气恼，站起身，抬脚踢了踢沈爻的小腿，颐指气使地说道：“本官叫你呢！”

“别吵。”沈爻思绪被打断，气得吼了一句。

万筠灵被这一吼吓得退了两步，呆滞了几息，怒火如地上疯长的野草布满在俏脸上，她的手一把抓起腰间的佩刀，恨不得一刀砍死沈爻，可在抽刀的那一刻，她还是将心中怒火压制下来，愤愤地坐回椅子上生闷气。

沈爻还在沉思，他隐约觉得真相就在眼前，可不知道该如何揭开蒙住真相的面纱，就像是面前放着一个宝盒，他没有钥匙打开，便无法知道里面到底放着什么宝贝。钥匙，线索，目前掌握的线索实在太少。猛然，沈爻灵光一闪，扭头望向万筠灵，问道：“万捕头，一年前的国库失窃案，你们查到些什么？”

哼……他也有求自己的时候？万筠灵暗自得意，神情漠然，瞥了沈爻一眼，冷冷回道：“这是我六扇门的机密，岂能告知外人？沈爻，你只需要查清楚杀死徐麟栋、刘海的凶手，至于国库失窃案，与你无关。”

“可这两宗命案源于一年前的国库盗窃案，若是……”

沈爻说着，瞥了一眼万筠灵，见她一副冰冷模样，深知六扇门如何处事，多问无益，只好妥协，继续说道："好，好，我不问一年前的国库失窃案，那你总该告诉我你们都从刘海身上查到什么？"

"这点我不清楚，获知刘海这条线索，六扇门一方面派我等追捕，另一方面派其他同僚调查。不过，按日子计算，应该查到些内容。"

"万捕头，我觉得刘海身上的线索是解开这两宗命案的钥匙，我希望万捕头能……"

"等等！"

沈爻话还没说完，万筠灵便抬手打断，美目直勾勾地盯着沈爻，问道："你到底知道些什么？"

"现在还不能证实。"

"沈爻，你这让本官很为难。本官不能因为你一句话就返回六扇门查证，若是在这期间，出了意外，凶手跑了，怎么办？这个责任只会追究到本官身上。"

"万捕头查不出真凶，不还得为此事负责？"沈爻笑着回道。

万筠灵气得脸都绿了，她还从没遇见过沈爻这种人，求别人办事竟还一副颐指气使的姿态，她万筠灵还就不信了，没了你沈爻，自己就查不出这两宗命案的真相了。万筠灵狠狠地瞪了沈爻一眼，二话不说，转身就走。

沈爻望着万筠灵离开的背影，笑了笑，端起茶杯饮了口茶。

陈十六见两人如此怄气，心里非常焦急，两人都不真诚合作，藏着掖着，什么时候能查到杀害徐麟栋的真凶？陈十六连忙劝说道："先生，您就不能先放下跟万捕头的恩怨，咱们先把杀死徐大哥的真凶查出来，抓住真凶，再解决私人恩怨也不迟啊。"

"你觉得先生像那种为了私怨不顾正事的人吗？"沈爻没好气地问道。

"像。"陈十六点了点头，说道。

"出去。"

"先生……"

"出去。"

沈爻不耐烦地将陈十六往房外推，陈十六一脸委屈，一步步地被沈爻推出房间，双手扒着房门，问道："先生，那明天我有什么任务？"

"你爱干吗干吗，手拿开，出去。"沈爻说着，掰开陈十六扒着房门的手，一把将陈十六推出门外，随手将房门关上。

“先生，你答应我查出杀死徐大哥的真……”

次日。

沈爻如往常一样，东方刚泛红便从睡梦中醒来，他从床上下来，洗漱完，穿上一身整洁、华贵的服饰，迈着步子走到门前，刚打开门就看到陈十六怀中抱剑蹲在门口熟睡，沈爻不由吓了一跳。

“先生。”陈十六听见开门声，警觉地醒来，着急忙慌地喊了一句才站起来。

“一大早你蹲在这做什么？”

“在等先生。”

“等我？等我干吗？”沈爻边关门边问道。

“查案。”陈十六跟上沈爻，继续说道，“先生，这都已经过了好多天了，可现在连杀死徐大哥的嫌疑人都没……”

沈爻走到楼梯口，突然停下来，扭过头，目光直视着陈十六，问道：“你在质疑先生的能力？”

“没有。我只是觉得先生应该与万捕头合作，先生既然认定这两宗命案都与一年前的国库失窃案有关，而六扇门一年前便追查此案，定比我们了解详细。”

“我在让她与我合作。”沈爻淡淡地回了一句，陈十六听得一脸茫然，先生昨夜那态度哪有一丝合作的意思，完全就是让万筠灵乖乖听话办事，这放在谁身上能受得了？更何况万筠灵还是六扇门的捕头。沈爻也不理会陈十六如何想，迈着步子走到楼下，吩咐店小二上些早点，便找了个靠窗的位置坐下。

陈十六跟了上来，坐在沈爻的对面，苦口婆心地说道：“先生，既然您想与万捕头合作，又何必把关系闹得这么僵。不如先表现出诚意，告诉她您查到的一些线索，说不定万捕头就会答应回六扇门查证。”

“她若不去呢？”沈爻夹起一个肉包，抬起眼皮瞥了陈十六一眼，随口问了一句，将肉包放进嘴里咬了一口。

陈十六被问得哑口无言，愤愤地抓起一个肉包塞进嘴里，拼命地嚼着，直到将肉包嚼完，才不满地说道：“先生，您到底在固执些什么？能查出真凶不就完了，您不是那种在乎虚名的人啊！”

“我是。”

“先生。”

“呼……”沈爻吐了口气，缓缓将手中的筷子放下，直视着陈十六，说道，“三日，三日之内她便会答应回六扇门查证，现在都告诉你了，别再烦我。”

陈十六听得一脸茫然，嘴巴里的肉包都忘了嚼，沈爻竟然说三日之内万筠灵会答应回六扇门查证，万筠灵什么性子，这怎么可能？沈爻才懒得管陈十六怎么想，他说完，便起身离开。

陈十六连忙嚼下嘴里的肉包，含糊不清地问道：“先生，你去哪里？”

沈爻头也不回地走出客栈。

沈爻离开客栈，直奔县大牢，刚到大牢门口，正巧碰见赶来的荀勖，两人寒暄着走进大牢。进了大牢，荀勖命狱卒逐一提审昨日抓捕的嫌疑人，狱卒领命去带嫌疑人过来。

“沈先生能来相助，在下真是感激不尽。”

沈爻微微一笑，回道：“都是为了查案。”

“也不知这几名嫌疑人中是否有真凶，唉……这种查法无异于大海捞针，可现在没有任何有价值的线索，在下也只能用如此笨拙的办法。”荀勖无奈地叹了口气，扭头看了沈爻一眼，笑着说道：“沈先生，若是你掌握了线索，可别瞒着在下，六扇门催得紧，大人又催我等，真希望快点查到真凶。”

“荀捕头辛苦了。”沈爻恭维了一句，继续说道，“说实话，在下倒是有一条线索，也不能算线索，只是一种猜测，本希望万捕头能回六扇门查证，只可惜万捕头不信任在下。”

“什么猜测？”荀勖关心地问道。

沈爻正要开口，狱卒已押解着第一名嫌疑人走来，沈爻没有回话，荀勖也不好多问，两人开始审问嫌疑人，结果大失所望，共七人后背纹有恶鬼文身的嫌疑人，其中四名嫌疑人都有十足的不在现场证明，另外三人都是土生土长的本地人，虽有两名嫌疑人手上有别的案子，可完全与一年前的国库失窃案无关，根本不可能与刘海相识，更不可能是阎王殿的余孽。

案情毫无进展。荀勖头大如斗，心情烦躁，命狱卒将没有犯罪的嫌疑人释放。待狱卒、嫌疑人都离开，荀勖问道："如此方式恐怕难以抓到真凶，哦，对了，沈先生，你之前说有种猜测，是什么猜测？"

沈爻扯着衣服嗅了嗅，一脸嫌弃，不由提议道："荀捕头，咱们在这大牢审了快一天了，身上一股怪味。不如先去澡堂泡个澡，边泡澡，在下边与你细说。"

"沈先生实在是爱洁净之人，在下经常出入牢房与犯人打交道还真不觉得。既然沈先生提议，那在下与你一起，咱们先泡个澡，在下再请先生去喝酒，如何？"荀勖笑着问道。

"当然好了。"

"沈先生，请。"

荀勖邀请了一句，让荀勖先行，两人一前一后离开了县大牢，去县里的澡堂泡澡。

第十五章 无处可寻案难查（下）

“刘海身上的线索是解开这两宗命案的钥匙。”

沈爻的这句话是什么意思？如今这两宗命案看似清晰，凶手杀死徐麟栋、刘海的目的便是为了不让一年前的国库失窃案浮出水面，那凶手在国库失窃案中到底扮演什么角色？

不对。万筠灵猛然想到一个至关重要的点，凶手为何要杀徐麟栋？若真是为了隐匿自身参与国库失窃案，他直接不留痕迹地杀了刘海，纵然徐麟栋以玉佩上报刘海参与国库失窃案，也只会查到刘海身上，而不会查到凶手身上，凶手何必如此大费周章连杀两条人命？凶手到底是谁？他与刘海是什么关系？

万筠灵觉得自己距离真相越来越近，只要揭开眼前的白布就能知道事情的真相，这块白布便是刘海这条线索，想通这些，万筠灵万分激动，哼……沈爻，真以为没了你，本官便查不出真凶了？

“胡瑜。”万筠灵朝外喊了一声，不消片刻，胡瑜推门进来，行礼喊道：“万捕头。”

“你立即返回六扇门，将查到关于刘海的一切信息全部带回来。”万筠灵吩咐道。

“现在？”

“现在。”

“是。”胡瑜应答一声，便匆匆走出悦来客栈，飞奔向武邑县城门。一出县城，胡瑜策马扬鞭，朝着淮安城的方向飞驰。此时，正坐在茶楼窗户边的两人盯着胡瑜远去的背影，其中一人将手中的茶杯放下，吩咐道：

“去报告统领，胡瑜已离开武邑县。”

“是。”另一人应答一声，匆匆离开了茶楼。

沈爻在荀勖的带领下来到大众澡堂，泡澡的客人不少，几乎都认识荀勖，熟络地上前打招呼，荀勖微笑着点头回敬。

沈爻好奇地问道：“荀捕头经常来澡堂泡澡？”

“哦，没有，只是偶尔来。”

“哦。”沈爻若有所思地点了点头，两人边说边进了换衣间。

一进换衣间，荀勖脱掉身上的官差服饰，沈爻边脱外衫边斜眼看着荀勖。

“沈先生，怎……怎么了？”

荀勖察觉沈爻正盯着自己，心里不由慌乱，这沈先生不会有别的爱好吧？

“没什么。”沈爻淡淡地回了一句，将上衣内衫脱掉，背后露出一道道狰狞的伤疤。

荀勖望着沈爻后背的伤疤，好奇地走过去，问道：“沈先生，你身上这些伤疤……”

“小时候留下的。”沈爻淡淡回了一句，便不再说话。荀勖察觉到沈爻不愿多说，朝沈爻笑了笑，不再多问，随手脱掉上衣内衫，走向澡堂。沈爻跟在后面，凝视着荀勖光洁白皙的后背，满脸疑惑地走向澡堂。

两人进了澡堂，惬意地躺在热水中泡澡。

荀勖搓着身子，似乎想起在狱中与沈爻谈论的事，连忙坐直，问道：“沈先生，你说有种猜测，到底什么猜测？”

“凶手是衙门里的人。”

“什么？”荀勖惊讶地叫了起来，他怎么也没想到沈爻竟有如此猜测，似乎一时间难以相信，呆滞了一会儿才回过神，注意到泡澡的客人都在盯着自己，荀勖觉得失态，凑到沈爻身边，压低声音问道：“沈先生，何出此言？”

“荀捕头觉得程申这人怎么样？”沈爻不答反问道。

“程申？”荀勖没想到沈爻突然问及刘海杀的狱卒程申，脸上不由泛起悲伤神情，缓缓说道，“他是个尽忠职守的狱卒，虽然他之前是个干苦力的汉子，可做了狱卒之后恪尽职守。呵……实不相瞒，当初还是我引荐程申来做狱卒的，只是没想到他竟遇到这种事。”

“荀捕头，依你对程申的了解，他会为钱财罔顾法纪吗？”

“不会，程申绝不是那种人。”荀勖肯定地回道。

“我派十六调查过，程申最近并没与陌生人接触，也没有意外之财。可刘海越狱之时，有犯人见程申与刘海隔着牢门说话，这才被刘海痛下杀手。”

荀勖听完沈爻的话，脸色大变，惊讶地问道：“沈先生的意思是程申被人算计了，而这人正是衙门里的人？”

“对，程申应该不会想到一个普通的盗窃犯竟会杀人越狱。”

“我明白了。”荀勖恍然大悟，可根据沈爻的推测，他又心生疑惑，问道：“不过，凶手到底是用什么办法让程申毫无防备，甚至带着牢门钥匙靠近刘海？”

“这点我也想不通，或许……或许程申带钥匙只是个意外。”

“嗯，无论怎么样，这是个至关重要的线索。”荀勖点点头道。

“荀捕头听说了李梦娇去县衙冒领尸体一事吧？”沈爻突然转移话题问道。

“嗯，听说了，好像是与小叔子合谋杀死了自己的官人，之前还故意来县衙报失踪案，没想到凶手就是他们自己。”

“问题是杀死刘海的凶手如何知道李梦娇、白兵杀人并加以威胁？”

“这……可能性太多了，无意间撞见，或者是李梦娇报案时，杀死刘海的凶手得知白山失踪，调查到李梦娇他们的身上。”荀勖扭了扭脑袋，说道。

“巧合另算，荀捕头也说到调查，说明此人有断案能力，这就……”

“我明白了。”荀勖终于听明白了沈爻话中的意思，恍然大悟道，“凶手有可能是县衙的人，他得知白山失踪，追查到李梦娇他们身上，便想出偷梁换柱。”

“没错。”

“如此更加锁定了嫌疑人是衙门里的官差，而且凶手后背又有文身，我回衙门召集官差，一查便知。”

荀勖神情激动，觉得破案就在眼前。可还没等他说完，沈爻便打断道：“凶手后背有文身不能当作线索。”

“不能当作线索，为何？”荀勖不解地问道。

“这条线索的由来是因我们知道刘海是阎王殿的人，而凶手犯下命案是为了隐藏一年前的国库失窃案，便怀疑凶手与刘海同来自阎王殿，可据我所知，一年前国库失窃案发生，六扇门出动追捕，除了发现阎王殿成员尽数死于非命之外，还有一部分参与的成员后背没有文身。”

“这是怎么回事？”

“国库失窃案并非仅仅是阎王殿所为，凶手极有可能是其他组织成员。”

“我明白了，不过，仅嫌疑人出自衙门这条线索足以缩小范围。”荀勖并没有失落，他依旧觉得沈爻提供的这条线索非常重要，破案指日可待。突然，他像是想到了什么，犹犹豫豫地问道：“沈先生，万捕头知不知道这个线索？”

“我没告诉她，至于她知不知道我就不知道了。”沈爻随口回了一句，不由疑惑起来，问道，“荀捕头为什么这么问？”

“实不相瞒，在下希望这两宗命案能由县衙来破。”荀勖一脸诚恳地回道。

“好。”

荀勖没想到沈爻竟如此爽快地答应，心中颇为诧异，好奇地问道：“沈先生连问都不问在下为何这样做便答应了？”

“这两宗命案在本县发生，由本县破案再好不过。”沈爻微微一笑，继续说道，“当然，这不是重点，重点是我看不惯六扇门的作风。”

“哈……先生，你……在下不多说了，先谢过先生。”

荀勖没想到沈爻竟这么说，看似古板的沈先生竟还有如此一面，大笑着表示感激。沈爻神情淡然，似乎并没觉得此事好笑，他瞥了荀勖一眼，突然问道：“荀捕头，你可从那日追捕刘海的情况着手调查。”

“明白。”荀勖立即明白沈爻话中之意，刘海乃一外乡人，越狱之后竟在人生地不熟的武邑县轻易逃过官差追捕，最大的可能便是得到凶手的帮助，凶手与刘海见面自然要摆脱其他官差，此事一查便知。

“对了，荀捕头那晚是如何分配官差追捕的？”沈爻好奇地问道。

“三人一组。我见到程申的尸体，确定刘海有些武功，为安全起见，便让官差成三人一组追捕。”

“荀捕头呢？”

“我？”荀勖没想到沈爻竟这么问，不由一愣，笑着说道，“我是本县捕头，一个小小的刘海还不放在眼里，我一人一组追捕。”

沈爻意味深长地“哦”了一声，便不再说话。荀勖扭头望了他一会儿，笑着问道：“沈先生为何这么问？难不成怀疑我？”

“荀捕头多想了。”

凶手杀死徐麟栋看似为隐藏刘海盗窃国库的盗贼身份，实则另有目的，到底是什么目的？

玉佩。唯一的可能性便是玉佩，这玉佩乃是国库失窃之物，怎会与凶手有关系？难不成凶手仅是见财起意，为独吞宝物杀人？如今只有胡瑜从六扇门带回有关刘海的信息才能知晓。万筠灵不得不佩服沈爻，他竟能早自己一步看破这两宗命案背后的玄机。

“哼……还不是他一开始说徐麟栋被杀是因为玉佩，混淆视听，害得本官这么久才想到。”

万筠灵虽心中佩服，可嘴上依旧对沈爻不满，特别是想到对方傲慢、自大的态度，恨得牙痒痒。左思右想了一番，万筠灵觉得沈爻或许还知道其他线索，得再会会这高傲自大的混蛋，套些线索出来。

万筠灵走出客栈，一道身影悄无声息地跟了上去。起先，万筠灵毫无察觉，直到过了两条街，她才隐约感觉到被人跟踪，心中不由惊叹对方轻功了得。万筠灵故作不知，转身进了一个小巷子，纵身一跃，跳上墙头。

片刻之后，一个人走进小巷子左右张望。万筠灵嘴角泛起一抹冷笑，手持刀鞘朝着对方的后背袭了过去。一股凛冽杀意袭来，那人心中冷汗直流，想做出反应，可为时已晚，刚转过身，万筠灵手中的刀鞘已击中他的胸口，重重的一击令他退后两步，一股血腥味涌到嘴边。

万筠灵完全不给他反应机会，手快速抽刀，架在对方脖子上，冷冷问道：“什么人？为何跟踪我？”

“姑娘，误会，我只是恰巧路过。”男人捂着胸口，哭丧着脸回道。

“误会？”万筠灵眉毛一挑，冷笑道，“要是我的刀砍掉你的脖子，那这个误会可就大了，说。”

说话间，地面传来细微的声响，顿时，烟雾缭绕，万筠灵视线受扰，心神一慌，迟疑一息，反应过来立即挥刀，可一刀砍空。万筠灵捂着口鼻向前迈了几步，放眼望去，男人早已消失无踪。

万筠灵心中愤恨，低声咒骂，她没想到那人竟将烟雾弹放在袖中，趁自己盯着他脸时，悄无声息释放，逃之夭夭，此人绝对不简单，难不成他与刘海有千丝万缕的关系？

此人必须得查，万筠灵想着，掉转方向朝着县衙走去。

第十六章　双双遭难生死关（上）

房舍荒凉，看似已废弃许久，断裂的木门已腐烂，石块砌成的院墙布满了青苔。万筠灵、荀勖双双走进杂草丛生的庭院，空无一人，万筠灵四处张望，不放心地问道：“此人可信吗？”

“万捕头放心，虽说这人是不入流的泼皮，不过，蛇有蛇道，鼠有鼠路，找人这种事找他们准没错。”荀勖自信满满地保证，见万筠灵不再多问，荀勖目光投向木门破了个大洞的屋内，喊道：“许三。”

“谁啊？打扰老子睡觉。”

屋内传来慵懒的声音，紧接着，一个衣着破烂、头发蓬松、打着哈欠的獐头鼠目男子走了出来，一见荀勖，眼睛立即亮了起来，满脸堆积着假笑，迎了上去，谄媚道：“荀捕头，快，快，里面坐。”

“坐什么坐，屋里有椅子吗？”荀勖没好气地骂了一句，懒得跟许三废话，开门见山地问道：“让你查的事情查得怎么样了？”

“查清楚了。”许三嘿嘿一笑，说道。

“他们在哪儿？”万筠灵着急地插话询问，许三扭头望向万筠灵，觉得这女子绝美，两只眼都舍不得离开，猥琐的眼神直勾勾地盯着万筠灵，就是不答话。万筠灵被他盯得心里有些发毛，俏脸布满愤怒，正欲发作，荀勖从怀里掏出二两银子丢给许三，淡淡说道：“说吧！”

许三眼疾手快地接住银两，嘿嘿一笑，麻溜地揣进怀里，笑嘻嘻地说道：“荀捕头，这就见外了，你让我办的事，就是不给银子，我也给你办得妥妥的。”

“少说废话，说重点。”

“这伙人有十来个，具体几个就不知道了。昨天之前，他们来武邑县的身份是商人、过客，可从昨天开始，他们消失了。”许三得意洋洋地讲述着，说到此处故意停顿了一下，见荀勖、万筠灵都期待地望着自己，继续说道，“在他们消失后，城北的破庙多了一伙乞丐，三五个人，至于其他人，没在城内发现踪迹，他们肯定出城了。”

“城北破庙？”万筠灵重复地问道。

“没错，小娘子。”

许三见万筠灵主动询问，目光又不由地转到万筠灵身上，眼神猥琐地打量着万筠灵，用脏兮兮的手摸着下巴，似乎在展现帅气的一面。万筠灵见他那双贼眼又盯着自己，彻底恼怒了，手闪电般地放在刀柄上，就在她拔刀的那一刻，荀勖突然伸手拦住，笑着说道：“万捕头，没必要跟他个泼皮计较。”

“哼……”万筠灵冷哼一声，转身走了出去。许三终于明白过来怎么回事，一张脸吓得惨白，一动不动，完全吓傻了，荀勖笑了笑，淡淡说道：“以后记得管住自己的眼睛和嘴。”

“呵……明白，明白。”许三咧了咧嘴，尴尬地点头。

荀勖不理他，走出了庭院，小跑追上万筠灵，问道：“万捕头，接下来怎么做？要不要我派捕快将这伙人一网打尽。”

“不。”万筠灵立即拒绝，若有所思地说道，“这事荀捕头就不要管了，我来处理。”

“可是……”

“他们是冲我来的，荀捕头做好本职的工作就行了。”

万筠灵冷冷丢了一句，迈步离开。荀勖站在原地望着万筠灵离开的背影，尴尬地笑了笑，摇了摇头，跟了上去。

深夜。

月朗星稀。

树杈之上，一道黑影如石像般伫立，仅露出的一双眼睛凝视着对面不远处的破庙。破庙内，几个衣着破烂的男子围着篝火席地而坐，他们坐姿挺立，毫无懒散之态，一看便知不是普通乞丐。

黑影脚尖一点，动作潇洒飘逸地从树杈跳跃而下，轻手轻脚地飞驰到破庙墙下，纵身一跃，跳到屋顶上，轻轻揭开一块瓦片，望着下面围着篝火团坐的男子们。

“这妈的破衣服穿着真难受，娘的，马眼暴露，留咱们哥儿几个在这受罪，又没下一步指示，咱们就这样干等着？”

“废他娘的什么话，我等只需遵从统领的指示便可。”

“哼……”

万筠灵趴在屋顶仔细聆听，两人对话尽收耳中，可以肯定昨日跟踪自己的人便是这伙人的同党，只是他们为什么跟踪自己？他们口中的统领又是什么人？他们到底有什么目的？一连串的问题在万筠灵脑中浮现，她还想偷听到一些有用的信息，可惜这几人闷声烤火，不再谈话。

“啪！”

突然，万筠灵脚边发出瓦块破裂的声响，她心中暗叫不好，难不成自己专注思考不小心踩碎了瓦块？此时已容不得她多想，下面的男子已经听到声响，纷纷抬头，其中一人已站起身，大喝一声，单脚踏地，冲向屋顶。

“什么人？”

万筠灵并未逃走，先不说自己是官对方是匪，岂有逃的道理？关键是若放过这伙人，再想找到他们就难了，不如抓回去严加拷问，不信他们不交代。万筠灵抽刀以待，大喝那人已破瓦而出，跳上屋顶与万筠灵对面而立，其余几人从四方包抄。

“你们又是何人？”万筠灵淡淡问道。

“原来是万捕头，没想到你竟能找到这。”那人认出万筠灵，惊讶地问道。

“我乃六扇门捕快，最擅长的便是追捕犯人。”

“呵……那万捕头打算如何处理我们这些犯人？”

那人嘴角泛起不屑的冷笑，淡淡问了一句。此时，其余包抄的几人已从其他方位跳上屋顶，将万筠灵围住。万筠灵瞥了一眼，神色如常，似乎并不将这几人放在眼里，手中的佩刀一抬，指着为首的男子，冷冷说道：“抓回衙门。”

“就怕万捕头没这个本事。”

为首男子冷哼一声，厉声下令道：“杀了她。”

“统领交代……”

“统领怪罪，我一力承担。”为首的男子气势威严地打断道。

“好嘞！”

先前发牢骚的男子一听此话，早已等不及，抽剑刺向万筠灵。杀了她，便可以脱掉这身满是虱子的脏衣服，不用受这份苦，其余几人也纷纷拔剑攻向万筠灵。

一时间，刀光剑影，万筠灵身法鬼魅，刀法变幻莫测，纵然被四人合力围攻，也没显颓败之态。为首男子见状，惊讶不已，没想到万筠灵武功竟如此之高，他深知继续打斗下去引来捕快就麻烦了，立即从腰间抽出两把短刀，大喝一声，冲了上去。为首男子冲杀而上，万筠灵敏锐察觉，手中的佩刀短暂地击退其余四人。此时，为首的男子的双刀劈砍而来，万筠灵边后退边以刀抵挡。

“锵锵锵！”刀影闪现，火花四射，只听见相撞声响。不消片刻，两人已过二十余招，万筠灵左肩、右腹各中一刀，此人刀法实在诡异，出刀极快。

“魍魉刀法？”万筠灵吃惊地问道。

“万捕头果然见多识广。”

“你们到底是什么人？”万筠灵厉声问道。

“下地狱问阎王吧！”为首的男子冷冷回了一句，纵身一跃，双刀已出，直逼万筠灵。万筠灵俏脸布满汗滴，双手紧握佩刀，横刀劈去，男子并未躲闪，一刀在手，另一刀脱手，在空中飞速旋转，男子身子一侧，手中的刀抵挡住万筠灵劈来的佩刀，飞出去的刀重新落在手中，猛然刺向万筠灵的腹部。

“噗……”锋利的短刀刺入万筠灵的腹部，万筠灵一阵吃痛，紧咬牙关，此时，男子已在万筠灵面前，万筠灵抬膝直捣对方胸口，男子被轰飞出去，万筠灵持刀的双手挪开一只，一把抓住对方手腕，抬腿又是一脚。然而，就在此时，其余四人已冲上来，万筠灵已中三刀，特别是腹部一刀极为致命，反应稍迟，勉强击退三人的进攻，只见牢骚男子的剑已刺向她的胸口。

“沈先生，这边，请。”官差热情地在前带路，绕过了前堂，朝后堂走去。沈爻微微点头，心中已猜到大概，今日一早，县衙便差人来请，却不吐露何事，想必荀勖已根据自己提供的线索查到些眉目，此事涉及县衙官差，未下定论之前，自然不好公开，官差不知实属正常。

刘树、荀勖正在堂中议事，见沈爻已到庭院，荀勖连忙迎了上来，主动招呼道：“麻烦沈先生特意跑一趟。”

“荀捕头客气了。”

“你先下去吧！”

荀勖扭头朝官差说了句，官差应了一声，悄悄退了出去。见官差离开，荀勖请沈爻进大堂，两人一起走了进去。进了大堂，沈爻与刘树相互寒暄了两句，刘树开门见山地说道：“荀捕头，你来说吧！”

“是。”荀勖应了一声，开始谈正事。

“沈先生，根据您提供的线索，我们逐步排查，已经锁定一名嫌疑人，此人叫王可，县衙里的捕快。徐麟栋被杀时，他没不在场证明。据他个人交代，当晚他在家中休息，可根据他邻居提供的线索，当晚邻居去他家找他，家中无人。另外，刘海越狱之前，有人曾亲眼见过他与程申谈话，而在追捕刘海的过程中，他也没与其他捕快一起，其中消失了大约一炷香的时间。据他个人交代，他与程申只是闲聊，追捕刘海当晚，他闹肚子找地儿方便。”

“一炷香的时间？”沈爻若有所思地反问了一句，开口问道，“他来县衙多久了？”

“不到一年。”

“时间倒是符合。”沈爻点了点头。

“还有，白山失踪案，之前也是他跟进，目前他的嫌疑最大。”荀勖继续说道。

沈爻眉心一紧，问道：“可找到玉佩？”

“没有，搜遍他家，没发现玉佩，这才请先生来商议此事。”荀勖为难地说道。

“你们没请万捕头？”沈爻问道。

“当然去请了，可万捕头不在客栈。”

刘树插话，满脸担忧，他一个县官只是七品官员，万筠灵可是五品捕快，若是万筠灵出了事，他可担待不起。

“不在客栈？”沈爻随口反问了一句，似乎并未将此事放在心上，将话题继续到嫌疑人身上，说道：“王可现在在哪？”

“已经关起来了。”

“走，去见他。”

第十七章　双双遭难生死关（下）

王可被关在衙门里闲置的房间，派人严密看守。虽说目前他嫌疑最大，可人证、物证皆无，他又是衙门捕快，案子尚未盖棺定论，若直接打入大牢，影响实在不好，荀勖只好采用如此折中的方式。

荀勖在前带路，绕过后堂，进了一个杂草丛生的小院子，前面便是一间看似废弃的房屋。两名官差站在门口闲聊，见到荀勖，连忙直了直腰板，齐声喊道："荀捕头。"

"开门。"

"是。"其中一人应了一句，掏出钥匙开门。

门开了。荀勖、沈爻先后走了进去，还未进屋就听见里面传来"哗啦啦"的锁链声响，王可恐惧、颤抖的声音响起来。

"荀捕头，我没有杀人，我真的没有杀人，请你一定要相信我。"

"你让我怎么相信你？徐麟栋被杀当晚你明明不在家，为什么撒谎？刘海越狱前，有人看到你与程申谈话，不久程申就被刘海杀了，难道你只是跟程申谈些插科打诨的话？还有，追捕刘海的当晚，就你行踪不明，刘海当晚被杀，难道这一切都是巧合？"

荀勖走进屋子，神情悲怆、义愤填膺地质问了一番，一时间情绪难复，声音悲凉地继续说道："程申可是你的兄弟，你怎么忍心让他成为你计划的牺牲品？"

沈爻站在一旁静静地听着，目光凝视着王可，关注他的反应，猛然，沈爻眼睛一亮，似乎察觉到什么。

"捕头，我真的没有。"

“那你老实交代，徐麟栋被杀当晚，你到底去了哪里？”

“我……”

王可欲言又止，沉默了几息，才鼓足勇气，无奈地说道：“那晚我跟赵勋的娘子林雪幽会。”

“当真？”

王可脑袋压低，点点头。

“为什么不早说？”荀勖气急败坏地问道。

“捕头，这事怎么说啊！传出去，林雪还怎么做人？”王可为难地说道。

这是一条至关重要的线索，王可所言是真是假只有传唤林雪才能确定。荀勖立即将门口的捕快叫进来，让他们带林雪来衙门问话，捕快领命离开，荀勖、沈爻也没什么可问，出了房间，去后堂等候。

过了没多久，林雪在捕快的带领下进了后堂。沈爻扭头朝门口望去，只见这林雪一袭鲜艳服饰，头上插着金钗，脸上抹了胭脂水粉，身段妖娆，确实是个美人。

林雪一进大堂，便向坐在堂上的刘树叉手行礼。

“民妇林雪见过大人。”

“无须多礼。”刘树淡淡地说了句，开门见山地问道，“本官问你，四月五日晚上，你和谁在一起？”

“大人问的问题好生奇怪，入夜，民妇自然在家中与我家官人在一起，官人外出办事，便是民妇一人在家。”

“你再仔细想想，那晚……”

“大人，不如我来问。”

刘树话还没说完，沈爻礼貌地打断，得到刘树的答复，沈爻扭头望向林雪，问道：“赵林氏，请问你家官人是做什么的？”

“做布匹生意。”

“你说你家官人会外出办事？”

“是，偶尔会外出进些颜料。”

“那么四月五日晚上你家官人是否在家？”

“四月五日？我想想。”

林雪努力地回忆，过了一会儿，摇摇头说道：“不在家，那天我家官人外出进货了。”

“你与捕快王可是什么关系？”沈爻突然问道。

“王……王可？我……我们没关系。”

林雪表情微微变化，可瞬间便恢复过来，继续说道：“我倒是认识他，他经常来我们家买布匹，一回生两回熟就认识了，但谈不上关系。”

“可据王可交代，他与你有非同寻常的关系，四月五日晚上，你官人不在，他在你家过夜。”

“胡说。”林雪情绪激动的反驳了一句，立即跪在地上，声泪俱下地哭诉道，“大人，请为民妇做主，民妇一个妇道人家，这种言语传出去，民妇还怎么做人啊？”

“那也就是说没有此事？”沈爻继续问道。

“没有。”林雪斩钉截铁地回道。

“赵林氏，实不相瞒，王可现在涉嫌一宗杀人案，徐麟栋家中失火你应该知道吧？现在所有的证据都指向他，而他说那晚与你在一起。若那晚你没与他在一起，那便是他说谎，他就是杀死徐麟栋的凶手。”沈爻一字一句地说道。

林雪双手紧握，娇躯有些颤抖地回道：“他撒谎，那晚就只有民妇一人在家。”

“赵林氏，你可以走了。”

“哦！”林雪点点头，退出了大堂。

“沈先生，这下真相大白了，王可撒谎，那他就是杀死徐麟栋的凶手啦！真是没想到，凶手竟出现在我县衙之中，这事我怎么跟万捕头交代啊！”刘树紧张地说道。

“大人。”荀勖喊了一声，犹豫了片刻，说道，“这民妇的表现实在奇怪，如此下结论是否过于草率？”

“荀捕头，此案已经拖了很久，六扇门一直在盯着，如今所有的线索都指向王可，他又拿不出证据证明自己的清白，该结案了。”刘树神情严肃地说道。

“大人。”

“好了，你先不要管这个案子，先去找万捕头，她若出了事，咱们都担待不起。”

荀勖还要劝说，可刘树根本不给他机会，厉声回了一句，头也不回地走出后堂。

荀勖苦着脸朝沈爻笑了笑，张了张嘴却没说话，沈爻想了想，开口道：“荀捕头，赵林氏的表现确实不正常，不过，这只能说明她可能隐瞒了与王可的关系，不能说明王可那晚与她在一起。”

“我明白。”荀勖感激地点了点头，很欣慰沈爻与自己想法相同。沈爻凝视着荀勖，突然说道：“但我认为王可不是凶手。”

“哦，沈先生可是查到什么线索？”荀勖激动地问道。

“目前还没有，可总觉得忽略了什么地方。算了，我再想想，想通了告诉你。”

“那好，此事就有劳沈先生了，我也得去找万捕头了。”荀勖抱拳感激，刚离开，又停住了脚步，回头说道，“沈先生，这些日子劳烦你了，不如晚上请你喝酒？”

“好啊！”沈爻爽快答应。

“那今晚戌时我去找你，带你去个饮酒的好地方。”荀勖故作神秘地说道。

“好。”

“告辞。”

荀勖告别沈爻，快速组织衙门捕快，前往城北破庙。昨日与万筠灵查出那伙神秘人隐藏在城北破庙，万筠灵态度坚决地要亲自处理，不让人参与，可今日她便消失，莫不是与这伙神秘人有关？荀勖一行人来到城北破庙，立即展开调查，破庙内有打斗痕迹，血迹尚存，明显不久前经历了一场激战。捕快们认真、仔细地检查各个角落。

荀勖站在破庙内，仰头望着破了个洞的房顶，脑海中推演着当时的情景，一人凌空飞越，蹿到房屋之上，荀勖立即跑到庭院，目光凝视着房顶，脑海继续推演，万筠灵被四五个人围攻，激战中，身影落在庭院，伤痕累累，击退袭来的一人，却又遭到四人合力围攻，万筠灵勉强击退三人，可一人的剑已刺向她的胸口，万筠灵无力应对，这一剑直直插入她的胸口，万筠灵神情痛苦地凝视着刺中她的对手。

荀勖思考突然停了下来，从腰间抽出佩刀，幻想自己是万筠灵，他反手一刀劈中面前一人，就在此时，其余几人联手进攻，几把剑齐齐刺中万筠灵。

荀勖神情一惊。

入夜。

街道逐渐冷清起来，偶尔会有寥寥几人经过。天很暗，街边的馄饨摊点亮的煤油灯在黑暗中显得异常耀眼，伛偻的老人正忙碌地下馄饨，陈十六如往常一样来吃馄饨。

老人端上热气腾腾的馄饨，陈十六抓起竹筷，准备享受这碗美食。街道两边传来稳健的脚步声，听声音至少得几十号人，陈十六充耳不闻，似乎并不觉得与己有关，他缓慢而有节奏地一口一口吃着馄饨。

脚步声戛然而止。数十名手持砍刀的汉子在馄饨摊停了下来，将小小的馄饨摊围住，他们目光齐齐地盯着正在吃馄饨的陈十六。袁超越过众人走到前面，凝视着陈十六，嘴角泛起不屑的讥笑。

“陈十六，我还真是佩服你，这个时候还能吃得下去。”

“死也得做个饱死鬼。”陈十六嚼完口中的馄饨，淡淡说道。

“我给你这个机会。”袁超爽快地说了一句，迈着步子走到陈十六对面坐下，朝吓得发抖的老人喊道，“来碗馄饨。”

“哦……好，好。”老人声音颤抖地应答，手脚慌乱地开始煮馄饨。

陈十六无视面前的袁超，继续一口一口地吃着馄饨。袁超目光凝视着他，不知是在等馄饨还是在等陈十六吃完，不一会儿，老人端上馄饨，袁超刚吃了一个，陈十六已吃完，放下筷子，目光直盯着袁超。

“你吃完了，也得等我吃完吧！”

“好。”陈十六淡淡地应了一句，纹丝不动地坐在椅子上盯着吃馄饨的袁超，袁超旁若无人地边吃边说道：“沈爻找过我，让我放过你，说实话，我并不想惹他，可他做事不厚道，竟然把刀子放在我床上。你说要是你，你会怎么做？”

“脸不能丢，命也得要。”

“太对了，说到我心坎里了。”

袁超吃完，将筷子一丢，用手抹了把嘴，身子往后倾了倾，望着陈十六，继续说道：“所以，今晚你得死。”

话音刚落，手持砍刀的众汉子齐刷刷地朝陈十六冲上来，陈十六扭头瞥了一眼，毫不迟疑，伸手拔出放在桌上的剑，见打手已到面前，甩手一剑，短暂击退冲上来的打手们，趁着这个空隙，凌空跳起。

众打手丝毫不给陈十六机会，继续围了上去，顿时，陈十六被围，只见刀光剑影，只听兵刃相撞，陈十六的身影淹没在人群之中。刀在砍，人在动，有人受伤倒地，人过之地，血迹一片。许久，人不再动，刀不再砍，人群散开，陈十六浑身是血地躺在地上，呼吸微弱，眼神迷离，可他的手紧紧握着剑。

袁超从板凳上站起来，迈着步子走了过去，居高临下地打量着命若游丝的陈十六，笑了笑，吩咐道：“带走。”

第十八章　尾·戏

灯火阑珊。

一条条亮着烛火的乌篷船停泊在曼城河中，远远望去颇有诗意。沈爻实在没想到小小的武邑县竟有如此别出心裁之地，他站在船头遥望，两岸挂着灯笼，再远处便是已“入眠”的县城。

“沈先生，此地如何？”

荀勖坐在船中，倒着酒，扭头望了一眼沈爻，笑着问了一句。沈爻闻声，弯着腰走了进来，说道：“果然是个喝酒的好地方。”

“沈先生喜欢就好，请。”

沈爻在荀勖对面坐下，爽快地端起酒杯，一饮而尽。荀勖边喝酒边斜眼看着沈爻，见他一饮而尽，也抬起酒杯，将杯中酒灌入口中，放下酒杯，边继续倒酒边说道：“这是我们武邑县最独特之地，想来沈先生在别处应该没遇见过。”

“确实头一次。”沈爻真诚地回了一句，望着荀勖，悠悠说道，“可别是最后一次。”

荀勖一愣，正倒酒的手突然停在半空中，抬头凝视着沈爻，笑着问道：“沈先生这话是何意？”

“荀捕头难道不知？”

沈爻笑了笑，端起酒杯，一饮而尽，意味深长地反问了一句，见荀勖正要开口，沈爻嘴角的笑容愈发诡异，一双眸子死死地盯着荀勖，说道：“荀捕头今晚要杀人灭口，那自然是在下最后一次来此地。”

“哈……在下怎么听不懂沈先生的意思？”荀勖哭笑不得地说道。

“既然荀捕头不懂，那我便说给你听。”

沈爻缓缓地伸出手，抓起小桌上的酒壶，边自顾自倒酒边说道：“先说徐麟栋被杀一案，此案凶手所用的手法很精妙，当我解出凶手使用的手法时，便心生一个疑惑——凶手到底是什么人？他为何会想出这个手法来杀徐麟栋？显然，凶手并非一般人，而是非常了解作案技巧之人，或者说非常熟悉破案技巧之人，最有可能便是经常处理案件的捕快。”

“王可确实符合这个条件。”荀勖点点头赞同道。

沈爻笑了笑，不反驳，不赞同，继续说道：

“再说刘海越狱、被杀，刘海正被六扇门追捕，一旦六扇门来到武邑县，关在牢中的刘海定身份大白。然而，此事很奇怪，刘海为何不早越狱？越早越狱越安全，这点我始终想不通，甚至阻碍了我的判断，认为徐麟栋被杀与刘海被杀是凶手计划好的，先后进行，后来我才想明白，两人看似有关联，可又没关联。

“徐麟栋被杀确实是因为玉佩，但仅仅是因为玉佩，刘海被杀才是凶手为隐藏他参与一年前国库失窃案的事，也就是说，凶手早计划杀刘海，可一直没找到合适的机会，一旦刘海死于狱中，县衙追查无所谓，可一旦六扇门到来，便会暴露，凶手必须想办法将刘海弄出大牢。

“凶手便利用程申让刘海越狱，之后趁着追捕之际杀了刘海。当然，他之前就有了计划，便是白山之死，他查出白山乃是被白兵、李梦娇所杀，威胁两人去县衙冒领刘海的尸体，如此一来，刘海便从人间蒸发，而六扇门的目的只是为了国库失窃案，他们找不到刘海，自然不会久待。只是凶手万万没想到李梦娇竟会暴露，他天衣无缝偷梁换柱的计划破产了，六扇门还发觉刘海有同谋。那凶手应该怎么做？最好的办法便是找人顶罪，王可是最适合的人选，因为凶手知道，王可与林雪之间的关系，也知道林雪的夫君不在，两人就秘密私会，可林雪绝对不承认。”

“沈先生，这些我们之前便分析过，也是根据这些线索追查案情，只是目前最有嫌疑的就是王可，沈先生口中的这人，在下实在想不出来是谁。”荀勖点了点头，赞同地回道。

沈爻盯着荀勖，一字一句地说道：“那人……便是你。”

“我？”荀勖一惊，伸手指着鼻子，过了好一会儿才恢复过来，苦笑着说道，“沈先生这玩笑开大了，你与我说说便算了，若是让万捕头听到，还不将我严刑逼供？这玩笑莫开。”

“你已经知道万捕头死了吧！”

“什么？万捕头死了？”荀勖愈发惊讶，一双眼睛惊愕地盯着沈爻，继续说道，“今日在城北破庙检查确实发现有打斗痕迹，可没发现万捕头的尸体。万捕头曾让我调查最近出现在城中的可疑人，调查出来，她说亲自处理，难不成被那些人给害了？”

“那些人是谁？为什么最近出现在本县？”沈爻反问道。

“我只知道这些人身份可疑，假扮成商人、过客，他们具体是什么人，我也不清楚。”

“你清楚。”沈爻盯着荀勖，继续说道，“他们应该就是一年前策划国库失窃案的幕后主使派来的人，目的便是为了除去国库失窃案后失踪的人，保证国库失窃案的真相永远不被查出来。他们跟踪万筠灵，是想通过万筠灵查出那失踪的人，趁机灭口，只是没想到让万筠灵发现了，而你先发制人，令他们与万筠灵互杀，无论哪一方死了，对你都有好处。”

“哈……沈先生，你为何非得认为凶手是我？”荀勖一脸欲哭无泪，苦笑着反问道。

“因为你说了一句话。”

“什么话？”

“审问王可时，你说王可追捕刘海的当晚，就他行踪不明，刘海当晚被杀。”

“这有什么奇怪的？”

“因为刘海尸体过了两日才被发现，没人知道他是什么时候被杀，除非凶手。”沈爻一字一句地回道。

“沈先生之前询问在下如何分配捕快追查刘海，难不成沈先生也是凶手？”荀勖淡淡地问道。

“我是如此问过，可我从未说过刘海当晚被杀。”荀勖一惊，脸色大变，过了好一会儿，他才恢复过来，笑了笑，说道，“沈先生原来是在套我的话，还真是观察入微，容在下问一句，先生什么时候开始怀疑我的？”

“坐牢的时候。”

“那么早？”

“只是怀疑，我从牢中犯人的口中得知你在衙门入职不到一年，当然，还有其他几人，我便着手调查你们，可发现一个奇怪的现象。”

“什么现象？”

“你太干净，几乎没有一丝线索证明你与这两起案子有关系。”

“太干净也会被怀疑？先生的想法还真是独到。”

“太干净便说明你在刻意抹去痕迹。”

“哦……我明白了。”荀勖做出恍然大悟的表情，猜到些什么，继续说道，“你一直都在诱我入局，阎王殿的文身，澡堂说的那些话都是在故意让我入套。”

“对。”沈爻点点头，无奈地叹了口气，继续说道，“我本想故意向你泄露线索，引你犯下错误，留下证据，可你实在太谨慎，至今我也找不到证据。”

“那你为何今夜要说？”

“因为我猜你今夜会对我动手。”

“你如何猜到？”

“此案只有我与万捕头了解甚详，万捕头被你设计除去，你自然不会放过我，一旦我们俩都死了，县令急于破案给六扇门交代，六扇门纵然重新查，也不会查到你。”沈爻淡淡回道。

“沈先生果然名不虚传。”

“只是我有一事不明，在我临死前，能否告知答案？”

“请问。”

“你为何执意拿回玉佩？”

荀勖听沈爻如此问，神情不由悲凉起来，似乎想起内心最悲痛的回忆，他端起酒杯，一饮而尽，缓缓说道：“我心爱的女人因为那块玉佩而死。”

沈爻能感受到荀勖话语中的悲痛，此时最好的回应莫过于一言不发、静静聆听。荀勖停顿了片刻，继续说道：

“她与刘海师出同门，师门没落，刘海加入阎王殿，而她与我相爱。直到一年前，刘海找到她，让她帮忙牵线，希望我能参与盗窃国库。

“在盗窃国库时，她喜欢上这块玉佩，便偷偷藏起来，我们将珠宝盗出来不久，就被六扇门追上了，她被杀了，我救不了她，我的兄弟们把我强行拉走，之后我偷偷去她死的地方寻找，可六扇门已经把她的尸体带走了，当我返回去，才发现我的兄弟全都被杀，并非六扇门所为，我怀疑刘海，去阎王殿找他讨说法，才知道阎王殿的人也全都死于非命，六扇门已在调查。

“经历了这些事，我才明白是因为自己的贪婪害死了她，害死了我那些兄弟，我便隐姓埋名，当了捕快，直到那天，刘海与徐麟栋因一块玉佩的争执闹上公堂，我才知道那块玉佩被刘海拿走，那是唯一一件有关她的东西，我必须拿回来。”

“那你也没必要非得杀了徐麟栋。”沈爻盯着荀勖，说道。

“我并不想杀他。”

荀勖缓缓说道：“我本想悄悄把玉佩偷走，制造成入室盗窃，可没想到在作案时，他醒了，看到了我，慌乱中我拿起桌子上的木砚砸晕了他，只有死人才能保守秘密，我便想出意外失火的手法杀了他。”

“大火烧尽了屋里的东西，徐麟栋的尸体也被烧焦，至于是不是如你所说本不想杀他已经不重要了，真相是你亲手杀了他。”沈爻一字一句地说道。

“这条人命我没打算推诿。”荀勖坦然承认，神情变得自信起来，笑着问道，“沈先生还有要问的吗？”

“你对程申说了什么？”

“我说……”荀勖突然停了下来，心里似乎有些挣扎，舔了舔嘴唇，继续说道，“我要救刘海。”

“难怪我怎么都想不通程申为何带着钥匙去刘海牢门前，原来他的死是你设计好的，枉他如此信任你。”沈爻义愤填膺地质问道。

“我唯一对不起的便是他。”荀勖心里深深自责，可他早已知道自己没了退路，长长舒了口气，令自己心里好受一些，他边缓缓拔刀边问道：“沈先生没问题了吧！”

沉默。

沈爻神情淡然地凝视着荀勖的一举一动，一言不发。

“沈先生，我很钦佩你，若你我不是敌人该多好，只可惜……”荀勖语气苍凉地说着，缓缓地举起刀，目光从沈爻身上离开，似乎不愿看到钦佩之人死于自己刀下。猛然，他挥刀劈下。

第十九章　义字当头命何轻

微风拂面，撩动着燃烧的烛火，火苗左右晃动，刀光乍现，映照着沈爻漠然的面孔，他坐直的身子稳如泰山、纹丝不动，不知是不畏惧死亡还是自信这把刀绝不会砍在自己身上。

刀继续劈下，眼看就要砍到沈爻身上。

“锵”，突然，一把破剑爆射而来，正中刀身。荀勖手中的刀掉转方向，顺着沈爻的头皮划了过去，飞来的破剑落下，竖插在小桌之上。突如其来的变故令荀勖心中一惊，连忙扭头望去，他看到了桌子上的那把破剑，面色愈发惊愕，他认识那把破剑，那是陈十六的剑。

“怎么可能？”荀勖不由惊叫道。

“荀捕头是否在想我怎么可能没死？”

此时，船外响起陈十六的声音，荀勖愈发惊讶，紧接着，船微微晃动，只见一个身影跳上船，弯着腰走进来，那人正是陈十六。

“呵……沈先生，果然还是你技高一筹。”

荀勖惊愕的神情淡淡散去，不由笑了笑，称赞了一句，随口问道：“只是我不明白你用了什么办法说服袁超？”

“很简单，我为他牵上了漕运总督孙启平这条线。”

“难怪。”荀勖苦笑，他从未轻视沈爻，纵然利用袁超除去陈十六，也躲在暗处确定陈十六绝无生还才可能离开。然而，他还是输了，那场看似血腥的砍杀只不过是一群人演戏给自己看，自己一直都在沈爻的算计之中。苦笑之后，荀勖的心境似乎变得更加坦然，毫不介意地坐在沈爻对面，笑着问道：“沈先生打算如何处置我？”

“我素来只查出凶手。”

“先生，他杀了徐大哥，我要杀了他替徐大哥报仇。”陈十六愤愤地插话道。

“他是六扇门要的人。”

陈十六话刚说完，船外又响起人声，这声音实在耳熟，荀勖脸上不由又流露出苦笑，他才明白自己输得那么彻底，不等说话者进来，他便说道：“我终于明白自己输在哪了。”

“哪儿？”

“自信。”荀勖淡淡地说了一句，瞥了一眼走进船中的万筠灵，又将目光放到沈爻身上，缓缓说道，“当时，我若多停留片刻，确定万捕头没死，也不会计划下一步行动。”

“或许不是自信，而是你内心的恐惧，你恐惧被人发现，真正身份暴露，那份恐惧令你胆怯。”沈爻毫不客气地说道。

“你说的没错，不过，根据我的经验，万捕头不可能躲过那一剑，是你救了她？”荀勖好奇地问道。

“万捕头哪儿用得着我救。”沈爻话中含讽地回道。

万筠灵不满地瞪了沈爻一眼，缓缓解释道：“我确实无法躲开那一剑，所以，我只能中那一剑，才有逃跑的机会。”

“那在下就不明白了，万捕头受了伤为何不去衙门，反倒找沈先生？莫不是沈先生早已告知万捕头他怀疑我？”

“他才没告诉我。”万筠灵愤愤地回了一句，似乎在生气，又狠狠剜了沈爻一眼，说道，“我只是觉得奇怪，当时我明明很小心，可还是发出声响，事后我便仔细回想，那声响是石子撞击瓦块的声音，而知道我行踪的就只有你一人，丢石头之人除了你我想不出他人，我又身受重伤自然不能回衙门，便去找……”

万筠灵说着，脑海中不由浮现出那晚重伤之下逃到沈爻房间，沈爻为她脱衣缝合伤口的情景，自己是胸口中剑，他缝伤口时什么都看到了，这种事情实在难以启齿，她如何也说不下去，俏脸也绯红起来。

陈十六正听得津津有味，万筠灵突然不说话，他很是纳闷，抬头一看，万筠灵的那张俏脸简直像熟透的红苹果，疑惑地问道：“万捕头，你继续说啊！脸红什么？”

“就你话多。”

沈爻猜出万筠灵为何这种反应，训了陈十六一句，缓缓站起来，说道：“案件已查明，接下来便没我的事了，至于该如何处置荀捕头，你二人商议吧！”

“等一下。”荀勖见沈爻欲走，犹豫了片刻，喊了一声，缓缓地从怀中掏出一个药瓶递了过去，诚恳说道，“沈先生。”

“多谢，不用。”沈爻瞥了一眼药瓶，并没伸手，笑着回道。

“可那酒中……”荀勖话未说完便反应过来，确保万无一失，他特意在酒中下毒，原以为动手之时沈爻纹丝不动是因中毒，此时才明白对方根本没中毒，可他明明看着沈爻将那杯酒水喝下，他不由疑惑地问道：“沈先生是如何换掉那杯酒水的？”

“我并没有换。”

“那沈先生为何没中毒？”荀勖愈发不解地问道。

“荀捕头应该听闻过八脉天功这门内功心法吧？”

“有所耳闻，传闻此内功心法乃是数百年前一位高人所创，源于少林绝学易筋经，只不过，早已经流失。”荀勖点点头回道。

“确实已流失，却有人得到片面内容。是不凑巧，得到之人曾有求于我，我有幸阅览一二，虽无法练成，可以内力逼毒的本事尚有。”沈爻缓缓解释道。

“原来如此。”荀勖恍然大悟，大笑着说道，“我输给先生，实在不冤。”

沈爻报以微笑，弯腰走了出去。

陈十六见沈爻离开，立即抽刀，准备斩杀荀勖为徐麟栋报仇。万筠灵察觉到陈十六的意图，立即上前一步拦住，说道：“此人关乎国库失窃案，不能杀。”

“国库失窃案与我何干？他杀了徐大哥，我便要杀了他为徐大哥偿命。”陈十六冷冷回道。

“我绝不会让你杀他。”

两人互不相让，争得面红耳赤，反倒荀勖落得自在，坐在椅子上独自饮酒，似乎毫不在乎自己的命运。突然，荀勖敏锐地察觉到外面有情况，不顾正在争吵的两人，提刀走了出去，刚到船头，便看到十几艘木筏速度极快地从四面八方驶来。

“沈先生，恐怕事情还未结束。”荀勖目光凝视着河边，冷冷说道。

“这是你最好的机会。”沈爻淡淡说道。

说话间，十几艘木筏已在乌篷船不远处停下来，每艘木筏之上站着两名手持兵刃的黑衣人。陈十六、万筠灵见荀勖跑出去，也紧跟着追了出来。万筠灵走到荀勖身后，二话不说，直接点了对方穴道，她担心荀勖会趁乱逃走。陈十六看着四周的黑衣人，不解地问道：“先生，这是怎么回事？”

“杀！”

突然，领头的黑衣人大喊一声，众黑衣人纷纷抽刀，凌空跃起，朝小船跳了过去，沈爻见状，抬手一掌，将一名即将跳上船的黑衣人击入河中。陈十六、万筠灵纷纷拔出兵刃与黑衣人厮杀。

沈爻立即吩咐道：“万捕头受伤了，先带她走。”

万筠灵如何也没想到心冷如铁的沈爻竟关心起自己，心中不由一暖，觉得沈爻也不是那么讨厌，她发觉自己此时竟想这种事，心里不由地自骂了一句。

目前荀勖是唯一一条国库失窃案的线索，这些黑衣人便是来灭口的，她若在陈十六的护送下离开，沈爻一人如何抵挡住这么多黑衣人？纵然沈爻能逃，可荀勖也必死无疑。

“我不走。”万筠灵语气坚决地回了一句，见一黑衣人杀过来，甩手一剑划过对方胸口，那黑衣人落在水中，顿时，万筠灵觉得伤口疼痛，胸口渗出殷红的鲜血，这一击已令她伤口崩开，此时，又一名黑衣人从万筠灵这边冲上来，举刀劈砍，万筠灵被逼得连连后退。

沈爻瞥了一眼万筠灵，抬手一掌，将那名黑衣人击退，厉声命令道：“十六，解开荀捕头的穴道，带万捕头离开。”

“先生。”陈十六不敢相信地喊了一声，沈爻让他解开荀勖的穴道，荀勖跑了怎么办？

“当日你是如何答应我的？”沈爻一掌击退袭来的黑衣人，冷冷地反问了一句。

陈十六记得当日答应沈爻为仆，听从对方吩咐，可他没想到沈爻竟让自己放了杀死徐麟栋的凶手。陈十六犹豫了，手中的刀紧握，内心挣扎是否一刀了结了荀勖的命，可最后他放弃了，伸出手指解开荀勖的穴道，愤愤地威胁道：“今日先生让我放你，我不得不放你，可你害死了徐大哥，我一定会杀了你。”

荀勖淡然一笑并未回应，迈着步子走向沈爻，见有黑衣人欲冲上来，他甩手一刀，将对方击落水中，淡淡地问道：“沈先生难道就不怕我跑了？”

“你若跑，这群黑衣人便会追杀你，我倒落得自在。”沈爻淡淡地回道。

“看来今夜在下要与沈先生并肩作战了。”

“如此最好。”沈爻满意地回了一句，瞥了一眼万筠灵、陈十六，猛然跃起，两掌轰去，将最近木筏上的两名黑衣人击落水中，吩咐道：“十六，带万捕头先走。”

“是。”陈十六应答一声，一把抓住不愿离开的万筠灵，拉着万筠灵跳上木筏。沈爻猛然一踢，木筏远去，沈爻也飘然落回船上。一时间，黑衣人一个个冲上船，将沈爻、荀勖围住。

“沈先生，他们的目的是我。”

沈爻、荀勖两人背靠背，凝视着随时冲上来的黑衣人，荀勖心态坦然，沈爻揭开他是凶手的那一刻，他便知道自己的下场，已经对死亡没了恐惧，不希望沈爻也命丧于此。

沈爻一脸漠然，淡淡说道：“我向来只查出凶手，不抓凶手，可这次却不同。”

“哈……能与沈先生并肩作战实乃一件快意之事。”荀勖爽快大笑道。

“那便杀个痛快。”沈爻淡淡说了一句，两人分开，朝着黑衣人劈杀上去。一时间，刀光剑影，鲜血四溅，两人虽一个漠然，一个畅快，可下手凌厉，不断击杀冲来的黑衣人。

突然，一把诡异的剑刁钻地从沈爻的侧方刺来，沈爻正击退面前的敌人，根本无暇顾及，眼看着这一剑即将刺中沈爻，荀勖及时发现这一幕，可奈何被两名黑衣人缠斗，根本无法抽刀抵挡，他神情一变，放弃面前的敌人，朝着沈爻扑了上去。

“扑哧！”

“扑哧！”

“扑哧！”

三剑先后刺中荀勖，沈爻察觉，抱起荀勖，抬脚朝三人踢去，将三人短暂击退，正在这时，远处燃烧着数以百计的火把，黑衣人头领见状，立即下令撤退。

“荀捕头，这是……为何？”

沈爻抱着满是鲜血的荀勖，他想不通荀勖为何不顾性命地救自己，自己揭开他杀人的真相，让他真正身份暴露，他应该恨不得自己死才对。

“不论先生如何看我，我已把先生当作……朋友。”

第二十章 荒村死尸疑鬼案

秋风乍起。

林间的树叶在凛冽秋风的肆虐下哗哗作响，最后，一片又一片的叶子无法承受无止的摧残，从树上脱落。落叶飘零，空中旋舞，沈爻神情肃穆地立在风中，强劲的秋风吹动着他的衣裳咧咧作响，他纹丝不动，复杂的眼神凝视着面前一座新起的坟墓。

沉默，无言的沉默。

他早已忘记了如何表露情感，或者说他早已学会了如何封闭内心的情感，不让其成为实施计划的负累，然而，荀勖以死相救，多少令他如死水般的情感泛起涟漪，他明白这将会影响到自己，可他无法控制内心的那份情感，他必须做出选择，肃穆的神情逐渐变得漠然，像是面前这座新坟里躺着的是无关紧要的人，垂下的手紧握着露出一角的玉佩。

“嗒嗒嗒”，马蹄声从远处传来，陈十六闻声望去，见万筠灵骑马过来，轻声提醒道：“先生，万捕头来了。”

沈爻没回应，没转身，无人看清他脸上复杂的神情，万筠灵拽拉缰绳，令马停下。此时，沈爻突然转身，甩手将一物扔向万筠灵。

“这是……”

万筠灵接住玉佩，瞥了一眼，立即便认出这是国库失窃的玉佩。她一脸复杂神情，此物是国库失窃之物，追回是理所应当，然而，任谁都知道此物对荀勖何其重要，如今荀勖已死，将此物与之埋葬也算是将他与心爱女人合葬，完成他一个心愿。

万筠灵也曾考虑过要回此物，可想到荀勖为救沈爻而死，沈爻理所应当完成荀勖的心愿，再则，沈爻又对自己有救命之恩，她实在不知如何开口，怎么也没想到沈爻竟主动将此物交与自己。

“沈先生，荀勖已死，线索中断，这块玉佩虽是证物，可此时也只是一块普通……”

万筠灵也不知自己为何会说出这话，若传到六扇门，她定会受责罚，或许她内心深处不希望沈爻做个忘恩负义之人吧！然而，她话还未说完，沈爻冷笑着打断道：“六扇门何时这般有人情味了？”

“沈爻，你混蛋。”万筠灵气得肺都炸了，这人真不识好歹，自己不希望他做忘恩负义之人，他倒好，还语中带讽，真是好心当作驴肝肺。万筠灵一拽缰绳，掉转方向，策马远去。

陈十六心中也对沈爻此举不解，荀勖为救他而死，万捕头又松口，他顺势留下玉佩为荀勖陪葬又怎么了？

“先生，荀捕头是为你而死。”陈十六犹豫了片刻，开口道。

“你想说什么？”沈爻淡淡地反问道。

“先生应该知道那块玉佩对荀捕头的意义，如今死者已矣，完成他一个夙愿并不为过。”

沈爻缓缓转头，目光凝视着陈十六，开口说道：“他杀了徐麟栋。”

“是。”陈十六咬牙点了点头，继续说道，“他杀了徐大哥，我恨不得亲手杀他为徐大哥报仇，可黑衣人杀来，他没逃，还为先生而死，他是个重情重义的汉子，我陈十六与他有仇，但也敬佩他。”

“敬佩？呵……”沈爻讥讽似的笑了笑，迈步离开，喃喃说道，“心里若有，何拘形式？”

荒凉，萧条。

村子里死一般的沉寂，半点人影不曾见到，充斥着诡异之气，令人头皮发麻，心脏乱颤。两名士兵神色不安地守在村口，他们恨不得立即离开这鬼地方，可职责所在，擅自离岗要被军法处置，只祈求管事的大人尽快赶到，他们恐惧、期待的目光时不时地投向进村的唯一一条土路。

“嗒嗒嗒”，杂乱的马蹄声从远处传来，两人脸上一喜，立即寻声望去，只见一人策马在前，后面跟着七八个士兵，眼见这伙人到了村口，两人连忙迎了上去，齐齐抱拳喊道："刘大人。"

"吁"刘夜勒马停下，瞥了两人一眼，面露不悦，冷冷问道，"谁让你们来这儿？为何不留在案发现场？"

两人压低脑袋，各自不安地瞥了对方一眼，心里默默咒骂这位刘大人，嘴上却不敢多话。

"带路。"刘夜冷冷说了句，他此番是为调查案情，也懒得为这点小事责怪，毕竟此村在一年前就成了荒村，无人居住，而且，据报信人交代，几名官兵与匠师应该已死数日，纵然凶手想毁灭证据恐怕也早已做完，此时破坏现场几乎不可能。

两人在前带路。

刘夜打马进村，一进村子，便切身感受到这村子的诡异，似乎连空气都阴冷入骨，纵然这伙人都是战场上骁勇善战的汉子，可脸上还是不由泛起一丝丝惊恐。道路杂乱，蛛网遍布，能想象到村民搬离时的慌乱场景。两人在前带路，刚转过弯，吓得尖叫起来，连马匹都受惊了，刘夜勒住缰绳令马安静，正要发火，这才发现角落坐着一个老者。

那老者面容枯槁，骨瘦如柴，一双眼睛凹陷，眼珠直直地盯着前方，模样实在吓人，纵然是鬼也不过如此，难怪那两名官兵会吓得尖叫。

"老东西，找死啊！"其中一名官兵气得大骂了一句，平复了一下情绪，喃喃说道，"吓死老子了。"

"走吧！"刘夜淡淡地下令，两名士兵继续在前带路。刘夜骑着马过去，目光紧盯着枯槁的老者，对方死鱼一般的眼神直视着前方，像是瞎了一样没流露出任何情感。

刘夜一行人穿过村子，一眼便看到距离村子不远耸立着一座破庙，其中一名带路的士兵开口道："刘大人，凶案现场就在破庙。"

那人说完这话，欲言又止，脸上流露着浓浓的恐惧之色。

刘夜瞥了他一眼，边从马背上下来边冷冷说道："有什么就说。"

"大人，这……这凶案现场实在……实在诡异。"

刘夜瞥了那人一眼，示意他将话说下去，那官兵继续说道："他们的死状都不正常，像是……像是狐仙所为。"

"狐仙？"刘夜淡淡地反问了一句，他似乎并没打算从对方口中得到答案，话刚问完，便迈着步子走向破庙，官兵们紧跟其后。刘夜边继续往庙里走边四处打量，庭院正常，并无奇怪之处，可就在刘夜将目光投向破庙里，脸色瞬间大变，下意识地止住了脚步。

庙内的景象实在太诡异了。

五个身穿士兵服的官兵跪在地上围成一圈，其中一名衣着平民服饰的匠师跪在正中间，他们双手托举，沾满鲜血的手掌聚拢在一起，隐约能看到他们托起的掌心之中有个血红色的东西，他们所跪着的地面上血迹斑斑，早已凝固。

刘夜稳了稳心神，迈着步子走进破庙，血腥味尚未散去，依旧刺鼻。进了破庙，这才看清他们手掌里举着的竟是一颗颗心脏，而这些人的胸口都有一个个大洞。

“呕”，有些士兵刚走进去便承受不住，扶着门柱朝外干呕。

刘夜没有理会，绕过血迹，走进庙内，四处观看，这座破庙供奉着狐仙，只不过狐仙的雕像断裂，下身部位尚在，上身部位斜倒在一旁，狐仙的眼睛斜视着前方。刘夜歪了歪脑袋，目光缓缓与狐仙雕像的视线相撞，猛然，他惊出一身冷汗，久久没有缓过神，似乎那双眼睛有着无穷的魔力。

“刘大人。”

刘夜听闻呼喊声才回过神，慌张地应了一声，问道：“怎么了？”

“卑职见你神色有异，您没事吧？”

“没事。”刘夜淡淡地回了一句，扭头朝尸体望去。

六具尸体已发臭，苍蝇围绕四周“嗡嗡”作响，除了胸口的大洞，远观并未发现其他伤痕。尸体处于僵硬状态，死者们被杀不超过三天，刘夜记得五天前他们被派遣来到此村，应该是他们到达此地两日后被杀。

凶手将死者们的心脏掏出来，摆出如此奇怪的姿势，难道是为了故弄玄虚令人觉得是狐仙作怪？那凶手杀人的目的是什么？这些官兵与匠师来到村子后发生了什么？还是说……真是狐仙所为？刘夜听闻过一年前这村子发生的诡异事件，正是因为那诡异的事件令这个村子一夜之间沦为荒村。

此村向来供奉狐仙，一年前，村里的一个年轻人愤然砸毁了狐仙神像，之后年轻人诡异死去，死状如这些人一样，跪在狐仙神像面前献祭自己的心脏，随后，王爷派人来调查此案，可没任何线索，村民一个接一个地诡异死去，村民都认为狐仙发怒，各种求拜、祭祀都无济于事，依旧有村民诡异死去。最后，村民惶恐中搬离村子，这个村子便成了荒村。

“吴俊，你带人在此处理尸体，准备带回去。”刘夜收回思绪，吩咐道，“王旭、马宇，你们二人跟我走。”

“是。”众人齐声应答。

刘夜带着王旭、马宇离开破庙，朝着来时的路走，不一会儿，三人回到村子，远远便望见来时遇见的老人，老人靠着墙坐在角落，与来时的姿势一模一样，似乎从未动过。

“老人家。”刘夜走上前，态度友好地喊了声。老人没有回应，像是睡着了，只不过他干瘪、皱巴的双手在不停地抖动。刘夜不甘心，又唤了一声，老人才缓缓睁开浑浊的双眼，朝刘夜凑了凑脑袋，像是没听到对方说什么，“啊”了一声。

“老人家，问你个事，请问这几日来你可见过什么奇怪的人或者听到什么奇怪的声音？”

“你们这些人对狐仙不敬，会遭到报应，报应。”老人口齿不清地喃语，像是在自说自话。

刘夜隐约能听明白，耐着性子继续问道：“老人家，你见过狐仙？”

“狐仙？”老人用颤抖的音调说了句，突然，他像是魔怔了一样，跪在地上，双手举过头顶托着，口中念念有词，似乎在向狐仙祈祷，刘夜喊了几声，老人根本不理，虔诚地膜拜。

天色渐暗，估计吴俊已整理好尸体，刘夜见问不出什么，便带着两人返回破庙。果然，吴俊已将尸体整理好，上前汇报，询问刘夜可有发现。刘夜摇了摇头，吩咐道：“吴俊，你先带人将尸体送回去让仵作验尸，同时调查一下此村的村民如今的安置情况，询问他们此村一年前具体发生了何事。”

“是。”吴俊应了一声，问道，“大人，您呢？”

“我今晚留在此地。”

“大人，此地诡异得很，不如……”

吴俊话尚未说完，刘夜抬手打断，淡淡说道：“此事关系重大，朝廷压得紧，王爷颇为重视此村，就算真是狐仙为患，本官也要查清究竟。”

第二十一章　过招

“啪……啪……”

燃烧的树枝冷不丁发出爆裂响声，火光映照着围着篝火而坐的官兵们警惕的面孔，他们时不时往嘴里灌酒，试图用辛辣、刺鼻的酒味掩盖不远处传来的腥臭味，无人食肉，并非不饿，只是传来的腥臭味实在令人难有食欲。

村子满是空屋，可随便居住，不过，几宗命案皆发生在破庙，刘夜之所以选择在破庙庭院留宿，便是要验证这世上是否真有狐仙，这几宗命案是否都是狐仙所为。

“少喝点。”

刘夜见几个官兵不停灌酒，生怕他们喝醉，别说作案者是狐仙，就算凶手是普通村民，一旦出现，他们也只有死的份。

官兵们听话地放下手里的酒壶，一人发牢骚道：“大人，这气味实在太难闻了。”

“难闻总比小命没了好。”

刘夜淡淡地回了一句，吩咐道：“时间不早了，轮流放哨，我先与王旭放哨，其余人休息。”

“大人，要不你先休息会儿？”

“让你们休息就休息，两个时辰后我叫你们。”

“哦。”

那人应了一声，与其余两人准备站起来找地方休息，可当他们刚站起身，感觉到一阵头晕，视线有些模糊，晃动了一下脑袋，目光投向门口，隐约看到几只小狐狸。

他们以为自己眼花了，使劲儿揉了揉眼睛，再看几只小狐狸已经大摇大摆地走进破庙。

“大……大人，狐……狐狸。”

刘夜一听，连忙扭头朝门口望去，却感觉脑袋一阵眩晕，视线也模糊不清，就连准备拿兵器的手也在颤抖，身体晃晃悠悠地站起来。此时，门口的七八只狐狸已走进来，后面跟着一只体型跟人差不多的巨大白狐，模样竟与庙里供奉的雕像一模一样。

刘夜无法相信眼前所见，他狠狠甩了甩头令自己清醒，可那几只狐狸依旧没从他视线中消失，反而那只最大的狐狸像雕像的样子直立地坐在地上，几只小狐狸有序地排成两列，像是进行某种仪式。气氛愈发诡异，似乎四周的空气都凝固了。

狐仙？真是狐仙？

万筠灵离开武邑县当天，沈爻、陈十六也返回上爻堂，转眼之间，两人回到上爻堂已五六日。陈十六从一个帮派打手一下子成了仆人，这种身份转变确实巨大，不过，陈十六并非骨子里嗜杀之人，之前打打杀杀也仅是为了生存，如今签了十年的“卖身契”，无须考虑生计，他反倒享受这种惬意、宁静的生活，甚至研究学习如何做菜、种花，像个刚学会说话、对新奇世界充满好奇、问题问个不停的婴孩一样。

“先生，这浇花为什么还分时辰？”

“先生，这不都是鱼吗？怎么做法还不同？”

“先生，这套剑法我练得行云流水，可为什么总感觉发挥不出它真正的威力？”

初见陈十六时，他处事冷静、果断，骨子里有股令人无法接近的冷傲，怎么也没想到熟络起来竟是个话痨，沈爻向来不喜与人亲近，待人极为冷漠、刻薄，对于陈十六的热情，他难以适应，但并非厌恶。他虽然每次一脸不耐烦，嘴上大骂，可最后还是为陈十六仔细讲解，没想到陈十六愈发“蹬鼻子上脸”，一点小事就来烦他，连看个书都不得安生，沈爻有时恨不得一脚将陈十六踢出草堂。

“先生。”

沈爻惬意地坐在凉亭下饮茶、看书，听闻陈十六跑过来，无奈地放下手中的书，见陈十六已到面前，不等对方继续开口，沈爻随手从怀里掏出一本《仓翎九剑》剑谱扔了过去。

“你今天去小竹林练剑，什么时候练会这本剑谱的剑法，什么时候回来。”

“啊？”

陈十六接过剑谱，翻了几页，苦着脸说道：“先生，那今天练不会呢？”

“那就不用回来了。”

“那先生的晚饭怎么办？”

“我自己解决。”

“那我呢？”

“你自己解决。”

“先生。”

“越拖时间越晚。”

“哦。”陈十六委屈地应了一句，带着剑谱、提着剑走出庭院。沈爻偷偷朝门口瞥了一眼，见陈十六走出大门，大有一副终于将这瘟神送走的轻松感，端起茶杯正打算舒服地饮茶，可刚喝了一口，陈十六的声音又响起来。

“先生。”

沈爻差点儿一口茶水喷出来，满脸尽是无奈，这货怎么像个阴魂似的。咳了两声令喉咙舒服些，沈爻缓缓将手里的茶杯放回桌上，朝门口瞥了一眼，只见陈十六领着几张陌生面孔走了进来。

“先生，他们说有事找您。”

陈十六领着这伙人走进庭院，在凉亭前停下来。不等陈十六说完，这伙人中的一人便越过陈十六，对沈爻抱拳说道：“你就是沈爻吧！在下温斌，北定王的幕僚。”

沈爻面无表情地打量着温斌，此人衣着华贵，腰间、扇坠皆挂着彰显身份的配饰，神情、言语毫不掩饰内心自觉高人一等的傲慢。

“有事？”沈爻收回目光，语气冷淡地问道。

“王爷听闻沈先生断案如神，特命在下前来请先生调查一起诡案，当然，在下知道沈先生的规矩，来人。”温斌说着，合上扇子，待几人走上前将捧着的锦盒打开，得意洋洋地介绍道，“这是西域进贡的夜明珠，这是《阴阳罗刹刀》刀谱，这是神医江城子《定命八针》医书，这三样至宝足以让沈先生出山了吧？”

陈十六在一旁听着，满脸震惊，这三样物件无论哪一样都价值不菲，纵然称不上绝世珍宝，但绝对能让江湖高手争得头破血流。这北定王出手也忒大方了吧！

沈爻漫不经心地瞥了一眼，弯着腰伸手倒了杯茶，淡然一笑，回道：“王爷实在高看在下了，在下只不过是个山野村夫，王爷封地能人辈出，哪里用得着在下？”

“听闻沈先生素来依规矩办事，在下依照先生的规矩带来珍宝、秘籍请先生出山，先生却拒绝，莫不是要自毁规矩？”温斌凌厉的目光盯着凉亭中正沏茶的沈爻，语气尖锐地质问道。

“规矩？呵……”

沈爻淡然一笑，缓缓转过头，眼神随之凌厉起来，淡淡说道：“规矩是我定，在这，我就是规矩。”

“沈爻。”

温斌脸色当即阴沉下来，盯了沈爻片刻，冷笑道：“王爷这般礼贤下士，你却如此推诿，莫不是你没信心破解此案，担心王爷怪罪，名声受损？哼……先生在外的名声是不是显得沽名钓誉啊？”

“你这人怎么说……”

陈十六已听不下去温斌对先生的冷嘲热讽，立即站出来为先生打抱不平，可话尚未说完，便见先生抬手示意自己别再说，陈十六只好住嘴，愤愤地站在一旁。

沈爻缓缓放下手，风轻云淡地说道：“阁下既已得到答案，又何必在此浪费时间？慢走，不送。”

温斌神情一变，盯着沈爻的眼睛眯成一条线，问道：“先生口中所说的答案是何意？”

“阁下可是王爷身边的谋士，不会不知其中何意吧！”沈爻淡淡回了一句，继续说道，“好了，阁下请回。”

陈十六在一旁听得云里雾里，只觉得先生与这温斌的对话云山雾水，令人摸不着头脑，一脸好奇地打量着先生与温斌，只见温斌突然脸色大好，大笑起来。

“哈哈……沈先生果然厉害，这份眼力恐怕无人能及。”温斌爽快称赞道。

陈十六愈发摸不着头脑，心里纳闷这到底是怎么一回事，不等他发问，温斌又抱拳开口，态度比先前恭敬许多。

“沈先生，多有得罪，此案实在诡异，而且关系重大，在下才故作刻薄考察先生，如今看来能破此案者非先生莫属，恳请先生出山相助。”

沈爻理也不理温斌，当即对陈十六吩咐道：“十六，送客。”

“沈先生。”温斌连忙喊道。

“温先生，请吧！”

陈十六上前一步，不等温斌说完，便伸手请他离开，此人话里话外竟是在考察先生的能力，实在可气。温斌左右为难，一时间走也不是留也不是，眼神不停地在沈爻身上移动，只见沈爻手持茶壶转着圈在往茶具上倒水，茶具上的水积成水洼，像小河流的水缓缓流淌，猛然，温斌眼睛一亮，抱拳说道：“多谢沈先生。”

“十六，将礼收下。”沈爻放下茶壶，淡淡吩咐道。

“啊？”陈十六一头雾水，不明白怎么回事，先生不是回绝温斌了吗？怎么又让自己将礼收下？他不由疑惑地问道：“先生，您不是回绝了吗？”

沈爻没搭理陈十六，似乎懒得回答他愚蠢的问题，朝温斌说道：“温先生，请。”

温斌微微一笑，迈着步子走向凉亭，不忘对陈十六解释道：“沈先生并未回绝在下，只是像在下考验沈先生一样在考验在下。”

“考验？”陈十六愈发茫然，两人在打什么哑谜？

“沈先生手持茶壶往茶具上倒水，水在茶具上流淌，‘流’谐音便是‘留’，便是暗示在下留下。”温斌笑着解释了一番，已走到石凳上坐下，目光从陈十六身上转移到沈爻身上，问道，“只是在下想不通沈先生是如何看出在下在考验沈先生？”

第二十二章 诡案

温斌如此一问，陈十六也颇为好奇，目光投向沈先生寻求答案。沈爻微微一笑，端起茶壶边给温斌沏茶边说道：“心通眼，眼显心。温先生心有傲骨，故显得傲慢便有些格格不入了。”

“先生，你这说与不说有何区别？”陈十六对如此含糊的答案不甚满意，嘟嘴埋怨道。

“不。”温斌笑着摇了摇头，缓缓说道，“这便是眼力。哈哈……如此说来，在下实在不适合当戏子。”

“纵然温先生适合，恐怕也不愿吧！”

“沈先生这双慧眼能看透人心啊！”

温斌笑着称赞，缓缓端起茶杯饮了口茶，将茶杯放在茶具上了。短暂的无话似乎预示着刚刚所谈内容告一段落，该进入正题了。温斌的神情也变得严肃起来，说道：“沈先生，在下之所以如此行事，实在是此案异常诡异。”

“哦？”沈爻语气显得颇为好奇，目光投向温斌，期待对方继续。温斌直视着沈爻的眼神，一脸认真地问道：“先生相不相信世上有狐仙？”

“狐仙？”沈爻淡淡地重复了一句，想了想，缓缓说道，“世间万物皆有灵性，习得其中法门，成妖成仙并非妄谈，古往今来灵异鬼怪之事数不胜数，只不过，在下无缘，未曾一见。若阁下问在下信不信，在下信，但在下不会祈命于仙。”

“沈先生果然非同常人。”温斌抱拳恭维了一番，继续说道，“实不相瞒，此案诡异之处便是狐仙作案。”

“愿闻其详。”

“此事说起来要追溯到一年前，王爷管辖的封地有个村子，叫作灵狐村，这个村子的村民都信奉狐仙，多年之前村民们还为狐仙建了座庙宇，一直以来，这个村子都相安无事。然而，就在一年前，村里有个叫胡山的村民砸毁庙宇里的狐仙神像，诡异的事情就发生了，先是胡山死于非命，村民们认为是狐仙发怒，向狐仙忏悔、祈求，可无济于事，村民相继惨死，死状都如胡山一般跪在狐仙像前，双手托着自己的心脏，像是在向狐仙供奉心脏。王爷曾派人调查，却无发现，后来，这个村子就成了荒村。前不久，王爷派官兵与匠师去村子，打算重建此村，这几人也都不幸罹难，死状与村子里的村民如出一辙。王爷府的幕僚刘夜奉命带人敛尸、调查，当晚留在破庙，结果除了刘夜之外的其余留夜的官兵全都死了，死状与那些村民一致，而刘夜虽幸免于难，可受了惊吓，疯了，口里一直嘟囔狐仙。”温斌缓缓讲述道。

“那么王爷派阁下前来是为了让在下查证几宗命案是不是妖鬼作乱？”沈爻当即明白过来，问道。

“先生就是先生。”温斌抱拳，继续问道，“沈先生，不知咱们何时能出发？”

“现在。”

三日后，沈爻一行人进入北定王赵辰的封地地界。

这三日来，路途虽然颠簸，然而温斌也博览群书，见识广泛，可谓与沈爻志同道合，两人谈古论今，大有相见恨晚的感觉，便不觉得路途乏味，又过了小半天，马车在北定王府门前停下，温斌、沈爻相继从马车上下来。

门口的两名侍卫见来者是温斌，连忙迎上去，行礼说道：“温先生，您回来了？王爷吩咐了，若是温先生回来，可直接去书房，无须禀报。”

“知道了。”温斌淡淡回了一句，扭头对沈爻说道，“沈先生，请。”

“请。”

两人一同迈进王府，陈十六跟了上去，侍卫见状，立即上前拦住，道：“公子，兵器一律不准带入王府。”

陈十六板着的脸愈发冰冷，凌厉的眼神瞥了侍卫一眼，多年刀尖上舔血的生活早已令他养成剑不离身的习惯，有剑才有安全感。然而，此地是王府，他自知不可造次，不由地将目光投向走在前面的先生，见先生扭过头用眼神示意，不甘地将剑递给侍卫，冷冷说道："好好保管。"

侍卫接过破剑，见陈十六走进王府，打量着手中的剑，不满地嘀咕道："不就是一把破剑嘛！扔了都没人捡。"

北定王府曾作为先皇游玩的行宫，虽不及皇宫内院，但也气派十足，而且府内景色宜人，假山、木桥、流水令人心旷神怡。温斌、沈爻边聊边走，陈十六沉默地走在后面，惬意地欣赏着美景。这时，迎面走来几名二十出头的女子，走在最前面的女子衣着华贵、面容貌美、气质颇佳，一看便知并非常人，而跟在后面的几名女子相比便朴素、平凡了些。

"见过王妃。"

温斌见到来人，连忙上前行礼，此人正是北定王王妃方茴。

方茴微微点了点头，望向侧身站在一旁的沈爻，好奇地问道："这位便是王爷派你请来的沈先生吧？"

"正是沈先生。"温斌老实答道。

"灵狐村发生的怪异之事令王爷食不甘味、睡不安寝，还望先生尽快查清灵狐村之事，为王爷分忧解难。若真是鬼怪为祸，劝说王爷不理也罢！"方茴打量着面前压低脑袋的沈爻，话有暗意地说道。

"草民定竭尽所能。"

"王爷在书房，你们去吧！"

"微臣告退。"

温斌向王妃施礼之后，便带着沈爻、陈十六绕过方茴离开了。方茴站在原地沉默了片刻，待三人走远，她也迈着步子离开了。

书房的门四敞，管家关松守在门口随时伺候。

关松曾是宫内的太监，北定王尚是皇子时，关松负责伺候他的饮食起居，之后赵辰封为北定王，关松便随之来到藩地，前前后后已服侍了二十余年，在府中的地位非比寻常。

温斌远远见到关松，加快脚步走了上去，抱拳行礼道："见过关公公。"

"温大人来了。"

关松回礼，注意到旁边的沈爻、陈十六，打量了两眼，望着沈爻说道："这位便是沈先生吧！王爷已等候多时了，请。"

"请。"

关松带路，三人跟着进了书房，只见一位气宇轩昂的男子正伏案看书。关松走了上去，轻声说道："王爷，温先生、沈先生到了。"

"参见王爷。"

温斌、沈爻齐齐行礼，陈十六对王府礼数不甚了解，学着沈爻、温斌动作行礼，显得滑稽了些。赵辰放下手中的书，打量着沈爻站起身，说道："无须多礼，都起来吧！关公公，看茶。"

"谢王爷。"

"是。"关松应了一句，便去沏茶。

沈爻几人随着王爷去了大堂，坐下之后，赵辰开门见山地说道："温斌请先生来时，想必已向先生讲述了此案，本王也不多说了，此案就有劳沈先生了。"

"草民既然接下此案，定当竭尽全力查破。"

沈爻不卑不亢地回了一句，继续说道："王爷，草民尚有一事不明，恳请王爷不吝赐教。"

"沈先生请讲。"

"据温大人所言，灵狐村在一年前已沦为荒村，此事过了这么久，王爷因为何事派人去灵狐村？甚至如今又要调查？"沈爻不解地问道。

"税收。"赵辰无奈地回了句，见沈爻眼神期待，继续说道，"朝廷法度，藩王每年需向朝廷缴纳税收，除粮食之外，藩王封地发现的矿产也要按税率上缴。近年来，朝廷连年征战，国库空虚，特别是一年前国库失窃，朝廷对藩王税收加重，特别是在矿产方面，这一年来将之前的矿场几乎都采集完，只能开采新的矿场。"

"新矿场就在灵狐村附近？"沈爻问道。

"没错。"赵辰点了点头，继续说道，"新矿场就在灵狐村后面的山里，狐仙为祸本就无真凭实据，纵然一年前派人未曾查清真相，本王也觉得几宗命案乃是人为，既是人为，如今村子已成荒村，凶手自然不可能继续留在村里。"

“可是诡异的命案又发生了。”沈爻幽幽说道。

“是啊！”赵辰无奈地回了一句，这时，关松上前沏茶，微笑着打断道：“沈先生，请用茶。”

沈爻微微点点头，端起茶杯饮了一口，将茶杯放下，缓缓问道：“王爷如今依旧不信是狐仙为祸？”

“本王明白你的意思。”赵辰笑了笑，款款说道，“本王虽不善办案，但也略微了解一二，正如本王所说，若凶手并非狐仙，村子已成荒村，凶手为何还要以诡异手法杀人？凶手所作所为又是为了什么？这些疑点都令人猜不透，反而狐仙为祸更能解释。可本王凡事得求证，这才请沈先生前来调查。”

“草民明白了。”

沈爻立即领会赵辰话中之意，或许他心中希望命案乃是人为，如此只要抓住真凶便可大告天下，矿场开采能顺利进行。若是狐仙为祸，人心惶惶，恐怕无人愿意冒着生命危险进山开矿。

沈爻继续问道：“王爷，草民听温大人所言，府中有位幸存者？”

“没错，正是府中的幕僚刘夜。”

“草民可否见见他？”

“自然可以。”赵辰爽快答应，立即吩咐道，“温幕僚，此事就交与你，沈先生有何需求，你都尽力满足。”

“下官领命。”温斌应了一句，起身说道，“沈先生，请。”

“草民告辞。”沈爻向赵辰行礼，随温斌退出书房。

第二十三章　线索追踪（上）

出了王府，陈十六向侍卫索回破剑，三人先后上了马车。马夫策马扬鞭赶着马车前行，行了大约四五里路，马车在一处僻静的房舍门前停下来，马夫跳下车，恭敬地说道："温大人，到了。"

温斌掀开扯帘下车，沈爻、陈十六也跟着下来，温斌告知道："沈先生，刘幕僚便住在此处，请。"

"请。"

两人齐齐走进庭院，陈十六跟在后面。院子无人，三人朝屋里走去，到了门口完全被屋内的景象震惊到了，只见屋里到处都是涂鸦的纸张，刘夜趴在地上手持毛笔像疯子似的不停地画画，所画之物皆是端坐的狐狸。两名下人守在旁边伺候，他们见到温斌走来，连忙上前请安。

温斌点了点头，望了一眼刘夜，眼神充满哀怜，轻声问道："刘幕僚这几日还好吧？"

"回温大人，刘幕僚没有之前那般害怕、惊恐，不过，每天除了作画还是作画，已经三天三夜没休息了。"

温斌深深叹了口气，不由感慨道："刘幕僚才智过人，就连王爷也对其赞不绝口，曾表示有刘幕僚在，封地之内便不会出乱子。谁曾想世事难料，如今却成了这副样子。"

沈爻没理会温斌的感慨，捡起一张画纸走到刘夜身边，缓缓蹲下，拍了拍刘夜的肩膀，待刘夜转过头，沈爻看清对方的面孔不由吓了一跳，只见刘夜面容憔悴、眼圈乌黑、眼珠凹陷，简直人不像人鬼不像鬼。

沈爻回过神，轻声问道："这是你画的吗？"

“还给我。”

刘夜突然像是疯了一把夺过沈爻手里的画纸，慌张地抚平，念念有词地嘀咕道：“狐仙莫怪，狐仙莫怪。”

“先生，这人疯了吧！”陈十六插话道。

沈爻没搭话，继续打量着面前疯癫的刘夜，试图找到方式安抚他，从而从他口中打探些线索。

“别担心，狐仙不会怪罪你，她知道你这么虔诚地为她作画定会保佑你。”沈爻顺着刘夜的担忧，安抚道。

“保佑？哼……”

刘夜听闻这话，冷冷地回了一句，缓缓转过头，眼神诡异地盯着沈爻，语气阴森地说道：“狐仙从不保佑任何人，她只会杀光所有人，包括你，也包括我。”

沈爻疑惑地望着刘夜，只见刘夜越来越疯狂，撕扯身旁的纸张，嘴里大声嘶吼。

“所有人，所有人都逃不了，狐仙会杀光所有人……”

两名下人见状，连忙冲上去制住刘夜，边向温斌告退，边架着发疯的刘夜回内屋。沈爻凝视着刘夜被两人架走的背影，心中若有所思起来，难不成真是狐仙为祸？刘夜疯癫的反应可以推断出曾经的遭遇令他内心充满恐惧，虽渴望通过为狐仙作画祈求原谅，但内心深处还是认为狐仙不会放过他。

沈爻心中推测着刘夜的反应，瞥见地上的一幅尚未撕烂的画，弯下腰捡起来，仔细打量着，画中的狐狸惟妙惟肖，如活物一般，线条的勾勒顺势而成，可以看出刘夜的画功不俗，仔细盯着这幅画，沈爻总觉得哪里有些奇怪，可又说不上来，又捡起地上的两幅对比了一番，几乎一模一样，他依旧感觉怪怪的，却又说不上来。

“沈先生。”

温斌喊了一句，令沈爻从思绪中回过神，沈爻回头望了温斌一眼，温斌问道：“沈先生，可是有什么发现？”

沈爻摇了摇头。

温斌叹了口气，无奈地说道：“刘幕僚如今成了这样，确实难以从他口中得到线索。”

“温大人，除刘幕僚这条线索之外，可还有别的线索？”沈爻也觉得无法从刘夜身上得到有价值的线索，但王爷府追查此案这么久，应该查到些线索，满怀希望地问道。

“这个……”

温斌想了想，猛然，想到一事，连忙回道：“哦，对了，我想起来了，刘幕僚曾带一队人去敛尸，其中一部分人先带尸体回来，刘幕僚与另外几人留在灵狐村才出了意外。”

“温大人可知这几人是谁？”沈爻立即问道。

“他们都是王府的人，自然知道。”温斌自信满满地回了一句，继续说道，“沈先生，请。”

“请。”

沈爻做了个动作，顺势将手里的一张画揣入怀里，与温斌一同走出屋子，陈十六跟在后面，三人一起出了庭院，温斌告知马夫去衙门，三人先后上了马车。

马车离开刘夜疗养之地，行了大约半个时辰，在衙门前停下来。温斌带着沈爻、陈十六直奔衙门，走到门前，对守在门口的衙差吩咐将前几日跟随刘幕僚敛尸的官兵找来，一名衙差前去找人，另一名衙差带着他们去大堂。

沈爻三人在大堂等了大约半炷香的时间，衙差便领着几人走了进来，一进大堂，几人连忙向温斌行礼。温斌摆了摆手，示意他们作罢，仔细打量了几人一番，问道：“你们便是前几日随刘幕僚去灵狐村敛尸的官兵？”

“正是卑职。”几人抱拳、齐声回答。

温斌指着身旁的沈爻，语气威严地介绍道：“这位是沈先生，王爷任命专门负责调查灵狐村的案子，沈先生有些问题问你们，你们知道什么便答什么，若是藏掖，影响了办案，后果你们应该知道。”

“卑职不敢。”

温斌满意地点了点头，转身对沈爻说道：“沈先生。”

“嗯。”沈爻轻声回了一句，从椅子上站起来，走到其中一人面前，他说道：“先由你来说，其他人听着，若是他所说与你们所见所闻有出处或者有遗漏，你们再补充。”

“是。”

众人齐声应答之后，由沈爻指定的官兵开始讲述当天的情况——

刘幕僚召集大家前往灵狐村，在村口遇见了先去勘查的两名官兵，路上遇见一位老人，领路的两人还被老人吓了一跳，之后，他们到了破庙，见到六具尸体都双手奉献心脏，跪在破庙的狐仙神像前，刘幕僚检查了一下现场，并没什么发现，带人去找半路遇见的老人，可那老人是个聋子，什么也没打听出来。

老人？沈爻听完一愣，温斌之前说灵狐村是荒村，怎么会有个老人？他连忙扭头朝温斌问道：“温先生，这灵狐村的老人是怎么回事？”

“哦，确实有这么一位老人。”温斌回应了一句，继续说道，“刘幕僚出事之后，我带人去灵狐村敛尸，确实遇见了这位老人，他年纪老迈，行动迟缓，本想带他回来调查，可他死活不愿离开村子，我也只好作罢！后来询问搬离灵狐村的村民，村子里确实有这么一位老人，当年他也是不愿离开村子，说死也要死在村子里，没觉得他有何不妥，就没当回事。最可气的是他那两个儿子，听说搬离灵狐村之后去外地做生意，这一年多都没回来看望一下老人，这老人也够孤苦。”

温斌所言确实大有道理，老人身份并无问题，又行动迟缓，确实没什么可疑之处，沈爻沉思了一番，继续问道：“其他人可还有什么补充？”

几人看了看对方，都一致向沈爻摇头。

沈爻见状，知道从他们口中问不出什么线索，朝温斌点了点头。温斌立即会意，淡淡吩咐道：“你们都下去吧！”

“是。”几人应了一句，退了出去。

“沈先生，如今看来只能进灵狐村去找线索了。”温斌望了一眼沈爻，提议道。

“不着急。”沈爻淡淡回了一句，继续说道，“先去检查一下尸体吧！”

“也好。”温斌想了想，点头同意，继续说道，“尸体就停放在衙门里，沈先生，请。”

沈爻三人在衙差的带领下绕到衙门后院，来到一处偏僻的庭院前，尚未进院子就隐约闻到尸臭味。衙差推开门，味道愈发浓烈，简直令人作呕，陈十六捂着口鼻，问道："这味道也太重了吧！你们在衙门当差能受得了？"

衙差苦笑，望了温斌一眼，似乎畏惧面前的大人，并未搭话。温斌见状，笑着解释道："陈公子，王爷重视此案，便下令不准烧毁尸体，以供查案者找寻线索。"

陈十六张嘴，话还没来得及说出口，沈爻迈着步子走了进去，随口说道："如此甚好。"

"那也该放在没有人的地方啊！"陈十六小声嘀咕道。

温斌尴尬地笑了笑，沈爻已走到一具尸体前，将尸体上的白布掀开，淡淡喊道："十六，验尸。"

"啊？"陈十六用手捂着嘴，露出半张脸都能看出哭丧样儿，边走过去边说道，"先生，这种活能不让我做吗？我怕我会吐。"

"吐了更好，晚饭能多吃两块肥肉。"沈爻没好气地回道。

"呕……"陈十六望着面前腐烂的尸体，一听肥肉，顿时忍不住干呕了一声，强忍着恶心无奈地开始验尸，尸体最为明显的伤便是胸前的大洞，像是被锋利的爪子强行刺穿肉骨将心脏掏出来，心脏不在，已被标记单独放置，除此之外，并未其他伤痕，甚至连细微的伤口都没有。

如此怪异的手法确实不像人为，难不成真是狐仙为祸？

第二十四章　线索追踪（下）

刘夜精神异常，官兵讲述离奇，死者伤口怪异，种种现象都令人觉得这几宗命案并非人力所为，更像是妖鬼为祸。当然，情况看似如此，但并无真凭实据，沈爻不能就此下结论，为今之计，只能前往灵狐村一趟看看是否能查出什么线索。

沈爻回过神，瞥了一眼正哭丧着脸做验尸的陈十六，不由一笑，说道："好了，不用再验了。"

"啊？"陈十六先是一愣，哭丧的脸立即变成一副如临大赦的喜悦，麻溜地为面前的尸体盖上白布，感激地朝沈爻跑过去，说道，"先生，你终于良心发现了。"

"臭死了，离我远点儿。"沈爻没好气地骂道。

"呕……"陈十六伸手闻了闻，顿时恶心得不行，忍不住干呕了一声，边朝外跑边说道，"我先去吐一会儿。"

"呵呵……"

沈爻、温斌见陈十六这副滑稽模样，都忍不住笑了起来，笑过之后，温斌问道："沈先生，可有什么发现？"

沈爻摇了摇头，示意温斌边走边说。两人一起走出停尸房，沈爻开始说道："数具尸体皆是被掏空心脏，身上也只有这一处伤口，胸前肋骨断裂，下手力度极强，乍一看确实像非人力所为，不过，也不排除武功高强者动手。"

"起初见到尸体，我也想过这点，但纵然武功再高，个个都被一招掏出心脏也实在困难了些。"温斌想了想，质疑道。

“若是死者生前失去行动能力呢？”沈爻扭头反问道。

温斌一脸恍然大悟，可想了想，摇头说道：“仵作验尸，并未在死者身上检验到迷药的成分。”

“迷烟呢？”沈爻反问了一句，继续说道，“在下记得温大人曾说过这些尸体都是死后两日左右被发现，若是迷烟，纵然吸入体内，两日也足以消失。”

“沈先生觉得凶手并非狐仙，而是人为？”温斌连忙问道。

“这些都是推测，尚无真凭实据。”

沈爻摇了摇头，突然想到一点，停下脚步，问道：“哦，对了，温大人，你曾说过找到、询问过搬离灵狐村的村民。”

“对。”温斌点了点头，无奈地说道，“此事一开始是刘幕僚派人调查，后来刘幕僚出事，我便询问那些村民，可他们都认为是狐仙为祸，什么也没问出来，沈先生怎么突然想起问这事？”

“狐仙为祸的说法始于胡山之死，后续案件的发生也与此有关，查案讲究追本溯源，在下怀疑胡山的死或许是连环案件的开端。”沈爻悠悠解释道。

“可是，胡山与灵狐村的村民有关还说得过去，可刘幕僚一行人以及之前被杀的官兵、匠师完全跟胡山不认识，这怎么能扯上关系呢？”温斌不解地问道。

“此事确实蹊跷。”

沈爻觉得温斌所言有理，想了想，说道：“先问问灵狐村的村民再说吧！”

“嗯，也好，我现在命人传他们来。”

“有劳温大人了。”

“沈先生客气了。”温斌抱拳回了一句，便离开庭院。

沈爻目送温斌离开后，瞥了一眼正蹲在地上干呕的陈十六，不由笑了笑，走了过去，抬脚踢了一下陈十六的屁股，道：“吐够了没有？”

“马……呕……”

陈十六想回话，可胃里一阵翻腾，又忍不住干呕起来。沈爻见他这样，失望地摇了摇头，说道：“验个尸都能这样，丢不丢人？”

陈十六吐完，觉得舒服了些，站起身，擦着嘴角，哭丧着脸说道："先生，这味道实在是太难闻了。"

"想好闻，那去吃肉啊！"沈爻没好气地骂道。

"呕……"

陈十六听到肉，又忍不住干呕了一声，求饶般地说道："先生，求你别再说肉了。"

沈爻见陈十六这般，实在哭笑不得，连训斥都懒得训斥，没好气地说道："走了。"

沈爻、陈十六走出停尸院子，返回大堂，半路遇上命人传唤灵狐村村民的温斌，三人一同返回大堂，在大堂喝了两杯茶，衙差带领着三名战战兢兢的村民走了进来。

"各位乡亲，别害怕，此次找你们来是想向你们打听一些情况。"温斌见村民有些慌乱，连忙安抚道。

"大人，该说的我们以前已经说过了，这一切真的都是狐仙所为，狐仙在惩罚对它不敬的人，哎……这一切都是胡山造的孽。"

其中一位略微年长的男子苦着脸回答，另外两人也点头附和，都一致认为是狐仙所为。

温斌无奈地望了沈爻一眼，沈爻缓缓地从椅子上站起来，开口说道："是不是狐仙所为，我们自有判断，此次找你们来是想了解一下胡山以及你们村子里的情况。"

"这位大人，您想问什么就问吧！我们一定知……知道的都告诉您。"

"听说胡山在死之前决定拆了狐仙庙？"沈爻问道。

"没错，他还把狐仙神像推倒了，这才惹怒了狐仙，遭到狐仙的惩罚，还连累了我们。"

"他为什么突然要拆狐仙庙？"沈爻继续问道。

"这……"年长男子一下子被问住了，他看了看其他两人，其中一个看似二十余岁的年轻人接话道："听说好像有人要买那块地。"

"有人要买那块地？"沈爻一愣，立即问道，"狐仙庙难道不是属于全村的资产？怎么会找胡山买？"

"全村确实都供奉狐仙，可花钱造狐仙庙的是胡山家。"年长的男子继续说道，“这事说起来时间就长了，很多年以前，我们村子很穷，全村都靠打猎为生，就靠着村子后的几座山活着，胡山与爷爷祖孙俩相依为命，胡山全靠爷爷养着，胡山的爷爷也是个猎户，有一次上山打猎过了大半个月都没回来，全村人都以为他死了，可后来他回来了，说在山上遇见了个黑瞎子，差点儿活不了了，幸亏狐仙相救，他才保住一命。之后，他建造了狐仙庙，供奉狐仙，没想到供奉狐仙之后，他家日子越过越好，慢慢地全村人也跟着供奉起来，可俗话说富不过三代，胡山小时候还好，后来日子好起来，吃喝嫖赌样样俱全，家里的产业全被这败家子给糟蹋光了，便打起了卖狐仙庙的主意，结果惹怒狐仙，连命都没了。”

“那你们有没有真正亲眼见过狐仙？”沈爻愈发觉得此事古怪，好奇地问道。

“这个……我们凡夫俗子，哪有这福气。”

“也就是说真正见过狐仙的只有胡山的爷爷？”

“对。”年长男子点点头，似乎听出沈爻话中不信之意，连忙说道，“大人，我们虽没亲眼见过，可自从信奉了狐仙之后，村子里发生了很多怪异的事。”

“什么怪异的事？”

“以前村民去山中打猎，也打不到多少猎物，可从信奉了狐仙之后，村民经常一大早起来见到被咬死的猎物放在家门口，胡山的爷爷更是做起了山货生意，赚了很多钱，没过多久，他们家就富得流油。”

“竟然有这种事？”温斌忍不住插了句话，无法相信世上竟有如此好事。沈爻也觉得这种事过于离奇，想了想，继续问道：“那你们知不知道向胡山买狐仙庙的是什么人？”

“这个我们就不知道了。”

“此人没出现过？胡山死后，他也没露面？”沈爻不解地问道。

“没有。”

三人相互看了看彼此，一致摇了摇头，年长男子继续说道：“大人，胡山的死是遭到狐仙的惩罚，就算有人想买狐仙庙，可知道胡山死的真相，恐怕想买也不敢买，还不赶紧跑。”

“好，我知道了，你们下去吧！”

沈爻见问不出什么，便打发三人离开。待三人远去，温斌开口问道：“沈先生，对于这三位村民所言，你怎么看？”

“温大人的意思是……”

“狐仙之说是否可信？”

“不确定。”沈爻摇了摇头，继续说道，“虽然我无法确定狐仙之说是不是真的，但我觉得狐仙庙跟灵狐村后面的人肯定有问题，或许这其中藏匿的秘密能解开这些疑团。”

“那明日一早，我陪先生去灵狐村。”

“好。”

次日。

沈爻三人用过早饭，便率领一队人马前往灵狐村。路上行了两个多时辰，太阳逐渐升起，快到灵狐村时，火红的太阳已悬挂头顶，炎阳似火，暴晒得众人汗流浃背。

“沈先生，前面便是灵狐村了。”

沈爻听闻温斌提醒，放眼望去，果然看到了前方五六里外的小村落，村子不大，远远望去，除了荒凉之外实在看不出诡异之处。温斌没听见沈爻回应，扭头望了一眼，提议道：“沈先生，目前虽无法确定是否是狐仙为祸，但毕竟该村先后出了数宗命案，死了近二十人，为了安全起见，不如在村外安营扎寨？”

“在下只负责查案，其他事自然由温大人做主。”沈爻淡笑着回道。

“好。”温斌点了点头，吩咐道，“传令下去，全速前进，在灵狐村一里外安营扎寨。”

“是。”副将王德全应了一句，立即将温斌的命令传达下去。队伍继续前行，一炷香后，队伍到达村外一里的地方，官兵开始安营扎寨，准备午饭。

沈爻见众官兵忙碌，捡柴、烧火，做好饭估计还需好些时间，便向温斌提议道：“温大人，咱们先去村子转转。”

“也好。”温斌当即答允。

沈爻叫上陈十六，温斌又叫了几名官兵保护，一行数人走向灵狐村。一进灵狐村，众人便感觉气温骤降，刚才炎热的感觉消失了，整个村子散发着阴森、恐怖的气息，令人心头一凉。

王德全后背发凉，忍不住提醒道：“大人，这村子好生古怪。”

第二十五章　玄机

村里村外，一冷一热，两番天地。如此情况，确实称得上古怪。

王德全的话影响不小，弄得人心惶惶。温斌虽曾来过一次，可那天阴天，村里村外的情况没今日这般明显，如此感受也令他心头不安，不由朝沈爻望了一眼，只见沈爻正四处打量，他轻声喊道："沈先生。"

"嗯？"

"沈先生，这村子里外冷热不一，实在怪异，难不成……"

"不。"沈爻立即打断，将视线收回来，淡淡说道，"风水。"

"风水？"温斌诧异地问道。

"对，你看。"沈爻伸手指着远处延绵的山脉，继续说道，"此村三面环山，山势延绵，几乎将该村落包裹起来，而且，延绵的山脉绿树成荫，可以推测出山中水源丰富，湿润之气自然会从山中散发，影响到村子，使得村子比较阴凉。更何况，如今已立秋，虽秋老虎尚在，可山中影响不大，便形成这种冷热差异。当然，还有另外一个原因。"

"另外一个原因？什么原因？"温斌好奇地问道。

"心境。"

"心境？"温斌满脸不解地问道。

"不错，此村先后发生几宗命案，死者二十余人，死状离奇，你们心中都认为是狐仙为祸，自然将这种感觉放大。更何况，此村荒芜一年之久，没了人气，也增加了些阴森感，便自然而然心生恐惧。"沈爻缓缓解释道。

众人点头议论，都觉得沈爻所言颇有道理，心里也不再如之前那般害怕、恐惧。温斌对风水虽不精通，但也涉猎一二，沈爻没说之前，他压根没往风水上面想，如今沈爻一说，他结合所学，认为确实有道理，心中敬佩之意油然而生，不由抱拳道："沈先生不仅精通破案，竟还是个风水大师，在下实在敬佩。"

"大师谈不上，略知皮毛而已！"

"沈先生一言道破这其中玄机，若还只是略知皮毛，那恐怕我等专研一生也迈不入这风水的门槛啊！"温斌笑道。

"温大人说笑了。"沈爻礼节性地回了一句，提醒道，"温大人，进村吧！"

"哦！好，沈先生，请。"

温斌在前带路，一行人进了村子。沈爻边走边打量，村里房子的墙角石块生了不少的青苔，一些角落蜘蛛网密布，但从外面也能看出村子确实荒凉许久。过了两条街道，一行人走到狐仙庙前。

"沈先生，这就是狐仙庙，几宗命案皆发生在里面。"

温斌到了狐仙庙前，向沈爻讲述情况，却发现沈爻一副失神模样正朝来时的路张望，不由疑惑他在看什么，问道："沈先生，怎么了？"

"边走边说。"

沈爻回过神，迈着步子走进狐仙庙，说道："温大人，记得陪刘幕僚来村中收尸的官兵跟你都说过村里有位老人吧！"

"哎，你不说我还没想到，真是奇怪了，那日我们来时，老人就坐在墙角晒太阳，我记得刘幕僚来的那天，老人也是在晒太阳。"温斌反应过来，也心中疑惑，连忙停下脚步，扭头吩咐道，"王德全，立即带人检查一下村子，把那位老人家找来。"

"不用了。"沈爻淡淡地回了一句，温斌不解怎么回事，疑惑地朝沈爻望了一眼，只见沈爻停住不动，神情严肃地望着庙内，他顺着沈爻的目光望去，顿时吓了一跳。

庙宇之内，干瘦的老人跪在神像前，双手托举着一颗鲜血淋淋的心脏，像是在向神像供奉，死状与其他死者一致。现场除老人身下的血迹之外，其他地方并无血迹，也无脚印痕迹。

沈爻仔细检查着庙宇的各个角落，推倒的神像吸引了他的注意，不由地将目光投向神像的眼睛，竟一时间看得有些出神。

“又是一条人命。”温斌站在尸体前，不由感慨了一句，没得到沈爻回应，扭头看了一眼，只见沈爻正全神贯注地凝视着推倒的神像，他疑惑地问道：“沈先生，可有发现？”

“啊？”沈爻回过神，停顿了两息，才说道，“总觉得哪里有些奇怪。”

“什么地方奇怪？”

“说不上来。”

沈爻也指不出哪里不对劲儿，可心里有种奇怪的感觉，凝视着面前的尸体，突然想到一点，说道：“温大人，麻烦你派两人找一下这老人的家，看看能不能在他家里找到什么线索。”

“好，我立即去安排。”

温斌应了一句，立即找来两名官兵命他们去找寻老人的家。沈爻依旧凝视着面前的尸体，又将视线投向尸体旁边，猛然，眼睛一亮，喃语道：“血迹。”

“先生，您说什么？”陈十六没听清，疑惑地问道。

“沈先生，发现了什么？”

温斌也听到沈爻的声音，吩咐完官兵立即走了过来。沈爻指着尸体四周，说道：“血迹，从血量来看，死者应在此被掏出心脏，可奇怪的是现场只有死者身下有血迹，却无血迹迸溅的痕迹，正常情况，心脏被掏出，血迹会四处迸溅。”

“对，我想起来了，那些官兵也是这样，除了身下有摊血，四周也并无血迹迸溅的痕迹。”温斌恍然大悟，脸色不由一变，惊慌道，“如此看来，真像是妖鬼为祸，如此情况恐怕也只有妖鬼能做得出来。”

“是这样吗？”沈爻喃喃反问了一句，之前他觉得奇怪便是此处，狐仙到底如何杀人能做到没血迹迸溅？另外，他还有点想不通，若真是狐仙作案，为何此时杀害老人？灵狐村成为荒村已经一年之久，这一年来老人一直在灵狐村，老人却毫发无损。然而，刘夜等人出事之后，老人也紧接着出事，这也太奇怪了。关键是老人与刘夜等人毫无联系，沈爻实在想不通。

“大人。”

大约一炷香后，外面传来声音，奉命寻找老人住所的官兵跑进来，说道："找到老人住所了。"

"走。"

沈爻说完，走出狐仙庙，温斌、陈十六跟了上去，传讯的官兵在前带路，其他官兵留守，负责收敛尸体。过了没多久，沈爻一行人便来到一处简陋的房舍前，官兵说道："大人，这便是老人的住所。"

"奇怪，村子都空了，这么多好房子，他怎么住在这么破烂的房子里？"陈十六不解地自语道。

"这有什么奇怪，俗话说，金窝银窝不如自己的草窝，老人连死都不怕地留在村子，自然是守旧之人，怎会住别人的房子？"温斌笑着解释道。

"进去吧！"

沈爻对两人的谈论没兴趣，淡淡丢下一句话，迈着步子进了庭院，这才发现房子岂止是简陋，可谓是破烂不堪，正屋近乎坍塌，房顶破了大半，已无法住人。东厢房尚好，不过，屋子又矮又低，房门又小又脏，实在不像人住的地方。

官兵边上前开门边提醒道："几位大人，里面又脏又暗，味道也很……"

"知道了，开门吧！"

沈爻点头回了一句，那官兵不再多说，将门推开。顿时，一股酸臭味扑面而来，朝里望去，光线灰暗得看不清。那官兵麻利地点开一个火折子，率先走了进去，撑着木门。

沈爻低头走了进去，温斌、陈十六也跟了进去。屋子空间很小，三四个人进去就没了插脚的空。在火折子微弱亮光的映照之下，屋里的情况一览无遗，墙角放置着一张木板床，床上有条又脏又薄的被子，床对面放着一个木板搭成的柜子，上面放着破衣服跟腌制的食物，地上堆积着一些枯萎的烂野菜，坛子里的野菜汤已发臭。

"这老人的日子过得也太凄惨了吧！"陈十六见此情景，同情心大起，忍不住感慨道。

"一些人心中有了信仰与坚持，便也不觉得苦。"温斌拍着陈十六的肩膀安慰道。

陈十六理解地点了点头，发现并没听见沈爻回应，扭头望去，见沈爻正专注盯着脏乱的床铺，疑惑地问道："先生，您看什么呢？"

沈爻像是没听见，突然走到床边，不顾肮脏的床铺，一把掀开床上的凉席，顿时，床板呈现在眼前，而床板并非一整块木板，中间一块方形像是割开，而在墙角的位置竟有个拉扣，之前被被子盖着，不易发现，如今掀开凉席，便一眼看到。

沈爻往上拽拉拉扣，一下将方形木板拉起来，漏出暗道。陈十六、温斌见状，连忙走上前，两人面面相觑，完全没弄明白怎么回事。

"火折子。"沈爻喊了一句，门口的官兵立即走了过去，温斌接过火折子，边传递给沈爻边问道："沈先生，这……这是怎么回事？"

"下去看看不就知道了。"

沈爻接过火折子，淡淡回了一句，下了暗道，温斌、陈十六相视一眼，连忙跟了上去。

暗道尽头是个密室，空间挺大，两处角落放置着绒皮、被子，看似当作床铺睡觉，简易的柜子里放着衣物、食物，桌子上着茶壶、茶杯，显然，这里有人居住。

沈爻仔细检查，不放过任何细节，陈十六、温斌脸上满是不解，他们想不明白为何会有这么个密室，这里居住的又是何人？

陈十六实在忍不住好奇，问道："先生，这是怎么回事？"

"什么怎么回事？"

沈爻边翻找线索边随口问了一句，陈十六继续问道："当然是这密室啊！这里怎么会有个密室？什么人住在这里？"

"你问我？"沈爻回头反问了一句，陈十六诚恳地对他点了点头，沈爻淡淡回道："我问谁？"

"先……"陈十六被噎得一句话说不出来，只好闭嘴。沈爻回过头，继续翻找，打开柜子，衣物之下竟有个小箱子，沈爻抓住箱子，感觉沉甸甸的，拿着箱子放到桌子上。陈十六、温斌被吸引，都聚在桌前，沈爻将箱子打开，三人看清箱子里的东西后，一时间都傻眼了。

第二十六章　仙狐

金子。

金灿灿的黄金堆满了小小的箱子，少说也得几十两，对于达官显贵来说，这点黄金算不上什么。然而，老人生活清贫、食不果腹，他哪来的这些黄金？三人都心中不解，陈十六摸着嘴唇，嘀咕道：“这老头有毛病，守着这么钱财过得这么清贫？”

沈爻没搭理他，将目光从黄金上收回，转过身，若有所思地环视着这间密室。

“沈先生。”

温斌见沈爻打量许久始终一言不发，忍不住心中好奇，问道：“这老人到底什么来头？”

“灵狐村的村民啊！这还是温大人告诉我的啊！”沈爻一本正经地回道。

“我……不是。”

温斌张了张嘴不知道该说些什么，对于沈爻一本正经的回答，他简直欲哭无泪。沈爻瞥了一眼，见温斌哭笑不得的模样，笑了笑，说道：“我知道你问这话的意思，只可惜，我也不知道这老人什么来头，有什么目的，不过，有一点我知道。”

“什么？”

“住在这间密室的人应该是老人的两个儿子。”

“老人的两个儿子？他俩儿子不是在外地做生意吗？”温斌诧异地问道。

“密室里的东西几乎都是两套，被褥、茶杯、碗筷和柜子里的衣服是男性款式，用料颜色都偏向年轻化，不是老人之物，而老人膝下有两个儿子，一年来又毫无消息，正好符合这点，至于他们为何撒谎、有什么目的便不清楚了。”沈爻缓缓解释道。

“沈先生，你认为他们父子是否与灵狐村的命案有关？狐仙为祸是不是他们编造的？”温斌口如炮弹般地连问了两个问题，似乎察觉到其中有些矛盾，摇头说道，“也不对，若是狐仙为祸是他们传出来的，那老人怎么与其他死者的死状一致？又是谁杀了老人？”

“温大人，我并非神仙，做不到能掐会算。”沈爻苦笑着回道。

“那现在该怎么办？”

“命人将密室里的东西全部带出去，看其中是否存在线索。”沈爻想了想，说道。

“也只能这样了。”

温斌点了点头，三人爬出密室。一出密室，温斌便派官兵将密室里的物件带回营帐，确保万无漏一。过了没多久，密室里的物件已全部被拿出带到营帐，沈爻、陈十六、温斌三人仔细翻查，物件绝大多数都是生活用品，其中衣服中有数件出现严重磨损迹象，衣服的主人到底做了什么将衣服磨成这样？沈爻若有所思，脑海中浮现了各种可能性，一时间也无法确定，猛然，他的目光注意到众多堆积物件中的一个小型的铁锹，扒拉出来，出神地打量着手中的铁锹。

“先生，你都打量了许久了，这铁锹有什么问题吗？”陈十六扭了扭酸疼的脖子，无意间发现沈爻一个动作保持了许久，揉着脖子不解地问道。

“温大人，这附近可有金矿？”沈爻问道。

“金矿？”温斌放下手中的物件，摇了摇头，回道，“从未听闻，沈先生为何这么问？”

“我也是推测。”沈爻淡淡的回了一句，详细解释道，“这小型的铁锹乃是采矿之物，这衣服、鞋子的磨损比较严重，比较符合开采会出现的情况；另外，我记得灵狐村的村民说过灵狐村为何信奉狐仙，缘由是胡山的爷爷被狐仙所救，还赐予财物，或许胡山的爷爷在说谎，他遇见的并非狐仙，而是发现了……金矿。”

“发现了金矿？那他为什么要说谎？还特意编制出狐仙？”温斌不解地问道。

沈爻反问道：“若是他想独吞金矿呢？”

“独吞？”温斌重复了一句，顺着沈爻的提示继续说道，“那他不能让人知道这事，他不仅要让人觉得自己发家不奇怪，还要瞒着乡亲去山中挖金子，最好的办法就是编造一个诡异、离奇的故事，同时给乡亲们一些甜头，如此一来，他就能掩饰财物的真正由来，也容易神不知鬼不觉地继续挖金子。”

“不错。”沈爻赞同地点点头。

“可此事被老人胡奎知道了，胡奎与胡山的爷爷一样贪婪，也想独吞金矿，于是，他借着胡山爷爷编造的狐仙故事继续编下去，只是情节背道而驰了，而后，他负责留在村中监视，他俩儿子进山挖金子。”温斌继续顺着思路往下理，待他刚讲完，却察觉有些不通，不解地问道，“那胡奎是如何得知金矿一事的？而胡山家守着金矿为何还没落了？难道胡山的爷爷并没将金矿的事情告诉子孙？这不符合常理，还有，狐仙的故事若是假的，灵狐村的村民以及官兵是被胡奎父子所杀说得通，那胡奎又是被谁所杀？还是设计成狐仙杀人？若是杀死胡奎的凶手是得知秘密的其他人，那这凶手为何不拿走密室的金子？”

“他俩儿子呢？”陈十六仔细听完，插嘴反问道。

“分赃不均，这也说得过去。”温斌点了点头，勉强赞同道。

“应该不是。”沈爻摇了摇头，解释道，“真如温大人所言，无论凶手是谁，为何将金子留在密室？老人一死，官差肯定搜查他家，直接拿走金子或将密室堵死一了百了，岂不更好？”

“如此说来凶手杀死胡奎并非为了金子。”

温斌顺着沈爻的思路往下想，心中浮出一种推测，脸色不由难看起来，喃喃问道：“难不成真是狐仙作案？”

“狐仙？”沈爻若有所思地重复道。

“对啊！若是山中有金矿也有狐仙，当年狐仙救了胡山爷爷，胡山爷爷也发现了金矿，胡山爷爷虽贪心，可敬畏狐仙，不敢索取太多，但还是被狐仙发现，不得已与狐仙定下约定，不准将金矿之事告知后人。可谁曾想家族没落，胡山砸毁神像，惹怒狐仙，而胡奎的贪婪也惹怒狐仙，这些人都遭到杀身之祸。”温斌天马行空地猜想道。

“温大人这份想象力实在惊人，若是编著妖鬼奇谈定会流芳百世。”沈爻笑道。

“沈先生莫要取笑在下。”温斌尴尬地摆了摆手，苦笑着说道，“除了这种可能性，在下实在想不到其他可能将所有事都说得通的，沈先生，依你所见呢？”

“这连环案件存在诸多疑点，我也理不清。”沈爻摇了摇头，无奈地说道。

“那怎么办？”

“为今之计，只有先找到胡奎的两个儿子了。”

“这山势延绵，几座大山，怎么找？”温斌苦着脸说道。

“实在不行，那就只能守株待兔了。”

“若胡奎的两个儿子不回来呢？”温斌担忧地问道。

“不会。”沈爻肯定地回了一句，见温斌疑惑地望着自己，解释道，“这些金子恐怕他们已挖了一年之久，怎会放弃？不过，若是他们真不回来，恐怕这些案子难以查明真相了。”

“那……”

“温大人，天色不早了，我先回去休息了。”

沈爻见温斌还想询问，不等对方将话说出口便直接打断，向温斌抱拳告辞，扭头瞥了一眼陈十六，淡淡说道：“十六，走了。”

“哦！”陈十六应了一句，跟着沈爻走出营帐，温斌送两人出了营帐。沈爻、陈十六回休息的营帐，温斌站在营帐门口，直到两人走进自己休息的营帐，他才收回目光，转身回自己的营帐。

陈十六一进营帐，边脱外衣边说道：“先生，温大人的猜测虽天马行空，但我倒是觉得有几分道理。”

“证据呢？”

“什……什么证据？”陈十六将衣服挂好，一脸疑惑地望着沈爻，不解地说道，“先生，山里有金矿，胡奎父子秘密挖金子可都是您推测的啊！”

“我说的是狐仙存在的证据。”

“这……哦，刘幕僚啊！他可是王爷身边的幕僚，不仅才智过人，而且学富五车，若狐仙只是别人装神弄鬼，他岂能看不出来？”陈十六信誓旦旦地说道。

“是啊！他岂能看不出来？”沈爻喃喃自语，不由沉思起来，陈十六唤了两句，沈爻没回应，完全陷入自己的思绪中，陈十六觉得没劲儿，撇了撇嘴，上床睡觉，不一会儿便进入梦乡。

沈爻躺在床上，目光直直地凝视着营帐圆顶，脑海中梳理着这几起连环离奇凶杀案，未发现密室之前，没任何实质性的线索，甚至连杀人动机都不知，几起案件充斥着灵异，令人不得不去相信是狐仙为祸。当然，如今也不能排除狐仙为祸这种可能，不过，密室里搜出的金子、铁锹、衣服，可以确定几宗命案并非狐仙为祸那么简单。

这其中到底隐藏着什么秘密？

沈爻反复琢磨，先前的推测虽有些天马行空，不过思路应该正确，但仅凭如此，依旧无法确定此案的凶手是人是妖，解开案情的关键还是在胡奎的两个儿子身上了。

困意来袭。沈爻闭上眼睛正准备休息，突然，外面传来士兵惊恐的喊叫，沈爻顿时困意全无，立即翻身下床。他听见士兵在惊喊：

“狐仙。”

第二十七章　玄而又玄

“先生。”

陈十六向来警觉，喊声响起，他便瞬间惊醒，见沈爻正下床，唤了声，从床上跳下来，跟着沈爻跑了出去，只见营帐外的士兵纷纷面露惊愕之色，目光凝视着远处的狐仙庙。

沈爻、陈十六顺着众士兵的目光望去，顿时吓了一跳，只见远处的庙宇燃烧着熊熊大火，明亮的火光映照着房顶上的硕大白狐狸，距离甚远，无法看清白狐模样，然而，依稀能看清它蹲坐在房顶上，面目正朝营帐的方向望来。

“先生，它是在望着我们吗？”陈十六忍不住问道。

沈爻没有回应，他正眯着眼极力想看清白狐的表情，似乎根本没听到陈十六的询问。然而，距离实在太远，无法看清，但可以肯定的是它正朝向这边张望。

温斌也闻声赶来，他衣衫不整，看上去颇为急切，一见沈爻便着急忙慌地问道：“沈先生，这……这……难道真是狐仙？”

沈爻正要搭话，却见白狐缓缓转过脑袋，纵身一跃跳了下去，身影消失在众人的视线中，沈爻哪有时间搭理温斌，边朝庙宇飞奔而去边喊道：“十六，追。”

陈十六二话不说，立即跟在沈爻身后朝着庙宇跑去。

“沈先生。”

温斌一时间没回过神，等回过神，沈爻、陈十六的身影已消失在视线中，他见众官兵还在原地，立即吼道：“追啊！”

官兵们满脸尽是恐惧，可温斌已向狐仙庙跑去，他们也只好硬着头皮跟了上去。

传闻的狐仙便这般堂而皇之地出现在众人视野之中，如此诡异之事，沈爻无论如何都要亲眼见证一番。他功力深厚，轻功不俗，心中又颇为急切，更是健步如飞、身法飘逸。短短片刻工夫，他便立于破庙屋顶，瞥了一眼庙宇墙角燃烧的枯木柴火，眉心不由一紧，可脚步并未停歇，脚尖轻点房顶，身影跳跃而下，直奔山林。

“先生。”

陈十六追到屋顶，沈爻身影已消失在夜幕之中。他惊诧先生轻功竟如此了得之余，也深知以自己的实力无法追上先生，喘了两息，便从屋顶跳下去，落在破庙门前，转身朝破庙内一望，不由被破庙内的情景吓了一跳，只见破庙之内又多了两具尸体，死状与先前死者一致。

“陈少侠。”

温斌带着官兵匆匆赶来，远远望见陈十六便唤了一句，起先并未注意到破庙内的景象，直到走近一些这才看见，抑制不住震惊之色，惊诧道：“两具尸体？难不成……”

“温大人，难不成什么？”陈十六扭头望着温斌，不解地问道。

“难不成是胡奎的两个儿子？”

温斌眉心凝重，喃喃回了一句，语气更像是在寻求答案。他沉默了两息，见没人回应，这才发现沈爻并不在场，连忙问道：“沈先生呢？”

“先生去追狐仙了。”

“他一人？”温斌惊讶问道。

“先生轻功了得，我没能追上。”

“沈先生所追之物非人乃妖，这山势陡峻又是晚上，可如何是好？”温斌不由地担忧起来，想了想，立即吩咐道，“所有人听令，立即进山寻沈先生。”

“不用了。”

温斌话音刚落，沈爻的声音便从远处传来，众人纷纷寻声望去，只见沈爻迈着步子走进破庙。

温斌连忙迎了上去，问道："沈先生，怎么样？"

沈爻摇了摇头。

"沈先生无须介怀，营帐距离此地三四里路，赶过来，狐仙也已潜入深山之中了，而且天色又如此漆黑，追上实在困难。"温斌宽慰一番，猛然想起破庙内的两具尸体，连忙说道，"哦，对了，沈先生，庙内又出现两具尸体。"

"哦？"

沈爻一愣，朝庙内望去，一眼便看见两具托举着心脏跪在神像前的尸体，迈着步子走了过去，温斌、陈十六见状，也跟了上去。

沈爻走到尸体前，检查了一番，两具尸体的死状与先前死者一致，胸口露出一个大窟窿，四处没有迸溅的血迹，心脏在两人手掌之上，唯一不同之处便是从这两具尸体身上流出的鲜血还未凝固，地上一摊血水，显然他们死去的时间不长。

沈爻凝视着这两具尸体，总觉得哪里有些奇怪，可一时间又想不出来。温斌见他神情专注，多次想询问却又退了下来，最终实在忍不住，开口问道："沈先生，您认为此二人会是何人？"

"啊？"

沈爻思绪被打断，一时间没听清，扭头望着温斌，问道："温大人刚才说什么？"

"在下问沈先生认为此二人会是何人？"温斌重复问道。

"会是何人？"沈爻喃喃重复了一句，笑道，"温大人心中已有答案了吧！"

温斌一愣，连忙回道："在下也只是猜测，认为此二人或许是胡奎的两个儿子，不知是与不是？"

"应该是他们。"

沈爻点了点头，微微弓起腰，身子向前微倾，伸手在两名死者托着心脏的血淋淋的手掌上摸了一遍，说道："两名死者手掌皆有厚茧，虎口处的茧更厚，说明此二人应该长期抓着棍棒挥舞，或者锤子；其中一名死者左手拇指有骨裂迹象，应该是握着采石器时不小心被锤子砸到的；另外，死者身上的衣物皆有严重磨损，与胡奎家密室内发现的衣物颇为相似，可以肯定此二人就是住在胡奎密室中的二人。温大人，命人将此二人带回县衙，让灵狐村的村民认尸，确认他们的身份。”

“好。”温斌当即答应，立即命人整理尸体带回县衙，官兵领命进庙内收尸。沈爻、温斌、陈十六为不影响官兵工作，退回破庙院子，沈爻四处观望，他总觉得哪里有些不对劲儿，似乎从追赶白狐狸到达屋顶时他便有这种感觉，可一时间又想不起来。

“沈先生，依你之言，此二人便是胡奎二子，我们又亲眼见到传闻中的狐仙，这一系列的命案应该都是狐仙所为，如今真相已查明，至于抓捕狐仙恐怕非我等之力所能及，我们该将此事据实告知……”

“温大人。”

温斌话尚未说完，沈爻突然开口打断，目光凝视着破庙院子角落中已燃烧殆尽的柴火，继续说道：“你不觉得今晚之事哪里有些古怪吗？！”

“古怪？”温斌一愣，继续说道，“当然古怪啦！狐仙杀人，闻所未闻，此事绝对堪称怪异。”

沈爻摇了摇头，继续说道：“我说的并非这个意思，而是狐仙杀人，为何放火。”

“为何放火？”温斌不解地重复了一句，似乎一时间没明白沈爻话中之意，他顺着沈爻的思绪思考，沉思了几息，喃喃说道：“狐仙放火是为了让我们看见它杀人，它是在警告我们。”

“或许是警告，也或许是……”沈爻说到此处便停了下来，话题一转，说道，“人死之后，尸体大约会在半炷香（约合现在的30分钟）后开始僵硬，而在这期间，尸体一般呈现瘫软状，庙内的两具尸体呈现跪姿，尸体已经僵硬，也就是说狐仙出现在众人视野中时，他们已死了半炷香的时间以上。”

“沈先生这话是何意？”温斌不解地问道。

“温大人不觉得奇怪吗？狐仙杀人之后却未离开，直到尸体僵硬，点燃柴火引起官兵察觉才离开。”沈爻回望了温斌一眼，说道。

温斌明白了沈爻话中之意，他在暗指狐仙行为怪异，或许是有人假冒狐仙，然而温斌认为妖鬼之物，非凡人所能领悟，又亲眼所见，岂会是虚？

“沈先生不也认为狐仙此举是警告嘛！既然如此，狐仙让众人看见并不为怪啊！至于先生所言，人死之后尸体会过段时间僵硬，在下不懂验尸，不太清楚，但此案作案者乃是狐仙，自然不能以寻常案件推论，或许死者呈现跪姿是狐仙使用仙术造成。”

“或许是警告。”沈爻淡淡回了一句，突然反问道，“温大人，你说人最恐惧、最害怕的是什么？”

“最恐惧，最害怕？”

温斌没明白沈爻话中之意，不由地摇了摇头，朝沈爻投去询问的目光。沈爻淡淡开口道：“未知之事，人最恐惧的莫过于不知道的事。”

温斌沉思着点了点头。

“此村村民以及官兵前后在此被杀二十余人，皆是死状怪异，流传皆是狐仙所为，人心对此地充满恐惧，既然如此，狐仙为何还要露面，让人看到它的真面目？若说是警告，它不露面，人心惶惶，岂不是最好的警告？”沈爻反问道。

温斌沉思着，反复琢磨沈爻的话，觉得颇有道理，继续问道：“沈先生，您认为狐仙出现在众人面前是凶手故意为之，目的便是吓退我等？”

“这也只是我的猜测。”

沈爻深深叹了口气，继续说道：“若是它真出现在我眼前，我会相信，可距离太远，实在令我不得不多想。”

“先生可有证据证明狐仙是假冒？”

温斌期待地望着沈爻，见沈爻微微摇头，深深叹了口气，继续说道：“王爷命我等查明凶手是否是狐仙，可现在无证据证明，胡奎父子也死于非命，已无新的线索，而且，今夜数十名官兵亲眼见到狐仙，此案恐怕只能到此为止了。”

沈爻明白温斌的意思，正所谓耳听为虚，眼见为实，数十双眼睛亲眼见到狐仙，自己又无证据证明凶手并非狐仙，如何能继续查案？或许这就是凶手的目的，那凶手到底隐藏着什么秘密呢？

沈爻灵光一闪，立即说道：“温大人，明日一早你带人回县衙，传灵狐村的村民询问关于胡山爷爷发家之事，事无巨细地询问一遍，重点询问一年前到底是何人想向胡山购买狐仙庙，一定要找到此人，他是目前唯一的线索。”

“那沈先生呢？”

“我要进山一趟。”

第二十八章　尸堆

灵狐村后面有三座大山，这三座山依次相连，延绵数里，山势陡峻，林木繁茂，若想走上一遭，至少得三四日光景。

次日一早，沈爻、陈十六便与温斌告别，二人进山，温斌则与官兵带着胡奎父子的尸体返回县衙。温斌担忧沈爻二人安全，提出派一队官兵跟随，却被沈爻谢绝了，昨夜官兵见到狐仙惊恐万分，心中对狐仙的畏惧尚在，哪会心甘情愿进山？与其勉强他们，一路各种安抚，不如单独行动。

沈爻、陈十六带了些干粮便进山了，路线就选定为昨夜狐仙逃跑的方向。沈爻边走边观察，试试能否发现什么线索。陈十六见先生闷声走在前面四处观望，像是在找些什么，一肚子疑惑，忍不住问道："先生，咱上山是找狐仙吗？"

"是，也不是。"沈爻头也没转，随口答道。

"啊？"

陈十六愈发疑惑，先生这话什么意思？先生上山除了找狐仙还能干什么？难不成这山上还有什么秘密？陈十六跟在沈爻屁股后面，继续问道："先生，您在找什么？告诉我，我也好帮您一起找啊！"

"线索。"

"线索？什么线索？"陈十六不解地问道。

"不知道。"

"不知道？不知道那怎么找？"陈十六苦着脸问道。

"就是因为不知道所以才要找。"

"先生，您没耍我吧？"

“你觉得呢？”

“先生，您就直接告诉我吧！咱们来山上到底干吗？”

陈十六一脸委屈的表情，连路也不走了，待在原地耍无赖似的非要沈爻告知一切。

沈爻扭头瞥了陈十六一眼，又将头扭回去，边走边说道：“用脑子想。”

“先……先生，就算让我想也至少给我点提示吧！”陈十六见沈爻不理，只好迈着步子跟了上去，谈条件似的说道。

“这几起案件的关键是什么？”沈爻边走边问，目光依旧在各处寻摸线索。陈十六思考了一番，似乎想到些什么，期待地问道：“狐仙？”

“对，正是狐仙。”

“那我们就是来山上抓狐仙了！先生为何还说找什么线索？”陈十六没好气地回了一句，觉得沈爻刚才故意耍自己。猛然，他灵光一闪，恍然大悟地说道：“先生说的线索不会是抓狐仙的线索吧？”

“当然不是。”

“那到底是什么？先生，你就别卖关子了，直接告诉我不行吗？”

“你也知道此案的关键是狐仙，二十多条人命在表面上皆是狐仙所杀，一种可能是确实是狐仙所为，我们来山上是为了抓狐仙。另一种可能，有人假冒狐仙行凶，你说我们上山来做什么？”

陈十六听完沈爻的提示，不由地顺着往下想，沉思了几息，分析道：“若是有人假冒狐仙行凶，那他定有不为人知的目的，凶手将命案弄得如此诡异，为的就是令人对此地心生恐惧，不敢前来。哦……我明白了，山中有可能有凶手想得到的东西，金矿？那凶手进山挖矿，定会留下线索。”

“嗯，有道理。”

沈爻满意地点了点头，见陈十六一脸兴奋，看似已安抚了他躁动的心情，继续上山。

陈十六似乎尝到了被肯定的喜悦，也开始检查路过之地，寻找蛛丝马迹，边检查边继续问道：“先生，既然凶手是为了金矿，可山中有金矿一事先是胡山爷爷知道，后来胡奎父子知道，那凶手是如何得知？难不成凶手就是灵狐村的村民？”

“有这种可能。”

沈爻赞同地回了句，可他心里总感觉有些疑点没有解开，秘密似乎就隐藏在这三座大山之内。

两人顺着山路往上走，沈爻走在前面，目光万无漏一地观察着经过之地，陈十六跟在后面有样学样地四处查看。两人如此走了小半天，也没丝毫发现。突然，沈爻止住脚步，若有所思地观望着前方两侧，神情不由地凝重起来。陈十六注意到先生不走了，疑惑地问道："先生，怎么了？"

"感觉有些不对劲儿。"沈爻轻声回了句，更像是在自言自语。陈十六一脸不解地朝四周望了望，纳闷儿道："哪里不对劲儿？"

"说不上来，总感觉哪里有些问题。"

"先生，您就别疑神疑鬼了，这青天白日，就算狐仙出现咱也不怕。"

陈十六没当回事，说着就迈着步子继续往前走。那种不安感依旧在沈爻心中挥之不去，难道是自己想多了？他暗暗自嘲了一句，正要迈着步子往前走，猛然想起翻阅的一本书，望着走在前方的陈十六厉声喊道："别动。"

"先生，怎么……"陈十六话还未说完，便感觉脚下一空，整个身体不受控制地往下坠落，好在他反应灵敏，脚尖轻点脚下刚要下坠的草皮，身影向上跃起，只见下方竟是一个陷阱，里面安插着倒立的尖刺，若是掉下去，不死，双腿也得残废，陈十六心里捏了把冷汗。可还没来得及高兴，便察觉到头顶上方一排木桩尖刺压了下来，陈十六心中一惊，连忙将剑举起，企图顶住坠落的木桩尖刺，可就在这时，两侧传来"嗖嗖嗖"的声响，只见两边朝他爆射过来数十把柳叶刀。

完了！陈十六心中慌乱到极点，如此情况，纵然武功再高，恐怕也凶多吉少。

沈爻提醒之际，心中已料到陈十六情况危急，发现身旁有藤蔓，一把抓住，用力一扯，将藤蔓扯下，朝着陈十六扔了过去，藤蔓如灵蛇一般朝着陈十六飞了过去。

沈爻大呼道："抓住。"

陈十六身处如此境况，心中已做出最坏的打算，然而，听到先生的声音，他像是溺水之人遇见稻草，立即扭头望去，看见飞来的藤蔓，伸手抓住，沈爻立即用力拽拉。

“嗖嗖嗖”，两侧的柳叶刀如箭矢般射出，陈十六一手抓着藤蔓，另一只手挥舞着破剑，击落飞来的柳叶刀。

“当当当”，数把柳叶刀被击落，却有一把柳叶刀划破了陈十六的小腿，陈十六吃痛地冷哼一声，与此同时，身上的木桩尖刺落了下来，就在这千钧一发之际，陈十六的身影被沈爻拉了回来。

“没事吧？”陈十六连忙问道。

“嘶……没事。”陈十六因疼痛倒吸一口气，摇了摇头，愤愤说道，“不就是抓猎物嘛！那些猎户没必要将陷阱做成这样吧！”

“不是猎户。”沈爻淡淡回道。

“先生，您说什么？”陈十六光顾着腿上的伤，没听清，连忙问道。

“这陷阱不是猎户做的。”沈爻淡淡回了句，不等陈十六询问，继续说道，“这叫扣环，意思便是环环相扣，乃是机刹阁布置机关的特点。”

“机刹阁？”陈十六大吃一惊，可心有疑惑，不解地问道，“先生，传闻机刹阁乃天机十二宫之一，奇技淫巧，擅长机关，很多达官显贵的墓穴便出自他们之手，可面前这陷阱虽杀机重重，却无精巧之处，怎么可能会出自他们之手？”

“这机关虽粗糙，可一旦步入，无人营救，必死无疑，三关合一，环环相扣，实在符合机刹阁的作风。”沈爻解释了一番，继续说道，“或许是我想多了，若真是机刹阁，恐怕此案背后比想象的还要恐怖。好了，继续走吧！”

陈十六正在回味先生说的那番话，见沈爻走在前面，连忙加快脚步，不解地问道：“先生，肯定是你想多了，这小小的灵狐村怎么会跟机刹阁扯上关系？而且，咱们昨夜才决定进山，这陷阱肯定不会是为我们布下的，我觉得很有可能是附近村子里的猎户为打猎布下的。”

“但愿如此。”沈爻淡淡回了一句，便不再理陈十六，迈着步子往前走，边思考刚才陷阱之事边注意是否有线索。陈十六见先生不理自己，挠了挠头，继续如先前那般四处检查。

两人又走了一个多时辰，已过了晌午，炙热的午阳悬挂在头顶，陈十六有些饿意，提醒道：“先生，咱们走了小半天了，休息一下，吃点东西再走吧！”

“也好。”

沈爻止住脚步，点了点头，两人随便找了处荫凉之地坐下。陈十六兴奋地解包裹准备拿烧饼，沈爻鼻子嗅了嗅，灵敏地嗅到一丝怪异味道，连忙站起身，朝着味道传来的方向走去。

“先生。”

陈十六刚解开包裹，正要拿烧饼吃，却发现沈爻离开了，连忙抓起一块烧饼塞进嘴里，系好包裹，啃着烧饼小跑着跟了上去。

“先生，你干吗去？”

陈十六嘴里嚼着烧饼，跟在后面口齿不清地喊着，见先生已在坡上停住脚步，加快步伐走到沈爻面前，嚼着烧饼，问道：“先生，您怎么了？”

“看那儿。”沈爻抬了抬下巴，淡淡说道。

陈十六不解地顺着沈爻的目光望去，看到坡下的景象，顿时瞳孔放大，一脸惊恐，下一秒，一股恶心感在胃里翻腾，他实在忍受不住，一股脑儿将嘴里嚼得半碎的烧饼全部吐了出来。

坡下，堆积着累累白骨。

第二十九章　八方移阵

荒郊野岭，人迹罕至，怎会有如此多的尸骨？这些尸骨又是何人？沈爻若有所思地凝视着下方的尸骨，发现有些尸骨已成为白骨，有些正在腐烂，散发着令人作呕的尸臭味，如今刚刚入秋，气温并不太低，这些正在腐烂的尸体应该刚死没多久，估计也就十来天。

“呕……”陈十六吐了一会儿，几乎将刚吃进胃里的烧饼全吐了出来，才稍微舒服一些，他擦了擦嘴角的口水，表情难受地走到沈爻面前，问道：“先生，这……这到底是怎么回事？这儿怎么这么多尸体？”

沈爻没搭理陈十六，脚尖轻点地面，纵身一跃，身影缓缓落在坡下白骨堆旁。陈十六见状，内心挣扎了一番，硬着头皮跟了下去。越靠近白骨堆，尸臭味越重，特别是那正在腐烂的尸体上面爬满了蛆虫，望上一眼，胃里便如翻江倒海一般，陈十六忍着想吐的冲动，捂着口鼻，走到沈爻跟前，见沈爻面色如常，忍不住问道：“先生，这味道你也能受得了？”

“少见多怪。”沈爻没好气地回了句，随手在地上捡起一根木棍递给陈十六，吩咐道，“去。”

陈十六茫然地接过木棍，不解地问道：“去哪儿？干吗？”

“什么去哪儿？尸检。”

“啊？先生，你让我用这木棍扒拉这些尸体？”陈十六惊愕地问道。

“难不成你想用手？”沈爻疑惑地反问一句，一本正经地说道，“也不是不行。”

“我……”

陈十六撇着八字眉，眼神乞求地望着沈爻，先生不是开玩笑吧！这尸骨腐烂成这样，上面还有蛆虫爬动，只是稍微靠近就心里发毛、胃里翻腾，先生竟说用手验尸？陈十六苦着脸问道："先生，真的要扒拉？"

"这些尸体身份不明地死在这里，不验尸如何寻线索？"沈爻懒懒地回了一句，继续说道，"既然要学查案，验尸便避免不了。"

"我只是下人，又没想学查案。"陈十六小声嘟囔了一句，硬着头皮走到尸堆前，双手合十，念叨道，"各位勿怪，在下此举也是为了查出杀害你们的凶手，不是有意扰你们清净。"

陈十六念叨完，一手捂着口鼻，一手拿着木棍翻开已成白骨的尸体，一脸不情愿地将尸体排列整齐。沈爻也没闲着，见陈十六将白骨排列出来，走了过去，蹲下身子验尸。

死者皆为男性，死亡时间不等，大致可以推算出最长的将近一年，最短的也就十几天；其中一些尸体骨骼完好，死前没有受过重创；有部分尸体脚骨、头骨、肩骨受过伤，应该是尖锐之物所刺，沈爻当即想到前不久经过的陷阱，他们极有可能死于陷阱。可到底是何人将他们抬到此地？最为重要的一点：这些人身上皆空无一物，连块衣物都没有，难以推断出他们的身份。

陈十六将全部尸骨一一排列好，走到沈爻面前，好奇地问道："先生，有何发现？"

"其中一部分尸骨骨骼有伤，应该是掉入陷阱，被尖刺扎死，之后又被人抬到此地；可另外一部分尸骨完好，死因不是尖锐之物刺死，至于在哪里死的，怎么死的，无法从尸骨上看出来。"沈爻无奈地摇了摇头，说道。

"怎么这些尸骨的情况还不同？"陈十六纳闷地问道。

沈爻没有回应，一脸若有所思，不知是没听清还是不知如何回答，过了几息之后，才淡淡说道："在这附近做个标记，好让衙门里的人来寻尸。"

"哦。"陈十六应了句，便去做标记。沈爻独自站在尸体前，神情庄重地说道："诸位客死荒野，在下碰见，理所应当让诸位入土为安，但若是如此，便无法再寻线索，诸位就真正枉死了，还请见谅。"

"先生，标记做好了。"

沈爻刚祭拜完这些尸骨，便听到陈十六的呼唤声，对着这些尸骨深深地鞠了个躬，才离开，走到陈十六面前，问道："都怎么做的标记？"

"在几个方向画了圆圈箭头，保证能找到这些尸骨。"陈十六信心满满地说道。

"走吧！"

沈爻点了点头，淡淡说了句，便迈着步子继续赶路，陈十六也跟上来，两人一前一后走着，沈爻边走边说道："不是吃饭嘛！边走边吃吧！"

"呕……"陈十六一听吃饭，忍不住干呕了一声，苦着脸问道，"先生，你能吃得下？"

"饿了，自然吃得下。"

"可咱们才刚刚验完尸，你不觉得……"

陈十六一想到尸骨的场景，又忍不住干呕起来，拼命地顺了顺胸口，过了好一会儿才适应过来，一脸惨白，将背后的包裹递给沈爻，有气无力地说道："我是一点儿胃口都没有，先生要是吃就自己拿吧！"

沈爻接过包裹，从里面掏出一个烧饼，又将包裹系好，啃着烧饼上路。陈十六望着沈爻津津有味地吃着，胃里如翻江倒海，愤愤低语道："这什么人呢！"

两人继续往山上走，每走一步都小心翼翼，除了检查线索也多留心是否有陷阱，走了三个多时辰，太阳已日落西头，也没发现什么线索，陈十六已饥肠辘辘，却难有胃口，只能硬撑着跟在后面。

"奇怪。"

走在前面的沈爻突然停住了脚步，观察着四周喃喃自语了一句。陈十六在沈爻停下来时，已追赶上，疑惑地问道："先生，怎么了？"

"你看看四周，是不是很熟悉？"沈爻淡淡问道。

陈十六朝四周望了望，顿时一脸惊讶，连忙说道："这不是咱们刚刚走过的地方吗？前方不远的地方不就是尸堆嘛！怎么又回来了？"

沈爻没有回话，若有所思地望着四周。

"先生，这是怎么回事？"陈十六不安地问道。

沈爻沉思了一会，淡淡回道："八方移阵。"

"八方移阵？那是什么？"陈十六好奇地问道。

"周易八卦知晓吧？用来占卜算命，此阵法便来源于周易八卦，乾、坤、震、巽、坎、离、艮、兑分别代表八个不同的方位，此阵法只有一个生门，更为奇巧之处在于此阵法随着时间的推移不停改变方位，也就是说生门会变成死门，形成一个囚笼，被困于其中的人难以出去，这正是机刹阁的阵法，现在可以肯定先前的陷阱就是机刹阁所布。”沈爻解释着，猛然，灵光一闪，继续说道，“那些没有伤到骨骼的尸骨难不成都是困死在这儿？”

“先生，这阵法真如此厉害？”陈十六半信半疑地问道。

“当然。”沈爻肯定地回了句，继续说道，“此阵法变幻莫测，生门不定，死门不知，若不知晓其中规律，根本不可能出去。”

“那先生知不知道此阵的规律？能不能破解？”陈十六连忙问道。

沈爻摇了摇头。

陈十六沉默了片刻，愤愤说道：“路死人活腿在身，我还就不信这座死山能把我困死。”话说完，陈十六四处望了望，选了条路，迈着步子往前走。

“十六。”

沈爻望着陈十六的背影，喊了一声。

陈十六头也没回，抬起手摇了摇，自信满满地回道：“先生，放心，我肯定能找到出这座山的路。”

沈爻见他态度坚决，知道难以劝回，也不去管他，从地上捡起一个树枝，席地而坐，手持树枝在地上画起图来，不一会儿，地上便呈现出一个八卦图形。沈爻若有所思地凝视着地上的八卦图，手中的树枝不停地敲着地面，全神贯注地计算着各种八卦排列方式。

阵法诡谲，变幻莫测，陈十六有所耳闻，可并未亲身经历，在他看来，大山就矗立在此，无法移动，双腿长在自己身上，还能走不出这大山？当然，迷路、绕路这种事他清楚，并非没脑子的只知道往前走，所过之处都做了标记。

他一定要走出这座大山，让先生对自己刮目相看不可。如此走了近半个时辰，天已彻底暗了下来，陈十六点了个火把，照着路继续往前走，并未发现之前做过的标记，看来这条路定能下山。正当他洋洋得意之际，依稀看见前面不远处有个人影坐在地上，陈十六警惕地举着火把走了上去。

“先生？”陈十六看清那人，惊讶地喊了一句，满脸不信地喃喃自语道，“这怎么可能？我明明走的另一条路，路上也没发现做的标记，怎么还回到原地？”

陈十六自言自语完，才发现沈爻正坐在地上沉思，似乎根本没听见自己的呼喊，小心翼翼地走了上去，唤道：“先生？先生，您没事吧？”

沈爻缓缓转过头，望着陈十六，淡淡说道：“回来了。”

“先生，你这语气怎么一点都不意外啊！”陈十六一脸沮丧，一屁股坐在地上，不满地发着牢骚。沈爻见状，不由笑了笑，说道：“八方移阵号称十大奇阵之一，若你随便走走便能走出这阵法，布阵之人岂不得气得吐血？”

“我就不明白了，这山里到底有什么，还特意布下阵法。”陈十六愤愤不满地说道。

“是啊！这山里到底有什么呢？”

沈爻喃喃自语了一句，便将思绪收回来，扭头对陈十六问道：“对了，刚才你走的哪个方位？”

第三十章　山神

“呐！我就是走的那个方向。”

陈十六抬手指着西北方向，扭头望着沈爻，疑惑地问道：“先生，您问这个干吗？那个方向根本走不出去。”

“继续走。”沈爻淡淡说道。

“啊？”陈十六疑惑地望着沈爻，挠了挠头，问道，“先生，那条路走不出去，为什么还要走？”

“哪那么多废话，让你走便走。”沈爻没好气地回了句，认真嘱咐道，“记住，不要换路。”

“哦！”陈十六心不甘情不愿地应了一声，拿着火把从地上站起来，朝着刚刚走过的路走去，他真不明白先生搞什么名堂，明明这条路走不出大山为何还要让自己走。不过，先生的命令，他自然不能违背，只能顺着这个方位往前走，如先前那般一路上做了标记。

如此走了大半个时辰，陈十六停了下来，借着火把微弱的光亮观察四周，觉得此地有些眼熟，正在他纳闷之际，不远处的黑暗中传来沈爻的声响。

“站那儿干吗？还不快过来。”

“先生？”陈十六惊叫了一声，连忙举着火把小跑过去，借着火把的亮光看清说话之人正是沈爻，所在之地正是自己离开的地方，这地方真他娘的怪异，也难怪会有人被困死在这儿。

陈十六越想越慌乱，连忙问道：“先生，这地方太怪了，咱们……”

“继续走。”

陈十六话还未说完，便被沈爻冷冷打断，只得硬生生将后面要说的话咽了回去，一脸委屈地说道："先生，我这都走了两遍了，怎么还走呀？您能告诉我原因吗？"

"快去。"沈爻不耐烦地命令道。

陈十六见沈爻语气坚决，知道难以说动先生，只好继续走。又过了大半个时辰，没任何意外，陈十六又回到了原地，还没来得及歇歇脚，沈爻的催促声又响起来。

"继续走。"

陈十六几乎一天未进食，又走了一天的山路，早已饿得两眼发昏，累得双腿发软，一到沈爻面前，直接四仰八叉地躺倒在地，有气无力地说道："先生，我实在走不动了。"

沈爻见他这样，于心不忍，从地上站起来，拿起地上的火把，嘱咐道："留在此地，不要乱动。"

沈爻说完，不等陈十六回应，便迈着步子朝着陈十六刚刚走的方位走去。

"先……"

陈十六听闻这话，连忙坐起来，还没来得及喊，沈爻已举着火把走远，他坐在原地凝视着沈爻远去的方向，明白先生并非耍自己，一把抓起旁边的包裹，从里面拿出一块烧饼，大口吃了起来，不一会儿，便将一整块烧饼啃完，噎得喉咙难受，手忙脚乱地翻出水壶拼命往嘴里灌水，连喝了几大口才舒服些，继续躺在地上休息。

短暂的休息之后，陈十六感觉精力恢复过来，坐起身，望着刚才自己来的方向，过了没多久，远处出现了火光，只见沈爻举着火把缓缓走了过来，陈十六连忙站起身迎了上去，拿过沈爻手里的火把，笑嘻嘻地说道："先生，还是我来吧！"

沈爻一脸疑惑地望着陈十六，不明白这小崽子怎么像变了个人。

"先生，还是这条路吗？"

陈十六也不觉得尴尬，得到沈爻肯定的答案，举着火把离开了。如此又走了四趟，每次都毫无意外地回到原处。

陈十六回来也没休息，准备继续走，沈爻突然开口，指着正北方说道："等等，走离位，那个方向。"

"啊？先生，怎么又……"

陈十六一头雾水，不明白先生为何让自己改变路径，心中颇为好奇，可开口说了一半，便想起先生不让自己多问，连忙闭嘴，说道："不问了，我还是继续走吧！"

陈十六从离位的方向又走了三趟，最终依旧如先前一样返回原地。此时，已到辰时，天空泛起光亮，陈十六彻底疲惫不堪，走路都开始晃荡，他几乎没停歇地走了一天一夜，纵然铁打的身子都承受不住，可愣是咬着牙想继续走。

沈爻没想到他这般坚韧，脸上浮现出一抹欣慰的笑容，拿起地上的包裹，快步走到陈十六身边，搀扶着陈十六说道："走吧！咱们出去。"

"出去？"

陈十六不解地望着沈爻，不明白怎么回事，先生这话是何意？难不成先生已破了这八方移阵？沈爻没做解释，搀扶着陈十六朝着离位方向往前走，走了半个时辰左右，陈十六四处观望，并没发现留下的标记，也没发现熟悉之地，又走了半个时辰，两人已到半山腰，能清楚地看到下山的路，远远望去，隐约看到十几里外冒着炊烟的小村落。

"先生，我们出来了，我们真的出来了。"

陈十六兴奋地叫喊了一会儿，才发现沈爻面色如常，似乎早已知晓能走出那该死的破阵，陈十六心中愈发疑惑，连忙问道："先生，你到底如何破了那该死的阵法？"

"计算。"沈爻淡淡说道。

"计算？这阵法还能计算出来？"陈十六不敢相信，好奇地问道，"那怎么计算出来？"

"计算是一方面，还需要运气。"

沈爻想了想，又加了一句，见陈十六一脸期待地望着自己，缓缓解释道："八方移阵来源于八卦，八卦的演变种类繁多，生门只有一处，若是布阵者不按规律布阵，被困其中必死无疑，除非真是好运加身，碰到生门。我所说的运气便是布阵之人按规律布阵，当然，也正是因为那些尸骨被人移动，才让我肯定这点，不然，纵是布阵者自己进入阵法也难以出去，再说这规律，八方移阵，共有八个方位，依次更迭，共有两大种，第一种便是一、三、四、五、六、七格的移动，第二种便是两格的移动。第一种的更迭规律便可用一来检验，每个方位移动一遍，便可排除，便是让你先走的八趟；第一种排除，便是第二种，让你下个方位走一遍，前三次走不出去，那生门便在第四次。”

“没听懂。”陈十六脑袋摇得像拨浪鼓似的回道。

“意思就是……”

沈爻正准备详细解释，可话还没说出口，就被打断了。

陈十六一脸乞求地说道：“先生不用说了，我们出来就行了，咱们还是赶紧走吧！我现在就想找个地方好好吃一顿，睡上一觉。”

沈爻无奈地摇了摇头，知道再解释这小崽子也听不进去，索性不多说，搀扶着陈十六下山，两人走了一个多时辰，便来到在山脚下，这才发现前面竟拦着一排木篱笆，阻隔了去路。

“奇怪，怎么在这弄一排木篱笆？这是要干吗？难不成不让人进山？”陈十六疑惑地嘀咕道。

沈爻也觉得奇怪，却也没多想，或许是当地人的习俗，见陈十六拔剑正要挥砍篱笆，沈爻伸手拦住，抓着陈十六的胳膊，纵身一跃，跃过阻拦的木篱笆。两人继续往前走，又走了近一个时辰，便来到之前在山上隐约望见的小村落。

此村名曰茂霞村，与灵狐村相距也就三十里地。不过，两个村落隔着大山，这座大山正是北定王赵辰的封地与淮南府管辖之地的界限，整座山属于北定王赵辰的管辖范围，茂霞村则在淮南府的管辖之内。

沈爻、陈十六二人来到一户冒着炊烟的人家门前，敲了敲门，过了一会儿，木门打开，一位老人站在门口打量着沈爻二人，问道：“你们找谁？”

“老人家，我们主仆二人路经此地，又累又饿，能否在你家歇歇脚？”沈爻态度友好地恳求道。

老人凝视着两人，沉默了少许，说道：“进来吧！”

沈爻、陈十六跟着老人走进简陋的堂屋，在木桌前坐下，老人去厨房端了两碗面放在桌上，说道：“村里没什么好东西，你们就将就一下吧！”

“谢谢。”

沈爻、陈十六齐齐道谢一番后，开始吃面。

沈爻习惯使然，吃相颇为文雅，边吃边打量着堂屋。陈十六昨夜便将带的干粮吃完，又走了一夜山路，早已饥肠辘辘，见到食物，哪管什么形象，拼命地往嘴里塞。

老人坐在门口看着陈十六的吃相，褶皱的脸上浮现出欣慰的笑容，慈祥地说道："慢点吃，别噎着，锅里还有。"

"嘿嘿……太饿了。"

陈十六朝老人笑了笑，憨厚地回了一句，突然想起山脚下的木篱笆，好奇地问道："老人家，我见距离远处大山最近的便是咱们这个村，那山脚下的木篱笆是咱们村弄的吗？"

"大山？你们……你们从山上过来的？"老人听到大山、篱笆，褶皱的脸上顿时布满惊慌，激动地问道。

沈爻、陈十六见状，不由相视一眼，不解老人为何反应如此巨大，陈十六茫然地点了点头，回道："是啊！"

沈爻好奇地问道："老人家，这大山栏上木篱笆，是有什么古怪不成？"

"你们能活着走出大山真是万幸。"老人深深感慨了一番，语气苍凉地说道，"没错，那大山确实古怪，听说那山里住着山神，不知因何，山神发怒了，不让任何人进山，凡是村里进山打猎的猎户没一个能活着出来。这木篱笆是官府建的，为的便是不让孩子乱跑进山。"

第三十一章　冒名

山神？呵……

若是没进过山，没遇见陷阱、八方移阵，没看见过那些尸骨，沈爻或许会相信，可如今，在沈爻看来，山神之说与狐仙为祸异曲同工，都只不过是那些制造阴谋之人要的手段罢了！

沈爻还需从老人口中打探线索，并没告知实情，估计说了对方也不信，又何必掰扯这事，继续问道："老人家，为何会认为是山神发怒呢？"

"实情是这样，差不多……半年前的一天，山里传来一声巨响，那声音可吓人了，连地面都晃了，柜子摆放的碗都摔下来了，你说，若不是山神发怒，怎么可能会这么大的晃动？绝对是有人惹怒了山神。"老人一脸敬畏地说道。

山体震动？难不成是地震？沈爻心里不由苦笑，刚听闻老人说山神，还以为是阴谋之人故意散播如此言论不让人进山，没想到竟是村民自发认为。那既然村民认为是山神发怒，畏惧大山，定不会进山，可一些尸骨明显是最近才死的，山里的尸骨又是何人？

"老人家，如此说来，这半年来村里无人进山了？"沈爻继续问道。

"山神发怒，谁还敢进山？"老人惶恐道。

"就因山里传来巨响，大地震动就认为是山神发怒，这也实在……"

"不仅仅是因为这个。"

沈爻话尚未说完，老人便直接打断，继续说道："主要是因为我们村以及附近的几个村有不少年轻力壮的小伙子，无缘无故消失了。"

"有人消失？这是怎么回事？"沈爻好奇地问道。

“就是突然有天人就不见了，一开始乡亲们认为可能是进山打猎迷路了，可消失的小伙子越来越多，前前后后有二十多个，乡亲们都很害怕，认为是山神发怒惩罚这些人。”老人一板一眼地说道。

“这是什么时候的事？”

“差不多……一年前吧！”

“最近可有发生？”

“这倒没有，现在也没人敢进山了。”

不对！时间对不上，那些尸骨中有些明明最近才死，沈爻想不通，总觉得哪里出了问题，一时间想得出神。陈十六听得好奇，早已端着碗筷蹲在老人面前，激动地问道：“老人家，那有人失踪，你们没报官吗？”

“当然报了，官府也找了，可连尸体也没找到。”老人无奈地叹了口气，继续说道，“后来啊！就只剩下那几座山没找，可那几座山虽距离我们不远，但好像不归县大老爷管，折腾来折腾去也没消息，真是生不见人，死不见尸。最后官府就在山脚下修建了木篱笆，不让进山，肯定是官府早就知道山里的山神发怒了。”

“岂有此理，这帮贪官污吏，平时作威作福也就罢了！可这关乎二十多条人命，他们一句没消息就算了？”陈十六义愤填膺地说道。

“官府？”沈爻正想得入神，突然听老人说到官府，立即回过神，连忙问道，“老人家，那官府有没有进山找人？”

“这我就不知道了，应该进山找了吧！不然怎么会栏起木篱笆？定是官府知道山里住着山神。”

老人依旧认为一切都是山神降下的惩罚。

沈爻觉得事情越加复杂，怎么那大山还与此地的官府扯上关系？若是官府进山寻人，难道没遇见八方移阵？寻人无果之后又为何在山脚下栏起木篱笆？这一连串的疑问在沈爻脑海中回荡，看来，得亲自去趟官府了。

“老人家，多谢您的款待，这些银两就算我二人的饭钱。”

沈爻说着，从怀里掏出几两银子放到老人手上，朝陈十六望了一眼，丢下一句话，便快步走了出去。

“十六，走了。”

陈十六、老人皆一脸茫然，不明白沈爻为何说走就走。

“先生，喂……”

陈十六连忙唤了声，可沈爻没回应，他只好手忙脚乱地站起来将碗筷放在桌上，朝老人抱歉道：“老人家，不好意思。”

“喂，小伙子，不用银子，不用银子。”

老人蹒跚地站起来想退还银子，陈十六已跑到院子，扭头说道：“那是先生答谢老人家的款待，您就收着吧！”

陈十六说完，走出大门，左右望了望，发现沈爻身影，连忙追了上去，快出了村子，才追上沈爻。陈十六跟在后面，不解地问道：“先生，怎么了？怎么突然说走就走，出了什么事吗？”

“老人刚才说的话你还记得吧？”沈爻边走边问道。

“哪句话？”

“官府寻人。”

“有人失踪，官府寻人不是理所应当吗？”陈十六不解地问道。

“你仔细想想。”沈爻没好气地回了句，回头望了一眼陈十六，见他神情茫然，真是孺子不可教也，他只好耐心解释道：“山中有八方移阵，若是官府进山寻人，那定会遇见八方移阵，他们怎么可能活着出来？就算是破了阵法，也只会觉得是人为而非山神发怒。”

“先生的意思是他们没进山？”陈十六恍然大悟，愤愤不平地骂道，“这群贪官污吏，这可是二十多条人命啊！他们竟不当回事，真是可恶。”

“你先别义愤填膺了。”

沈爻见陈十六的关注点放在官府职责而并非案件上，颇为不满，语气也严肃起来，说道：“官府调查之后在山脚下栏上了木篱笆，也就是说官府觉得这大山里有古怪，暂且可以认定有山神，那么就表示他们曾进过山，或者经历过离奇之事，这才令他们对大山产生恐惧，为了不让百姓出事，又不能严明详情，就只能做防范措施，可他们没有遭遇陷阱、八方移阵，这又说明什么？”

“其中有人知道山中情况，没带他们走有陷阱和八方移阵的路。”陈十六立即回答道。

“对。”

“那也就是说县衙之内有人做内应。”

“这无法肯定，但可以推断两种可能，一是此地县衙与布下八方移阵的人有千丝万缕的关系，二是县衙官员进山寻人被误导了。”沈爻自信满满地说道。

“那我们怎么办？”

“去县衙。”

“就这样直接去问他们？他们会告诉我们吗？”

“咱们不行，但有人能行。”

“谁？”

“温斌。”

“温斌？那咱们先去王府请温大人。”

“不用。”

“那温大人怎么过来？”

“他不用过来。”

“不过来？那怎么问。”

“我来问。”

“啊？先生是要冒名顶替？”

仓廪县，隶属淮南府，茂霞村便在它的管辖之内，老人口中所说的官府便是仓廪县县衙。

沈爻、陈十六两人走了大约一个时辰，便来到仓廪县，向人打听了一番，知道了县衙所在，两人朝着县衙走去，眼看快到县衙了，陈十六担忧起来，问道：“先生，这能行吗？若是这县令见过温大人怎么办？不如咱们去叫温大人来问，这来回也就一天的工夫。”

“都已经到了，就赌一把！”沈爻说着，气派十足地走向县衙，陈十六无奈地跟了上去。到了县衙门口，沈爻止步，望着守门的两名衙差，官威十足地问道：“你们县令可在？”

“呃……”衙差被沈爻气势镇住，愣了一下，连忙回道，“大人在后堂。”

“速速带我见他。”沈爻冷冷命令道。

“大人，您是？”

“嗯？”沈爻冷冷地瞪了那衙差一眼，那衙差吓得不敢多言，小心打量着沈爻，沈爻衣着虽略带灰尘，却富丽华贵，一看非富则贵，衙差生怕得罪大人物，连忙说道："您里面请。"

这名衙差说完，朝另一名衙差使了个眼色，另一名衙差立即跑进县衙，显然是通知县令，请县令定夺。

沈爻、陈十六在衙差的带领下慢慢走进县衙，沈爻神情坦然，似乎完全不担心身份会被揭穿，陈十六抱着破剑漠然地跟在后面，既然是先生的决定，那只能走一步算一步了，实在不行，就用手中的这把破剑带先生杀出县衙。

衙差将沈爻、陈十六领进大堂，上了茶，便退了下去，沈爻坦然地坐在椅子上饮茶，陈十六如贴身随从身体笔直地站在后面。过了大约一盏茶的工夫，只见一个身穿七品官服、气宇轩昂的男子走了进来。

此人便是本县县令许慎。

许慎未进大堂，目光便盯着沈爻，似乎在回忆此人是谁，可怎么都想不起来，一进大堂，便直截了当地说道："本官好像不认识阁下，不知阁下是何人？找本官何事？"

"在下是北定王府幕僚。"沈爻放下茶杯，气定神闲地说道。

"原来是王爷府幕僚大人，下官曾去过王府，有幸结识刘夜刘大人，不知大人怎么称呼？"许慎笑了笑，问道。

"温斌。"

"原来是温大人，久仰久仰，下官早就听闻温大人之名，只是尚无机缘相见，今日一见果然名不虚传。"

沈爻听闻此话，心里长舒一口气，如此看来，这许慎并不认识温斌，这般就容易多了，沈爻回道："在下只是王府一介幕僚，并无官职在身，县令大人此言实在抬举在下了。"

"温大人说笑了。"许慎微笑着回了句，继续说道，"若是在下没记错，天宗三年，温大人可是榜眼，年仅二十便做了尚是皇子的北定王的老师，之后入礼部，王爷封王，大人便辞去官职，跟随王爷去了封地，下官实在敬佩大人淡泊名利之举。"

"大人恐怕记错了，那是刘夜刘大人。"沈爻抬头凝视着许慎，淡淡回道。

"哦！对对对，看下官这脑子，是刘夜刘大人，下官真是该死，竟然记岔了。"许慎一脸愧疚，拍了拍脑袋致歉。

第三十二章　智、庸、诈

沈爻不失礼貌地微微一笑，表面未动声色，然而心里不由地对面前的这位七品县令做了评价——此人不简单，他竟悄无声息地试探自己，越是如此，沈爻越觉得此人可疑，如此聪慧之人，怎会轻信山神之说？

“大人事务繁忙，记岔也可理解。”沈爻笑着回道。

“多谢大人理解。”许慎一脸真诚地感谢道，脸上逐渐泛起疑惑之色，进入正题，问道，“下官还不知温大人前来所为何事？”

“实不相瞒，在下奉王爷之命追查一起案件，怀疑此案可能与贵县一年前的人口失踪有点关系，故特来询问当年贵县那起案件的细节。”沈爻缓缓说道。

沈爻此行是因老人讲到许慎可能进过山寻人，为的便是确定此事有无，打探许慎是否在山中见过陷阱、八方移阵，从而寻找线索，然而直接询问未免显得古怪，也会令许慎生疑，若此人与山中的八方移阵有关，那就麻烦了，便想出以该县人口失踪为切入口。至于两起案件是否存在联系，沈爻不知，这也与他无关，他只为破狐仙案。

“哦？本县的那起案子，温大人不知？”许慎一脸诧异，不等沈爻回答，便继续问道，“不知温大人所办何案？怎么会与本县一年前的那起人口失踪案有关系？”

“目前只是怀疑。”沈爻避重就轻地说道。

“哦，下官失言了。”

许慎对沈爻避重就轻的回答并未追问，坦然表现出认为沈爻所办乃是密案不能外言，继续问道：“大人请问，下官定知无不言言无不尽。”

沈爻一愣，不知为何，心里隐隐约约觉得这许慎有问题，此时也来不及细想，开口说道："大人便说说那起案子的经过吧！"

"好。"许慎爽快地应了句，缓缓讲述道，"那案子大约发生在一年前，附近几个村子的村民前来报案，说家人失踪。本官派捕快调查，前前后后追查了数天，将附近找了个遍也没找到人，连一丝关于他们的线索也没有，这些人就好像凭空消失了一样。"

"找遍了？那大人可曾找过茂霞村附近的那几座大山？"

"人人真的不知道？"许慎望着沈爻，一脸诧异，见沈爻神情坦然，不像撒谎，缓缓说道，"看来大人还真是不知，那就奇怪了。大人与刘大人同为王爷府幕僚，刘大人没告知大人？"

"此事与刘大人有关？"沈爻故作镇定地问道。

"下官进山寻人便是刘大人亲自带路。"

许慎说这话时，目光始终盯着沈爻的脸，直到说完，目光才从沈爻脸上离开，继续说道："大人应该知道那几座大山乃属王爷封地，茂霞村属本官管辖，正常来讲，本县百姓是禁止进那几座山打猎。不过，百姓才不管这些。当时，下官也很担心王爷怪罪，可毕竟关乎二十多条人命，便亲自去请示王爷，王爷仁爱之心，让刘大人处理此事，帮下官进山寻人。"

"之后呢？"沈爻着急地问道。

"刘大人带着下官与捕快绕道进山，下官当时不解，明明有条路穿过一个村子可直接进山，可刘大人非要绕路，问过才知，那村子闹狐仙，死了很多人，村子都空了，再之后进山寻了一遍，也没找到人。"许慎缓缓说道。

沈爻听到此处，不由生疑起来，连忙问道："大人当真将那几座山都寻了个遍？"

"关乎人命，这是自然。"

"山中没有奇怪之处？"

"奇怪之处？"许慎疑惑地望了沈爻一眼，心思一动，问道，"温大人说的奇怪之处是指……"

"比如陷阱。"

"陷阱？没有，山路虽崎岖难行，可并无温大人说的这种情况。"许慎脸色愈发诧异，凝视着沈爻，缓缓摇了摇头，说道，“温大人为何会这么问？难不成温大人也进山了，在山中发现了什么？”

“在下也就随口一说。”

沈爻风轻云淡地终止了话题，心中却不解，许慎一行人并未遇见陷阱、八方移阵，有几种解释，一是许慎撒谎，二是阵法是许慎找人后布置的，三是带路之人带着他们故意绕开。

刘夜！

沈爻心中一动，可这三种情况都有可能，必须再向许慎套话，他继续问道：“大人，既然没寻到人，为何要在山脚下栏上木篱笆？”

“原因有二：一是山的另一边有狐仙之说，村子都成荒村，若是本县村民进山打猎不小心进了那村子出了事又是麻烦，刘大人也担心这点，与我商讨；其二嘛，就是杜绝百姓进山，此山乃是王爷封地，王爷不言，下官也有管制不严之罪，如此便修了木篱笆。”许慎缓缓说道。

“在下还以为是茂霞村流传山神，大人才派人修建木篱笆。”沈爻故意不当回事，笑着说道。

“山神之说是后来才发生，下官命人修完木篱笆之后许久，才知山里传来巨响，再加上失踪之人尚未找到，村民之间开始传闻四起。”许慎无奈地回道。

“如此传闻，大人也不深究？”

“如何深究？那山不在下官管辖之内，下官只能将此事上报于王爷府，下官还想问一下温大人，王爷府是如何处理此事的？”许慎巧妙地将问题甩给沈爻，瞥了沈爻一眼，不等对方开口，继续说道，“不过，下官并不觉得此事是坏事，之后百姓不敢进山打猎，本县也没出现失踪之事。”

“那大人寻人未果，便不管此案了？”

沈爻不管是否会令许慎生厌，直言不讳地询问，这并非是沈爻关心那些失踪之人，主要是想趁机试探这许慎。不知为何，沈爻心里总隐约感觉到此人似乎在有意无意地将自己指向王爷府，或许碍于自己温斌的身份，又不能明言，这令沈爻感觉异常怪异。

许慎似乎没想到沈爻竟会如此问，不由愣住了，过了好一会儿才反应过来，尴尬地笑了笑，回道：“下官虽从未想过名留青史，但身为一方父母官，所作所为也得对得起头顶上‘明镜高悬’四个字。只不过，有些事非人力所能及，下官也只能尽人事听天命。”

“那大人可查出什么？”

“没有，一点线索都没有。”

沈爻继续追问道：“那大人可有怀疑的方向？”

“呵……怀疑的方向。”许慎苦笑着重复了句，不答反问道，“若是温大人处理此案，没任何线索，没任何目击者，甚至连人在哪里失踪都无法确定，这些人的身份是普通百姓，大人会往哪个方向怀疑？”

沈爻一时间被问住了，确实，此案异常古怪，失踪之人皆是普通百姓，若是被绑架，绑架他们的凶手又能从他们身上得到什么？又是如何神不知鬼不觉地将他们绑架？这些人唯一的共同点便是都年轻体壮，相比之下，作案者是鬼神比是人更令人信服。

“此案确实怪异，在下也不知该如何调查，刚才是在下失言了。”

沈爻不好意思地表达了歉意，见已无法从许慎口中问出什么有价值的线索，便起身告辞。

许慎礼节性地挽留了一下，见沈爻去意已决，便不再强留，亲自送沈爻、陈十六出了县衙，两人再次抱拳告辞，沈爻、陈十六离开了。

许慎站在县衙门口凝视着两人离开的背影，久久不动，直到两人身影消失在视线中，才喃喃自语道：“敢冒温斌之名查案，并将案子查得如此之深，实在了得。虽不知你是谁，所查何案，但我也暗尽绵力，希望连带着本县的案子能真相大白，也算鄙人给百姓有个交代了。”

沈爻、陈十六双双离开县衙，走在街上，沈爻闷声走在前面，陈十六跟在后面，见先生出了县衙一句话不说，纳闷地问道：“先生，您怎么了？”

“没什么，就是在想与许慎的谈话。”沈爻心不在焉地回道。

“有什么可想的，说起那昏官我就来气，说什么有些事非人力所能及，我看他就是昏庸无能，查不出真相，不管百姓，这种人不配当官。要不是怕坏了先生的事，当时我就揍他了。”陈十六愤愤不平地骂道。

“呵……昏庸无能？他才聪明得很。”沈爻哭笑不得地说道。

“聪明？先生，他哪里聪明？”

“他看出我并非温斌。”沈爻淡淡回道。

“什么？他知道先生假冒温斌？”陈十六一惊，可又觉得先生想多了，懒懒问道，“那他为何不拆穿先生？”

“这正是他的聪明之处。”沈爻缓缓回了句，详细解释道，“本县的人口失踪案，他定仔细追查，可线索太少，几乎没有，实在难查，但他有怀疑方向，便是茂霞村附近的大山，正如我们现在追查狐仙案的怀疑方向一样。”

“那他怎么不查下去？”

“他不敢查，或者说他不能查，那山乃是王爷的封地，他毫无证据，只有怀疑，难道他要冒着得罪王爷的危险追查仅是怀疑的地方？怀疑对的没什么事，若是怀疑错了呢？此人谨慎、聪慧，此地绝不是他久留之地。”沈爻喃喃评价道。

“他有那么厉害？”陈十六依旧不信地问道。

“不信？打赌？”

“怎么赌？”

“三年之内，他定位列朝班。”

“五品大官？三年两级？”

“对。”

“先生，我跟您赌了。”

第三十三章　火烧冰河

土路，蜿蜒曲折、凹凸不平，一辆马车不紧不慢地前行。车夫怀里抱着马鞭，蜷缩着身子坐在前车打盹，马儿没了马鞭的催促，显得悠然。并非马夫困顿，实在是这条土路太过坑洼，行得太快，颠簸厉害，如此速度正合适。

车内，朴素、单调，仅有两排长板，沈爻、陈十六对面而坐。沈爻手持一张带有折痕的宣纸，端详着上面惟妙惟肖的狐仙画像，这幅画乃是刘夜所作，初见此画时，沈爻感觉哪里有些奇怪，便随手揣入怀中；与许慎一见，谈话之中，愈发觉得刘夜有问题，这才又拿出来端详。

陈十六眯了一觉醒来，朝车窗外看了看，又看了看先生，见先生还拿着那张破画端详，揉着蒙眬的双眼问道："先生，这张破画有什么可看的？您都看了多久了。"

沈爻微微一笑，故作神秘地说道："上面有凶手。"

"什么？有凶手？"

陈十六好奇心上来，凑到沈爻面前，瞥了一眼纸上的画，一脸幽怨道："先生，您又耍我，咱们不是已经确定凶手是人而非狐仙嘛！"

"我说的凶手并非在画的表面，而是隐藏在画中。"

"隐藏在画中？"

陈十六不解地拿过沈爻手里的狐仙画像，仔细端详，可看了许久，也没看出门道，边望着手里的画像边皱眉说道："这不就是张狐仙画像嘛！哪里能看出隐藏着凶手？不就是画技精湛，画中的狐狸惟妙惟肖，如活物一般，线条的勾勒顺势而成，不得不说，刘大人作画水平实在高，我一个外行都感觉这画跟真的……”

“等等！”沈爻突然开口打断陈十六的话，神情严肃地问道：“你刚才说什么？”

“我……我说刘大人作画水平高啊！先生，怎么了？”陈十六错愕地说道。

“原来是这样。”

沈爻没搭理陈十六，像是没听到似的，淡淡地喃语了句。陈十六一脸困惑地望着沈爻，不知先生怎么了，什么这样那样，先生到底在说什么？

马车缓缓前行，又行了约半个时辰，便到了王府门前。沈爻、陈十六见马车停下，便从车上下来，向马夫付了银子，便转身朝王府走去，走到看门的侍卫面前，沈爻抱拳道：“劳烦通报一声，在下沈爻，求见王爷。”

“卑职认识沈先生，这就去通报。”

那守卫态度和善，应了声，便进王府通报。沈爻、陈十六留在门外等候，过了不一会儿，那守卫便回来，说道：“沈先生，王爷这几日公务繁忙，恐怕没时间见先生。不过，王爷说了，先生破狐仙案有功，解决了王爷心愁之事，除之前财物之外还另有赏赐，王爷已命人将赏赐送于先生入住的客栈。”

“破狐仙案有功？”

沈爻一愣，心中有种不好的预感，不等那守卫回话，立即问道：“温大人现在何处？”

“在大人府中吧！”

沈爻二话不说，掉头就走。

陈十六正在纳闷儿，见先生离开，连忙跟了上去，小跑到街角才追上沈爻，不解地问道：“先生，这是怎么回事？那守卫怎么说狐仙案破了？”

“若我猜测不错，估计是那晚看到狐仙的官兵，他们将此事告知了王爷。”

“那王爷就信了？”

“几十双眼睛所见，你说王爷信不信？”沈爻反问道。

“也是。”陈十六想了想，赞同地点了点头，他之所以不信是因与先生进山遇见了八方移阵，认为有人搞鬼。可王爷一直在府中，几十人向他表示亲眼见到狐仙，他怎会不信？陈十六想通这点，连忙问道："先生，那现在怎么办？"

"找温斌。"

沈爻、陈十六一同来到温斌府邸，下人得知来人是沈爻，立即表示老爷已等候沈先生多时，带两人进了府，安排在大堂等候。不到半盏茶的时间，温斌就出现在大堂，一见沈爻，边走进去边抱拳。

"沈先生。"

"温大人。"

沈爻连忙起身还礼，两人寒暄了一番，各自落座。沈爻也不多说，开门见山地问道："温大人，王爷已经定案了？"

"是啊！"温斌叹了口气，继续说道，"狐仙降临那夜，在下也觉得先生分析在理，分开之后便命令下属不得多言，可那夜之事还是传到王爷耳中。王爷问话，在下只能一五一十地交代当夜情况，又有几十人为证，任谁都相信真是狐仙降临。"

"大人没向王爷说明疑点？"

"说了，可那些破庙现场的疑点无法直接证明狐仙并不存在。当然，王爷也没当即将此案定案，直到次日清晨，王爷才下令结案，或许王爷想了一夜，认为狐仙作案更有说服力。"温斌缓缓将事情的来龙去脉讲述了一遍，突然想起沈爻进山一事，好奇地问道，"沈先生，你进山可有何发现？"

"在下正想与大人说明此事，在下入山，发现几件怪异之事。"

温斌好奇地问道："何事？"

"陷阱，十六差点儿丧命在陷阱中，这陷阱看似普通猎户捕猎所做，可手法并非捕杀猎物的陷阱。"

"只是个陷阱，纵然手法绝妙，也不能说明什么吧！"温斌苦笑道。

"其二，尸骨，在那山里我们发现了几十具尸骨，有些尸骨只剩白骨，有些尚在腐烂，死亡时间应在一年之内。"

"尸骨？"温斌这下好奇起来，连忙问道，"这山中为何会有这么多尸骨？这些尸骨又是何人？"

"我也不确定。"沈爻摇了摇头，继续说道，"其三嘛，是山中被人布下八方移阵的阵法，此阵法离奇、诡异，据在下所知只有传闻中的天机十二宫之一机刹阁能布下此阵法。”

“机刹阁？这个组织在下也略有耳闻，可这小小的灵狐村怎么会与机刹阁有关？这其中到底隐藏着什么？”温斌面色凝重，不解地问道。

“不清楚。”

“这些情况确实怪异。”

温斌点了点头，脸上的凝重并未散去，他心中不由担心这些事是否针对王爷而来，连忙问道：“沈先生，可有怀疑之人或者怀疑的方向？”

“有。”

“谁？”

“刘夜。”

“什么？”温斌一听，惊得从椅子上站起来，望着沈爻，神情严肃地说道，“沈先生，或许会有宵小之人在王爷封地暗谋筹划，但那人绝不可能是刘大人。”

“为何？”

“那是因为刘大人与王爷有师生之情、刎颈之交、同袍之义。”温斌掷地有声地回了句，继续说道，“或许沈先生对刘大人与王爷之间的情义不太了解，只知刘大人曾做过王爷的老师，辞官陪王爷回封地。除此之外，王爷与刘大人还曾共赴生死，若不是刘大人，王爷当年就战死沙场了。这事要从七年前说起，七年前，北部大辽进犯，王爷领兵讨伐，刘大人随军，被困坡地，弹尽粮绝，手下兵将仅剩百人，若非刘大人施法火烧冰河阻退辽军，坚持到援兵赶到，王爷已死于辽人刀下，也正因如此，援兵赶到屠尽辽人，至今辽人不敢进犯。此战刘大人功不可没，先皇任命其为礼部侍郎。先皇驾崩，王爷归于封地，刘大人便辞去侍郎之职追随王爷至此。沈先生，您说刘大人与王爷如此情义，他会背叛王爷吗？”

沈爻没想到北定王与刘夜之间竟还有如此奇事，然他怀疑刘夜却并非认为刘夜背叛王爷，主要是因刘夜古怪。他二人之间的情义对沈爻来说并不好奇，最好奇之处乃是温斌所说的刘夜施法火烧冰河。

沈爻不由问道：“温大人，你所说刘大人施法火烧冰河阻退辽军，这是怎么回事？”

“具体我也不清楚，只是听闻刘大人带着王爷渡过结冰的河川，施法令冰河燃起熊熊大火，使得辽军无法追赶。”

温斌面色坦然地回应着沈爻，然而，心里暗自琢磨整起案件，若这一切诡异之事都是刘夜暗中策划，那他目的是什么？胡奎父子又是怎么回事？刘大人为了金矿与胡奎父子联手？这根本就说不通。纵然山中有金矿，就胡奎父子三人，一年才挖出十几两金子，刘大人能放弃三品官职，会在乎这些金子？沈爻说的山中的陷阱、尸骨、八方移阵又跟刘大人有什么关系？

温斌越琢磨越无法将这些事与刘夜勾连在一起，突然，他想到至关重要的一点，连忙问道：“沈先生，你说怀疑刘大人，那到底是因为什么让你怀疑刘大人？”

“大山的另一边有几个村子，一年前这些村子连续二十余人失踪，至今杳无音信，我怀疑山里的那些尸骨可能就是他们，之后我去了当地县衙，问过县令许慎，听许慎说当初他曾进山寻人，可他没发现我与十六遇见的陷阱、阵法。”

“这……这跟刘大人有何关系？”温斌不解地问道。

“带他进山的人就是刘夜。”

“这……这又能说明什么？”温斌不解地望着沈爻，苦笑着问道，“沈先生，你就是因为这怀疑刘大人？这疑点也太牵强附会了，当初可是王爷让刘大人处理此事。”

“所以才要证实。”

“怎么证实？”

“证明刘大人是不是真疯？”

“荒唐。”温斌的声调猛然提高，脸色尽是怒火，气氛顿时剑拔弩张，沈爻默不作声地与温斌对视。过了好一会儿，温斌怒火才渐渐散去，态度依旧冷淡，道：“沈先生，刘大人对王爷忠心耿耿，如今成了这副模样，王爷心中之痛无人可比，若你真掌握证据，我温斌可冒着得罪王爷的风险陪你查清此案，可若仅是你怀疑，拿不出丝毫证据，那么此案就此结案。”

第三十四章　恶魔的交易

纸窗微敞，清风趁袭而来，吹动着桌上的油灯火苗摇摇摆摆。油灯旁边，几个大小不一、造型精致的锦盒开着，里面摆着珍珠、玛瑙等稀罕玩意儿，这些正是王爷府送来的赏赐。

陈十六站在桌前，眼神发亮地盯着这些稀罕玩意儿，拿起一枚晶莹剔透的珍珠端详了好一会儿，咂舌道："王爷出手真是大方，这几样东西够我花几辈子了。"

沈爻坐在椅子上气定神闲地饮着茶，瞥了一眼陈十六，笑道："那便归你了。"

"啊？"陈十六惊得手中的珍珠差点儿掉下来，小心翼翼地将珍珠放回，苦笑道，"先生，您就别开我玩笑了，如此珍贵之物，我哪能要。"虽如此说，可还时不时地瞥上一眼桌上的珍宝。

沈爻缓缓将茶杯放下，正色道："说送你便送你。"

"这……"

陈十六激动得一时说不出话，内心似乎在挣扎，过了好一会儿，激动的心情平复下来，似乎彻底放下了对这些珍宝的渴望，耸了耸肩，淡然说道："算了，这些都是王爷赏赐先生的，我哪里有福消受。"

"若我再说一遍就没机会了。"

"那我就要了。"

陈十六激动地伸出双臂揽住这些珍宝，恨不得将它们保护起来，免得从手上溜走。沈爻见他这般，不由笑了笑，不再搭理，专心饮茶。

陈十六又拿起一枚玛瑙观赏着，随口问道："先生，那咱们现在怎么办？”

“什么怎么办？”

“案子啊，怎么查？”陈十六扭头望着沈爻，问道。

“不查了。”

“不查了？”陈十六一愣，将手中的玛瑙放回锦盒之中，坐在沈爻面前，不解地问道，“先生，为何不查了？”

“王爷定案，温大人又那般说，我们只是受托行事，决定权在于他们，他们决定就此结案，便如此结案。”沈爻淡淡回道。

陈十六低头不语，心情沉重起来，过了好一会儿，才缓缓问道：“那灵狐村被害的几十条人命呢？那山中的尸骨呢？”

“他们的死活与我何干？”沈爻冷冷回了句，继续说道，“他们又没付银子于我，付银子的是北定王。”

“先生，你怎么可以这样？那可是几十条人命啊！”

“怎样？”沈爻望着陈十六冷笑了句，不屑地说道，“你都已决定收下这些珍宝，那便是顺从了王爷的意思，怎么？拿了人钱，还不听话？”

“那我不要了。”

“第三次了，你没机会了。”

“我不要银子了，那先生答应继续查案？”

“不答应。”

“先生，那些被杀的人、那些尸骨、那些失踪的人，他们枉死的枉死，下落不明的下落不明，您也说狐仙案与仓廪县的人口失踪案之间可能有关系，说不定您将案子查清楚后还能救出个把人，您就帮帮他们吧！”陈十六真诚地恳求道。

沈爻被陈十六求得心烦意乱，连喝茶的心情都没了，冷冷问道：“你可知若将此案查下去会是什么后果？”

陈十六摇头问道：“什么后果？”

“目前只有刘大人有疑点，但我也只是怀疑他，若是怀疑错了，以王爷与刘夜之间的情义，知道你我扰刘大人清净，你说我们会怎样？”

“会怎样？”

“轻则杖刑，重则入狱。”

“那若我们怀疑的没错，凶手真是刘大人呢？”

“那就更麻烦了。”沈爻语气苍凉地回了句，缓缓分析道，“你可还记得刚才温大人说过这么一句话——‘王爷没当即将此案定案，直到次日清晨，王爷才下令结案’。”

“这句话有问题吗？王爷想了一夜，觉得狐仙作案更有说服力呗！”陈十六不解地说道。

“这是一种可能，还有另一种解释，那便是那一夜，王爷知道了凶手就是刘大人，他想包庇刘大人，不想此事见光，便以狐仙作案处理。温大人恐怕也是后来想到这点，又见我拿不出真凭实据，这才不让我继续查。若真将此案查到刘大人身上，那你我或许会被灭口。”

沈爻悠悠解释完，凝视着满脸震惊的陈十六，问道：“怎样？你还查不查？”

陈十六震惊、慌乱的表情逐渐严肃起来，咬牙说道：“查。”

沈爻见他这般固执，为了查案连命都不要了，没好气地骂道：“滚出去。”

“先生。”

“出去。”

沈爻见陈十六赖着不走，一把抓住他的后衣领，拉着往房外推，任由陈十六叫喊，也不理，直至将陈十六推出门外，便重重地将房门关上，坐回椅子，沈爻端起茶杯低头饮了口茶，缓缓抬起头，露出那双眼睛，凝视着前方的眼神有说不出的凌厉与诡异。

沈爻微微闭上眼，凭感觉将茶杯放在桌上，低声喃语道：“此行虽凶险，但若处理得当，何不是拿下王爷的契机？这不正是当初接此案的目的之一吗？若真出了事，还有陈十六这颗棋子，另一个目的不就是他嘛！”

月朗星稀，街上空无一人。

沈爻独自走着，他已绕了两条街，确定无人跟踪，才迈着步子朝刘夜所住的房舍走去。他走了约半个时辰，便来到大门前，屋内灯光透亮，远远就能看到房门未关，刘夜伏案作画，两个下人姿态各异地打盹。

沈爻轻手轻脚地越过大门，走进庭院，目光盯着屋内情况的同时蹲下身捡了两枚石子，握在手中，又继续朝着房门走去。到了门口，沈爻手指轻轻一弹，两枚石子飞出，正中打盹的两个下人的脖颈，两个下人顿时昏厥过去。

沈爻如入无人之境般走到刘夜的旁边坐下，冷冷地盯着刘夜，并未立即开口说话。刘夜并未因沈爻到来有所反应，凹陷的眼睛死死地盯着纸张，手中的笔不停地在纸上画着狐仙像。

沈爻微微一笑，唤道："刘大人。"

刘夜不理，继续作画，似乎完全沉浸在画中世界。

沈爻笑意更浓，拿起桌上的一张狐仙画像，悠悠然地说道："刘大人画的这些狐仙真是惟妙惟肖，如同活物一般，线条勾勒顺势而成，笔法精湛，在下实在佩服。只是在下有点疑惑，若是作画之人心中恐惧，心境就会变，又如何画得这般行云流水？"

刘夜手中之笔突然一顿，可瞬间便反应过来，继续作画。然而，这小小的动作没能逃过沈爻法眼。沈爻心中一喜，这刘夜果真在装疯，趁热打铁道："刘大人，此时此地就你我二人，何不开诚布公地谈一谈？"

刘夜依旧不理，手不停作画，目光没离开纸张。

沈爻望着他，微微一笑，继续说道："既然刘大人不想先开口，那便由在下先说。"

沈爻说到此处顿了顿，见对方依旧没有反应，继续说道："多年之前，灵狐村便流传狐仙一说，此村百姓皆深信不疑，此村信奉狐仙的习俗便这么流传下来了。直到一年前，有人需在山中秘密行事，这村子就在山脚下，保不齐哪天就被村里的百姓发现，怎么办呢？那人便想出借用狐仙的办法，先派人以重金向胡山购买狐仙庙，让胡山推倒狐仙像，随后杀了胡山，制造狐仙杀人的假象，之后，又如法炮制地杀了一些村民，果然，事情如此人所愿，村子沦为荒村，眼杂之事除去。可事与愿违，王爷面临上缴的铁矿不足的困难，准备开采山上的铁矿，此人担心起来，又如法炮制地制造狐仙杀人，为让王爷信服，此人身为王爷最信任之人，亲自装作被狐仙吓疯，刘大人，在下说得对与不对？"

刘夜依旧默不作声，专心作画，似乎沈爻所说之事与已无关。

沈爻没想到话都说到这种地步，刘夜竟还能忍住，也不知是对手的镇定自若刺激了沈爻的好胜之心，还是陈十六之前那番义愤填膺的言语感染了沈爻心里的良知，他只觉心头一热，也不管王爷是否已知此事而有意包庇刘夜，冷冷说道："刘大人，您与王爷有师生之情、同袍之义，不会希望王爷失去仁爱之名吧？既然秘密就在这大山之中，若在下明日一早当众站在王府门前喊冤，你说王爷该如何……"

"沈先生。"

沈爻正说着，刘夜突然开口打断，他缓缓地转过头，虽然眼眶乌黑、眼珠凹陷，可那眼神没有丝毫颓废，如一把利剑般直视着沈爻，将手中的毛笔放下，继续说道："先生对在下的了解定不如在下对先生的了解深，先生素来为酬办案，绝非正义之士，自然不是为了还那些死者一个公道，那先生甘冒风险、不畏生死地查下去定有其他目的，你我何不彼此相助？"

沈爻的目光凝视着面前镇定自若的刘夜，手掌不由紧握成拳，心中开始慌乱，至此才明白自己所面对的是个何等可怕的对手，此人似乎窥探了一切。过了几息，沈爻才强迫自己冷静下来，淡淡问道："为什么？"

"什么为什么？"

"刘大人对王爷忠心耿耿，自然不会背叛王爷，为何要瞒着王爷在山中密谋行事？所行之事又是什么？而且据在下所知，大人爱民如子，并非嗜杀之人，却枉杀如此多百姓，到底为何？"沈爻冷冷问道。

"这与先生无关。"刘夜如聊天般淡然地回了句，继续说道，"先生只需说出自己的目的，忘掉今晚的一切，明日一早带着王爷的赏赐回去，在下定如先生所愿，如何？"

第三十五章　陷害

交易，以承诺封其口。

沈爻似乎被刘夜开出的条件吸引，敌对之势减弱了几分，微微挪动了一下坐姿，少了刚才那般警惕，这一切都落在刘夜眼中，他颓废的脸上露出对对方“识时务者为俊杰”的满意，然而，沈爻开口所言才令他明白沈爻刚刚的动作并非同意，而是重新调整，与他对峙。

“不怎么样。”

“为何？”

刘夜颓废的脸上泛着浓浓不解，在温斌奉命请沈爻出山之时，他便派人调查此人，他自信自己对沈爻了解透彻，沈爻绝对是个不顾他人生死、只为珍宝与剑谱的自私自利之人，也自信沈爻绝不会拒绝自己开出的条件，可现在他失算了，他不理解，方寸似乎都被打乱了。

“因为大人没能力帮我完成我想做的事。”沈爻淡淡回道。

“哈哈……”

刘夜还以为这沈爻油盐不进，原来竟是担忧自己的能力，那他便没什么好担忧，自信满满地说道：“只要先生提出来，在下便能帮先生达到。”

“大人虽是王爷信任之人，可如今在任何人眼中都已是个疯子，大人该如何帮我？”沈爻淡淡问道。

“纵然我不行，也会……”刘夜说到此处，突然停了下来，和善的眼神猛然变得凌厉起来，如一支锋利的箭矢盯着沈爻，咬牙说道，“你故意套我话？”

“呵……果然，大人只是其中一人，其他人恐怕比大人的身份还要尊贵，我就说嘛！若这一切都只是大人策划，为何又亲自装疯？实在说不过去。”

沈爻心中暗自得意，从对话一开始便一直被刘夜玩弄于股掌，几乎毫无还手之力，这下终于扳回一局。刘夜一双凹陷的眼珠如毒蛇般死死盯着沈爻，丝毫不掩盖心中的怒火，过了好一会儿，他眼中的愤怒渐渐散去，冷冷问道：“那先生还会不会查下去？”

“会。”

“没商量的余地？”

“没有。”

“如果有人可帮你完成你要达到的任何目的，你也要查下去？”刘夜不甘心地问道。

“是。”

“为何？”

“因为世上没人能帮我完成我想做的事，这件事要是能做成，那也唯独我一人能做成。”沈爻气势凌然、傲视天下般地回了句，淡然一笑，继续说道，“大人对在下的调查恐怕有些疏漏，在下确实是个自私自利之人，但大人漏掉了一点，在下还是个目空一切的狂傲之徒。”

“呵呵……”刘夜突然笑了起来，缓缓地挪到了沈爻面前，与沈爻仅有不到半尺距离，说道，“沈爻啊沈爻，你这是在自寻死路。”

“大人……”沈爻正要开口，突然看见刘夜藏于袖中的手抽出一物，立即抬手往上推挡企图化解这记偷袭，可推出的手掌扑了个空，只见刘夜手中的匕首已插入他自己的心脏，这一刀是他自杀而非杀沈爻。

“大人，你这是？”沈爻在错愕中回过神，连忙身子前倾，伸手捂住刘夜流血的伤口，免得他流血而死。刘夜颓废的脸上泛着一丝愧疚，气息微弱地说道：“沈爻，我对不起你，正如我对不起那些枉死的百姓，可我只能对不起你们，你真的不该……”

刘夜话还未说完，沈爻便听到屋外传来急促、杂乱的脚步声，连忙扭头望向门口，只见温斌带着官兵跑了进来。

温斌带人来到门口，望着屋内情况，惊得目瞪口呆，错愕了好一会儿，才反应过来，连忙跑上前去查看刘夜，却发现刘夜已断气，再看沈爻，那双血手正摁在刘夜手上，刘夜的手紧握着刀柄。

温斌满脸悲愤与不信，冷冷盯着沈爻，近乎哽咽地说道："来人，将沈爻抓起来。"

子时刚过，丑时已至。

整个北定王府寂静无声，上上下下都在沉睡。

温斌急匆匆来到门前，心急如焚地猛拍着大门，砸得响声震天，没过一会儿，门就敞开一角，下人打着哈欠一脸不悦地出现在门口，见到来人是温斌，脸上的怒火才散去，连忙问道："温大人，这么晚了……"

"王爷现在何处？"温斌不等对方说完，立即反问了句，似乎不想耽搁半分，立即命令道，"先带我去见关总管。"

"哦，是。"

下人还未见过温斌如此焦急，料想定有大事发生，不敢迟疑半分，立即应了句，带着温斌去找总管关松，来到关松住所，将已入眠的关松唤起来。

关松得知温斌半夜求见王爷，连忙披了件衣裳走了出来，见到温斌，连忙问道："温大人，这么晚求见王爷，所为何事？"

"刘大人死了。"

"刘大人？哪个刘大人还用得着惊扰……"关松一时间没反应过来，说着便想起能令温斌半夜求见王爷的刘大人除了刘夜别无其他人，惊愕地问道："难不成大人说的刘大人是刘夜刘大人？"

温斌悲痛地点了点头。

"走，我带大人去见王爷。"

关松深知王爷与刘夜之间的情义，没迟疑半分，立即带着温斌前去王爷所住的厢房，边走边问道："温大人，这到底是怎么回事？刘大人怎么突然就死了？难不成是狐仙？"

"不是狐仙。"温斌边走边回了句，不知该如何解释此事，也不想关松继续追问，此刻，他心乱如麻，不确定刘夜之死是不是沈爻所为，这一切都得等王爷定夺，心不在焉地说道："见到王爷再说吧！"

关松听温斌这般说，也不再多问，两人一路小跑到王爷所住的庭院。关松走到门前，朝房内轻声唤道："王爷，王爷。"

赵辰与妻子方茴正酣睡，听见关松的呼喊，赵辰从睡梦中醒来，问道：“怎么了？”

“启禀王爷，温大人有要事求见。”

“温斌？”赵辰喃语了句，起身下床，此时，方茴也醒来，见王爷穿衣下床，迷迷糊糊地问道：“王爷，出了什么事？”

“温斌半夜求见，不知何事。爱妃好好安寝，不用等本王。”

赵辰坐在床榻上温柔地拍了拍妻子，才起身走了出去。方茴望着王爷走出厢房，缓缓坐起身，若有所思起来，温斌半夜求见，恐怕必有大事发生。她披了件衣裳，下了床，走到门口，探着脑袋朝外面望去。

“参见王爷。”

温斌、关松见赵辰走来，连忙行礼。赵辰摆了摆手示意他们无须多礼，不耐烦地问道：“温斌，大半夜扰本王清净，到底什么事？”

“回王爷，刘夜刘大人……”温斌起身回话，可话到嘴边不由哽咽了，停顿了两息，悲痛道，“死了。”

“什么？”赵辰一惊，身子不由一晃，差点儿摔倒在地。

关松眼疾手快，连忙上前搀扶住，关切地说道：“王爷，保重身体。”

赵辰不理关松，盯着面前的温斌，愤怒地问道：“谁杀的？”

“卑职不清楚，卑职到时，只有沈爻在现场。”

“沈爻？他为何杀刘夜？”赵辰不解，连忙问道，“这到底是怎么回事？你一五一十地跟我说清楚。”

“是。”

温斌点了点头，不敢丝毫隐瞒，将沈爻进山后回来见自己，表示怀疑刘夜策划狐仙案，自己见沈爻并无确实证据，就让他不要继续查此案，之后思来想去又担心沈爻不听劝告扰刘大人清净，带人去保护刘大人，可赶到之时正好见到刘大人胸口中刀，而沈爻一手扶着刘大人，一手沾着鲜血摁着刘大人捂着匕首的手。

“王爷，卑职赶到之时确见沈爻握着刘大人的手，可当时情况到底如何，卑职不清，特请王爷定夺。”

赵辰听完，神情悲凉，一言不发，关松搀扶着王爷，瞧见王爷这般难过，愤愤说道：“温大人，现场只有两人，这凶手定是那沈爻，还有什么不清楚的？”

温斌低头不语。

赵辰没当即说话，关松见状，也只好闭嘴，过了好一会儿，赵辰的悲痛之情似乎稍微有些舒缓，语气依旧悲凉地问道：“刘夜的尸首现在何处？”

“就在刘大人居住之所，卑职派人守着。”

“命人将刘大人的尸首带到王府，本王要为其风光大葬。”赵辰痛心说道。

“是，卑职这就去办。”

温斌领命，正要退下，赵辰开口喊住，问道：“沈爻现在何处？”

“关在县衙大牢。”

“带他来见本王。”

温斌一愣，错愕少许，连忙反应过来道：“是。”

潮湿、阴沉的大牢。

沈爻神情凝重地坐着，这已是他人生中第三次入狱，完全没有上次入狱那般轻松，这不由令他想起十二年前的那场牢狱之灾，十二年前死里逃生，这次能逃得过吗？他没有任何信心，不由后悔贸然去见刘夜，他实在没想到刘夜竟会以死陷害自己。

刘夜到底在暗中筹谋何事能令他不惜自杀？他为何非得自杀？若是简单的陷害自己不必非得如此，以他的才智和与王爷的情义，随便一个理由都可以，或许他已到了无计可施的地步，是何缘由让他无计可施？或许不是刘夜无计可施，而是……

沈爻的脑海中反复回忆着与刘夜之间的谈话，猛然，他眼神一亮，似乎濒临绝境之人看到了一线生机，立即激动起来，晃动着牢门大喊：“来人，来人。”

第三十六章　没有退路的人生

两天一夜未眠，又困又乏，若是往常，陈十六倒头便睡，更何况这客栈的被褥又软又暖、香气四溢。然而，今夜，他辗转反侧、久久难眠，一闭上眼，那些山中的尸骨便浮现在眼前，那茂霞村老人的讲述便回荡在脑海中，他终究无法做到坐视不理，猛然从床上起来，提着破剑走了出去。

陈十六走在空荡荡的街上，紧握着手中的剑，他无法说服先生，那便自己来做。他自知不如先生那般聪慧，可已从先生口中得知刘夜嫌疑最大，那就用最简单、粗暴的办法——武力——逼迫刘夜交代犯下的罪过。

他深知这个办法鲁莽，可这是他唯一能做的。

快到刘夜的住所，陈十六却看到那地方竟灯火通明，院子里外站满了手持火把的官兵，不由纳闷儿起来，这是怎么回事？陈十六心中好奇，想了想，小跑上去，对守在门口的官兵问道："官爷，这发生了什么事？"

守门的一名士兵不耐烦地骂道："一边去，这也是你该瞎打听的？三更半夜佩剑上街，信不信我抓你回衙门？"

"你这什么态度？我不就是问问嘛！狗仗人势的东西，你们王爷见了我家先生还礼贤下士，信不信我下次见了王爷告你们欺压百姓？"陈十六怒火上来愤愤骂道。

那官兵一听这话，吓得一阵哆嗦，众人皆知王爷仁爱百姓，凡欺压百姓者一律重罪，态度立马大变，赔笑着说道："小兄弟，我不是这个意思，只是此地发生命案，大人下令不让围观，你还是快走吧！"

"命案？此地不是刘夜刘大人的居所吗？怎么会发生命案？谁死了？"

"就是刘大人被杀了。"

“什么？刘大人被杀了？被谁杀的？”陈十六满脸惊愕，连忙问道。

这位官兵没想到陈十六问个不停，满脸不耐烦，催促道：“你怎么这么多问题？行了，赶紧走吧！”

陈十六愈发好奇，这刘夜怎么突然被杀了？到底谁杀了他？正盘算着怎么从这官兵口中打探消息，而另一名官兵从陈十六出现开始便一直盯着，觉得对方有些眼熟，可一时间想不起来，突然，想了起来，连忙说道：“他不就是那凶手沈爻的下人吗？”

“什么？你说我家先生是凶手？”陈十六惊愕地问道。

这两名官兵一听这话，立即确定陈十六的身份，抽刀准备将陈十六拿下。

陈十六一头雾水，没明白先生怎么会杀了刘夜，先生不是在客栈休息吗？怎么会来此地？还杀了刘夜？可此时容不得他多想，见两人准备动手，立即上前一步，手中的剑鞘击昏一人，一把挟持住另一名官兵，威胁道：“说，我家先生现在在哪儿？”

此时，院子里的官兵察觉到外面的情况，纷纷提刀跑出来，陈十六见状，冷冷问道：“快说。”

“你家先生已被抓，我劝你乖乖投降……”

“扑哧”，那官兵话音未落，陈十六利落地将剑从对方脖颈上拿开，猛然扎向那官兵的大腿，那官兵惨叫一声，一时间被陈十六的凶残吓到，连忙忍痛回道：“关……关在县大牢。”

此时，院子里的官兵已冲了出来，瞬间将陈十六团团围住，陈十六冷冷扫了众人一眼，神情淡然、毫无惧意，缓缓地将刺入官兵大腿的剑拔出来，又将那官兵推了出去，自言自语似的说道：“你们红口白牙一张嘴便能说先生是凶手，既然如此，那我就用手中的这把剑为先生的清白杀出一条血路。”

“拿下。”

领头官兵一声令下，众官兵立即提刀朝陈十六砍去。

陈十六反手握剑，一记甩手，击退劈来的数把佩刀，随后，身影一闪，剑身游走，如灵蛇般闪过，官兵们来不及反应，这诡异的一剑便一连划过数名官兵的手腕，一道道殷红的鲜血从他们手腕喷出。

这数名官兵痛叫连连，佩刀也从手中掉落，顿时，陈十六面前出现了缺口，他二话不说，提剑就跑。

“追。”领头官兵大喊，众官兵立即追赶。

陈十六边跑边回头张望，见这群官兵在后面穷追不舍，纵身跳上墙头，又跳到民房之上，不消片刻，便消失在官兵们的视线中。

陈十六见已甩掉追赶的官兵，心中不由担心起先生来，迈着步子朝着县衙大牢走去。

县衙大牢。

两名值夜狱卒坐在桌前，喝着清酒，嗑着蚕豆，闲聊，虽说之前温斌将犯人押入大牢时对他们值夜饮酒面带不悦，然而，长夜漫漫，无聊乏闷，不喝点小酒实在撑不下去，不过，温大人交代，他们不敢丝毫怠慢，听到沈爻呼喊，其中一名狱卒便放下手中酒碗，走了过去。

他俩对此人身份、所犯何罪都不知晓，只谨记温大人交代：除不让此人逃离大牢之外，其余一切条件尽数满足。此人被关之后便一言不发地坐在牢中，他俩也省事，就当没这人存在，只是不知这会儿中了什么邪，突然叫喊起来。

那狱卒走到牢门前，满脸堆笑地问道：“先生，你有啥事？”

“我要见温斌。”

“见温大人？这个点儿，恐怕……”

狱卒满脸为难，可温斌关照过此人，来历恐不简单，不敢得罪。沈爻见他这般模样，从怀中掏出一锭银子，递给对方，宽慰道：“放心，此时温大人没入睡，他也定不会罚你。哦，对了，温大人此时应该在王爷府，不然便在刘夜刘大人的住所，你只需传个信即可！”

“这……”

狱卒略显犹豫，虽说看似此人与温斌关系不浅，又给一锭银子，可这三更半夜吵大人清净，真惹火了大人挨顿板子是铁定的事，就在这狱卒纠结之际，身后传来脚步声，只见另一名狱卒带着六七名官兵走了过来。

“温大人有令，带犯人沈爻去见王爷，开门，上锁。”领头官兵气派十足地命令道。

那狱卒悔得肠子都青了，早知如此便先拿了这锭银子，却不敢违背官兵的命令，连忙打开牢门，给沈爻上了枷锁，沈爻任由狱卒给自己上枷锁，心中的担忧暂且放下，只要面见王爷，他相信真相就能大白，他所担心的便是没有机会见王爷阐述案情。

"带走。"

领头官兵一声令下，其中两名官兵一左一右押着沈爻率先走出大牢。领头官兵及其他官兵跟在后面，走到大牢门口，领头官兵止住脚步，向身边两名手下做了个手刀切下的动作，那两人点了点头，又返回大牢。

沈爻被官兵押着走在空无一人的街上，他虽无法回头，可从脚步声中能判断出同行官兵与在狱中之时相比少了两人，那两人去了哪里？沈爻心中不由泛起一丝不安，可此时双手、双脚皆上着锁链，想要逃走也不是易事，若是猜错，落下个逃犯之名，那就麻烦了，他只能走一步看一步。

走了约一炷香的时间，四周愈发寂寥、荒凉，沈爻心中已肯定这伙人绝非温斌派来的，当即停下脚步。

"谁让你停下来的？继续走。"

官兵见沈爻停下来，立即警惕起来，厉声大吼，推搡起来。沈爻任由对方推搡，一动不动，无人看到他脸上泛起一抹冷笑，只听他缓缓开口道："若再走，前面便是荒地，挖坑埋人也能看出土地翻过，这里不同，可直接扔入枯井之中，一时间很难找到，那边便有个枯井，此地是绝佳的杀人抛尸之地，还不动手？"

"什么？"

官兵们一时间被沈爻说得心慌，愣了神，而就在这时，沈爻身子一转，身上的枷锁硬生生地砸中左边官兵的脑袋，砸完之后，立即向前迈了一步，转过身冷冷地凝视着已经缓过神的四名官兵。

"沈爻，你这是要越狱吗？"领头官兵冷冷质问道。

"这里不是大牢。"沈爻淡然一笑，继续说道，"而且，你们并非带我见王爷，而是见阎王吧！"

"杀。"

领头官兵见已败露，彻底撕下伪装，一声令下，与其他三名官兵立即提刀冲了上去。沈爻见状，立即往后退，可身戴枷锁，手上、脚上皆带戴锁链，行动受限。

不消片刻，这几人便追上，几刀从上中下三路劈砍下来，沈爻连忙抬起枷锁抵挡，挡住上路的进攻，枷锁顿时被劈开，左脚一动，撩动着锁链扣住下路劈来的一刀，同时，身子一侧，躲过中路的杀招。

沈爻刚想趁机抽身，可此时，那领头官兵的一刀已从上劈了下来，沈爻立即拉着缠住攻击上路官兵刀刃的锁链挡了过去，只听“哗哗哗”声响，攻击上路的官兵看出沈爻目的，拼力往下拉锁链，令沈爻无物可挡，就在此时，领头官兵的一刀已劈了下来。沈爻用尽全力抬起锁链，可在两人蛮力之下，又要应付中路、下路攻击，难以使出全力，这一刀砍中锁链，继续往下压，硬生生地砍在沈爻肩头，鲜血流淌而出。

沈爻牙关紧咬，深知如此下去必死无疑，左脚一动，松开扣住攻击下路官兵的佩刀，抬起脚朝着领头官兵腹部踹去，那人似乎知道躲不过沈爻这招，竟纹丝不动，手中的刀立即掉转方向，紧握刀柄，硬生生朝着沈爻的胸口击了过去。

“砰！”

“砰！”

两人同时被对方击中，纷纷后退，只觉一股血腥味上涌，两人同时喷出一口鲜血。

沈爻淡然一笑，说道：“机刹阁环环相扣的杀招实在了得。”

“你也实在了得，身戴枷锁，竟能逃过我几人联攻。”领头将领擦拭了一下嘴角的血迹，继续说道，“不过，今夜你必须死，杀。”

领头将领话音刚落，与其他三人又朝着沈爻击杀而去，就在此时，一把破剑突兀飞来，这四人尚来不及防范，这把破剑已插入其中一人身上，其他三人见此情景不由一慌，顿时停住了脚步。

黑暗中，一道人影缓缓走来，走近一看，不是别人，正是陈十六。

“先生，十六来晚了。”

“来了便好。”沈爻淡淡回道。

领头官兵没想到竟半路杀出个程咬金，神情愈发愤怒，冷冷低吼道：“杀。”

三人齐齐朝着陈十六、沈爻杀了过去，陈十六一把抽出刺死官兵的破剑，迎着三人冲了上去，顿时，刀光剑影。陈十六身影闪动，以一敌三，一时间竟不落下风。

沈爻站在一旁观望，虽说目前陈十六不落下风，可机刹阁向来招招相扣，陈十六这套仓廪九剑并未达到炉火纯青的地步，一招不慎，便无挽回之力，不由提醒道："收剑，右腿后一步，剑左挑。"

陈十六一听，便反应过来先生所言正是仓廪九剑的剑招，立即按照先生之言出招，一招收剑，右腿后一步，剑左挑，一剑刺入左边一人胸口，与此同时，另外两人佩刀袭来。

"抛剑，前移。"

"先生。"陈十六听到沈爻这话，不由面露惊慌，他知道这招是仓廪九剑的最后一记杀招，可他尚未融会贯通。

"抛剑，前移。"

陈十六正在纠结，可又听先生重复了一遍，虽心中担忧，可身子已听从先生的命令变招，剑从手中抛出，身子往前一移，恰巧从两人攻击的缝隙中穿过，与此同时，抛出的剑折返而来，陈十六一把抓剑，猛然一挥，一剑划过了两人的脖颈。

两人脖颈喷血，倒地身亡。

"哇！"陈十六一脸兴奋，边跑向沈爻，边显摆道，"先生，你看。"

"看到了。"

沈爻拖着受伤的身子往前走了两步，陈十六连忙上前搀扶，问道："对了，先生，这是怎么回事？他们是谁呀？"

"机刹阁的人，派来杀我的。"沈爻淡淡回了句，问道，"你怎么会在这儿？"

陈十六似乎担心沈爻怪罪自己去找刘夜，可又不敢隐瞒，支支吾吾地说道："我本来想去找刘大人，可到的时候见官兵守在外面，说先生杀了刘大人被关进县大牢，我就去县大牢，正好看到先生被他们带着出大牢，就跟了上来，先生，刘大人怎么死了？谁杀的？"

"自杀。"

"自杀？为什么？"

"陷害我。"

“这到底是怎么回事？”陈十六愈发不解，问道。

“此事说来话长，先去王府。”沈爻边走边说道。

“先生，王府认为你杀了刘大人，这些官兵又来杀你，咱们这个时候去王府不是死路一条嘛！”陈十六担忧地问道。

“纵然是死路，也得去。”沈爻坚决道。

“为什么？”

“这时若一走，便沦为逃犯，若是真如此，那我活着也就没了意义，我的人生没有退路。”

陈十六听得一头雾水，见先生已走远，挠了挠头，连忙追上去搀扶着沈爻朝王府走去。

第三十七章　解密

北定王府，书房。

赵辰面无表情地坐在书桌前，一动不动，目光直直地盯着摆在书桌上的《治国论》，此书乃是刘夜所著。当时刘夜年仅三十，赵辰也只有双十年华，两人亦师亦友、亲密无间，相互谈论治国之道。

刘夜以惊世才华写下这部《治国论》，赵辰初阅此书，惊为天人，认为此书之法定能治国安邦，并向先皇举荐，可先皇并没推行其道。刘夜怅然若失，赵辰对其鼓励，表示将来若自己当了皇帝定推行此书之法。可最终，先皇驾崩，皇兄赵权继位，赵辰封王，迁回封地，刘夜追随至此，而这部《治国论》便湮没于这书房之中。

赵辰何尝不明白刘夜心有不甘，然而，他又能做得了什么？思绪回来，赵辰深深地叹了口气，幽幽说道："关松，你说若当年本王争了争，会成什么样？"

"老奴不敢讲。"关松一愣，弓腰回道。

"这里只有你我，就当闲聊。"

"王爷宅心仁厚、以百姓为先，当日，先皇病危，群臣拥戴王爷，王爷占据地利、人和，若王爷有心一争，如今这龙位之上坐的恐怕……"关松小心翼翼回道。

"地利？人和？呵……可唯独本王不占天时，父皇终究要将那传国玉玺传于与他相似的皇兄。"赵辰自嘲一笑，感慨道，"正如皇叔，岂不与本王一样？我赵氏一族子嗣难有前朝唐王那般弑兄之魄力啊！"

关松不敢搭话，静静地站在一侧。

赵辰也不再多说，将桌上的《治国论》收起，如珍宝般放到锦盒之中。刚将《治国论》放好，王妃方茴走了进来，后面跟着端着碗筷的丫鬟。

赵辰迎了上去，宠爱道："爱妃，怎么起来了？不是让你好好休息不用管本王嘛！"

"臣妾见王爷久久未归，担心王爷饿着，这不，特意命人炖了羹汤，填填肚子。"

"爱妃有心了。"

"王爷，臣妾一路行来，怎么听闻刘大人被杀了？这是真的吗？"方茴面带疑惑地问道。

"是。"

"什么人这么大的胆子竟杀刘大人？"方茴面露惊恐，连忙问道。

"沈爻。"

"什么？"方茴一惊，好一会儿才回过神，连忙说道，"那沈爻不是为王爷破案立了大功吗？他为何杀刘夜？"

"目前尚不知晓，本王已让温斌派人押他过来，今夜必审个究竟。"赵辰边吃羹汤边语气坚决地回道。

"听闻此人之前进了山，莫不是遇见了狐仙，被那狐仙迷惑才杀刘大人？"方茴自言自语般地问道。

赵辰正在喝羹汤，听闻此话，拿着汤勺的手停在半空中。就在此时，温斌面色难看，急匆匆地跑了进来，单膝跪地说道："王爷，卑职无能，请王爷责罚。"

"发生了何事？"

"沈爻逃狱了。"

"什么？"

赵辰一愣，猛然从椅子上站起来，将手里的汤勺丢在碗中，汤汁四溅，冷冷说道："具体怎么回事？"

"卑职前去刘大人住所运送尸体，无暇分身，便命下属前去县衙大牢提人，可没想到下属来报，大牢内的狱卒皆被人杀了，沈爻不知所踪。"

"立即通缉，绝不能让他逃出本王封地。"赵辰气急败坏地吼道。

"是。"温斌连忙应答，正要站起身离开，就在这时，一名官兵急匆匆跑了进来，一进门便单膝跪地说道："王爷，沈爻在门外求见。"

在场众人皆是一愣，神情各异，不解这其中到底怎么回事？赵辰率先反应过来，下令道："带他来见本王。"

"是。"

那官兵应了一句，火速起身离开去带沈爻前来。

门前掌灯，大门四敞，两名守卫各站一侧，便为迎刘夜的尸体入王府，此情此景足以见得刘夜在北定王赵辰心中的地位。然而，对站在门前的沈爻来说，这些犹如一座正朝他压来的无形巨山，他来此的目的便是揭露刘夜的阴谋，以此证明刘夜并非死于自己之手。

北定王会相信吗？或者说，北定王会承认吗？

沈爻无法确定，然而他别无选择，如此一走了之，逃犯之名便会坐实，那自己以后将无法站在明面上以示众人，又何谈光明正大地以沈氏家族子嗣的身份重翻沈氏家族的累累血案？他必须面对，纵然九死一生，他也要闯一闯，因为他活着的意义便是为沈家翻案。

那名前去禀报的官兵返回来，冷冷地瞥了沈爻一眼，脸上泛着浓浓的厌恶之色，阴阳怪气地说了句："进去吧！"

刘夜在此地的名气甚大，而且爱民如子，颇受手下、百姓爱戴，如今沈爻成了杀害刘夜的嫌疑人，这些人岂能对他有好感？

沈爻凝视着敞开的朱漆大门，里面光线昏暗，无法看清院内全貌，此时不由觉得这北定王府犹如一只张着嘴的巨大怪兽，正静静地等待着他自投罗网，一时间竟想得出神。

陈十六扶着沈爻，见他没有反应，提醒道："先生，王爷让咱们进去。"

沈爻回过神，淡淡说道："走吧！"

官兵在前带路，沈爻在陈十六的搀扶下走进了北定王府，越过前院，走到后院，沈爻神情渐渐恢复过来。虽受了伤面色有些苍白，可身上自然散发的自信又回来了。

官兵将二人带到书房前，在外禀报了一声，便离开了。

沈爻、陈十六迈着步子走进书房，见北定王坐在椅子上，王妃方茴、总管关松、幕僚温斌皆在，恭敬抱拳道："草民参见王爷。"

赵辰冷冷打量着沈爻，一眼便注意到沈爻胸前血迹、肩头上的伤，并未当即问罪，而是淡淡问道："你肩头怎么了？"

"受了点伤。"

"莫不是逃狱之时被狱卒打伤的吧？"赵辰冷冷问道。

沈爻一听王爷这话，心中已猜到机刹阁的杀手将自己从牢房带走后对狱卒进行了一番屠杀，淡淡回道："回王爷，草民并未逃狱，是有人假借温大人之名将在下带出牢房，并打算半路杀之，若不是草民的下人陈十六相救，草民恐怕又背负一条逃狱之罪含冤而死了。"

"含冤而死？"赵辰当即恼怒，一拍桌子，猛然从椅子上站起来，厉声说道，"你是说刘夜也并非你所杀？温斌亲眼所见，现场除你之外，其他两名下人皆昏迷不醒，你是要告诉本王现场还有他人不成？"

"没有，除那两名昏迷之人，现场只有我与刘大人。"

"难不成你想说刘夜是被那两个昏迷的下人所杀？此事正巧被你撞见，你将那二人打昏？"赵辰冷笑道。

"不是。"沈爻不温不火地回道。

"那凶手不就是你？"

"王爷忘了刘大人。"

沈爻缓缓抬起头，目光毫无畏惧地直视着对面暴怒的北定王，不等北定王继续发问，回道："刘大人是自杀。"

"自杀？"赵辰一脸冷笑，说道，"先不说刘夜已疯，纵然未疯，他为何要自杀？难不成就是为了陷害你？"

"王爷明鉴，刘大人自杀正是为了陷害在下。"沈爻面不改色地回道。

"沈爻，你……"

赵辰气得抓起桌上的书籍朝着沈爻扔了过去。

沈爻身子微微一闪，躲了过去，也不管王爷发怒，打断道："王爷，待在下将此事的前因后果说完，你再降罪于在下也不迟。"

温斌见气氛剑拔弩张，赵辰随时会暴怒，连忙相劝道："王爷，当时卑职虽见沈爻握着刘大人抓着匕首的手，可并没看到沈爻刺刘大人的过程，不如先听沈爻说明当时情况，再行定罪？"

赵辰一言不发，板着张脸冷冷地盯着沈爻。

关松偷偷瞄了一眼王爷，面带微笑地插话道："温大人，这有何好说？凶手会承认自己杀人吗？正如王爷所言，先不说刘大人已疯，纵然未疯，他与沈爻无冤无仇，为何自杀来陷害沈爻？"

赵辰突然朝妻子方茴望去，问道："爱妃觉得呢？"

"臣妾只是来给王爷送汤，哪敢妄言？"

"就说说你的看法。"

"是。"方茴应了一声，想了想，说道，"臣妾比较赞同关总管所言，刘大人与沈爻无冤无仇，为何要陷害他？而且还以自己的性命为代价，臣妾实在想不通，除非……除非沈先生……疯了。"

赵辰细细琢磨着妻子口中"疯了"二字的含义，将视线放到沈爻身上，冷冷问道："沈爻，你疯了吗？"

"回王爷，在下未疯。"沈爻不卑不亢地回了句，不等赵辰发问，继续说道，"至于刘大人疯还是没疯，因何自杀陷害在下，待在下破了这狐仙案，王爷心中自有定论。"

"狐仙案？"赵辰一愣，沉思片刻，说道，"温斌向本王说过，你认为这狐仙案并非狐仙为祸，而是有人故弄玄虚，还怀疑刘夜。好，本王就听你说说，刘夜到底如何成了狐仙案的凶手。"

"是。"沈爻老老实实回了句，开口说道，"此案要从灵狐村说起，这个村子的村民信奉狐仙，凶手正是借用此法制造恐慌，逼百姓从村中离开，以此达到阴谋。"

赵辰突然插话问道："什么阴谋？"

"王爷别急，待在下慢慢道来。"

沈爻不管赵辰是否不满，先卖了个关子，继续说道："狐仙案，王爷最关心的莫过于是否真有狐仙存在。在下与温大人进灵狐村调查，一直留守灵狐村的村民胡奎又被狐仙所杀，随后，在他家中发现密室，找到数十两金子以及两名年轻人衣物、铁锹，结合其他村民供词，胡奎二人在村民迁移之后便了无踪迹，推断他二人并非外出做生意，而是一直留在灵狐村，为的便是方便进山挖金子，这也是狐仙由来的原因。

"此村信奉狐仙并非遥远之事，而是村子里胡山的爷爷多年前进山打猎，多日未归，回来便说在山中遇见狐仙，幸得狐仙相救。其实，他并非遇见狐仙，而是在山中发现了金矿，胡山一家只有祖孙二人，当时胡山年龄尚小，他担心此事由孙子口中传出，那几座山乃是王爷所属，一旦传出，便无法进山采金，为私吞金矿，胡山爷爷便编造出狐仙的故事。

“胡山爷爷心藏这个秘密，表面进山打猎，实则采金，为了令村民相信确有狐仙，他经常把猎物放于其他村民家门口以示狐仙馈赠，并修建了狐仙庙以示感激，如此做法，一直相安无事。然而，天有不测风云，胡山爷爷突然病重，而胡山当时未在，胡奎却在，胡山爷爷弥留之际迷迷糊糊地将狐仙的秘密告知胡奎。据在下推测，胡山爷爷只是说出了大致方位，并未说出具体位置，胡奎父子开始秘密寻金，并且有了线索。

“而胡山没了爷爷，生活开始落魄，直到一年前，有人找到胡山以高价购买狐仙庙的土地，让他拆掉狐仙庙，胡山自然愿意，只是他万万没想到自己竟沦为那人计划的牺牲品。胡山推倒狐仙像不久，便离奇死亡，死状像是受到狐仙惩罚，村民们认为胡山惹怒了狐仙，随后，村民又被以同样之法杀死，恐惧笼罩着整个灵狐村，百姓纷纷离开村子。唯独胡奎知道狐仙只是胡山爷爷编造的，他也因此想了个计划能秘密进山采金，便是自己留在村中，接应进山采金的两个儿子。”

“沈先生，纵然这些属实，可你说的这些似乎都是灵狐村的事，与刘大人又有何关系？难不成你是说找胡山以高价购买狐仙庙的人是刘大人？呵……沈先生，或许你对刘大人并不了解，刘大人素来爱民如子，怎会做出草菅人命之举？那人是胡奎找到的岂不更合适？他可是有目的的。”方茴笑着插话道。

“王妃勿急，在下之后会全部说清。”沈爻恭敬地回了句，见众人都没发问的意思，才继续说道，“狐仙案一事咱们先暂且放在一边，在下先说说仓廪县发生的怪异之事，不知王爷对此事是否还有印象，一年前，仓廪县曾出现二十余名人口失踪。”

“有些印象。”

赵辰想了想，回道：“本王记得仓廪县县令许慎曾找过本王，说本县人口失踪，怀疑进了山，本王便派刘夜带他进山寻人，这仓廪县的人口失踪与狐仙案又有何关系？”

“有，关系很大，这两者都是计划中的一部分。”沈爻语气坚定地回了句，继续说道，“仓廪县失踪二十余人，皆是年轻壮硕的猎户，可这些人生不见人，死不见尸，他们去了哪里？前日，在下与十六进山调查狐仙案，在山中发现了几十具尸骨，有些尸骨只剩白骨，有些尚在腐烂，据在下推测，那些尸骨之中便有仓廪县失踪的猎户。”

“他们怎么会死在山里？半年前，刘夜带许慎进山寻人，几乎将大山寻了个遍，并未有发现。”赵辰不解地说。

“这便是在下怀疑刘大人最主要的原因。”

“继续说。”赵辰正色道。

“刘大人带许慎进山寻人，只是走了计划好的路线，除尸骨之外，在下还在山中发现了陷阱、八方移阵的阵法，在下也与许慎求证过，他并未遇见这些情况，这些都是防止外人进山而设，为的便是不让外人知道他们筹划的秘密。”

“刘夜在筹划什么秘密？既然不想让外人知道，那失踪的二十余人又是怎么回事？他们总不至于一起进山皆中了陷阱吧？”赵辰不解地问道。

“当然不是，他们是被绑架进山。”沈爻回了句，见赵辰与他人皆是一脸疑惑，继续说道，“此外，在下离开山后到了有人口失踪的茂霞村，此村村民说许慎进山寻人未果之后不久，山里发出巨大的声响，他们还认为是山神发怒，当时在下只是以为山体塌方，后来才终于明白怎么回事，也确定了刘夜到底在密谋何事。”

“什么事？”温斌忍不住问道。

“刘大人将人绑架在山中采集铁矿，导致山体塌方。”沈爻一字一句地说完，停顿了一下，继续说道，“山中的尸骨，其中有些便是染病死去的矿工，有些是进山中了陷阱的外人。”

“采集铁矿？”

温斌大吃一惊，没想到沈爻竟说出如此言论，他虽与沈爻相识不长，可心中已将沈爻当成知己好友，生怕沈爻为脱罪随口胡说，连忙道：“沈爻，切不可信口胡说，先不说刘大人为何背着王爷采矿，如你之前所言，有人制造狐仙杀人便是为了让村民离开，为何胡奎父子留在村里一年多无事？胡奎儿子在暗中暂且不说，那胡奎呢？他留在村中尽人皆知。”

“那是因为胡奎的存在不仅不会影响，而且还有帮助。”沈爻见温斌一脸疑惑，不等他发问，继续说道，“胡奎为了能秘密采金，也一直散播狐仙为祸的说法，与刘大人做法相似，刘大人认为胡奎佯装又聋又哑又是此地村民，比较有说服力，便不去管。之后，刘大人那夜假装被狐仙加害，胡奎又起到散播的作用，之所以后来加害，在下推测是刘大人想到了胡奎当日的反应不对劲儿，也发现了山中有金矿，山中的铁矿也是由刘大人率先发觉的吧？在下曾听温大人说过王爷与刘大人讨伐辽军，危急关头，刘大人火烧冰河阻退辽军，若在下没猜错，是刘大人在冰河附近发现了桐油，以桐油烧之，刘大人有勘测地质之能。”

“没错。”赵辰点了点头，感慨道，“当年若非刘夜勘测出冰河附近有桐油，以桐油火烧冰河，本王当年就死于辽军之手了。”

“刘大人知晓了胡奎的目的，便心生一计，先杀了胡奎，引在下与温大人发现胡奎的密室，之后又派人假冒狐仙出现在众官兵视线，杀了胡奎二子，制造成因胡奎贪心遭到狐仙惩罚，从而彻底坐实狐仙为祸，令他在山中采集铁矿的秘密彻底隐藏，但时间仓促，又当众作假，不免留下破绽，就是庙中发生的大火，为让远处之人看见不得已才放，却也成了疑点。”沈爻缓缓解释道。

温斌似乎已被沈爻的推测说服，可心中依旧不解，忍不住问道：“刘大人为何要这么做？”

沈爻朝赵辰望了一眼，正要开口，可话还没说出来，便被赵辰打断，赵辰边从椅子上站起来，边说道：“你们都退下吧！”

“王爷。”

沈爻心中泛起不安，自己已说到这份上，只要王爷派人进山，定能发现山中有人正在采矿，证据确凿，为何戛然而止？可沈爻刚开口，赵辰立即怒火中烧地吼道：“都退下。”

“是。”

“是。”

“是。”

沈爻虽心中不安，可也不敢继续挑衅赵辰怒火，若赵辰铁心为刘夜开罪，那自己只有被灭口的份儿，只能无奈答应，与其他人应了声准备退下。突然，赵辰又喊道：“爱妃，你留下。”

沈爻正退下，听闻此话，不由一愣，如此看来，王爷心中已知详情，而刘大人自杀不仅要保护采集铁矿的秘密，还有这位高高在上的王妃吧！

第三十八章　悲·戏

凡是私心，世人皆有。

北定王赵辰也不例外，犯人是自己至交好友与结发之妻，这两人所行犯法之事皆是为了他，他该做何选择？将犯人正法、罪行公告还是为了情义隐藏其罪行？

沈爻不知，也懒得去想，他素来只为探案，揪出真凶，至于抓与不抓凶手已与他无关，更何况此次接受此案除了条件诱人，他还另有目的，这目的只有从赵辰身上找到，自然不会为此得罪北定王。

沈爻沉默地坐在凉亭石凳上，陈十六正为其包扎伤口，虽说来王府的路上做了简单的处理，可伤口太深，血已渗了出来，只好重新包扎。温斌、关松各自站在凉亭一角，打量着沈爻，他们不明白在即将揭开刘夜所做这一切的目的之时，王爷为何将他们赶了出来。

温斌终于憋不住心中的好奇，开口问道："沈先生，刘大人所做这一切到底为了什么？他对王爷忠心耿耿又爱民如子，到底什么事能令他背叛王爷残害百姓？"

"温大人敢听，在下也不敢说。"沈爻话中带有深意地回道。

温斌自然明白沈爻这话的意思，王爷将他们赶出来便是为了不让沈爻开这个口，可越是如此，心中越是好奇，只得心里默默盘算。

关松始终没说话，不过目光一直盯着沈爻，突然开口问道："沈先生，我还有一事不解，若刘大人不想让秘密被你揭开，直接杀你灭口岂不更好？为何要自杀陷害你？你虽在江湖中有些名声，但也不过是一介百姓而已！"

“这点我也想不通，直到被温大人抓入狱中，我反复琢磨刘大人死前对我说的一番话，才终于明白。”

“什么话？”

“刘大人说，‘沈爻，我对不起你，正如我对不起那些枉死的百姓，可我只能对不起你们’。”

沈爻说到此处，内心有种说不清道不明的感觉，不由停顿了一下，才继续说道：“或许刘大人的人生已没了退路，只能走下去。可之后的路让他良心不安，他才选择以这种方式结束，不违背、不退缩。”

关松似乎在回味沈爻这番话，过了许久，他缓缓将目光投向书房，喃喃自语道：“恐怕王爷是最难过的那个人。”

沈爻抬头望了关松一眼，什么也没说，默默地将目光投向书房。

书房。

气氛诡异。

方茴站在书桌前地一角，高角度地打量着坐在椅子上的王爷，沈爻已将刘夜采集铁矿之事说出来，即将说出刘夜所做这一切的目的之时却被王爷赶了出去，估计王爷心中已猜到，而王爷唯独将自己留下，恐怕也已猜到此事与自己有关，那王爷是何打算？

方茴暗自揣测了一番，见王爷始终不率先问话，深知此事已暴露，如何也藏不住，唯独说服王爷才能将计划进行下去，方茴索性要将一切摊开来说，可刚要开口，赵辰突然开口道：“若沈爻没有揭发你们的计划，后面你们打算怎么做？”

“时机成熟，效仿先祖，黄袍加身。”方茴一字一句地回道。

“若我不愿呢？”

“王爷无法向朝廷缴纳铁矿，赵权必定降罪于王爷，而那时山中铁矿已采完并打造成兵器，时机已成，王爷是甘心领罪还是讨伐昏君？”方茴反问道。

“呵……你们这是逼我不得不反啊！”

赵辰脸上泛着无奈的苦笑，似乎在自嘲连自己的命运都无法做主。

“王爷，你知那赵权横征暴敛、连年征战，使得民不聊生，平日聊起，也对那昏君所作所为无比愤怒，可臣妾每每向你提及举兵夺位，你便推脱，臣妾与刘大人也是不得已而为之，只为能令王爷下定决心举兵夺位。”方茴苦口婆心地劝说道。

“愤怒归愤怒，举兵归举兵，两者岂能混为一谈？”

“王爷还是过于看重先皇遗诏、祖宗礼法，这些固然不可弃，然而也需因时而制。前朝唐王弑兄夺位，创立了李唐盛世；先祖黄袍加身，才有了这赵氏江山。凡为百姓者，皆是仁君。”

方茴望着沉思的赵辰，深知这是唯一说服王爷的机会，继续劝说道：“王爷，臣妾与刘大人不惜以身犯法，沦为杀人恶魔，刘大人更为此丢了性命，只为王爷能下定决心举兵夺位。王爷，请不要再犹豫了，不要辜负了刘大人。”

赵辰缓缓抬起头，凝视着激动的妻子，开口问道：“刘夜为何自杀，你有想过吗？你以为他真的仅仅是为了陷害沈爻吗？”

方茴被问得一愣，不明白王爷为何这么问，刘夜自杀除了陷害沈爻还能有什么原因？

赵辰望着一脸疑惑的妻子，继续说道：“这么多百姓成了你们计划的牺牲品，刘夜良心难安，然而，他又无法道出实情，为了赎罪，为了完成你的计划，他只能以此结束。爱妃，若我这次如你所愿，趁机举兵，那我如何对得起那些在你们计划中被害的百姓，将来我真做了皇帝，在那龙位之上，我该如何面对天下百姓？我能成为一个好皇帝吗？”

“王爷，成大事者不拘小节。”方茴不甘心，继续劝说道，“若将来王爷举兵成功，臣妾会为今日犯下的罪接受惩罚，以死给百姓个交代。臣妾此举并非为了将来能母仪天下，只为除去那横征暴敛、残害忠良的昏君。”

“爱妃，你若真为了百姓，便不会为了逼我枉顾百姓性命，你终究还是无法放下你弟弟的死。”

赵辰的话犹如一把锋利的匕首直刺方茴心脏，她虽极力压制内心的情绪，可还是无法控制，冷冷回道：“王爷说得没错，我忘不了，我永远都忘不了，我弟弟只因反对赵权远征西夏，便被赵权以投敌叛国之名斩首，他可是当朝驸马，与公主情比金坚，我家三代忠于朝廷，他如何会是叛国之人？”

“爱妃心情，本王理解，只是这其中或许……”

“王爷。”方茴不愿多听，立即跪地，恳求道，“臣妾恳请王爷举兵起事。”

“爱妃，你应该知道一旦本王举兵起事，无论成败，这受苦受难的还是天下百姓。刘夜曾教本王，立国之基，在于民，民定则国安，本王成不了定民之人，但至少要做到不乱民。”赵辰的语气散发着悲凉之气，却无比坚定地回道。

“臣妾违背良心做了这么多，依旧改变不了王爷的心意。”

方茴缓缓站起来，脸上尽是绝望，两行泪水从眼眸中流出来，语气苍凉地说道：“既然王爷心意已决，那臣妾无话可说，臣妾并不后悔所作所为，也会让王爷给百姓一个交代。臣妾此生无法侍奉王爷左右，只有来世了。”

赵辰听闻此话，面色一惊，连忙从椅子上站起来跑向方茴，可为时已晚，方茴说完那话，便朝着墙壁奔去，脑袋重重地撞在墙上，身子缓缓倒下。

“爱妃。”赵辰声嘶力竭地大喊，跑过去一把将方茴抱起，哭着说道，“爱妃，你为何这么傻？来人，来人。”

“王……王爷，臣……臣妾先……先走一步了。”方茴虚弱地回道。

“来人。”赵辰嘶吼。

沈爻一干人听到赵辰声嘶力竭的呐喊，立即冲了进去，却为时已晚，方茴已经咽气，赵辰抱着她悲痛嚎哭。

灵狐村。

沈爻、赵辰立于土丘之上，远远望着下山的路，一些官兵正搀扶着从矿场中解救出的村民下山，后面跟着官兵抬着的尸骨以及一批被逮捕的犯人，这起狐仙案终于水落石出。赵辰缓缓收回目光，望了沈爻一眼，说道：“沈爻，此次你不仅破了狐仙案，还破了这山中的八方移阵，解救出这些百姓，功不可没，说吧！你想让本王如何赏你？”

“王爷已赏过在下了。”沈爻躬身抱拳回了句，见王爷没回话，想了想，继续说道，“王爷，在下素来只负责查清案件，至于案件如何处理，在下从不多嘴，这是上爻堂的规矩，王爷大可不必担心。”

“沈爻，你知此事始末缘由，若将来有一日，此事传扬出去，王妃与刘夜的名声便坏了，本王恐怕也免不了麻烦。你说，本王该如何做？”

赵辰扭头望着沈爻，眼神中闪过一抹杀意。沈爻一惊，却瞬间反应过来，压低脑袋回道：“若刘大人尚在，王爷觉得刘大人希望王爷如何做？”

赵辰一愣，眼神中的杀意顿时荡然无存，忍不住大笑起来，拍着沈爻的肩膀说道：“沈爻，你不入仕，实在可惜。”

“在下经营这上爻堂自由自在，不觉可惜。”

“本王说的可惜是朝廷的可惜。”

“王爷谬赞了。”

“本王说赏你便会赏你，说吧！只要本王能办到，便答应你。”赵辰爽朗地说道。

“那在下直言了。”沈爻放下双手，缓缓抬起头，说道，“在下听闻先皇善于骑射、作画，曾著有一幅《春日狩猎图》，后将此图送于王爷，在下可否阅览一番？”

“你知《春日狩猎图》？”

赵辰一愣，脸上的狐疑之色一闪而过，爽快地说道：“好，回到王府，本王便将此画拿出供你赏阅。”

“谢王爷。”

第三十九章　孔明灯

亥时将至。

京城夜市正值最为热闹之时，摊贩林立、人流攒动，商品琳琅满目，叫卖声此起彼伏，尽显京城繁华之景。攒动的人群之中，一个七八岁的小女孩一手牵着母亲，一手拿着糖葫芦正吃得津津有味，小脑袋无意地抬起，望向天空。

皓月当空，微风拂面。

突然，皎洁的夜空之中出现了一个飘飞的孔明灯，紧接着，两个，三个……没过多久，成百上千的孔明灯浮现在上空，煞是好看，小女孩欢喜雀跃地指着天空叫喊。

“母亲，母亲，看，快看。”

如此壮观之景立即吸引众人仰头，只见这些孔明灯正乘借着微风朝着庄重、森严的皇城飘去。

此时，禁军统领王储正站在城墙之上凝视着这些飘来的孔明灯，心中隐约有种不好的预感，元宵节未到，怎会有如此多的孔明灯？这些孔明灯显然是往皇宫方向飘去，莫不是其中有诈？王储厉声对身边手下吩咐道：“将弓箭拿来。”

“是。”

士兵应了一句，立即取来弓箭交与王储。王储一把抓起弓箭，用力一拉，弓满箭出，箭矢速度极快地朝着夜空中的一个孔明灯暴射而去。

“嘭！”箭矢射中之时，那个孔明灯立即在空中爆炸。

王储见状，面色一惊，厉声吼道：“弓箭手。”

号令下达。弓箭手火速赶来，对着夜空中的孔明灯拉弓射箭，一道道箭矢暴射而出。可孔明灯实在太多，根本无法将其全部射下，只能眼睁睁看着其中一部分孔明灯飘到皇宫上空，只见这些孔明灯到了皇宫上空，火熄掉落，落入皇宫之中，炸声连连，顿时，整个皇宫乱成一团。

狐仙案的后续事宜结束之后，沈爻便随赵辰回到王府，赵辰依约翻找出尘封已久的画卷，沈爻小心接过画卷，在书桌上摊开。赵辰也不管他，找了个椅子坐下，看似惬意喝茶，然而目光始终未离开沈爻半分。

沈爻将画摊开，享受般地欣赏着桌上这幅《春日狩猎图》，画中所画乃是狩猎场景，一人正手持弓箭对准一只驯鹿，这场景与陈十六脖子上的玉扳指内侧雕刻的场景一模一样。

果然。

沈爻心中得到答案，便将画卷收起，双手端着走到赵辰面前提了上去，感谢道："多谢王爷，在下欣赏完了。"

"这么快就看完了？"赵辰随口说了句，将手中茶杯放在旁边桌上，接过画卷，笑着说道，"不知沈先生对父皇这幅画有何感受？"

"先皇画工精湛，实在令在下钦佩。"

"除此之外呢？"

赵辰拿着画卷从椅子上站起，走向书架边随口问了一句。沈爻一愣，笑着说道："无论勾勒之法还是用墨用料都堪称绝品，恐怕在下这辈子都达不到这功力。"

"父皇在书画造诣上确实天赋极高。"赵辰点了点头。

"王爷，如今狐仙案已结，在下也欣赏到先皇的《春日狩猎图》，就不叨扰王爷了。"沈爻告辞道。

"本王送你。"

"在下惶恐。"

两人说着，一起走出书房，陈十六、关松在外等候。沈爻又向赵辰抱拳告辞了一番，便带着陈十六走出王府。赵辰凝视着这对主仆离开的背影，久久沉默不语，关松瞥了赵辰一眼，小心问道："王爷若担心，何不将这沈爻留在身边？"

“本王留不住他。”赵辰淡淡回了句，继续说道，“本王并非担心他泄露狐仙案的真相，只是想到一些往事。关松，你还记得父皇临终前予我的遗言吗？”

“老奴年龄大了，这脑子不太好使了。”关松苦笑着回道。

“父皇临终前将他所作的《春日狩猎图》交与我，并告知我，这幅画中有他的遗愿，待我参透之后，帮他完成，可过了这些年，我依旧无法参透其中玄机，逐渐将此事忘了。而这沈爻竟提出赏阅此画，父皇善画很多人知道，但知道这《春日狩猎图》的人并不多，他到底为何要看此画？”赵辰幽幽说道。

“那王爷为何……”

关松此话尚未说完，赵辰便打断道：“若他看此画另有目的，纵然本王问他他也不会说。本王虽与此人相识不长，可能看得出此人绝非能将秘密告知他人的主。”

“王爷打算如何做？”

“派人盯着，毕竟此事与父皇遗愿有关。”赵辰淡淡说道。

宫闱内院，庄重威严。

六扇门总捕头郭玉、禁军统领王储各怀心事地跟着领路的小太监，昨夜京城出现来历不明的孔明灯，甚至有些落入皇宫之中，今日一早皇上便召见，料想皇上定是为了此事。虽说此事并没造成人员伤亡，可影响实在恶劣，这是有贼人在公然挑衅朝廷，估计一顿训斥是免不了了。

二人跟着小太监来到练武场，远远便看到皇上赵权手持木剑正与一名侍卫对战，二人也不敢打扰，站在一边静静等候。

擂台之上。

赵权与那侍卫连连过招，两人招式凶猛，一时间不分伯仲。突然，侍卫一招出奇，木剑直刺赵权胸口，只要脚步跟上，赵权便败，可就在这时，侍卫的步伐慢了半分，木剑未能刺中，赵权甩手挥剑，两把木剑相撞，顿时被震碎，只剩半截剑身，赵权猛然上前跃了一步，手中的破木剑狠狠插入那侍卫胸口，强大的力量将侍卫推倒在地。

赵权顺势半蹲，手中紧握着刺入侍卫胸口木剑的剑柄，居高临下地凝视着对方，冷冷说道：“你是不敢还是认为朕会赏你？站在这擂台之上，你与朕便是对手，既然是对手就要用尽全力。朕最不能容忍身边有两种人，一种是无能之辈，另一种是搪塞之人。抬下去。”

两名侍卫听令，跑上台，架着那侍卫离开。

郭玉、王储看在眼里、听在耳中，他二人并非蠢笨之人，自然明白皇上话语之意，心中愈发惶恐不安，连忙朝着擂台走去，齐齐跪拜道：“微臣参见皇上。”

赵权在太监们的伺候下脱掉了外衫，接过太监递上来的手帕，擦着手在擂台边坐下，居高临下地打量着面前二人，淡淡说道：“抬头说话。”

二人跪在地上，将头抬起来仰望着赵权。

“知道朕为什么让你们跪着吗？”赵权淡淡问道。

“微臣失职。”王储回道。

赵权地脸色瞬间大变，愤怒地将手帕摔在王储脸上，冷冷道：“你当然失职！身为禁军统领，掌管八十万禁军，保护皇城安全，却让那贼人的火药在皇宫内爆炸，你便是这样保护朕的？是不是哪天要朕亲自在这皇宫之内提刀杀贼啊？”

“微臣罪该万死。”

“哼……万死，你脖子上就那一颗脑袋。”赵权冷笑一声，扭头瞥了一眼郭玉，喊道，“郭玉。”

“微臣在。”

“国库的银子失窃多久了？”

“已经一年多了。”

“朕告诉你，是一年零七天。”赵权淡淡说道。

“微臣失职，微臣……”

“你那些废话就不用跟朕说了。”赵权冷冷打断，瞥了一眼压低脑袋的郭玉，继续说道，“朕再给你们一个月的时间，一个月内追回失窃的银子，抓住释放孔明灯的贼人。若两件有其一未办到，你们二人也不用来见朕了，直接把自己的牌位放在自家祠堂供着吧！”

“是。”

“是。”

“退下吧！”

“微臣告退。”

“微臣告退。”

郭玉、王储行礼退下。二人走出练武场，朝着宫门外走去，王储扭头望了身旁的郭玉一眼，边走边问道：“郭总捕头，你对昨晚的孔明灯一事如何看？”

“王统领，六扇门尚未介入此案，对于案情了解不详，我也不能凭空推断。”郭玉微微一笑，老谋深算般地回道。

素来，禁军保护皇城安全，六扇门负责办案，孔明灯一案已发，禁军保护不力理应受处，将此案移交六扇门。可皇上今日传唤，意思再明显不过，令两人协同办案，至于主次并未多说。

王储心中希望孔明灯一案由自己亲自解决，如此也能将功折罪，只是不知这郭玉如何想法，他已被国库失窃案弄得头疼，还打算将此案揽上身？王储懒得多想，回道：“郭总捕头，你我皆为皇上办事，如今两案并一，你我更是一条绳上的蚂蚱，此案的细节，我也不瞒你，因为我总觉得此事怪异。”

“怪异？王统领觉得哪里怪异？”郭玉好奇地问道。

“火药量。”王储回了句，详细解释道，“昨夜发现孔明灯时，我便觉得不对劲，命手下射下孔明灯，之后又检查过一些落地的孔明灯爆炸的情况，发现每个孔明灯内的火药极少，纵然在身边爆炸也顶多将人炸伤，伤势也不会太重，更加不可能将人炸死。所以，我实在想不通那些贼人费尽心思闹如此大的动静到底为何，郭总捕头是断案行家，恳请赐教。”

“不敢当。”郭玉摆手谦虚地回了句，不由思考起王储这番话，神情也变得凝重起来。以王储之言，此事确实怪异，孔明灯内的炸药极少，那便炸不死人，而且孔明灯放飞之后无法确定目标，唯一的目标便是皇宫，可闹出如此大的动静，不炸伤一人，这到底是为何？

难不成贼人冒着生命危险只是为了挑衅朝廷威严？绝不可能。

郭玉想了一路，到了宫门口也没推测出贼人的目的，两人即将分开，才缓缓开口道：“王统领，此事确实怪异，依我之见，恐怕贼人还另有打算。”

“这正是我最担心之处。”王储皱着浓眉，点了点头，继续说道，“这些贼人释放孔明灯的地点已经找到，然而贼人已逃之夭夭，除了在城中搜寻，便是追查火药来源。”

“王统领很有办案天赋嘛！”郭玉笑着称赞，没想到王储竟心细如此。

“郭总捕头谬赞了，断案，我哪里比得上六扇门，此案我先派人调查，若到时遇上困境，还望郭总捕头相助。”王储态度谦和地说道。

“六扇门职责所在。”

“告辞。”

“告辞。”

第四十章　死而复生隐何秘

“驾，驾。”

万筠灵一袭白衣，手持马鞭，拼命地抽打着骏马在官路上狂奔。她已赶了一天一夜的路，脸上略有倦意，却不失精神，她必须尽快赶回六扇门。

半月前，万筠灵与沈爻告别返京，回到六扇门，便将武邑县的那几起案件经过告知郭玉，表示那些黑衣人中有使用魍魉刀法，此刀法并不普遍，源自一个小门派，若追查下去，说不定能找到线索。

郭玉也深有同感，便命万筠灵前去追查。此刻，万筠灵正是带着追查到的线索回京，快到城门口，她拉着马缰绳放慢速度，发现城门的守卫比往日多了些，却也没多想，向城门守卫出示了六扇门的令牌便进了城，到了六扇门门前，万筠灵翻身下马，将手里的马缰绳扔给迎来的守卫，快步走进六扇门，几名捕快见万筠灵回来，纷纷上前打招呼。万筠灵不失礼貌地点了点头，询问总捕头在何处，得知后便告别众人，朝书房走去，来到书房前，万筠灵敲了敲门。

“进来。”郭玉的声音从书房里传来。

万筠灵推开门走了进去，走到郭玉面前，喊道：“义父。”

郭玉正伏案书写，听闻来人是万筠灵，连忙抬头看了一眼万筠灵，将手中的笔放下，说道：“回来了。”

“嗯。”

“此行怎么样？没遇见什么危险吧？”郭玉关切地问道。

“多谢义父关心。”

“坐。”郭玉起身走过来，说道。

“谢义父。”万筠灵谢了句，顺势坐下，继续说道，“此行追查到一些线索，立即赶来向义父禀报，请义父定夺。”

“说。”

“我根据那人使用的刀法找到了他所在的门派——魍魉派，并得知此人名叫张展，不过，此人五年前就已经被赶出师门，而且他们掌门还告诉我，他听说此人三年前已经死了。”

“什么？已经死了？”郭玉惊愕道。

“义父别急，容我细细道来。”万筠灵回了句，见郭玉不再开口，继续说道，“我向掌门问过才知，原来三年前张展因犯下重罪被处以死刑，由于他也是听说，无法肯定，我便前往处死张展的县衙，调查卷宗，果然找到张展被处死的记录。”

“张展明明已被处死，竟还活在世上，这事背后肯定大有文章。”郭玉若有所思地说道。

“没错。”万筠灵点了点头说道，“不过，义父，此事还没完。”

“哦？”

“当时我也认为此事定有文章，便询问县令，他非常肯定张展已被处死，随后，我便将怀疑点放在为尸体验明正身的仵作上，可就在找到仵作时，他被人杀了，我一路追击杀手，可没能将他拿下，不过，与他交手数十招后我揭开了他的面具，知道他是谁。”

“谁？”郭玉不由激动起来，这可是国库失窃案至关重要的线索，只要抓住此人，说不定就能将幕后之人全部揪出来。

“冷玉门少门主冷锋。”万筠灵一字一句地说道。

“他？”郭玉一愣，神情不由凝重起来。

万筠灵不解郭玉为何这番表情，问道：“义父，怎么了？”

“你与冷锋交手是什么时候？”郭玉眉心紧缩，语气沉重地问道。

“三日前。”

“你也知道冷空素来与我关系较好，就在昨日，他亲自前来，求我帮他办一件事。”

“什么事？”

“找出杀死他儿子的凶手。”

“什么？”万筠灵俏脸满是惊愕，一时间无法相信，就在三日前，自己追拿杀死仵作的凶手冷锋，而后自己找了两天没找到冷锋踪迹，便立即赶回六扇门，冷锋竟然在这么短的时间内死了，而其父竟找上六扇门，此举到底是真心求助还是杀人灭口之后的故布疑阵？她不由担心地问道：“义父，那你……”

“我还没回他。”

郭玉没等万筠灵问完，便直接回了句，继续说道：“国库失窃案弄得我焦头烂额，昨夜京城之内又发生一起怪事，有贼人以孔明灯袭击皇宫，我哪有时间回他。”

“以孔明灯袭击皇宫？”万筠灵一惊，不由喃语道，“难怪今日城门守卫如此森严。”

“此事恐怕并非表面那么简单，禁军统领王储将此事揽身，可六扇门不能不调查。如今你又说被处以死刑之人复活、冷锋涉及其中莫名惨死，也不知这几件事是否存在某种联系。”郭玉神情凝重地说道。

“义父，那我们现在怎么办？”

“筠灵，你不觉得冷锋一事与咱们之前的追查情况很相似吗？线索刚露出苗头，正要追查下去，必然断掉。”郭玉并未直接回答，淡淡地提醒道。

“义父是怀疑什么？”

“义父没有怀疑什么，只是觉得对手对咱们六扇门的办案手法太熟悉了。”郭玉感慨了一番，继续说道，“无论冷空是否涉及其中，此案都不能由六扇门来查。”

“那让谁来查？”万筠灵好奇地问道。

“沈爻。”

沈爻、陈十六离开北定王封地已有一日光景，二人并未着急赶路，一路上优哉游哉如游山玩水般悠悠前行。

时至晌午，马车进了平阳县县城，沈爻在马车里气定神闲地看书、饮茶，对外面一切并无兴趣。陈十六拉开车窗好奇地观望，此县算得上繁华，商铺、酒楼林立，小摊位也不少，其中便有家馄饨摊位，这令陈十六想起武邑县的那家小馄饨摊，味道堪称绝美，口水不由在嘴里打转，连忙转身说道："先生，咱们下去吃碗馄饨吧？"

"车上有吃的。"沈爻目不转睛地盯着手中书本，淡淡回了句。陈十六被浇了头冷水，脸色沮丧起来，委屈得像个要糖不给的小孩，连忙走到沈爻身旁，双手抓着沈爻的胳膊边晃边乞求道："先生，这热腾腾的馄饨最好吃了，一入口，皮薄松滑，咬一口，肉香四溢。以前，我每次杀完人，必定吃碗馄饨，那时我才真正感觉自己还活……"

"让马夫停车。"沈爻被吵得难以专心看书，深知若不答应，估计这话痨一路上都会喋喋不休地聒噪，反正也觉得肚子有些饿。

陈十六听先生答应，兴奋地对马夫喊道："师傅，停下车。"

马车在路边停下，陈十六率先冲出马车，跑到馄饨摊前，喊道："老板，两碗馄饨。"

"好嘞！"

陈十六见沈爻慢慢走来，屁颠屁颠儿地用衣袖擦了擦板凳，笑嘻嘻地说道："先生，坐。"

沈爻没搭理这般狗腿的陈十六，在椅子上落座，陈十六也在对面落座。等了不一会儿，老板端着两碗馄饨上来，陈十六大快朵颐地吃着，边吃边嘴里汤汁四溅地说道："先生，这馄饨味儿正。"

沈爻没搭理，一手护着汤碗，生怕陈十六嘴里的汤汁溅到自己碗里，一手用汤勺舀着馄饨放入嘴中，慢条斯理地嚼着。正在两人吃得津津有味的时候，远处传来女人的哭喊、男人粗鲁的训斥以及铁链哗啦啦的声响。

"我是冤枉的，大人，我真的没有杀人。"

"你有没有杀人，县大老爷自有公断。别喊了，赶紧走。"

沈爻、陈十六被这突如其来的声响吸引，纷纷扭头望了一眼，只见走在街上的行人散到两边，街中央，一名双手铐着锁链的女子被衙役推搡着往前走，女人脸上乌青，却能看出面容姣好，也就二十来岁，身上衣服颇为朴素，似乎被强行撕烂，带着血迹，双手更是被鲜血染红，这副模样实在令人垂怜。女子身后，两名衙役拉着木板车，车上躺着一具胸口满是鲜血的男性尸体，男子体型高大、微胖，衣服华贵。

沈爻瞥了一眼，便收回目光，继续吃碗里的馄饨。

陈十六看得入神，只觉得女子模样可怜，眼神中不由流露出怜悯之意。女子扭头，与陈十六的眼神对视，似乎感受到陈十六与旁人冷漠的眼神不同，猛然挣脱开押着自己的衙役，冲向陈十六，一下子跪在陈十六面前，满眼含泪的眸子望着陈十六，乞求道："求求你，救救我，我没有杀人，我真的没有杀人。"

陈十六凝视着女人可怜、无助的眼神，心中油然生起一股子冲动。这时，衙役冲上来，一把抓起女子，强行拖着离开，愤愤骂道："你有没有杀人，县大老爷自有公断，若你再这般，便先以扰乱公务杖责。"

陈十六只觉女子可怜，不忍她被衙役欺负，手一把摁住桌子上的破剑，正要拿起，沈爻懒懒问道："你想干吗？"

陈十六被沈爻如此一问，没立即动手，手也没离开破剑，目光从被衙役押走的女子身上收回，望着沈爻，说道："先生，这女子太可怜了。"

"可怜？你怎知她可怜？"沈爻连看都没看陈十六一眼，一边吃着馄饨一边问道。

"她被那衙役如此对待。"

"她若杀了人呢？"沈爻淡淡反问了一句，继续说道，"衙役如此行事，并无不妥。"

陈十六被噎得一时间搭不上话来，怔怔地坐在那里。沈爻也不理他，从怀中掏出银子放在桌上，说道："吃完了吗？吃完便走。"

"先生，我相信人不是她杀的。"陈十六凝视着沈爻，认真说道。

"这与你我无关。"

"求先生救救她。"

"暂且不提人是不是她杀的，纵然不是她所杀，我为何要救她？她可付我珍宝、秘籍？以她衣着，恐怕连几两银子都拿不出来。"沈爻懒懒说道。

"先生，救人一命胜造七级浮屠。"

"那是和尚办的事。"

"先生。"

"走了。"

"我帮她付。"

"你有珍宝、秘籍？"

"我……之前先生不是说王爷赐给先生的珍宝都给我嘛！我就用那些

珍宝付给先生，求先生救她。”陈十六厚着脸皮说道。

“若是先生没糊涂，记得你已经放弃那些珍宝了。”

沈爻见陈十六不再说话，从椅子上站起来准备离开。

陈十六坐在椅子上犹豫着，猛然，眼神一亮，抬起头望着沈爻，说道：“先生，若你救那女子，我愿再加十年为仆。”

沈爻不由止住脚步，缓缓转过头，凝视着陈十六坚定的眼神。

第四十一章　精彩绝伦堂断案（上）

平阳县衙。

嫌疑女子双手铐着锁链跪在堂下，旁边躺着中刀的男尸，衙差手持杀威棒站在两侧。堂外，聚集着围观的百姓，皆在议论纷纷，沈爻、陈十六也站在其中。

陈十六为救那女子竟主动又提出卖身十年，沈爻深知以陈十六性情，他已将话说到这份上，若不查清此案，这小子绝不善罢甘休，说不定还会闹出乱子，索性帮他查清此案。不过，也事先言明，他只负责查清案件，并非救那女子，若那女子真是凶手，自己所做的只是令她无法狡辩。

陈十六信誓旦旦地表示相信那女子清白，人的眼睛是不会骗人的。

沈爻无奈地摇头，这小子主观意识太强，实在不适合办案，或许查清此案并非坏事，说不定能令他认清现实，以后不至于感情用事。

县令杜仲挺着大肚子迟缓地走上堂，模样颇为滑稽，可如此严肃的场合，令谁也笑不出声。

“大人，民女冤枉，民女没杀人，请大人……”嫌疑女子见县令上堂，连忙凄凄喊冤。

“啪！”

“威——武——”

杜仲一拍惊堂木，衙差敲打着杀威棒，气势威严，嫌疑女子吓得噤声，弱小的身子骨似乎都在颤抖。

“堂下何人？为何杀人？”杜仲气势威严地问道。

“回大人，民女邱怡，乃是邱詹之女。”

“邱詹？你所说邱詹难道是三年前因判通敌叛国之罪被处斩的邱詹邱知府？”杜仲一惊，连忙问道。

“正是家父。”

“原来是邱大人遗孀。那你为何在本县？又为何杀了朱涛？”

“回大人，三年前，家父被人诬陷，含冤被杀，民女也被削了户籍、卖入青楼，民女誓不卖身，青楼无奈，便留做了丫鬟。直到前日，朱老爷在青楼见到民女，便向青楼买下民女，民女本以为只是入府为下人，没曾想今日一早，朱老爷将民女叫到后院，意图侵犯民女，民女拼死抵抗，却被朱老爷打昏，醒来时便见朱老爷倒在血泊之中。”

邱怡似乎对之前经历心有余悸，惊慌地讲述完，连忙辩解道：“大人，民女真的没杀朱老爷，民女醒来的时候朱老爷已经死了。”

“企图侵犯你？”

杜仲仔细打量着跪在地上的邱怡，只见对方身上的衣服被撕烂大片，脸上还有乌青，显然像经历了蹂躏，说道：“那当时除了朱涛外，你可见到其他人？”

“没有。”邱怡摇了摇头，回道，“民女被朱老爷打昏前并没看到其他人，至于昏过去之后便不知道了。”

“周捕快。”杜仲扭头喊道。

“卑职在。”站在堂下的一名衙役应了声。

“现场有何发现？”

“回大人，现场找到了杀人凶器。”

衙役走到正做记录的县丞面前，从桌子上拿起一把血淋淋的刀子，这刀子长约半尺，前窄后宽，便是普通的刀子。杜仲接过刀子，打量了一番，问道：“这凶器来自哪里可否查到？”

“正是朱府的刀子。”杜仲将刀子放下，继续问道，“除此之外，现场可还有其他发现？”

“回大人，并无其他发现。”

周衙役回了句，解释道：“案发地点是朱府后院的草地，草地被踩乱，确实像是挣扎、厮打过，不过并没留下脚印，至于后院其他地方确实有脚印，但都是朱府家里的人，并无外人。”

杜仲不由皱起眉头，问道："何人报的案？"

"回老爷，报案人是朱涛的娘子朱刘氏。"衙役连忙回道。

"传。"

"传朱刘氏。"

衙役大喊，只见围观人群之中，一位气质儒雅、相貌姣好、面色悲凉的中年女子走进大堂，中年女子的肚子微微隆起，并不显眼，一进大堂，便跪在地上，说道："民妇朱刘氏见过大老爷。"

"起来回话。"

朱刘氏谢过之后，缓缓站起身，杜仲继续开口问道："朱刘氏，可是你报的案？"

"正是民妇。"

"你与死者什么关系？"

"死者乃民妇的官人。"

"说一下情况。"

"是。"朱刘氏应了句，继续说道，"民妇今日去庙里烧香回来，并未见到老爷，以为老爷去了铺子，也没当回事。民妇到家没多久，管家就回来了，民妇便问他老爷去了哪里，管家说老爷今日一直在家中，还让他去铺子拿东西，民妇便觉得奇怪，命丫鬟寻找，过了一会儿，民妇与管家听到丫鬟的尖叫声从后院传来，立即赶了过去，发现老爷惨死在后院，便向县衙报案。"

"那第一个发现尸体的是你家丫鬟？"

"正是丫鬟水香。"

"传。"

"传水香上堂。"

衙役大喊，一个十六七岁的小女孩怯怯地走上大堂，跪在地上，连忙向县老爷磕头，说道："见过大老爷。"

"起来吧！"

水香怯弱地站起来，似乎还对之前看到的一幕心有余悸。

杜仲温和地说道："别害怕，将你看见的事情一五一十地说出来即可。"

"是。"水香颤颤巍巍地回了句，继续说道，"奴婢陪夫人去庙里烧香回来，就开始忙活，紧接着，管家就回来了，夫人与管家见了面便让奴婢寻老爷，奴婢找了一圈，找到后院，刚到后院门口，就看到邱怡姑娘浑身鲜血地跪在老爷身边，那模样实在吓人，奴婢吓得大叫，邱怡姑娘听到奴婢尖叫，还看了奴婢一眼，随后夫人与管家就来了。”

“你可曾看到邱怡持刀杀人的经过？”杜仲问道。

“没有。”水香摇了摇头，肯定地说道，“不过，奴婢看到邱怡姑娘满身鲜血地跪在老爷身边。”

“邱怡，现在你还有何话说？”杜仲厉声问道。

“回大人，民女冤枉，民女醒来时发现身上沾满鲜血，手里还有刀子，吓坏了，连忙把刀子扔了，就看到朱老爷倒在不远处的血泊中，就上去查看朱老爷的情况，这才发现朱老爷死了，心里惊慌，听到有人尖叫，就望了一眼。请大人明鉴，民女没有杀人。”邱怡哭喊道。

杜仲若有所思，这起案子几乎已经能肯定凶手就是邱怡，有作案动机——被企图侵犯而杀人，有目击证人——水香，凶器在朱府，她能轻易拿到，现场并无其他人，至于邱怡被打晕可能只是她的说辞，不过，此案之中还有个管家未问话，或许有不一样的发现。

杜仲扭头对衙役说道：“传管家。”

“传管家上堂。”

衙役大喊，人群之中，一个四十多岁中年模样的男子朝堂上走来，刚走到门口，一不小心绊了一跤，门口的衙役立即上前一步，中年男子连忙伸出左手扶了一把，这才站稳，不停感激道：“多谢，多谢。”

衙役没当回事儿，退回位置，中年男人连忙走到堂下，跪在地上，喊道：“草民陈明见过大老爷。”

“起来回话。”

“是。”

杜仲见陈明起身，开口问道：“陈明，你最后一次见朱涛是什么时候？”

“回老爷，应该是……辰时刚过，对，刚过了辰时。”陈明想了想，肯定地回道。

“朱涛让你去拿什么东西？”

“陶瓷，老爷说今晚要见恒远商铺的李老板，送李老板的礼。”

“可有证人？”

“这个……哦，有。”陈明想了想，连忙说道，“草民走在半道遇上了遛鸟的胡老板，还打了声招呼。”

杜仲朝衙役行了个眼色，其中一名衙役立即离开。众人并未注意到这位衙役的离开，开审继续，杜仲问道：“你离开前，可有见邱怡，她在做什么？”

“回大人，邱怡姑娘在给府里的花草浇水。”陈明老实回道。

“你离府，家中除了朱涛与邱怡外，可还有他人？”

“没有。”陈明肯定地回了句，继续说道，“夫人每个月都去庙里烧香拜佛，今日一早便带着丫鬟离开，若是往常，老爷就去铺子里，可今日没去。”

陈明说到此处便不再作声，任谁都能想到他话中之意，朱涛前日刚将邱怡买回家，一直苦无机会，今日趁着夫人不在，将管家支开，定是要行不轨之事，却没想到丢了性命。

杜仲只觉得此案愈发明朗，证据、证词都纷纷指向邱怡，若陈明所言不虚，半道遇上了遛鸟的胡老板，有不在场证明，便可宣判此案。不过，为了证实，又扭头对朱刘氏问道：“朱刘氏，你何时离家？又何时回来？”

“回大人，具体时辰民妇也不记得了。”朱刘氏无法肯定地说道，“今日天尚未亮，民妇便带着丫鬟去庙里，大约在卯时刚过，路上来回大约用了一个时辰，在庙里待了一个多时辰，回到家中，应该刚过巳时。”

“你与管家相差多久到家？”杜仲问道。

“也就前后脚的工夫。”

“那也就是说朱涛死是在辰时与巳时之间。”

杜仲若有所思，扭头望了一眼跪在地上的邱怡，问道：“邱怡，朱涛企图侵犯你是何时？”

“民女不知，民女见管家离开后不久，朱老爷便让我去后院，说后院假山的野草太多，让民女除去，民女去了后院，朱老爷也跟了上来，就企图侵犯民女，这前后也就半炷香的时间。”邱怡连忙回道。

此案种种证据都指向邱怡，杜仲心中已有判决，现在只等衙役带来消息。这时，那名派去的衙役回来了，在杜仲耳边说了些什么，杜仲点了点头，抓起惊堂木一拍，宣判道："邱怡，朱涛被杀之时，府中只有你们二人，又有争执，争执之中，你将朱涛杀死，还不速速认罪。"

"大人。"邱怡一听，面色惊慌，连忙磕头喊道，"大人，民女冤枉，民女冤枉啊！民女没杀人。"

"冤枉？如今人证物证俱在，你有何冤枉？若再不认罪，大刑伺候。"杜仲厉声说道。

"请大人明鉴，民女冤枉，民女没有杀朱老爷。"邱怡大声哭喊道。

"来人，大刑伺候。"

杜仲一声令下，衙役准备上前押邱怡用刑。

陈十六一直望着堂上情况，见县令要对邱怡用刑，满脸担忧，连忙扭头望向沈爻，恳求道："先生，你快救救那个姑娘，她要被用刑了。"

"加十年？"

"嗯。"陈十六点了点头。

沈爻也不理陈十六，穿过人群，边朝着大堂走去边说道："大人，她并非凶手。"

第四十二章　精彩绝伦堂断案（下）

此言一出，众人目光皆向沈爻投去，一时间议论纷纷。只见沈爻走到大堂门口，衙役手持杀威棒将其拦下，沈爻在大堂门口止步，抬头凝视着县令杜仲。

杜仲眯着眼睛打量着沈爻，厉声问道："你是何人？竟敢扰乱公堂？"

"在下沈爻。"沈爻神情淡然，抱拳回了句，解释道，"大人，在下并非扰乱公堂，只是能证明此女子并非凶手。"

"你有证据证明她不是凶手？"杜仲一脸惊愕，如今人证物证皆指向邱怡，此人竟说邱怡不是凶手，如何不令杜仲惊讶，甚至忘了沈爻扰乱公堂，下意识地问道，"什么证据？"

"目前算不上证据，只是有疑点，但足以说明此案另有隐情。"沈爻自信满满地回道。

"什么疑点？"杜仲连忙问了句，见沈爻还被衙役拦在门外，吩咐道，"放他进来。"

衙役退了回去。

沈爻迈着步子走进大堂，在大堂中间止住脚步，缓缓开口道："疑点有三，其一，凶器。"

"凶器？"杜仲不解地拿起面前的凶器又端详了一下，疑惑地问道，"这凶器有何不对？难不成杀人的不是这把凶器？"

"应该是。"沈爻回了句，见杜仲肥胖的脸上微微有些不解与恼怒，继续说道，"在下说的凶器并非凶器本身，而是凶器由谁带到案发现场。从管家与嫌疑人的交代中可推断出死者将管家支开并引诱嫌疑人去后院，以除草为借口企图施暴，死者目的乃是施暴，自然不会带刀子去。嫌疑人事先不知死者企图侵犯她，自然也不会带刀子，刀子并非用来除草，那凶器从何而来？当然，这也不排除嫌疑人撒谎，她并非去除草。”

说到此处，沈爻顿了顿，扭头望向周捕快，问道：“这位捕快，你应该检查过现场，可在现场发现除草的工具？”

周捕快回道：“现场确实有个锄头。”

“这便表示嫌疑人并未撒谎，凶器并非嫌疑人或死者带到现场，而是第三个人。”

杜仲若有所思起来，此人说得确实在理。然而，也不能完全排除死者与嫌疑人都没带刀子，或许一方故意带着以此威胁或以此自保，继续问道：“那第二个疑点呢？”

“血，死者的血。”

“死者的血？”杜仲纳闷儿起来，一时间没想通沈爻这话的意思，问道，“死者的血怎么了？”

“死者中刀位置在胸口，一旦将刀拔出，必定鲜血四溅，而死者比嫌疑人高出约半尺，死者中刀位置几乎与嫌疑人头平齐，死者若是嫌疑人所杀，那死者的鲜血必定溅到嫌疑人脸上，可嫌疑人的脸只有乌青，并无血迹，反倒是身上的血迹颇多，而且仔细观察这些血迹不像是溅上去更像是泼上去。”沈爻指着跪在地上的邱怡解释道。

杜仲扶着桌子想站起来观察堂下的邱怡，可他肚子太大，顶着桌子，站起来颇为艰难，模样颇为滑稽，打量了少许，又犹豫了一会儿，才落座，若有所思地说道：“这确实奇怪，但并不能当作证据，也可能她杀人之后没立即拔出刀子，待死者倒在地上才拔出，第三个疑点又是什么？”

“时间。”

“时间？”杜仲脸上泛着疑惑，说道，“死者的死亡时间已经确定了，在辰时与巳时之间。”

“在下说的时间是更加准确的时间，死者死在朱刘氏回府之前还是之后。”

“这有什么区别吗？”

“有。”沈爻不悦地回了句，断案最讲究的便是时间精确，越精确越接近真相，可这杜仲显然对此不太当回事，这令对案件极为严苛的沈爻有些恼怒，继续说道，“据朱刘氏与管家交代，二人回到家一直未见到死者，直到听到丫鬟的尖叫才赶到后院，在此之前没人听见死者或者嫌疑人的叫喊，也就是说两人回府之前命案已经发生，那么事情就奇怪了。”

“哪里奇怪了？”

“若是嫌疑人杀了死者，为何一直留在案发现场？”

杜仲一听，恍然大悟，朱刘氏等人回府未听见声响，便表示死者是在她们未回府之前被杀，若凶手是邱怡，为何她一直不走？当然，也有另一种可能，邱怡杀人同时被死者打晕，不过，结合前两个疑点，这些未免太凑巧了。杜仲几乎已相信邱怡无辜，此人确实厉害，寥寥几点便为邱怡洗脱嫌疑，不过，那凶手又是何人？

杜仲不由对堂下的沈爻高看了几分，开口说道：“那个沈……”

“沈爻。”沈爻提醒道。

“哦，沈……沈爻，沈先生，那你可知凶手是谁？”杜仲态度立马转变，笑着问道。

“不知。”沈爻摇了摇头，见杜仲肥硕的脸立即耷拉下来，明白对方反感自己扰了他断案却又不给个结果，不由淡然一笑，说道，“若大人不介意，给在下少许时间，先让在下检查一下死者。”

“不介意，当然不介意。”杜仲立即眉开眼笑，连忙说道，“沈先生，请。”

沈爻点了点头，转身走向死者，在死者面前蹲下，检查，之前在街上，他便本能地对死者一瞥，看出死者体型高大、微胖，胸口中刀，刚才道出的死者鲜血这点洗清了邱怡嫌疑，如今仔细检查，发现刀口微微向右偏斜，沈爻不由一愣，似乎想到了些什么，却没开口，又拿起死者的双手检查，但并未发现异常。

死者胸口中刀，伤痕往下，可推断出凶手是正面刺死死者，那凶手必定是死者熟悉之人，死者在毫无防备之下被凶手一刀刺死。沈爻蹲在尸体面前不由沉思起来，他已确定凶手是何人，杀人动机也有了几分可信的推断，然而，目前缺少的便是证据。案发与凶手现身的时间相隔不长，凶手又需要制造不在场证明，应该没时间处理那件东西，那凶手会将那件东西藏在哪儿？沈爻沉思着，缓缓站起来，迈着步子绕着堂下几人走了一圈，目光打量着几人，却始终不开口断案。

杜仲不解沈爻在干什么，心里有些着急，问道："沈先生，您这是在……"

"麻烦你脱下衣服。"

杜仲话尚未说完，沈爻突然在管家陈明面前止步，淡淡地说了句，陈明一脸惊愕、慌乱，求助地望向堂上的杜仲。

杜仲也是不解，问道："沈先生，为何让陈明当众脱衣？"

"杀人的证据就在他身上。"沈爻淡淡回道。

"啊？你这话什么意思？你怀疑我杀了老爷？"陈明惊讶地反问了几句，双膝一弯，跪在地上，哭喊道，"大老爷明鉴，草民在朱府多年，怎会杀老爷？他……他这是诬……诬告。"

"沈先生，案发时，陈明离开朱府，半道上还遇见遛鸟的胡老板，有不在场证明，凶手怎么会是他？"杜仲也不信凶手是陈明，疑问道。

"他是离开了朱府，半道也遇上了胡老板，可他又折回去了。"沈爻语气肯定地回了句，继续说道，"若在下推断没错，他知道胡老板每天这个时间遛鸟，便想出利用胡老板为自己做不在场证明，而且，死者胸口的刀痕偏左，一般惯用右手之人正面刺死死者，刀口应该竖直，或者微微偏右，除非凶手惯用左手，刚刚陈明上堂不小心绊了一跤，衙役搀扶，他本能地用左手去扶，他惯用左手，大人，对与不对，只需让他脱掉衣服便知。"

"大人，草民冤枉啊！"陈明跪地磕头喊冤。

杜仲犹豫片刻，吩咐道："来人，脱掉陈明的衣服。"

"是。"

衙役听令，上前强行将陈明衣服脱了下来，只见外衣脱掉，里面赫然穿着一件满是鲜血的内衣，陈明立即瘫软在地。

杜仲抓起惊堂木一拍，厉声说道："陈明，证据确凿，你还不老实交代。"

陈明瘫在地上，失神片刻，回过神，语气坦然地承认道："是，是我杀了朱涛，嫁祸给邱怡。"

"你为什么要杀朱涛？"杜仲问道。

“大人别问了，草民就是杀死朱涛的凶手，甘愿认罪。”陈明语气淡然，心态异常坦然地接受如此结果，继续说道，“所谓杀人偿命，欠债还钱，草民甘心领死。”

话音未落，只见陈明突然站起身，朝着堂上的杜仲冲了过去，吓得杜仲慌乱不已，差点儿从椅子上摔下来，头顶的乌纱帽也歪了，衙役们见状，连忙要冲上去将陈明拿下，可已晚了一步，陈明已抓起桌上的凶器，手一划，锋利的刀刃划过了他的脖颈，鲜血四溅。

在陈明起身的那一刻，沈爻便料到会有如此结果，心里也猜到陈明的杀人动机，朱刘氏与朱涛共结连理数年，却无子嗣，而朱刘氏肚子微微隆起，显然已有身孕，估计朱刘氏肚子里的孩子应该是陈明的，此事隐瞒不了多久，他之所以如此做应该是为了保护母子俩，不过，转念一想，沈爻又觉得哪里不对劲儿，陈明拒不承认与朱刘氏有关不就得了，为何非得当堂自杀？

人已死，至于他怎么想，谁又知道？沈爻也不想当众道出，就让这秘密随着陈明的死消失吧！

朱刘氏神情悲恸，谁又知道她是为了朱涛而伤心还是为了陈明而伤心，临走前提出带回陈明尸体，怎么说也是朱家管家，在朱家伺候多年，为其办理后事也是人之常情。

此案当堂了结，沈爻退出大堂，叫上陈十六准备离开。陈十六望了一眼堂上的邱怡，点点头跟着沈爻走出衙门。

马夫已等许久，二人赶到，就准备动身启程。就在这时，邱怡上气不接下气地跑过来，一下子跪在马车前，千恩万谢地感激道：“多谢恩公，多谢恩公救命之恩。”

“救你的是他。”沈爻淡淡回了句，上了车。

陈十六站在车旁，尴尬地挠了挠头，冲着邱怡傻笑却不说话，邱怡见他这副模样，笑了笑，说道：“谢谢你。”

“没事。”陈十六摆摆手，见邱怡依旧穿着撕烂的衣服，不由担心地问道，“你接下来打算怎么办？”

“朱府我是回不去了，我又是罪臣之女……”

邱怡说着，双眼含泪，不由为自己以后的生活而担心，模样实在可怜。

陈十六看着心疼，想安慰又不知如何安慰，忍不住说道："要不你也跟着先生吧？"

邱怡一听，连忙仰起头，晶莹的眸子满怀希望地凝视着陈十六，问道："可以吗？"

陈十六点了点头，掀起车帘，喊道："先生。"

沈爻冷冷回道："上爻堂不留女子。"

"先生，她真的很可怜，而且，她……她是女子，又当过丫鬟，洗衣做饭定比我拿手，先生也不用嫌弃我做的饭不好吃，洗的衣服不干净……"陈十六喋喋不休地说道。

沈爻只觉得脑仁儿被这小子吵得生疼，不晓得不答应，这小子会不会一直不走说个不停，无奈地说道："随你。"

"谢谢先生。"

陈十六欢喜地应了句，跳上马车，朝邱怡伸过手，说道："上车吧！"

"嗯。"

邱怡欢喜地点了点头，抓住陈十六的手，上了车，进了马车，压着头偷偷看着沈爻，感谢道："谢先生救命之恩、收留之恩。"

沈爻目光始终盯着手中的书本，不搭话，不过，微微点了点头，表明答应收留。

"师傅，走吧！"

陈十六喊了句，也走进马车，扶着邱怡坐下，自己则坐在邱怡旁边，见邱怡穿着被撕烂的衣服，隐约能看到胸口，不由一阵脸红，连忙脱掉外衫披在邱怡身上。

邱怡感谢地冲陈十六笑了笑。

陈十六望着邱怡那微笑表情，只觉得心脏"怦怦"直跳，脸发烫，下意识地将脑袋压低，不知所措地伸手挠头，害羞得像个黄花大闺女。

沈爻漫不经心地瞥了他一眼，无奈地摇了摇头，这小子莫不是情窦初开了？

第四十三章　以退为进计中计

上爻堂门前。

马儿悠闲地啃着草。

万筠灵坐在石头上吃着烧饼，她来此已有两日，上爻堂一直无人，她便一直守在门前。沈爻前往北定王封地处理案件一事，她知晓，也得到消息沈爻已在返回途中，以时间推算，两日前便该到了，也不知途中因何事耽搁了。

万筠灵心里有些焦急，圣上让一月内破案，如今已过三日，时间紧迫。虽说义父认为国库失窃案幕后指使者对六扇门太过了解，六扇门行动会很难查到线索，希望借助沈爻之手调查冷锋被杀真相，然后迂回查出国库失窃案的真相，然而，也不能将时间全都浪费在此。

万筠灵想着这些，将吃了一半的烧饼放回包囊，缓缓站起来，朝着小路望去，远远便看见一辆马车悠悠行来，心中的焦虑随着马车的到来消失了，满脸期待地望着越来越近的马车。

行驶的马车中。

沈爻、邱怡正在对弈，陈十六盘膝坐在两人旁边，一脸茫然地看着棋盘上的黑白棋子，实在搞不懂这下棋有何乐趣，你来我往地各落各子，两人竟然下了一路。起先，先生独自看书，自己跟邱怡姑娘闲聊，陈十六感觉实在美妙，心里比吃了蜜都甜，可随着先生放下书本，摆上棋盘，独自研究棋局，事情就变了，邱怡询问可否与沈爻对弈一局，二人这一下便是一路，陈十六完全成了局外人，他也想参与其中，可奈何自己完全不懂，只能干瞪眼地坐在一旁像看鬼画符，心里那个酸溜溜，简直比吃了醋都酸。

沈爻手持白子，凝视着棋盘，落子，一举拿下邱怡五颗棋子，此招令这盘棋胜负已分。

邱怡无力回天，苦笑着说道："小女子认输，先生太厉害了。"

"我也是勉强赢你。"沈爻淡淡回了句，伸手收棋子，邱怡的棋艺实在令他惊讶，自己这局赢得并不轻松，算是勉强获胜，而且，她下棋风格独具一格，步步为营，小心谨慎，若非过于小心，被自己的虚张声势吓到，不敢乘胜追击，这局谁胜谁负犹未可知。

人生如棋，下棋如做人，有棋手杀伐果断，有棋手布局深远，有棋手步步为营，沈爻可从对弈之中看出对手性情一二，只是没想到面前这位年纪轻轻的女子下棋竟这般谨慎，不知是之前的悲惨经历导致，还是内心深处在隐藏什么，或许沈爻本身正是身怀秘密之人才会有后面的想法，却也没太放在心上，收着棋子，问道："十六，到了吗？"

陈十六探头朝车外望了一眼，回道："先生，马上就到了，已经能看到草房了。"

"收拾一下棋盘吧！"

陈十六、邱怡听话地收拾棋盘，待二人刚将棋盘收好，马车已停在门前，沈爻三人还未走出马车，万筠灵已迎了上来，见沈爻弯腰下来，抱拳喊道："沈先生。"

"万捕头？"

沈爻一愣，没想到万筠灵竟然在此，心中不由猜想对方为何到访。他看了一眼四周，见门前的草已被马儿啃光一片，已然有些时日，心中愈发疑惑，随口问道："万捕头来了许久了？"

"不算太久，两日而已！"

沈爻微微点点头，心中猜想万筠灵此番前来定有要事，不然也不会亲自在此等两日，她有何事呢？难不成请自己处理国库失窃案？沈爻心中疑惑连连，表面却不动声色，伸手邀请道："屋里说话。"

"好。"

万筠灵应了一声，二人朝草房走去。

陈十六、邱怡也从车上下来，邱怡未曾见过万筠灵，不由疑惑地问道："那人是谁啊？"

"万筠灵，六扇门的捕头。"

陈十六随口回了句，扭头吩咐马夫帮忙卸东西。邱怡的目光凝视着沈爻、万筠灵走向草房的背影，一时间失了神，谁也不知她在想什么，直到听见陈十六唤她去给先生泡茶，才回过神，问了茶叶放在何处，便走进院子。

沈爻、万筠灵各自落座，两人尚未谈话，邱怡便走了进来，翻找出茶叶在二人旁边泡茶。万筠灵起先并未注意到邱怡便随沈爻回屋，此时见到邱怡觉得眼生得很，好奇地问道："沈先生，这位是……"

"邱怡姑娘。"沈爻淡淡回了一句，见万筠灵、邱怡彼此点了点头打招呼，才继续说道，"万捕头找在下所为何事？"

"哦！"万筠灵将目光从邱怡身上收起来，望着沈爻，开口说道，"有件案子，恳请先生出山相助。"

"六扇门职责便是查案、破案，怎会来找在下？"沈爻疑惑地问道。

"实不相瞒，之所以来找先生一方面是因此案并非朝廷案子，另一方面便是六扇门目前没精力处理，都在忙一年前的那起案子，先生应该了解。"

此案表面确实只是一宗普通的谋杀案，然而，万筠灵、郭玉都清楚地知道此案背后牵扯到国库失窃案，国库失窃案事关重大，一方面担心沈爻惧而不接，另一方面也出于对案件保密考虑，毕竟幕后凶手实在神通广大，冷锋与国库失窃案有关一事知道的人越少越好。不过，谎言就是谎言，万筠灵说话时有些底气不足，见邱怡已泡好茶水，端起茶饮了口稳定内心的慌乱。

沈爻眼光何其老辣，一眼便看出万筠灵故作隐瞒，恐怕此案并不简单，表面却装作不知，端起茶饮了口，淡淡问道："什么案子？"

"一宗谋杀案。"万筠灵见沈爻主动问起案子，心中希望倍增，详细介绍道，"此案报案者乃是京城冷玉门门主冷空，他与我们总捕头有些交情，儿子被杀，不知凶手何人，去求助总捕头，总捕头想帮却有心无力，我向总捕头提议你，总捕头便派我请你出山。"

"冷玉门？"沈爻回了句，悠悠地放下手中的茶杯，说道，"传闻冷玉门冷剑七绝招式凌厉，杀气冲天，虽一共七招，但招招致命。十六年轻气盛，非常适合练此剑法。”

万筠灵一喜，连忙回道：“冷空表示只要先生找到杀死他儿子的凶手，便将冷剑七绝双手奉上。”

沈爻并未做出肯定答复，喃语道：“京城？”

京城。

沈爻已有十二年未踏入皇城，并非他不想，只是他不能，他在筹划，这一筹划便是十二年，他在等待，等待一个踏入皇城的机会。如今，这机会来了，他虽不知冷锋的命案与六扇门有何关系，可隐约觉得必有关联，六扇门对此案颇为重视，却又无法光明正大参与其中，只能借助自己，无形中利用自己。不过，无所谓，自己又何尝不是在利用他们？而且如此不动声色地利用，这正是沈爻这十二年来苦苦寻求的契机。

万筠灵得知沈爻已应下，先行一步回六扇门复命。

沈爻、陈十六、邱怡三人在上爻堂住了一宿，决定次日便启程前往京城。这一夜，沈爻有些激动，这是十二年来他唯一一次失眠，十二年，多少事多少人在变化，不过，唯一不变的便是事件的真相。

三日后。

沈爻一行人乘坐着马车来到了繁华的京城，万筠灵已在城门口等待，与三人相见寒暄后，便带着三人前往已订好的客栈。马车在繁华的街上缓慢前行，沈爻、万筠灵坐着谈冷锋的案子，陈十六、邱怡趴在窗口观望，二人开心得像孩子。

“冷锋身上共有二十三处刀伤，致命的是胸口一刀，最为奇怪的一点，凶手将他的尸体悬挂在冷玉门大门上。”万筠灵讲述道。

“哦？挂在冷玉门大门？”沈爻随口问了句，似乎并没想从万筠灵口中得到答案，继续说道，“可查他的仇人了？”

“查了。”万筠灵点了点头，说道，“冷玉门在江湖中有些威望，仇家自然也不少，众所周知的便是林家的林啸坤、史家的史松，林啸坤得知冷锋被杀还曾大肆庆祝，扬言冷空作恶太多，儿子才遭此报应。不过，这二人前几日都不在京城，没作案时间。”

“哦？”

沈爻心中愈发觉得这冷锋之死背后的事令六扇门非常关注，万筠灵这是在帮自己排除可能性，不想让自己浪费时间，沈爻也装作不知，问道：“命案现场在何处？”

“尚未找到。”

沈爻不由皱了皱眉，目前掌握的线索实在太少，也不知万筠灵究竟在隐瞒什么，仅靠她告知的这些实在难有想法，沉默了片刻，问道：“冷锋此人如何？”

“沈先生是指？”

“长相、性情、为人……一切。”

“长相英俊、风流倜傥，为人冷傲却又不失儒雅之风，剑法超群，常流连于烟花之地。”万筠灵想了想，回道。

“烟花之地？”沈爻喃语了一句，沉默了少许，问道，“京城最奢华、最精致、最风雅的妓院叫什么？”

“啊？芙蓉栈。”万筠灵一愣，回了句，连忙不解地问道，“沈先生，为何问这些？”

“客栈退了吧！我们住芙蓉栈。”

第四十四章　芙蓉小姐芙蓉栈

芙蓉栈。

此名乍一听实在不像烟花之地，反倒像匪窝或者客栈，然而，这芙蓉栈在京城颇为有名，这里的姑娘个个美若天仙，有善于琴棋书画、吟诗作对、卖艺不卖身的才艺女子，亦有勾人心魄、床榻功夫了得的妖媚女子。凡是男子，无论是为风雅之趣，还是为一夜春宵都乐此不疲地前来。

芙蓉栈之名，流传不一，最令人接受的说法是这芙蓉栈的主人名曰芙蓉。至于这芙蓉的来历，无人知晓，只知八年前芙蓉栈开门迎宾，客人便络绎不绝，开门做生意，惹是生非者自然少不了，芙蓉栈作法简单、粗鲁——打断惹事者的腿丢出去。六年前，国舅之子在此寻滋生事被打断腿丢了出去，众人都以为这芙蓉栈得关门歇业，也不知这其中发生何事，此事竟不了了之，众人这才明白芙蓉栈的背景不简单，从此谁也不敢在此惹事。

万筠灵实在没想到沈爻竟决定住芙蓉栈，冷锋确实流连芙蓉栈，但为打探消息而入住芙蓉栈，怎么听都像是借口，想打探消息，去一次不就行了？哼……男人果然个个都喜欢那种地方，万筠灵不由对沈爻心生鄙夷，淡淡说道："沈先生，你们入住客栈的银两是我来出的，这芙蓉栈可不是我能消费……"

"那便找冷空要。"

万筠灵话还未说完，沈爻便开口打断，瞥了她一眼，继续说道："万捕头身份特殊，还是别与我们同往了，明日一早，咱们在冷玉门会合。"

身份特殊这点，万筠灵清楚，沈爻想在芙蓉栈打探冷锋的消息，她身为六扇门的捕头，一同前往可能会令芙蓉栈有所戒备，沈爻打探消息便会困难。但这才晌午，查案为何要到明天？这人定然是为享乐，而且还是不花自己银子享乐。

无耻，万筠灵心里骂了句，担心圣上规定的时间越来越近，说道："沈先生，这才晌午，入住客栈也用不了多久，我们何不下午去冷玉门？"

"万捕头很着急？"沈爻瞥了她一眼，反问了一句，见万筠灵脸色有些尴尬，心中更加确定万筠灵有事瞒着自己，假装不知，苦笑着说道，"这三日来我们一直在赶路，纵然案件紧急，万捕头也得容我们休息一下。"

"那好。"万筠灵也不好多说，便答应下来，让马夫停车，与沈爻一行人告别，从马车上跳下去。

马车继续朝芙蓉栈前行，陈十六听闻沈爻决定入住妓院便犹豫，但见沈爻与万筠灵一直谈事，也不好打断，此时万筠灵离开，他才开口问道："先生，咱们真要住在妓院？"

"怎么了？"沈爻淡淡问道。

"没什么，就是觉得不太妥，而且，邱怡是女子，住在妓院不太好吧！"

"邱怡，你觉得呢？"

沈爻没理陈十六，转头朝邱怡望去。邱怡被沈爻盯得不知所措，她只是个下人，自然不能违背主人的意思，而且，她也曾在妓院待过，并不在乎这些，便说道："一切听从先生安排。"

沈爻微微点了点头，陈十六也不好再说。

马车行了没多久，便停了下来，马夫告知芙蓉栈已经到了，沈爻三人陆续从马车上下来，都下意识地望了一眼"芙蓉栈"的牌匾，芙蓉栈已开门迎客，门口却不像其他风月场所那般妖娆妩媚女子招手揽客，只有两名女子站在两侧，显得寂寥许多，或许时间未到，毕竟这种风月场所做的就是晚上生意。

沈爻吩咐陈十六带上行李，便迈着步子走了进去，陈十六、邱怡连忙跟了上去，走进里面，才感觉风月场所之气，只不过客人不多，也无姑娘作陪，从装束可看出他们昨夜在此享受，准备用过饭离开。

沈爻三人一进门，便见一女子迎了过来。

这女子见三人之中竟有个女子，面带诧异，却很快恢复，微笑问道：

“三位这是……”

沈爻不等对方问完，便开口吩咐道：“三间上房。”

“三位楼上请。”

女子连忙邀请，在前带路，沈爻、陈十六、邱怡跟着上楼。上房在三楼，女子带着三人到了三楼，先安排好邱怡、陈十六入住六号、七号房，继续带着沈爻走向八号房。此时，迎面走来个约莫二十四五岁的女子，身后跟着个十七八岁的丫鬟，那女子长相精致，一袭淡墨色衣衫，举手投足之间散发着令人不敢靠近的气势，女子正走着，望见前面的沈爻，一下愣住，脚步也不由停了下来，诧异地望着沈爻。

丫鬟见女子突然止步，忍不住问道：“小姐，怎么了？”

“没事。”女子淡淡回了句，目光虽从沈爻脸上离开，可时不时地朝沈爻瞥上一眼，垂下的两只手紧紧握着，整个身子都在微微颤抖，似乎很激动，但她佯装镇定继续往前走。

那名带着沈爻入住的女子见到小姐走来，连忙唤道：“小姐。”

沈爻也早已注意到迎面走来的女子，目光淡然地凝视着对方，待与对方擦肩而过，微微眨了下眼，那女子也微微点了点头，不知是回应唤她的女子还是回应沈爻的眨眼。

女子越过沈爻二人，绷了绷嘴，似乎在极力控制内心的情感，可眼眶还是噙满泪水，她倔强地继续往前走，不让任何人看到她此时的模样。

沈爻进了房间，领路的女子便知趣地告辞。沈爻环视了一下房间，走到放着茶具的桌前，正准备沏茶，敲门声响起，沈爻边洗刷茶具边说了句“进来”，陈十六怀里抱着一摞书本走了进来，邱怡也紧跟着进来，见沈爻正准备泡茶，邱怡连忙上去接过沈爻手中的茶具。

陈十六边将怀里的书往桌上放边说道：“先生，午饭时间到了，您是下去吃还是让人将饭菜送来房间？”

“不用管我，你们去吃。”沈爻淡淡回了句，想到目前也没什么事，无须这两人伺候，继续说道，“今日下午我需休息，你俩若不想待在房中，可出去游玩。”

“真的吗？先生，我们可以出去？”

陈十六兴奋地差点儿跳起来，不敢相信地问了一遍，见先生点头，愈发激动，连忙对邱怡说道：“邱怡，你之前来过京城吗？想去哪儿？”

“小时候来过一次，去哪儿都行。”

“那我们一会儿去问问当地人哪里好玩。”

陈十六兴奋地回了句，其实只要能单独与邱怡一起，去哪儿他都不介意，说完又扭头望向沈爻，激动地说道：“先生，那我们去了？”

“嗯！”沈爻点点头。

陈十六朝邱怡唤道：“邱怡，走了。”

“先生，我们走了。”

邱怡为沈爻倒了杯茶，将茶具放好，兴奋地说了句，便跟着陈十六走了出去。

沈爻微微一笑，端起茶杯饮了口，便拿着陈十六放在桌上的书翻阅。喝了两盏茶，看了三页书，沈爻听见墙壁传来声响，他扭头瞥了一眼便又将目光放在书本上，只见一堵墙壁竟缓缓朝两边移动，一道人影走了出来，仔细一看，此人正是之前沈爻在走廊迎面遇见的那女子。

沈爻的目光始终在书本上，对墙壁的移动、女子的出现毫不关注，也未做出任何反应，似乎对发生的一切都了如指掌。女子走进屋子，盯着沈爻的双眼噙满泪水，一步步走向沈爻，到了沈爻面前才停了下来，声音颤抖地喊道：“先生，您终于来了。”

沈爻放下手中的书，望着面前的女子，说道：“芙蓉，我终于来了，你我几年未见了？”

此女子正是芙蓉栈老板——芙蓉小姐。

“八年了。”芙蓉有些哽咽，绷了绷嘴，努力不让自己情绪崩溃，继续说道，“这八年来虽常与先生通信，却不能见面，芙蓉生怕忘记先生容貌，便每夜都回忆一番与先生在一起的日子，可今日一见还是差点儿没认出。”

“这不怪你，八年，时间确实久了些。”沈爻感慨了一句，说道，“坐下说。”

“是。”

芙蓉应了声，擦拭了一下脸上的泪水，在旁边坐下，目光凝视着沈爻，似乎要将沈爻的容貌印记在脑海中，她感激先生，若非先生，十年前她就已经死了，从那天起，她便告知自己自己的命属于先生，之后，跟着先生两年，先生传授她武艺、学识，直到八年前，先生需有人在京城做眼线，芙蓉当即答应，来到京城开了这家芙蓉栈一直为先生收集情报。这八年间，她也渴望与先生见上一面，然而，她更知道先生的计划不容有失，先生不主动说，她便不多问。

这八年来，她每天都渴望与先生见面，今日终于实现了，如何能不激动？

“先喝口茶。”沈爻见芙蓉如此激动，为她沏了杯茶，微笑着望着她，问道，“不久前让你查的事情查得如何？”

“已经调查清楚。”芙蓉端起茶杯喝了口，连忙将手中的茶杯放下，继续说道，“三年前，驸马爷方庆之涉嫌通敌叛国，罪证确凿，被斩首示众，邱詹受其牵连，也被斩首，其亲属充军的充军，为奴的为奴，邱詹确实有个女儿叫邱怡，被卖入妓院，前前后后没有漏洞。”

沈爻听完芙蓉的讲述，神情不由泛疑起来，当日在平阳县，他觉得那起案子有些怪异，却又说不上为什么，之后与邱怡对弈，更觉得此女子不简单，出于谨慎便书信一封让芙蓉调查其背景，事实证明确有其人，难不成真是自己想多了？

“先生，那女子有问题吗？”芙蓉疑惑地问道。

“或许是我想多了。”沈爻淡淡回了句，继续问道，“冷锋被杀的事你知晓吗？”

第四十五章　尸体的秘密（上）

“知晓。”

芙蓉点头应了句，冷玉门在江湖中虽只是个不入流的小门派，但其门下不少弟子入朝效力，冷玉门在京城之中尚有些知名度，这冷锋乃是冷玉门门主冷空独子，被杀后尸体悬于自家大门口，此等大事，芙蓉自然知晓，却没想到先生竟关心起此事，问道：“先生，你为何问及此人？”

“我此番来京便是为了调查冷锋被杀的案子。”沈爻回道。

“先生怎会为他的案子而来？”

芙蓉一脸诧异，十年前沈爻救她于危难之后，二人一起生活了两年，彼此了解各自经历，她深知先生一生追求之事，本以为此次先生前来是有机会调查他们沈家的案子，却没想到竟是为了冷锋的案子而来，不知先生调查完这起案子是否会离开，芙蓉心中不由泛起失落。

“此案乃是六扇门主动找来，目前虽不知背后到底牵扯什么，但直觉告诉我此案或许牵扯到朝野，或许是个机会，自然不能错过。”沈爻也不隐瞒，将情况以及自己的猜想向芙蓉讲述了一遍，继续说道，“将此人情况与我说一下，一切情况，任何细枝末节都不要遗漏。”

“是。”芙蓉听闻此案或许能令先生留在京城，欢喜地应了一声，说道，“冷锋此人风流不羁，性情孤傲，向来独来独往，朋友不多，走得最近的莫过于出自同门如今驻扎在新城的赤圣军校尉刘凤刀，仇人不少，但大多都死于他剑下，此人剑法高超，能杀得了他的人实在不多。”

“可他还是死了，而且身中二十三刀，尸体被悬于自家大门口。”沈爻若有所思地说道。

“是啊！”芙蓉点了点头，深有同感地回道，“起初听闻这个消息，我并不相信，冷锋经常来芙蓉栈，我了解他，他的剑很快，快得连我都接不住，我实在想不到谁能杀得了他。”

“冷锋被杀之前可有何不寻常之处？”

“不寻常之处？”芙蓉想了想，摇头回道，“在他被杀之前五六日都未来过芙蓉栈，以前也会有段时间不来，并没什么不寻常之处。”

“查一下那几日他去了哪儿，跟何人见面。”沈爻吩咐道。

“是，先生。”

沈爻点点头，又为芙蓉沏了杯茶，继续问道：“近日朝野之中、江湖之中可有什么动荡？”

芙蓉礼貌地点点头，正色回道：“朝野之中，前几日，京城上空出现来历不明的孔明灯，这些孔明灯飞入皇城爆炸，听闻禁军统领王储因此被皇上训斥，这几日王储一直在追查火药是如何流入京城，似乎并无所获。至于江湖之中，最近颇为动荡，不少江湖中人进入京城，我已派人调查，却无收获，不过，江湖中人齐聚京城，恐怕这事并不简单。”

“江湖人齐聚京城定有人组织，你仔细查一下这背后到底是何人，在密谋何事。”

沈爻深有同感地点了点头，沉思了片刻，说道：“孔明灯一事你再仔细与我说一下。”

“八日前的晚上，京城上空突然出现……”

沈爻饮着茶聆听着芙蓉讲述那晚孔明灯袭击京城之事前前后后，脸色不由凝重起来，眉心也紧锁，此事实在奇怪，贼人闹出如此大的动静绝不可能只是为了令朝廷大失颜面，却不害一人，也没固定目标，那是为何？突然，沈爻灵光一闪，似乎明白过来，悠悠说道：“王储是不是得罪什么人了？”

芙蓉一脸诧异，瞬间便明白过来，问道：“先生认为贼人释放孔明灯的真正目标是禁军统领王储？”

“凡行怪异之事定有目的，有时无法直达目标，便可迂回而行，可这王储乃是八十万禁军统领，想扳倒他的只有一个人。”沈爻饮着茶悠悠说道。

“皇上。”

“对。”

“王储保护皇城不利，皇上自然革他的职。”芙蓉顺着沈爻的思路继续往下说，可有些想不通，继续问道，“先生，此离间之计虽不错，但并不完美，先不说王储是否能追查到贼人，纵然追查不到，此事后续不再发生，皇上也顶多对王储责罚一顿，毕竟此事虽令朝廷颜面尽失，可并无人员伤亡，或许皇上能想到贼人奸计。”

“那是你不了解当今圣上，而且，若我猜得没错，此事不会就此了结，这京城之中恐有大事发生。”沈爻悠悠说了句，似乎不想再继续谈如此沉重的话题，笑着说道，“不谈这种事了，说说你，这几年在这京城可还好？”

二人就这般闲聊起来，八年未见，虽经常通信，信中只是传递消息，如今亲眼所见，芙蓉有一肚子话想与先生说，这么一聊竟不觉得时间过得快，一晃天色已暗了下来。

芙蓉不能待太久，便从来时的路返回去，走时还依依不舍地望着先生，真想与先生就这般一直聊下去，纵然默默坐着看着对方，对她来说也是一种幸福，可她始终无法鼓起勇气向先生表露心扉，或许她比任何人都了解先生，先生身上背负太多，一天没将那些背负放下，便一天不会想其他的事，自己能做的便是默默地帮先生放下那些背负。

芙蓉离开不久，陈十六、邱怡谈笑着回来，二人似乎玩得很开心，沈爻也在两人赶到之前将芙蓉用过的茶杯刷洗，不令人察觉到有人前来，除了芙蓉，他不相信任何人。

二人一回来，邱怡便主动上前为沈爻沏茶，陈十六喋喋不休地向沈爻讲述他们游玩中遇见的趣事，三人用过饭菜之后便各自休息。

次日一早。

沈爻三人依约来到冷玉门，万筠灵已在门前等候，她身边还站着一位四十余岁的中年人，此人衣着华贵，脸上神情略显悲伤、疲惫，身上却散发着一股威严气势，此人应该就是冷玉门门主冷空。

“沈先生。”万筠灵迎上前喊了句，扭头对身旁的冷空说道，“冷门主，这位便是沈爻沈先生。沈先生，这位是冷玉门门主冷空。”

“沈先生，有劳了。”冷空抱拳道。

“无须客气，冷门主准备好‘冷剑七绝’便可！”

沈爻微微点了点头，迈着步子越过二人，走上台阶停下，抬头望着面前大门上方，开门见山地问道：“冷锋的尸体便是被悬于此地吧？”

冷空正为沈爻的无礼而恼火，可听见沈爻已开始询问案情，极力压住内心怒火，愤愤回道：“没错，锋儿不仅被奸人杀了，还被残忍地悬在这大门上。”

“如何悬挂？”

“剑刺胸口，钉在大门上。”

“剑在哪儿？”

剑被冷空收起，此剑将冷锋的尸体钉在大门上，纵然或许此剑不是杀死冷空的直接凶器，但也与冷锋的死有关，可能其中留下凶手线索，自然不能随意丢弃。不过，冷空也仔细检查过，剑是普通的剑，难以查出打造之地。

沈爻一行人跟着冷空来到书房，冷空从剑盒中拿出一把满是鲜血的剑递了过去，沈爻接过、检查，剑身并无缺口，显然是一把刚打造、开刃、并未对战过的剑，心中不由疑惑起来，问道：“听闻冷锋是用剑高手，此剑不是他的剑吧？”

“不是，锋儿的剑是我专门找知名匠师打造，岂是这种普通剑所能比拟？”

“冷锋的剑呢？”

“不知道。”

沈爻不再多说，目光放在手中的剑上，伸出手指在没有鲜血的剑身部位弹了一下，聆听着剑身传来“铿”的声响，细细琢磨了一番，并未解释，扭头对冷空说道：“冷门主，在下可否带走此剑？”

“当然可以。”

沈爻点点头，将剑递给陈十六，又扭头对冷空问道：“尸体在哪儿？”

“在后堂。”

“请带路。”

冷空在前带路，沈爻、万筠灵紧跟其后，陈十六、邱怡跟在最后面。

万筠灵见冷空相距挺远，凑到沈爻耳边，轻声问道：“沈先生是不是发现了什么？”

“万捕头为何这么问？难不成万捕头有什么发现？”

沈爻瞥了万筠灵一眼，反问了句，他已肯定此案并非表面那么简单，万筠灵不只跟进还如此关心此案情况，想必此案背后的牵连不小，沈爻接下此案并非为了冷玉门的绝学“冷剑七绝”，而是另有目的，如此机会岂能错过？但他目前唯一能掌控的便是查出此案真相，以此案真相令万筠灵投鼠忌器，此时自然不会对万筠灵坦诚。

万筠灵本想悄无声息地打探，没想到沈爻竟将问题抛给自己，冷锋与国库失窃案有关一事又不能泄露给沈爻，她也不能显得过于重视此案，淡淡说道：“我哪有什么发现，只是随口问问。”

沈爻淡淡“哦”了一声，便不再多说，万筠灵见他这般，心里一肚子火无处发泄。一路无言，沈爻一行人已跟着冷空来到后堂，冷锋被杀已有八日，灵堂已布置完毕，但凶手未抓，冷空便不令下葬，好在此时已入秋，天气凉爽，京城也能找到冰块，尸体尚未发臭。

冷空命人打开棺材盖，将尸体抬出来。沈爻走到尸体前，发现尸体已做了处理，衣服换了，身上的血迹被擦净，解开衣服，一眼便能看出冷锋身上一道道狰狞伤疤，一些伤疤并不深，只是皮外之上，致命伤在胸口，一剑刺入，而这一剑的位置也是刺穿胸口将冷锋钉在大门上的中剑地方。除此之外，沈爻发现另外一点，其中三处已有愈合的迹象，而人死之后，伤口是不会愈合的，这三处伤口应该是冷锋死前就已恢复，也就是说冷锋死前也受了伤，那次他活下来了。

他在被人追杀。

第四十六章　尸体的秘密（下）

沈爻记得昨日芙蓉说冷锋死前五六日未去芙蓉栈，想必这段时间他在被人追杀，最后死于对方剑下，这人到底是谁？竟能杀了剑法超群的冷锋？

沈爻目光凝视着冷锋身上的剑痕，若有所思地缓缓起身，可总觉得哪里不对劲。猛然，他灵光一闪，又蹲下身子仔细检查冷锋身上的伤痕，伤痕共分三种不同情况，已愈合的三处伤、皮外伤以及刺入胸口一剑的伤痕，都是不同兵器所致。

三波人所为吗？那最后一击的致命伤是如何导致？以冷锋的剑法，能一剑刺穿他胸口的人实在少之甚少，除非……沈爻心里泛起一个想法，手瞬间从腰间抽出一把小刀，对着冷锋胸口致命伤的外围划开。

“沈爻，你在干吗？”

冷空见沈爻竟对儿子尸体动刀，气德暴跳如雷，大吼一声，抬掌朝着沈爻后背袭击而去。如此万分紧急之时，万筠灵率先反应过来，身子一闪挡在沈爻前方。

冷空见状，惊愕万分，想收掌，可已来不及，只能眼睁睁地看着这一掌打在万筠灵胸前。

“砰！”万筠灵来不及抵挡，硬生生挨了一掌，只觉得血腥味上涌，殷红的鲜血已从嘴角流出。

“万捕头，你这……”

“他在验尸。”万筠灵擦拭了一下嘴角的血迹，冷冷回了句。命案，尸体往往会留下凶手线索，验尸自然会动尸体，这冷空莫不是连这点都不晓得？冷空与冷锋是父子，冷锋涉嫌国库盗窃案，万筠灵本就怀疑冷空也可能涉及其中，对他怀有芥蒂，如今他当众对沈爻动手，不管是否因护子尸体，都令万筠灵心中不悦，对冷空怀疑也加重，态度自然好不到哪去。

沈爻似乎对身后发生何事并不关心，他用刀子将冷锋胸口的致命伤的外围拉开，用手掰开，望了一眼，只见里面的伤并非顺势而成的一剑，对冷锋致命的一剑内力不足，没有刺穿胸口，然而，这一剑足以杀死冷锋，之后又补了一剑，并将其钉在大门上。

沈爻确定心中猜想，缓缓起身，扭头瞥了冷空一眼，冷冷说道："冷门主若不想在下查此案，直接说便可，我沈爻不接这案子就是，可你不该对我动手。"

"我儿子已死，你还动他的尸体。"冷空愤愤说道。

"万捕头向你解释了。"

"那你验尸查到什么了？"冷空脸面挂不住，冷冷问道。

"冷门主想继续查？"沈爻不答反问道。

"我儿的尸体都被你拉开了，当然要查了。"

"可我不想接这案子了。"

沈爻冷冷回了句，迈着步子就要离开。万筠灵没想到沈爻竟撒手不管，连忙上前拦住沈爻，说道："沈先生，冷门主心急了些，而那一掌也没打中你。"

"可他做了，打中你了。"沈爻冷冷回道。

冷空愣住了，他知晓沈爻此人性情古怪，一旦不如意，无人劝得动他，此次能令他接下案子也是万筠灵的功劳，不能就这么被自己毁了，虽心中不肯低头，可无奈需对方相助，低头认错道："沈先生，确实是在下鲁莽了，请沈先生不要介意，在下立即取本门秘籍'冷剑七绝'赠予先生。"

沈爻冷冷瞥了冷空一眼，淡淡说道："这案子查与不查，'冷剑七绝'你都得给我。若想让我继续查此案，那便让我还你一掌。"

"沈爻。"

冷空一脸愤怒，冷冷低吼，他没想到沈爻如此霸道，不查此案还要剑谱，查案便要自己受他一掌，冷空就不信自己不交出剑谱沈爻能强取豪夺，普天之下就他沈爻能破此案，冷言道："沈先生，你若想查此案，我会将剑谱双手奉上，若不想查，慢走，不送。"

"冷门主。"

万筠灵见冷空拒不让步，生怕沈爻脾气上来不管此案，那自己的计划便无法实施，连忙想劝说，可话还没来得及说出口，沈爻已率先开口，冷冷命令道："十六，让他交出剑谱。"

"是，先生。"陈十六应了句，缓缓拔出破剑，剑指冷空，淡淡说道，"姓冷的，先生先前已答应接下此案，是你的无礼导致先生无法将此案查下去，既然先生已接，酬劳你便得付。"

"哼……我冷某人做了一辈子买卖，还从未遇见这种买卖，若不交呢？"

"那我便打得你交。"

陈十六淡淡回了句，左脚已上前踏了一步，剑指冷空而去，万筠灵见状，立即上前一步，挡在冷空前面，腰间的佩刀也抽出，提刀挡开陈十六的剑，连忙说道："十六，你冷静点。"

"先生交代，我必须做。"陈十六语气平淡，却令人听出绝不罢手的气势。

万筠灵深知这小子对沈爻忠心耿耿，劝他无用，只能劝沈爻。然而，沈爻此人实在无法相劝，只能让冷空甘心受一掌，心中揣测一番，侧头对沈爻说道："沈先生，冷门主所做之事可否暂且放置，先说说有无发现？"

"有。"

冷空一听，焦急问道："什么发现？"

"此案你已不查，我为何要告知？"沈爻神情厌恶地回了句，目光望向万筠灵，淡淡说道，"万捕头，此案乃是你来求助我，答应拿出'冷剑七绝'的剑谱，我信任你，便未让你先拿出，此案如今这种情况，你说该如何办？"

万筠灵一脸为难，扭头望了一眼冷空，只见冷空神情犹豫，不知他对沈爻所说的发现是期待还是担心，深知该自己加把火了，也能趁机试探一下冷空，冷冷说道："冷门主，如今这种情况是你所致，六扇门能做的也只有这些了，此案查与不查，便取决于你了。"

冷空并未立即回应，沉思了许久，目光冷冷地盯着沈爻，说道：“沈先生，在下可交出剑谱、受你一掌，但若你查不出杀死我儿的真凶，又该如何办？”

沈爻不由一笑，懒懒说道：“那冷门主还是交出剑谱，另请高明吧！”

“你……”

冷空气的脸都绿了，这买卖也太吃亏了，纵然沈爻查不出真凶，这剑谱没法收回，那岂不是自己人财两空？万筠灵知晓冷空心中顾虑，从中相劝道：“冷门主，若此案沈爻查不出真凶，那当今世上恐怕再无人能查清此案真相了，当然，在下会同沈先生一起查此案，毕竟沈先生是在下请来的。”

“好，既然万捕头这般说，那在下就不多说了。”

冷空心中盘算一番，此事六扇门牵线，他不愿与六扇门闹得不愉快，而且也因自己鲁莽导致，继续说道：“沈先生，刚才得罪，在下愿接你一掌。”

“十六。”沈爻淡淡喊了句，陈十六当即领会先生的意思，收起破剑，走向冷空，抬手一掌朝着冷空胸口击去。

“砰！”一掌落在冷空胸前，冷空纹丝不动。

陈十六修炼内功时间不长，内功与冷空相比自然相差甚远，这一掌几乎对冷空毫无影响，这也是沈爻意料之中，他从未想伤冷空，只是冷空背后偷袭令他恼怒，这一掌只是向冷空表明态度，他沈爻绝非受人欺负之人。

“好了，此事到此为止。”

万筠灵从中调和，心中迫切想知道沈爻查出些什么，连忙问道：“沈先生，您之前说在尸体上有所发现，发现了什么？”

沈爻也不藏匿，将在冷锋尸体的发现据实告知，讲述时趁机偷偷观察着万筠灵的反应，果然，万筠灵听闻自己讲述冷锋被杀之前三处伤口愈合时，神情有些变化，心中确定这万筠灵定知道些什么，她参与冷锋被杀案定有目的，她到底在隐藏什么？该如何令她坦白？

冷空听完沈爻的讲述，连忙问道：“也就是说我儿一直被人追杀，而真正令他致死的那一剑是熟人为之？”

“对，冷门主，冷锋被杀前几日在干什么？”沈爻问道。

冷空摇摇头，回道：“不知道，我只知道他那几日不在家，锋儿的事，一般不与我说，我也很少过问。”

“那他可有亲近之人，能令他对此人毫无防备？”沈爻问道。

“有倒是有，但此人绝不可能杀锋儿。”

“谁？”

“刘凤刀，我徒儿，与锋儿关系亲如兄弟，如今已是校尉之职，兵营驻扎新城，为朝廷效力。”

沈爻若有所思，昨日芙蓉所说与冷空所言一致，新城在京城西面，距离不足百里，驻扎在新城的大军一方面防止西夏进犯，能及时出兵，另一方面京城发生动荡能及时勤王，此军队属于皇上亲自调动。

冷空如此说，沈爻也不好多说什么，刘凤刀此人也得调查，不过，目前最重要的便是找到冷锋被杀的现场。

“冷门主，冷锋的衣物在何处？”

“已收起来，我这就命人去取。”冷空回了句，继续说道，“沈先生，不如我们去大堂等候。”

“好。”

冷空命人妥善安排冷锋的尸体，便带着沈爻一行人去了大堂。在大堂待了片刻，还未来得及饮茶，下人便带着一些沾血的衣物到了。

沈爻放下茶杯，拿起衣物仔细检查，衣服上除了鲜血还有一些干的泥土，然而，从泥土上无法看出什么，除此之外，沈爻闻到强烈的血腥味掩盖下透着一股淡淡的香味。

第四十七章　执棋在手何落子（上）

冷锋经常出没烟花之地，粘上香味不足为奇，目前尚不知冷锋被杀之前的几日去了哪儿，直接查他身上的香味在哪儿沾到实属困难，甚至都无法将其当成线索。除此之外，血衣之上也看不出其他线索，看来只能从冷锋被杀前的几日去了哪儿以及关系最近的刘凤刀入手了。

万筠灵正对血衣进行检查，尚无发现，见沈爻将血衣放下，连忙问道：“沈先生，可有发现？”

沈爻微微摇了摇头，扭头望向冷空，说道：“冷门主，若你想起冷锋被杀前几日去了哪儿，请派人去芙蓉栈通知在下，哦，对了，剑谱。”

“好吧！”

冷空无奈地应了句，他虽然理解查案并非一朝一夕的事，可听到沈爻毫无进展，还要交出剑谱，心里很不是滋味，但为找出杀死儿子的真凶，只能无奈将剑谱交与沈爻。

沈爻拿了剑谱，便与冷空告辞，一行人离开冷玉门。走出大门，沈爻从怀中掏出剑谱，递给陈十六，说道：“好好练。”

“先生，这剑谱给我吗？”陈十六满脸不信地问道。

“不要？”沈爻眉毛一挑，玩味地问道。

“要，当然要了。”

陈十六生怕先生收回去，麻溜地抢过来，揣入怀中，冲沈爻嘿嘿一笑。沈爻一副懒得理他的表情，迈着步子往前走，陈十六连忙从怀中掏出剑谱，如饥似渴般地翻阅，邱怡见他这般，哭笑不得地说道：“先生都已经将剑谱给你了，你不用这么心急走路也看吧？小心摔着。”

“有些兴奋。”陈十六嘿嘿一笑，将剑谱揣入怀中。

邱怡无奈地冲陈十六摇摇头，二人见先生走远，连忙跟了上去。

万筠灵若有所思地跟在沈爻后面，心里一直在犹豫要不要将冷锋死前与自己过招的事说出来，此事关系到国库失窃案，若沈爻知晓真相，便可能猜出自己在利用他，他会不会撒手不管？那便坏了义父的计划；可若不说，沈爻将时间都花费在此，他有时间耗，可皇上给六扇门的时间不多了。

万筠灵一时间想不到好的说辞，又不能坏了义父计划，决定隐瞒不说，先试探沈爻如何调查此案。

“沈先生，此案你打算如何查？”

“如何查？”沈爻反问了句，沉思少许，边走边说道，“此案线索实在太少，目前也只能先查冷锋死前去了哪儿，见过什么人，或许能有所发现，毕竟现在连冷锋在何地被杀都不清楚，实在一头雾水。”

“刘凤刀呢？”

“此人自然得查，不过，冷空那般说，想必他没什么嫌疑。”沈爻故意如此回道。

“冷空不见得那么可信。”

“嗯？”沈爻听闻此话，不由一愣，下意识地停下脚步，凝视着万筠灵，问道，“万捕头此言何意？是不是知道些什么？”

万筠灵立即反应过来自己说错话，连忙自圆其说道：“哦……我就是随便说说，我的意思是冷空可能过于信任刘凤刀了，刘凤刀虽出自冷玉门，可毕竟离开冷玉门多年，人都会变。”

“是啊！人都会变。”沈爻悠悠说了句，不再追问，迈着步子继续往前走。

万筠灵心中忐忑并未放下，自己直言怀疑冷空，沈爻何其敏锐，岂能这么容易被自己蒙骗过去？然而，沈爻不问，她只能心中乱猜。如此走了一路，眼看快到芙蓉栈，沈爻止步，说道：“万捕头，调查冷锋被杀前的几日去了哪儿、见了什么人一事就有劳你了。”

“那你呢？”

“我？”沈爻一愣，笑了笑，说道，“我在芙蓉栈等你的消息，我们主仆三人初到京城，毫无消息来源，万捕头总不能让我们靠着三双腿打探吧？估计得到猴年马月才能查出来，只能有劳万捕头了。”

“我派人打探消息可以，那你干什么？总不能一直在芙蓉栈等消息吧？”

“似乎目前只能如此。”沈爻为难地回了句，似乎想到什么，继续说道，“哦，对了，万捕头可派人在京城之内检查一番，看看能否找到案发现场，凶手若在外地杀人，将尸体运入京城实在困难，而且太大费周章，我怀疑冷锋是在城内被杀。”

沈爻说完，便不理万筠灵，径自离开，陈十六、邱怡纷纷与万筠灵告辞，跟着沈爻离开。

万筠灵独自站在人流不息的街上，脸上尽是无奈，她想借助沈爻查案，可到头来怎么还是六扇门出动？万筠灵想了想，立即朝着六扇门走去，她要与义父郭玉商量是否将冷锋涉嫌国库失窃案一事告知沈爻。

官道。

四匹高头骏马拽拉着一辆豪华马车急速前行，马夫手里的马鞭时不时落在马身上，纵然速度奇快，马车却稳如泰山，马车内的小木桌放着棋盘，棋盘上的黑白棋子纹丝不动，女子修长的食指、中指夹着白子落在棋盘上，只见棋盘的黑子已被白子团团包围，毫无生机。女子又夹起一颗黑子落在棋盘上，这颗黑子一落，局势大改，完全扰乱原本局势，令白子之前的布局形同虚设。女子盯着棋盘，微微一笑，悠悠说道：“这一子实在突兀。”

这女子一袭淡蓝色外衫，衬托出她高雅气质，头上扎着发髻，插着墨绿色的钗，俏脸精致，却有种高冷之气。在她对面坐着另外一名女子，那女子与之相比显得中性了些，一身白色的高领紧身衣裳，衬托出完美的身材，英姿飒爽，连头顶的发髻也干净利落，望了一眼棋盘，并未搭话。

蓝衣女子盯着棋盘，开口问道：“他去京城了？”

“是，一日前才到。”

“为何而去？”

“冷锋被杀的案子。”

“哦，也好，我正愁不知该如何见他。”蓝衣女子淡淡说了句，似乎没了下棋的兴致，将手中的棋子丢在棋盘上，继续说道，“皇兄说他可能知晓先皇遗愿之事，让我有机会多加打探，可我实在想不明白，他怎会调查与先皇有关之事？竟知道先皇的《春日狩猎图》？此事连我都不晓得。”

此蓝衣女子正是当朝皇帝赵权的妹妹——赵焕尔公主，王妃方茴故去，她与北定王乃是一母同胞的兄妹，又是方茴弟媳，可谓亲上加亲，自然要前往北定王封地吊唁，此时正是回京途中。其实，赵焕尔此番前去吊唁并非因北定王，主要是因她与方茴之间的情义，她心中始终对北定王心怀芥蒂，三年前，驸马方庆之涉嫌通敌叛国，赵焕尔求助北定王，北定王虽向皇上上书，可依旧未能改变驸马通敌叛国之罪，这对兄妹关系便疏远了。

此次，她得知方茴病故，前来吊唁，在北定王府待了数日，或许理解了当年北定王的无奈，兄妹关系也缓和了不少，北定王便将沈爻要求阅览先皇的《春日狩猎图》以及先皇死前留有遗愿一事告知赵焕尔，无巧不成书，赵焕尔刚得到消息，沈爻竟去了京城，她便决定调查一番。

赵焕尔见白衣女子并未搭话，心中知晓她不敢妄言皇家之事，便不再多说此事，问道：“辛梅，还有几日到京？”

“明日下午便到。”辛梅连忙答道。

“到京休息两日，便代我邀请沈爻入府，我要见见此人。”

“是。”辛梅应了一声，便不再多说。

谈话停止，赵焕尔收拾了一下棋盘，又重新在棋盘上落子，辛梅静静坐在一旁一言不发。

马车急速前行，逐渐消失在官道上。

第四十八章　执棋在手何落子（下）

沈爻从那日去过冷玉门后，一直待在芙蓉栈，几乎大门不出二门不迈，期间，万筠灵也来找过，质问沈爻为何不追查此案，反而被沈爻追问对冷锋被杀前几日去了哪儿一事查得如何，万筠灵难以言明实情，沈爻便表示目前没线索，难以调查，万筠灵每次都窝火地离开。

堂堂六扇门捕头在先生面前像吃了黄连的哑巴。芙蓉心里都同情万筠灵，又见她窝火离开，苦笑着摇了摇头，吩咐丫鬟不要让人打扰自己，返回房间，带着消息去见沈爻。

“先生，万捕头又被您气走了。”

芙蓉从暗门走进沈爻房间，见沈爻正坐在桌前独自下棋，笑着打趣。

沈爻目光盯着棋盘，懒散地回道：“我说的都是实情，何曾气她？是她自己有所隐瞒。”

芙蓉笑着点了点头，想起来的目的，从怀中掏出纸张，边递给沈爻边说道：“先生，调查冷锋的消息已经传来了。”

“说。”

芙蓉打开纸张，大致看了一番，说道：“冷锋被杀前六日去了耘涞县，在耘涞县待了三日，受伤后回了京城，之后，便不见踪影，直到尸体被悬在自家大门上。”

“果然，他是在京城被杀。”

沈爻之前便猜到这点，但无法确定，贸然搜寻只是浪费人力物力，如今已确定冷锋在京城被杀，便可搜索冷锋被杀之地了，不过，沈爻心中不解，冷锋去耘涞县干什么？他既已回京，若被人追杀，为何不直接回家？凶手绝不可能冲进冷玉门杀人。他回京之后的三日又去了哪儿？见了什么人？

沈爻将心中的疑问说与芙蓉，然而，传来的消息并无这些情况，芙蓉也不知晓，表示会立即派人继续调查，见沈爻点了点头，继续说道："除冷锋的消息之外，派去调查刘凤刀的人也传来消息，刘凤刀在冷锋被杀前的三日离开新城，冷锋尸体被发现的次日回到新城，这三日他在京城。"

此消息令沈爻为之一振，刘凤刀竟在冷锋被杀期间在京城，而且他还是偷摸来京，朝廷规定，凡驻扎在外的兵将，无皇上旨意，绝不能擅自离岗，这其中定有问题，沈爻沉思片刻，问道："刘凤刀在京城可有家室？"

"我尽快去查。"

沈爻微微点点头，见正事已谈完，仰头望了芙蓉一眼，微微一笑，说道："你我好久没对弈了，来一局？"

"好。"

芙蓉开心地应了句，在沈爻对面坐下，二人将棋盘上的黑白棋子收好。芙蓉手持白子先行，食指、中指夹着棋子边落盘，边闲聊般问道："先生，如今已知冷锋在京城遇害，先生准备如何做？告不告知万捕头？"

"不告诉她。"

"先生不担心此案拖得越久，线索越难找到？若六扇门协助，比我们单打独斗更易找到冷锋被杀的地点。"芙蓉不解地问道。

"六扇门若想查清，我之前恐怕已查到了，他们为皇上办案，岂会那么没用？"

"先生如此一说，我倒想起一件怪事。"芙蓉恍然大悟，见沈爻抬头望着自己，连忙说道，"我派人暗中追查冷锋之事，担心六扇门会察觉，身份暴露，便提醒他们行事须万分隐秘，可并未发现六扇门有所行动，甚至连刘凤刀这条线他们也没查。"

"所以，此事很奇怪。"沈爻将手中的黑子落在棋盘上，缓缓抬起头，望着芙蓉，继续说道，"冷锋被杀，万筠灵亲自请我，而且陪我一起调查此案，却不动用六扇门的势力，绝不可能因为郭玉与冷空的交情，若我猜得没错，冷锋被杀的背后或许牵扯到六扇门想追查却不能追查之事，他们在利用我之手将事情揪出来。"

“先生这几日待在芙蓉栈不出，便是验证万捕头会不会动用六扇门的势力查案？”

“这是其一，最重要的是逼万筠灵主动与我坦白，那便成了交易，该到我谈价格的时候了。”沈爻老谋深算地回道。

“若万筠灵一直不坦白呢？”

“不会。”沈爻自信满满地回了句，详细解释道，“冷锋被杀的真相定事关重大，我耗得起，她耗不起。若我推断没错，这两日她就会坐不住了。”

“先生实在老谋深算，恐怕万捕头此时都要疯了。”芙蓉笑着打趣道。

万筠灵确实要疯了，她没想到沈爻竟如此难搞，他已接下此案，也收了冷空的“冷剑七绝”剑谱，竟各种推诿，将调查之事推给六扇门，若六扇门出动，还用得着他？

郭玉听着万筠灵气呼呼地咒骂沈爻无耻，微微一笑，让她喝口茶降降火，见万筠灵冷静下来，才说道：“这沈爻远比我们想象的要厉害，恐怕他已猜到我们在利用他，他这是在逼我们向他坦白，等着与我们做交易呢！”

万筠灵一脸诧异，手中的茶杯都忘了放下，连忙问道：“义父是说他知道冷锋被杀与国库失窃案有关？”

“这个还无法确定。”郭玉摇了摇头，也不知沈爻到底知道些什么，沉思了片刻，继续说道，“看来我需亲自与他见一面了。”

“义父打算亲自见他？”

郭玉也不想与沈爻见面，一方面是不想暴露沈爻查的案子与六扇门有关，另一方面也是担心沈爻得知冷锋与国库失窃案有关不敢查下去。然而，沈爻以静制动，圣上规定的时间已过十多日，除国库失窃案，郭玉还得调查孔明灯案，实在耗不起。

入夜。

郭玉、万筠灵纷纷换上便装，来到芙蓉栈，万筠灵带着郭玉直接前往沈爻房间，走到门前，敲了敲门，喊道：“沈先生。”

沈爻正与芙蓉下棋，听到门外传来万筠灵的声音，芙蓉悄悄起身，从暗门离开。沈爻扫视了一眼房间，确定没留下有外人停留的痕迹，边收拾棋盘上的棋子边说道："请进。"

郭玉、万筠灵一前一后走进房间，沈爻听到两人的脚步声，嘴角微微泛起一抹笑意，心中猜测万筠灵此番前来是与自己坦白了，嘴角的笑意消失，缓缓转过头，见郭玉这陌生面孔，故作惊讶地问道："这位是……"

"六扇门总捕头郭玉。"郭玉主动答道。

"失敬失敬。"沈爻起身，抱拳回了句，继续说道，"郭总捕头请坐。"

郭玉走到沈爻对面的椅子前，坐下，万筠灵也走了过去，站在郭玉身后。沈爻刷了茶杯，边为郭玉沏茶，边开口问道："郭总捕头大驾光临，不知有何贵干？"

"与先生谈谈。"

"谈什么？"沈爻沏了杯茶，问了句，没等郭玉回话，将沏好的茶端给郭玉，说道，"请用茶。"

"谢谢。"郭玉谢过，端起茶杯饮了口，将茶杯放下，才继续说道，"冷锋的案子。"

"哦？"沈爻故作惊讶，笑着说道，"郭总捕头与冷门主的关系匪浅。"

"呵……沈先生，你我都是聪明人，这拐弯抹角的话我郭某人就不说了，冷锋被杀之前曾被六扇门盯上，我认为杀死冷锋的真凶与六扇门追查的一起案子有关，那起案子，六扇门追查许久，可每次眼看着快查出些情况，线索便中断，我认为贼人对六扇门的行事方式过于熟悉，六扇门若追查冷锋被杀案，可能会徒劳无功，这才借用先生之手。"郭玉直言说道。

"国库失窃案？"沈爻淡淡问道。

"啊？"郭玉一愣，没想到沈爻竟这么快反应过来，恐怕他并非一时想起，而是心中早就猜到几分，如今想骗也骗不下去，承认道，"是。"

沈爻亲耳听到此话从郭玉口中说出，并未搭理郭玉，而是微微抬头望着万筠灵，语带责问地说道："万捕头可把我骗了。"

万筠灵被沈爻当众责问，心里很是愧疚，也不知如何回答，压低脑袋不语。

沈爻见她这般，微微一笑，便不继续责问，目光望向郭玉，问道：

“郭总捕头，此案并非儿戏，若查到不该查的人，恐怕在下这颗脑袋也保不住。”

“沈先生，有什么条件可尽管提。”

“呵……什么条件也比不上在下这条命。”沈爻微微一笑，端起茶杯自顾自饮茶。

郭玉并未着急，也若有所思地端起茶杯饮茶，房间一时间陷入沉默，气氛颇为诡异，二人便这般饮茶，将一盏茶饮完，郭玉将茶杯放下，才开口问道：“沈先生，此事真不能谈？”

“可谈。”沈爻沉默了许久，回道。

“请说。”

沈爻目光凝视着郭玉，一字一句地回道：“我要上爻堂获得当今皇上亲笔御赐，开在京城。”

郭玉眉心一紧，实在没想到沈爻胃口这么大，犹豫许久，才缓缓开口道：“此事我需请示皇上。”

“那我便等你消息。”

“好。”

郭玉爽快地应下来，起身与沈爻告辞，便与万筠灵离开芙蓉栈。二人一言不发地走在街上，万筠灵见郭玉一直沉思，不知如何开口，突然，郭玉开口了，冷笑道：“这盘棋局，我本以为咱们是棋手，他是棋子，如今看来，谁是棋手谁是棋子犹未可知，只能看这盘棋谁如何落子了。”

“义父，你怀疑沈爻故意借六扇门之力进入朝野？”万筠灵诧异地问道。

“只是猜测，此人给我的感觉实在太老谋深算了。”郭玉悠悠回了句，淡然一笑，继续说道，“也可能是我想多了，世人都有功名利禄之心，或许他只是想求一番名利，不过，此人身份需好好调查一番，筠灵，此事就交与你了。”

“是，义父。”

万筠灵若有所思地应了下来，走在漆黑街上的她心中百感交集，不断回忆着与沈爻在一起发生的事，他真怀着不可告人的目的吗？那会是什么目的？是否会与六扇门对立？万筠灵一时间心乱如麻。

沈爻送走郭玉、万筠灵，便坐在椅子上沉思。暗门开启的声音响起，芙蓉走了出来，她在隔壁听见沈爻与郭玉的谈话，心中担忧地问道：“先生，此举是否操之过急了？”

沈爻知道自己刚才之言会令郭玉心生怀疑，可他必须把握这个机会，深深吸了口气，回道：“急是急了点，但也只能如此。”

芙蓉明白先生之意，先生已经等了十二年，他不能再等了。

第四十九章　美人心机

圣上亲笔御赐。

如此牌匾确实能令生意兴隆，但沈爻想要的并非于此，他想要的是进入圣上视听，如此才有机会调查沈家当年的案子。然而，世人皆有贪墨之心，若圣上事先不知晓自己参与此案，到时这份功劳怕是没自己什么份儿。此举或许令郭玉怀疑自己接下冷锋被杀案便是为了此刻铺路，但圣上急于破案、找回国库失窃的财宝，他必定压住疑心，尽心尽力说服圣上，也自会辨别哪些该说哪些该瞒。至于圣上，为的是案件告破，追回黄金，行赏何人都一样，十有八九会答应。

沈爻与郭玉谈完，便一直窝在房中，纵然已对此事十拿九稳，也无法做到心如止水。他已经等了十二年，方方面面都做了筹划，此刻是真正的第一步，他如何不焦虑？为求心静，他以让陈十六练剑为由将其支开，并让邱怡陪着，免得陈十六在耳畔聒噪。

等待，往往会令人焦虑，是因放入了太多的希冀。沈爻亦是如此，平日里那般运筹帷幄的自信似乎不再，心境也有了变化，下棋布局也无法做到泰然处之。

芙蓉已借助芙蓉栈老板娘的身份寻了个机会光明正大地与沈爻结识，偶尔前来与沈爻对弈，并无人会想到二人之前便认识。今日，芙蓉又来找先生对弈，见先生落子失误，不由提醒道：“先生，你心境变了。”

“先生非圣人。”

芙蓉并未搭话，目光直直凝视着沈爻，十年前，先生将自己救下，自己便跟随先生，先生虽对自己冷漠、严苛，可偶尔小小的关切令她暖入心扉，这也是为何她决定用尽一生来报答先生。只是，八年未见，只有书信往来，内容也皆是传递消息，不免会令她觉得先生愈发冷漠，七情六欲封闭彻底。然而，此时先生也会焦虑，让她觉得先生还是心中的那个先生，不由欣慰地笑起来。

沈爻见芙蓉正盯着自己，脸上还泛着笑意，不解地问道："笑什么？"

"笑先生幸亏不是圣人。"

"为何？"

"芙蓉不喜欢圣人。"

芙蓉微微一笑，似乎感觉回到八年前与沈爻在一起的时光，二人经常在饭桌前这么面对面坐着。沈爻望着芙蓉，明白这女子之心，正要开口，外面传来敲门声。

"沈先生，有人找你。"

沈爻收回思绪，说道："进来吧！"

门开。

辛梅面无表情地走了进来，止住脚步，冷冷盯着沈爻，却不开口。沈爻疑惑地望着面前这位不苟言笑的女子，不记得自己认识此人，不由开口问道："姑娘是……"

辛梅冷冷瞥了芙蓉一眼，依旧不说话。芙蓉当即明了，知趣地告辞离开。

待芙蓉离开，顺手带上门，辛梅才从怀中掏出一封信函，边递给沈爻，边说道："公主请沈先生入府一见。"

"公主？"

沈爻诧异，接过信函，看了一遍才明白，原来公主赵焕尔前不久去了趟北定王封地，从北定王口中听闻过自己，她得知自己在京便想一见。

沈爻心里浮想起来，狐仙案的真相知晓的人并不多，其中牵扯王妃方茴、幕僚刘夜，北定王不愿过多人知晓，自己知晓真相，他怎会与赵焕尔谈及自己？赵焕尔是王爷的同胞妹妹，难不成将真相告诉了她？赵焕尔请自己入府又是为何？

沈爻收回思绪，请辛梅在外等候，自己换身衣服。辛梅一言不发，转身出了房间。

沈爻换了身衣裳，与辛梅一前一后走出芙蓉栈，上了停在门前的马车，二人对面而坐，马车朝着公主府前行。

一路上，二人无话，辛梅从上车开始便一直盯着沈爻，毫不隐藏想看透沈爻的想法，竟也不觉无礼。沈爻一脸漠然，毫无反应，闭上眼假寐。如此过了一炷香的时间，马车在公主府门前停了下来，辛梅率先开口道："沈先生，到了。"

"嗯。"沈爻睁开眼，应了句，跟着辛梅下了车，在辛梅的带领下进了公主府。

公主府环境清幽，庭院种满了奇花异草，如今已是深秋，一些花已凋谢。不过，庭院中的鲜花种类繁多，一些在秋季盛开，并未影响庭院美景，依旧香气四溢。

沈爻跟着辛梅走在石子铺成的小道，两旁花香四溢，有曲径通幽处之感，穿过前院，来到后院，环境愈发清幽，鲜花、假山、小湖、凉亭，如此美景实在令人心旷神怡。不过，最吸引沈爻目光的是凉亭之下的女子，远远望去，那女子一张精致俏脸，一袭淡蓝色衣裳，举止尽显典雅、高贵之气，犹如落入凡尘的仙女。

此女子应该便是公主赵焕尔，不知她为何请自己入府，沈爻心中揣测，脚步跟着辛梅来到凉亭前。

"公主，沈先生请来了。"辛梅说道。

"沈爻见过公主。"沈爻抱拳行礼。

赵焕尔缓缓起身，动作自然，不显矫揉做作，却又那般高雅，脸上挂着如沐春风般的笑容，说道："沈先生，请坐。"

"谢公主。"

沈爻谢过，迈着步子走进凉亭，这才发现，凉亭石桌上摆放着上等茶具。

赵焕尔见沈爻落座，边沏茶边说道："听闻先生爱茶，特意为先生备了上好的雨前龙井。"

"多谢公主。"

"先尝尝。"

沈爻看了看茶色，碧绿清新，从品相上便能看出这茶不错，端起饮了口，香气清高、滋味甘醇，果然是好茶，将茶杯放下，说道："此茶滋味甘醇，香气扑鼻，好茶。"

赵焕尔倾着身子边为沈爻续茶，边说道："先生喜欢便好。"

"谢公主。"

"不用这般客气，也不用如此拘谨，今日请先生来是因听皇兄对先生赞不绝口，对先生才智颇为仰慕，便请来相见。"

"王爷谬赞了。"

"沈先生谦虚，皇兄向来识人，能令皇兄称赞之人绝非常人。今日一见，先生果然非寻常之人。"

赵焕尔如谈话家常般说着，冲沈爻笑了笑，放下手中茶壶，随口问道："沈先生此次来京是游玩吗？"

"不是，为查一起案子。"

"冷锋的案子？"赵焕尔好奇地问道。

"公主知道此事？"

"嗯！"赵焕尔点了点头，说道，"此事京城人尽皆知，当时我还未离开京城，便有所耳闻，说起来，我与这冷锋也算是认识。"

"哦？公主怎会认识他？"沈爻好奇地问道。

"沈先生既然调查此人案子，便应知道此人性情，说好听些是放荡不羁，说难听些便是登徒浪子。驸马当年被斩首，我虽出身皇家，未受牵连，但成守寡之人，易招是非，这冷锋曾追求我，被我几次冷言拒绝后，才没再来招惹，也便由此认识了。"

赵焕尔似乎不将沈爻当外人，将此事告知，或许觉得谈此事实在不应景，便说道："算了，不说这登徒浪子了。对了，听闻先生善于专研书画？"

"涉猎一二。"

"先生又谦虚了，先生若非善于专研书画，怎会知先皇画有《春日狩猎图》？若不是皇兄告知，我都不知竟有此画。"赵焕尔说这话时，美目直直盯着沈爻，不等沈爻回话，继续说道，"若仅是一幅画也没什么，可我怎么听说这画中隐藏着个秘密？"

这赵焕尔到底什么意思？沈爻脑子飞速转动，揣测着赵焕尔话中之意，自己观赏此画是为了印证陈十六的身份，实在不知这画中隐藏着秘密，赵焕尔为何这般说？画中若没秘密，观赏先皇一幅画而已，纵然知晓此画的人不多，也不至于令北定王起疑吧？若不起疑，没必要连这种小事都告知，恐怕这画中真有秘密，可她为何将此事告知自己？

沈爻生怕赵焕尔起疑，连忙收回思绪，淡然一笑，说道："在下道听途说先皇著有此画，问过王爷才知真有此画，心中好奇便想观赏一二，没想到此画竟隐藏着秘密，在下真不是识货之人。"

"沈先生还真幽默。"赵焕尔微微一笑，继续说道，"先生知不知道画中是否有秘密，是什么秘密都无所谓，重要的是皇兄认为先生知道，我那皇兄确实是仁爱之人，只不过涉及皇室脸面，他也有凶狠一面，先生处理狐仙案应该比任何人都清楚。"

沈爻自然清楚，狐仙案的始作俑者乃是王妃方茴、幕僚刘夜，可北定王为了二人名声，便将此案全部推到机刹阁上，除沈爻以及他的心腹之外，无人知晓详情，难不成他告知了赵焕尔？如此说来，北定王对这妹妹信任十足，那赵焕尔想干什么？替北定王试探自己吗？

沈爻心中揣测，脸上并无疑惑之色，淡淡说道："在下相信王爷睿智，知与不知，王爷心如明镜。"

"如此这般最好，我是欣赏先生才华，实在不愿看到先生无端卷入，这才多了一下嘴。"

"谢公主赏识。"

"先生事迹我听闻过一些，觉得先生实在是有趣之人。"赵焕尔望了沈爻一眼，微微一笑，继续说道，"先生隐居山野，不入朝野，淡泊名利，却经营上爻堂，获以秘籍、珍宝才肯为人断案，又看似贪婪，恕我冒昧，先生到底是个什么样的人？"

"俗人，一介俗人，既怕死又贪婪。"沈爻回道。

"先生警惕之心真重。"赵焕尔撒娇般嗔怪了一句，继续说道，"若先生真是怕死贪婪之人，那日便应该带着皇兄赏赐的珍宝离开，何必不怕惹祸上身去找刘夜对质？无论刘夜是否是凶手，先生都是拿命在赌，试问一个怕死贪婪之人会这般做吗？"

"身不由己，若对案情敷衍了事，以后谁还会找上爻堂办案？"沈爻苦笑着说道。

“先生果然是有趣之人。”赵焕尔被沈爻逗笑，似认真似玩笑地说道，“若我将来有求于先生，也希望先生能如此真诚地为我办事。”

“一定，一定。”

二人又闲聊了一会儿，沈爻便起身告辞，赵焕尔派辛梅相送。沈爻走出公主府向辛梅拱手告别，上了马车，坐在马车上，沈爻回想着与赵焕尔的谈话，对方一方面有意向自己示好，一方面也在试探自己，却都仅是点到即止，她想干什么？如此想了一路，沈爻也没猜出赵焕尔见自己的真实目的，不过，却能深深感受到此女子心机深重，以后定少惹为妙。到了芙蓉栈门前，沈爻下了马车，刚走进芙蓉栈，便见到郭玉已在大厅等候。

“郭总捕头。”沈爻边走边唤道。

“圣上召见。”

第五十章　帝王威

宫闱内院。

沈爻、郭玉迈着稳健的步伐走在青石路上，二人各怀心事，一路无言，如此走了一炷香左右，二人来到练武场门前，侍卫似乎已得皇上旨意，对二人直接放行。

二人正要进练武场，只见迎面两名侍卫拖着个宫女出来，与沈爻二人擦肩而过。沈爻瞥了一眼被侍卫拖着的宫女，见她血淋淋的胸口插着一支利箭，毫无反应地被侍卫拖着，显然已断气。

沈爻见郭玉已走，才心中泛疑地收回视线，跟上郭玉，走进练武场，远远望去，只见一人身穿戎装手持弓箭，正拉满弓，而箭所指方向竟站着个宫女，宫女头顶着桃子，吓得俏脸惨白、双腿颤抖，却极力稳住姿态，不让桃子掉落，似乎这些桃子就是她的脑袋。

“嗖！”利箭离弓，呼啸而去。

宫女见利箭朝自己飞来，吓得双腿一软，尖叫一声，跌坐在地，箭矢从她头顶越过，正中后面箭靶靶心。

“可惜，实在可惜。”赵权幽幽地叹了口气，这一箭力道、精准都恰到好处，只是那宫女惊吓跌坐在地，使得桃子掉落，没能一箭射穿桃子正中靶心。

宫女吓得连忙跪地求饶道：“皇上饶命，皇上饶命。”

赵权边接过旁边小太监递来的箭矢，边懒散地问道：“你做了什么？让朕饶你？”

“奴婢让头顶上的桃子掉了。”

“掉了，捡起来便是。”

“是，是。”

宫女艰难地迈着发抖的双腿，朝着掉落在地的桃子走去，走到桃子前，跪在地上，伸出颤抖的手去捡桃子，手刚拿起桃子，只见一支箭矢飞射而来，直直地刺穿宫女的手掌与手中的桃子。

“啊……”宫女痛得惨叫。

“这样不就不容易掉了。”赵权懒懒地说了句，淡淡命令道，“抬下去。”

“是。”侍卫应了声，架着惨叫的宫女离开。

郭玉朝皇上走过去，沈爻跟在后面。二人走到皇上面前，郭玉跪地行礼，沈爻有样学样。

“微臣参见皇上。”

“草民参见皇上。”

赵权瞥了二人一眼，将手里的弓箭丢给小太监，淡淡说道：“起来回话。”

“是。”

“是。”

沈爻二人应了句，起身。

赵权打量着沈爻，问道：“你便是沈爻。”

“正是草民。”沈爻压低脑袋回道。

“沈爻，你胆子挺大。”赵权语气懒散地说道。

“草民不敢。”沈爻惶恐道。

“不敢？”赵权淡淡反问了句，话语中听不出丝毫情感，懒散地说道，“你都敢跟朕提条件，还有何不敢？”

沈爻压低脑袋，不敢搭话。

“沈爻，朕想知道你胆子到底有多大。”

赵权语气玩味地说了句，笑着命令道：“来人，给他个桃子。”

小太监听令，端着盘桃子走到沈爻面前，眼神示意沈爻拿桃子。沈爻心中揣测到皇上之意，明白拿起桃子可能九死一生，然而，皇命难违，他只能拿盘中桃子。

“去对面站着。”

赵权懒散地命令了一句，沈爻紧握着手中的桃子，心情复杂地走向箭靶。赵权见状，朝身旁的小太监招了招手，小太监心领神会地将弓箭递过去，赵权拿着弓箭，对着远处的沈爻拉弓，目光一直凝视着沈爻，只见沈爻面无表情地头顶桃子站在箭靶前。

弓满箭出，利箭朝着沈爻呼啸而去。赵权将利箭射出，目光始终未离开沈爻，只见沈爻脸上依旧面无表情，看不出丝毫恐惧的情绪。

利箭继续朝沈爻射去，穿过沈爻头顶的桃子，正中靶心。

“皇上神武。”小太监见状，谄媚称颂。

赵权冷冷瞥了那小太监一眼，吓得小太监的脸青一阵红一阵，狠狠地咽了口唾沫，将脑袋压底，似乎孱弱的身体都在颤抖。赵权懒懒地收回目光，朝着远处的沈爻望去，只见沈爻缓缓拔下箭靶上串着桃子的利箭，一步步走来，双手将利箭奉上，动作竟没一丝慌乱。

赵权的脸又恢复慵懒之色，懒散地接过利箭，说道：“沈爻，你果然胆子够大，就冲你这份胆识，朕相信郭爱卿看人差不了。”

“谢皇上赞誉。”

“朕答应你，若你破了这起案子，朕为你上爻堂提名送匾，但若你破不了这起案子，朕下次用箭射的便不是你头顶的桃子，而是你这颗脑袋，如何？”

“草民遵旨。”

“那尽快去办案吧！”

赵权懒懒地将二人打发走，沈爻、郭玉行礼告退。赵权面无表情地凝视着二人离开的背影，直到二人快走出练武场，才收回目光，对身旁的小太监说道：“念那小宫女是初犯，命先留着，只是手脚不干净，那双手就废了吧！”

“是。”

沈爻、郭玉一出练武场，郭玉满含深意地瞥了沈爻一眼，率先开口道：“沈先生实在是难得一见的奇人，让本官真正见识到何谓泰山崩于前而色不变。”

“郭总捕头谬赞。”沈爻抱拳回了句，无奈地说道，“在下当时怕得要死，可哪敢违抗圣命，那是死罪。”

郭玉哈哈一笑，故作舒缓气氛地说道：“沈先生怕不是害怕违抗圣命，而是自信圣上那一箭定射中先生头顶上的桃子吧！”

沈爻微微一笑，并不答话，算是默认。

聪明人之间不需太多言语。

郭玉心中明了，便不继续追问，纵然对此人所作所为有太多疑惑，然而，问是枉然，还是自己调查来得实在，便转移话题问道：“沈先生打算如此查此案？”

沈爻扭头望了一眼郭玉，不答反问道：“郭总捕头，冷锋的案子是怎么回事？”

他之前已从郭玉口中得知冷锋被杀案与国库失窃案有关，可两者具体是什么关系，六扇门查到什么地步，他并不清楚，既然着手调查此案，便得尽可能地知晓每个细节，些微的细节可能就会成为破案的关键。

“沈先生还记得武邑县的案子吧！”郭玉问了句，见沈爻点头，继续说道，“当时万筠灵追查一群潜入武邑县的杀手差点儿被杀，与这些人交过手，其中一人使用的刀法是魍魉刀法，她顺着这条线查下去，那些人的身份快要浮出水面，可知情者突然被杀，凶手正是冷锋。”

“原来如此。”

沈爻恍然大悟，终于明白在检查冷锋尸体时，万筠灵似乎有话要说，却并没讲出来，她想讲出来是不让自己绕弯路，不讲出来是不暴露六扇门利用自己的事实。

沈爻也曾猜测过冷锋与国库失窃案有关，仅认为冷锋可能参与此案，却没想到竟是这种关系。

十二宫之一的阎王殿，未知身份的黑衣人，荀勖这类江湖草莽之人，冷锋这种江湖名门之后，各个都非等闲之辈，却在被利用之后，被干净利落、不着痕迹地除去，丝毫证据不曾留下，稍微一想，便能感受到背后势力何等恐怖。

郭玉见沈爻迟迟不答话，又扭头瞥了他一眼，问道：“沈先生可有想法？”

“此案除冷锋这条线索之外，可还有其他线索？”沈爻问道。

“没有。”郭玉摇头。

沈爻不知对方所言是真是假，也懒得费心揣测，回道：“既然如此，那只能从冷锋被杀案入手了。”

“冷锋案子的细节，万捕头会与你讲。冷锋死前，她正追查这条线，应该会对先生破案有帮助，她又出自六扇门，办案经验丰富，有她相助，相信能尽快查出杀死冷锋的真凶。”

“如此甚好。”

沈爻坦然答应，心中知晓郭玉此举用意，郭玉身为六扇门的总捕头，全权负责国库失窃案，冷锋被杀与此案关系甚密，可以说是案中案，他自然需有自己人参与其中，第一时间知晓案件调查情况。或许在郭玉眼中，自己只是抛砖引玉的那块砖，但已无所谓，皇上金口，此案告破，自己便能得到心中想要，也无须计较太多。

“那就有劳先生费神了。”

“拿了酬劳，就该办事。”

二人谈了一路，出了宫门，相互抱拳告辞，分道而走。

沈爻上了马车前往芙蓉栈，已得皇上答复，便是效力之时了。马车前行，沈爻坐在车中闭目沉思，冷锋被杀的这起案子实在奇怪，此案疑点颇多，可竟无一丝直接线索，此案又关系到国库失窃案，不得不令沈爻思绪泛滥，可纵然思绪天马行空，却无立锥之基，便难以令思路清晰，思来想去，最为稳妥之法便是从疑点入手。

如此想了一路，马车行到芙蓉栈门前，沈爻下了马车，走进芙蓉栈，正要上楼，便见邱怡手里拿着条编织的红绳从楼上下来。

邱怡见到沈爻，行礼喊道：“先生。”

“十六呢？”

“十六正在后院练剑。”邱怡老实回了句，关切地问道，“先生，今日你入宫面圣如何？”

“还好。”

“哦！”邱怡应了声，听出先生不想多说，便也不再问，连忙说道，“先生，那我去督促十六练剑了。”

“去吧！”

沈爻点了点头，邱怡冲沈爻笑了笑，歪了下身子，从沈爻旁边下楼，下了楼梯朝着后院走去，走进后院，远远便望见陈十六汗流浃背地挥舞着破剑，邱怡举起手朝陈十六摇了摇头，喊道："十六，红绳给你编好了。"

陈十六听闻声音，收起剑，朝邱怡望去，脸上泛着喜悦的微笑跑了过去。

邱怡将手里的红绳递给陈十六，叮嘱道："快，赶紧穿好了，不然弄丢了就麻烦了。"

"知道了。"

陈十六应了声，从怀中掏出玉扳指，接过邱怡递过来的红绳，可笨手笨脚不知如何穿。邱怡见状，无奈地笑了笑，拿过陈十六手中的玉扳指、红绳，麻利地将两者穿在一起，走到陈十六面前，踮着脚尖为陈十六戴上。

陈十六只觉得香味扑鼻，一股热血冲头，心脏怦怦直跳，脸红得如熟透的番茄。

"好了。"

邱怡说了声，手从陈十六脖子间缩回来，见陈十六一张脸通红，脸几乎快凑到陈十六脸上，好奇地问道："你脸怎么这么红？"

"没……没有。"陈十六连忙扭头，不想让邱怡看到自己窘态。

邱怡绕到陈十六面前，蹲下身子，仰头望着陈十六的脸，嘟着小嘴认真地说道："明明就是脸红嘛！"

第五十一章　荒宅

一盏茶接着一盏茶。

芙蓉不知自己喝了多少杯，茶叶已换了三次，茶水依旧泡得淡然无味。她此时无心品茶，饮茶只为平静心中的焦虑与忐忑。先生进宫面圣已过两个时辰，也不知情况如何，可千万别出什么岔子。

芙蓉焦躁得拿起茶壶倒水，却发现壶中已无水，心情愈发烦躁，正想唤来丫鬟训斥一番，却听见隔壁房间传来开门声，连忙激动地起身，走到墙前，启动机关，观察隔壁房中情况，见沈爻正进房间，她连忙启动暗门机关，走了进去，一进房间，便激动地问道："先生，怎么样？"

"已妥。"沈爻淡淡回了句，并未讲述在宫中的经历，免得令芙蓉担心，走到椅子前坐下，问道，"让你调查刘凤刀，可有消息？"

"嗯。"芙蓉应了一句，在沈爻对面坐下，继续说道，"今日一早传来的消息，正想告知先生。"

"说吧！"

"刘凤刀曾有房妻室，不过，四年前去世了，之后他便一直未娶，京城之中有处宅院，可他常年在外征战，宅子都荒废了，现在无人居住。"

"宅子在什么地方？"

"杨柳街。"芙蓉望了先生一眼，继续说道，"除此之外，那把将冷锋钉在门上的剑也查了，但剑身无标记，造型普通，没能查到，除正规的铸剑坊之外，也有可能是私人打造，恐怕查下去也没什么收获。先生，还要不要继续查？"

"竟查不出来？"

沈爻并未搭话，若有所思地喃语了一句，愈发觉得此事怪异，凶手冒着风险将冷锋的尸体运到冷玉门大门前，将尸体钉在大门上，便说明此举另有深意，而凶手杀了冷锋，冷锋的剑便属于他，他直接用冷锋的剑将其钉在门上岂不将线索销毁得更彻底？为何用一把新剑？凶手如此这般故布疑阵是为了什么？原本沈爻以为这是凶手故意为之扰乱办案人的视线，会在此剑上大做文章，没想到这条线索竟直接断掉，难不成凶手只是为了浪费办案人时间？这凶手攻心计的手段确实了得。

沈爻正揣摩着凶手的心理，外面突然传来敲门声，随后，万筠灵的声音响起。

“沈先生。”

沈爻望了一眼芙蓉，芙蓉心领神会，悄无声息地从暗门离开。

沈爻见暗门已关，前去开门，将门打开，身子立在门口，眼神直直打量着门口的万筠灵，沉默无言。

“沈先生。”

万筠灵被沈爻如此盯着，一时间不知该说些什么，脸上尽是尴尬之色，她来之前便已有了心理准备，任由沈爻责骂，毕竟自己之前确实欺骗了沈爻。

“沈先生，我知道之前是我……”

万筠灵一脸羞愧、态度端正地为之前所为道歉，可话尚未说完，沈爻便直接打断道：“万捕头，你我并无私交，关系并不亲密，为了自己的目的利用实属正常，无须为此道歉，案件为重，若是谈论案件，请进来说。”

万筠灵感受到沈爻的话语比以往更加冷漠，还散发一丝排斥之意，心中内疚的同时不知为何竟有一丝失落感，可她并不后悔，身为六扇门的人便万事以六扇门为先。

万筠灵见沈爻已转身在椅子上坐下，才心情复杂地走进屋子，却一时间不知该如何开口。

沈爻望了万筠灵一眼，率先开口道：“万捕头为何迟迟不语？郭总捕头派你前来不就是让你告知在下已知的此案细节，哦，当然，还让你协助在下查案，及时汇报查案情况。”

万筠灵并不否认沈爻话语后半段之意，也知沈爻话语嘲讽，但并不恼怒，诚恳回道："是。"

沈爻一愣，没想到对方竟不恼怒自己冷嘲热讽，也不好继续嘲弄，说道："那请说。"

"先前在武邑县，我被人跟踪，借助荀勖调查那些人，反遭到他们围杀，那晚若不是先生……"

万筠灵说到此处，不由想到那夜沈爻为自己脱衣疗伤，俏脸一红，压低脑袋小声说道："我记得其中一人使用的是魍魉刀法，便去追查，得知那人叫张展，可此人三年前因杀了为非作歹的恶人而被处斩，我怀疑其中大有问题，去县衙查证，可查到仵作时，仵作被人杀了。"

"凶手正是冷锋。"

"对。"

"冷锋身上那三处快愈合的伤口出自你之手？"

"对。"

"难怪你当时会有那般反应，原来是不希望我花时间查那三处伤口。"

沈爻淡淡说了句，对此种情况，心里之前就有猜测，并不好奇，真正令他好奇的是死而复生的张展。

既然他因犯杀人罪而被处斩，可为何还活着？若只是调查冷锋的案子，沈爻没必要理会，但如今肩负国库失窃案，这张展又曾在武邑县对荀勖灭口，此人定参与其中，如他这种死而复生的情况是独一份还是其中之一？若是其中之一，恐怕这事问题就大了，沈爻连忙问道："除张展之外，死而复生的人可还有？"

"六扇门正在查，可不知都有何人，只能大海捞针地从这些年来被斩首之人中入手，恐怕一时间难有结果。"万筠灵无奈地回道。

沈爻深有同感，张展三年前已被处斩，却一直活在世上，若非与万筠灵面对面，也不会暴露，不知都有何人如他这般情况，又如何调查？

沈爻暂放好奇之心，继续问道："你与冷锋过招之后呢？"

"他逃了，我一直追踪，却失了踪迹，在耘涞县追了两天没找到，返回京城向总捕头汇报，却得知他被杀了。"

"如此便能说通他回京之后为何不回冷玉门了。"沈爻点了点头，心中又泛起疑惑，分析道，"冷锋已成凶犯，无法回冷玉门但为何要回京？只能说明他认为京城有人能救他，却没想到反遭其杀。”

万筠灵觉得大有道理，连忙问道：“那人是谁？”

“你问我？”沈爻见万筠灵一脸期待地望着自己，没好气地反问道，“我问谁？”

万筠灵幽怨地瞪了沈爻一眼，继续说道：“除此之外，六扇门暗中查过刘凤刀，发现此人在冷锋被杀的那段时间并不在新城军队中。”

“万捕头打算怎么做？”沈爻淡淡问道。

“查他啊！”

“如何查？”沈爻懒散地问了句，继续说道，“刘凤刀是军中校尉，纵然他擅自离营，但不能说明他杀了人，顶多算犯了军纪，万捕头怎么查他？”

“那依先生之意，如何查此案？”

“先查刘凤刀在京城的宅院。”

万筠灵哭笑不得，正想大骂沈爻戏耍自己，却被突然闯进来的陈十六、邱怡硬生生打断，只好将即将说出口的脏话咽了回去。

陈十六进门，擦拭了一下额头上的汗水，说道：“先生，您回来了？”

“换身衣服，准备出门。”

“去哪儿？”

“查案。”

“明白。”

陈十六应了声，连忙去自己房间换衣服，路过门口，深情地望了邱怡一眼才离去。邱怡目送陈十六离开，转头，问道：“先生，我能去吗？”

沈爻微微点头以示同意。

宅院，杂草丛生，蛛网遍布，确实荒废已久。此时，已入夜，愈发令人感觉宅子里阴森、恐怖。沈爻、陈十六、万筠灵皆是刀口上舔血之人，并没感觉，只有邱怡充满恐惧，吓得连忙拽住沈爻衣袖，怯怯地躲在沈爻身后。

陈十六见状，走过去，安慰道：“邱怡，别害怕，有我在，我保护你。”

沈爻望了一眼陈十六，将对方腼腆的神情尽收眼底，心中了然这小子情窦初开。

陈十六见先生正盯着自己，尴尬了两息，神情恢复如常，问道：“先生，咱们为何来此？”

“查案。”陈十六不解地问道，“这破宅子不知荒废多久了，能查出什么？”

“废话那么多，让你查便查。”沈爻没好气地骂了句，吩咐道，“分头搜查，检查是否有人来过、打斗的痕迹。”

“先生，邱怡怎么办？她害怕。”

“跟着你。”沈爻淡淡地说了句，望了邱怡一眼，邱怡乖乖地松开了抓着沈爻衣袖的手，沈爻率先朝着东厢房走去，万筠灵去西厢房搜查。

陈十六见只剩自己与邱怡，谄媚地说道：“邱怡，别害怕，跟着我就行。”

“嗯。”邱怡应了一声，跟着陈十六去后院搜查。

沈爻独自走进偏房，点亮火折子，顿时，屋里光线明亮起来，一眼望去便能看清房内全貌，尘土遍地，墙角蛛网密布，并无脚印，不像有人来过。

沈爻见没有收获，出了东厢房，去前堂搜查了个遍，依旧没丝毫发现，正要离开去后院，万筠灵也搜查完西厢房过来，二人彼此摇头都表示无收获，准备一起去后院，突然，后院传来尖叫声。

“啊！”

二人相视一眼，神情惊慌地朝着后院跑去，到了后院门口，远远便看到陈十六拿着火折子蹲在地上慌张大喊。

“邱怡，你别害怕，我马上来救你。”

沈爻跑过来，问道：“怎么了？”

陈十六正准备下井，见沈爻来了，连忙回头望了沈爻一眼，担忧地回道：“先生，邱怡掉进井里了，我下去救她。”

“嗯。”

陈十六得到沈爻首肯，纵身一跃跳了进去，跳入井中，陈十六双手撑着井壁一点点地往下落，见邱怡坐在地上，表情痛苦地摁着脚踝，关切地问道：“受伤了？”

邱怡忍着剧痛回道："脚扭到了。"

"别害怕，我马上救你出去。"

陈十六安抚了一句，上前一步，正要去抱邱怡，却感觉脚下踩到东西，声音听上去有些像铁器。他下意识地瞥了一眼，不由愣住了，脚下竟是一把剑，一把沾着鲜血的剑。

第五十二章　疑云

邱怡趴在陈十六背上，一手揽着陈十六的脖子，一手抓着血剑。陈十六背着邱怡，双手、双脚撑着井壁，一点一点艰难地往上移动，到了井口，沈爻、万筠灵一起搭手将邱怡拖出来，万筠灵关切地询问邱怡哪里受伤，沈爻注意到邱怡手中的血剑，正要询问，邱怡朝万筠灵摇了摇头，将手里的血剑递给沈爻，忍痛说道："先生，剑。"

"这是……冷锋的剑。"

万筠灵的注意力也被剑吸引，望了一眼，立即认出这正是冷锋的剑，心中顿时生疑，连忙问道："沈先生，冷锋的剑怎么会在这枯井里？"

"可能是凶手所扔。"陈十六从井里跳出来，回了句，伸手指着西面，说道，"先生，那里有打斗的痕迹，还有血迹，冷锋应该是在此地被杀。"

沈爻没有回应，举着火折子朝陈十六指的方向走去，万筠灵连忙跟过去。

陈十六留下，蹲在邱怡身边，让邱怡拿着火折子，脱掉邱怡的鞋子，只见邱怡的脚已肿起来，摸了一下，并未伤及骨头，这才稍微放心，连忙说道："我先带你回芙蓉栈疗伤。"

邱怡摇了摇头，说道："我没事，只是扭伤了，先生正在查案，我不能拖先生后腿。"

"可是你……"

"我真的没事，休息一下就好了。"

"那我给你揉一下，先把瘀血揉开。"

"嗯。"

沈爻、万筠灵手持火折子来到陈十六所指之地，借着火折子散发的光亮检查起来，只见地上一些杂草有踩踏的痕迹，仔细检查，还能发现一些稍微干了的血迹，此地应该经历过一场厮杀。

万筠灵蹲在地上，抬头望着沈爻，说道："沈先生，这里应该就是冷锋被杀之地。"

"我眼神还行。"沈爻淡淡回了句，差点儿将万筠灵噎死，一双美目狠狠地瞪着他，沈爻视若无睹，继续说道，"如此只能说明冷锋在此被杀，这宅子虽是私人之地，但早已成荒宅，任何人都有可能来这里行凶。"

万筠灵也这般认为，可受不了沈爻那对万事了然于胸的模样，阴阳怪气地问道："那依沈先生之见呢？"

"你我再仔细检查一下后院，看是否有人住过的痕迹。"

万筠灵明白沈爻此言之意，六扇门暗中调查过，冷锋确实回京，可回京之后便如人间蒸发、彻底失了踪迹，他藏在哪里？若他藏匿于此，便能说通；若没在此藏匿，是否藏在凶手那里？

二人又仔细检查了一番，在后院柴房中发现有人住过的痕迹，地上还有些吃过的食物残渣。沈爻凝视着地上的食物残渣，无言沉思。

万筠灵瞥了沈爻一眼，不知为何，心里竟有种见沈爻受挫幸灾乐祸之感，故意问道："沈先生，看来冷锋确实藏在此地，只是线索又断了，该如何查？"

"万捕头这么希望线索断掉？"沈爻淡淡反问了句，扭头走出柴房。

万筠灵欲要辩解，却见沈爻已走出柴房，连忙跟上两步，问道："你干吗去？"

"回芙蓉栈。"

沈爻一行人回到芙蓉栈，里面歌舞升平、纸醉金迷，台上歌女抚琴、舞女伴舞，台下客人与女子觥筹交错，淫声笑语，好一幅靡靡之景。正是如此之地才吸引三教九流之人，小道消息流通不绝，获知消息便最为便捷，不过，似乎最近进出这芙蓉栈的江湖中人比往常多了些。

沈爻走进芙蓉栈，便直接上楼。一些客人搂着女子正下楼，这些女子已与沈爻、陈十六混熟，对沈爻敬仰地打招呼，对腼腆的陈十六挑逗两句，惹得陈十六脸红，见陈十六抱着邱怡，又打趣两句，令邱怡都不好意思让陈十六放下自己，陈十六加快脚步上楼，向沈爻请示之后带邱怡去疗伤。

沈爻提着血剑回房，万筠灵见无人搭理自己，不知沈爻下一步如何查案，为节省时间，只好去要间房在此居住，奈何芙蓉栈最近生意火爆，早已没房，都怪这沈爻，为何非得住在这种地方。

万筠灵气呼呼地来到沈爻房间门口，推门进房，只见沈爻正凝视着冷锋的血剑若有所思，心思立即放在案件上，连怒火也消了大半，将门关上，问道："沈先生，这剑有什么问题吗？"

沈爻头也不回地说道："剑没问题，事有问题。"

万筠灵神情泛疑，问道："何意？"

沈爻缓缓将目光从血剑上收回来，眼神示意万筠灵坐下谈话，继续说道："此案的起始点乃是冷锋杀仵作灭口却被万捕头发现，那咱们便从此处推测。冷锋杀死仵作应是受人指使，为的便是灭口，令万捕头无法查证张展是否真是死而复生之人，可惜，他的行动被万捕头发现，还与万捕头交手，暴露身份，受了三处伤。"

"冷锋身份暴露，知六扇门定会全力通缉他，冷玉门回不去了，他只能东躲西藏，并将事情经过告知命令他的人并寻求庇护，却没想到反遭杀害。"万筠灵顺着沈爻的思路往下讲，推测道。

"太跳跃了。"沈爻摇头淡淡回了句，继续说道，"冷锋身上除了万捕头那三处伤以及最后致命的伤之外，还有二十几处轻伤，那些伤势如何来？"

万筠灵问道："冷锋在被杀前还遭人追杀？"

"或许是。"爻淡淡回了句，继续说道，"也或许是死后被凶手故意为之。"

"凶手为何这样做？"

"故布疑阵。"沈爻继续说道，"当然，这也只是猜测，也可能如万捕头推测那般，这无法证实，不过，从冷锋致命那一剑可看出凶手是冷锋信任之人，若在此之前派人追查冷锋，冷锋再见此人，不可能没有防备。"

"如此看来，那冷锋身上三处不同的伤中，其中两处并无意义，从伤口上只能确定冷锋非常信任凶手。"万筠灵深有同感地点头说道。

沈爻点点头，以示同意，继续分析道："另外，两把剑也是重要疑点，凶手一剑刺死冷锋，他便得到冷锋的剑，可为何要用自己的剑将冷锋钉在大门上？直接用冷锋的剑岂不更能彻底销毁线索？若冷锋的剑上有线索，凶手为何不将其销毁，反而留在第一案发现场？"

"会不会凶手之所以留下那把剑是故意扰乱我们的调查方向？"

"我也怀疑过，也查过那把剑，并未查到，剑无标记，会铸剑的私人也能打造。"沈爻也不管万筠灵会怀疑自己获知消息的来源，懒懒回了句，继续说道，"以上并非此案最可疑之处，此案最为可疑的地方是凶手为何冒着风险将冷锋的尸体钉在冷玉门大门上。纵然凶手自信不会被人发现，可六扇门因仵作被杀怀疑上冷锋，绝然不会放弃此条线索，凶手杀了冷锋，直接将其毁尸灭迹岂不更能令六扇门查无所获？还能令六扇门将时间放在搜寻冷锋身上，为何偏偏要将其尸体悬于大门上告知六扇门冷锋已死？凶手此举实在令人想不通，难道……"

沈爻说到此处，突然停了下来。万筠灵一脸好奇，美目直直地看着沈爻，心中颇为期待沈爻说出此案关键。

沈爻瞥了万筠灵一眼，淡然一笑，语带戏谑地说道："难道凶手认为六扇门办案能力太差，查不到？"

万筠灵气得粉拳紧握，恨不得一拳打在沈爻嘴上，美目狠狠地瞪着沈爻，愤愤说道："若凶手真这般想，那是他自掘坟墓。"

"我也觉得并非如此，六扇门办案能力是否一般不说，可凶手若这般想，实在过于夜郎自大，恐怕此举另有深意。"沈爻淡淡说了句，话语中夹杂着藐视六扇门之意，见万筠灵气得要发作，继续说道，"暂且不管凶手此举何意，此案还得查下去。"

万筠灵没好气地问道："怎么查？"

"刘凤刀。"

万筠灵被沈爻气得一肚子火，这会儿终于找到沈爻话语的漏洞，阴阳怪气地反问道："沈先生之前不是说刘凤刀乃是军中校尉，纵然他擅自离岗，也只是犯了军纪，不能说查就查，如今怎么又改主意了？"

沈爻瞥了万筠灵一眼，懒懒地说道："那是之前，当时只查出刘凤刀回京，而且并无证据，可如今，在刘凤刀的宅院里找到冷锋的剑，证据确凿，自然有理由查他。”

“可那宅子已经荒废，谁都可能在里面杀人。”

“纵然如此，那宅子的主人是刘凤刀，不能抓人，但至少能询问，万捕头这点常识都没有？”

“哼……”万筠灵气得扭头不理沈爻。

沈爻不由一笑，见她并无离开之意，说道：“事已谈妥，万捕头该走了。”

“芙蓉栈没房间了。”

“难不成你要与我同床而眠？”

“谁要跟你同床？”万筠灵狠狠地骂了句，脸色缓和下来，说道，“你去跟邱怡说一下，今晚我与她挤一挤。”

沈爻故作不解地问道：“万捕头这是在求我？”

“求你。”

沈爻不为所动地说道：“万捕头求人的态度好强硬。”

“沈爻，你……”

万筠灵气得猛然从椅子上起身，头也不回地离开了房间，大不了自己去找邱怡说，可万筠灵刚出门口，便听到沈爻说道：“邱怡乃我下人，我未发话，她不能擅自做主。”

“我去客栈住。”万筠灵恶狠狠地回了句，迈着步子离去。

第五十三章　兵乱

晌午。

沈爻四人乘坐的马车驶入新城地界。

这一路，沈爻与邱怡对弈，陈十六、万筠灵纷纷支持邱怡，为其加油，万筠灵最为激动，不停鼓励邱怡打败沈爻，若非不懂下棋之道，她早就亲自上场杀沈爻个人仰马翻，一挫他的锐气，奈何下了三局，邱怡连输。

万筠灵未能如愿，心里甚是不爽，瞥了沈爻一眼，故意说道：“邱怡，是不是他是你家先生，你不敢赢他？”

邱怡苦着脸冲万筠灵笑了笑，回道：“先生棋艺精湛，我实在不是对手。”

“你并非不是我对手，而是输在心神不宁。”沈爻收着棋子，懒懒地说了句，说完，微微抬起头，目光直直盯着对面的邱怡，问道，“今日你为何心神不宁？”

邱怡神情一慌，压低脑袋，认错道：“先生，对不起。”

陈十六关切地问道：“邱怡，你怎么了？”

邱怡摇摇头，说道：“没事。”

“你干吗跟他道歉？”万筠灵插了句话，美目瞪着沈爻，愤愤说道，“我就说嘛！她是在让你，不然你能赢？”

沈爻将目光从邱怡身上收回，望着万筠灵，戏谑地说道：“既然万捕头如此厉害，不如你与我下一局？”

“我……”

万筠灵顿时无言以对，俏脸尽是尴尬，正不知如何化解，只听陈十六开口喊道：“先生，军营到了。”

几人纷纷掀开车帘，探出脑袋朝外望去，只见四五里外，上百个营帐依次整齐排列，一面红底金字印着“赤”字的大旗在空中飘扬，威武壮观，这便是驻扎在新城的军队——赤圣军，将领周谋臣乃由皇上亲自选拔，忠心无二，不受任何调动，只听从皇上之命。此军向西瞭望西夏，西夏侵犯，可第一时间出兵增援；向东近距京城，京城有事，便可立即出兵勤王。

马车行至军营前停下。

沈爻四人先后下车，迈着步子朝军营走去，却在门口被守卫拦下。

“军营重地，闲杂人等不得入内。”

沈爻望了万筠灵一眼，万筠灵心领神会，上前一步，亮出六扇门的令牌，气势十足地说道：“六扇门，有要事求见周谋臣周将军。”

“请在此稍后。”

二人望了一眼令牌，确定无假，彼此相视一眼，其中一人说了句，便前去禀报。

营帐。

将军周谋臣、副将林修、校尉刘凤刀正在议事，听闻士兵来报，周谋臣一脸疑惑，刘凤刀立在一旁沉默，神情略显不安，林修瞥了一眼身旁的刘凤刀，将他此时表情尽收眼底，却未说话。

周谋臣沉思少许，回过神，吩咐道：“带他们进来。”

“是。”

士兵领命，去传沈爻四人。

沈爻四人在士兵的带领下走进军营，在营帐前又被拦下，陈十六、万筠灵纷纷卸下兵刃，方才让进营帐，只见营帐之内共有三人，一人坐在正中，其余二人一左一右分别坐在两侧。来此之前，万筠灵向沈爻提及过，沈爻当即猜出这三人分别是谁，亦知晓周谋臣向来护短，对下属颇为爱护，不知对询问之事是否横加阻拦。

万筠灵上前一步，抱拳道：“六扇门捕头万筠灵拜见周将军。”

“万捕头无须多礼。”周谋臣淡淡回了句，见万筠灵直身，开门见山地问道："不知万捕头今日来我军营所为何事？"

"回将军，下官此次前来是想请刘校尉配合调查一起命案。"

万筠灵回了句，微微扭头，瞥了一眼坐在一旁的刘凤刀，只见刘凤刀稳坐在位，神情漠然，不惊讶、不慌乱，谁也不知他在想什么。周谋臣一愣，瞥了刘凤刀一眼，将他的神情尽收眼底，扭头望向万筠灵，问道："这命案与凤刀有何关系？为何要请他配合调查？"

"死者冷锋与刘校尉是师兄弟，二人关系颇好，命案现场在刘校尉京城的宅院，特向刘校尉询问一二，还望周将军通融。"

万筠灵照着沈爻之前交代只说出此案表面，将刘凤刀当成询问对象，而非嫌疑人，目的是让周谋臣认为仅是配合调查，例行公事询问，询问过后便放人，应不会横加阻拦。然而，周谋臣尚未开口，一旁的副将林修淡淡问道："万捕头想让刘校尉如何配合调查？询问是在军营还是去六扇门？"

"自然是去六扇门。"

沈爻刚想提醒，可万筠灵已经率先一步开口，话音未落，林修便气得拍案而起。

"荒唐。"林修大吼一声，瞥了万筠灵一眼，愤愤道，"刘校尉乃是赤圣军校尉，六扇门并无证据，却要将人带走，此事传出去，赤圣军军威何在？哼……六扇门逼供的手段伎俩本将虽未亲自领教过，但也略知一二，怕是进去白的也能被逼成黑的，想带走人可以，先拿出证据。"

万筠灵见对方不仅横加阻拦还语含污蔑六扇门之意，顿时恼怒，义愤填膺地回道："六扇门向来秉公办案，刘校尉在冷锋被杀之时不在军营而在京城，死者又死于刘校尉京城的宅院，请问林副将，下官是否能带刘校尉回六扇门调查？林副将在此横加阻拦，意欲何为？"

林修一愣，似乎没料到情况竟是如此，顿了片刻，继续说道："刘校尉回京是有要事，至于死者死于刘校尉京城的宅院，那宅子早已荒废多年，任何人都可在那里行凶，如何就能证明是刘校尉所为？"

"下官从未说过刘校尉是凶手，只是案发之时他在京城，命案又发生在他的宅院，协助调查并不为过吧？"万筠灵淡淡反问道。

"那也不必带回六扇门。"林修冷冷回道。

沈爻冷眼旁观，理解林修为何态度坚决，不让六扇门带走刘凤刀，一旦刘凤刀被带入六扇门，无论真凶是否是他，赤圣军名声势必受到影响，若最终查明真凶是刘凤刀，那军中出现杀人凶手，赤圣军名声何在？只要将刘凤刀留在军营，纵然凶手真是他，也可以军法处置为由掩盖事情真相，不令赤圣军名声受损，不过，沈爻总觉得有些怪异，从周谋臣听闻万筠灵说出因何而来之时的反应来看，他并不知晓刘凤刀偷摸进京，而且谈话之中也尽量想了解实情，而这林修却油盐不进地抗拒六扇门调查，他只是副将，将军、当事人皆在，他未请示周谋臣，未向刘凤刀了解情况便为其辩白，还打断周谋臣，实在令人费解。

难道只是为了赤圣军的名声考虑？

“好了。”周谋臣淡淡说了句，见万筠灵、林修不再争执，目光望向一直无言的刘凤刀，问道，“凤刀，冷锋被杀时，你在京城？”

“是。”刘凤刀坦然承认。

“杀他的可是你？”

“不是。”

“你为何擅自离营进京？”

“我收到冷锋的飞鸽传书，他要见我。”

“书信呢？”

“无意中落入炉火中烧了。”

周谋臣听闻此话，神情闪过一抹不满，若书信尚在，便说明刘凤刀前往京城是冷锋主动相邀，便不可能杀他，可偏偏这书信烧了，继续问道：“你去京城可否与冷锋相见？”

“没有。”刘凤刀摇摇头，继续说道，“约见之日，冷锋并没出现，我担心擅自离营会被发现，便当晚赶回来，后来师父派人送信，我才知师弟被杀。”

周谋臣目光望着万筠灵，淡淡问道：“万捕头，你都听见了？还有何想问？”

万筠灵望了一眼周谋臣，感受到对方护短之意，扭头望向刘凤刀，问道：“信的内容是什么？”

“他要见我。”

“只是说要见你，你就擅自离营去见他？难道冷锋一句想见你比圣上下令军士未经传唤不得入京的旨意还重要？冷锋在信中到底说了些什么？”万筠灵冷冷问道。

“我承认违抗圣旨、违反军纪。”刘凤刀坦然回道。

“冷锋约你见面，你不惜违抗圣旨偷摸入京，可连与他的面都未见便匆匆回来，这有些说不过去吧？”

“为何说不过去？我没见到他自然立即回来，也好不令人发现擅自离营，我总不能满大街找他，告诉别人我违抗圣旨了吧？”刘凤刀淡淡反问道。

万筠灵气的白牙咬得咯咯作响，这刘凤刀所言一听便是搪塞之词，其中定有所隐瞒，此人身上定有秘密，但就是拿他没办法。

周谋臣见状，淡淡说道：“万捕头，想问的都问完了吧？刘凤刀确实擅自离营，未经传唤私自入京，他所犯乃是军法，自有军法处置，不劳六扇门操心。”

万筠灵认定刘凤刀有问题，若查下去，定能查出一二，态度坚决地说道：“刘凤刀言辞含糊，我需带他回六扇门协助调查。”

沈爻连忙上前扯了扯万筠灵衣袖，提醒她不可如此。

林修一脸怒火，猛然从椅子上站起来，直奔万筠灵面前，愤愤说道：“这里是赤圣军军营，不是你六扇门，敢在这里撒野，我斩了你这颗脑袋，郭玉能说什么？”

“林副将。”

刘凤刀见状，连忙抓着林修往后拉，林修被拉着后退了三四步，才甩开刘凤刀，却没再上前，愤愤生着闷气，眼神却飘忽不定。

沈爻也拉着万筠灵往后退，生怕二人起了冲突，兵戎相见。

周谋臣从椅子上起来，走到林修、刘凤刀身边止住脚步，望着万筠灵，正要开口，一旁的林修突然动了，只见他猛然从怀中抽出一把锋利匕首，以迅雷不及掩耳之势快速一挥，锋利的匕首直接划过周谋臣脖颈，紧接着，锋利的匕首划过旁边刘凤刀的脖颈。

眨眼之间，事情突兀，令人难以反应。

沈爻见林修出手，也是一惊，想提醒周谋臣、刘凤刀却来不及，二人已惨死倒地，四人惊愕地望着林修，不知他到底为何这么做？

“来人，抓刺客。”林修边喊边快速后退，右手抓着匕首朝着左胳膊刺去，又将匕首拔出，血喷涌而出，最后将匕首扔到万筠灵脚边。

第五十四章　棋手、棋子

如此突如其来的变故，令沈爻四人皆心中疑惑，难以一时间做出反应，只见两名士兵已听闻林修呼喊冲进营帐，茫然观望一番，一时间也不知所措。沈爻率先反应过来，大步一跃，出手利落地扭断其中一人手腕，夺过其手中兵刃，一脚将此人踹出营帐，随手一刀，将另一人击伤，正欲擒拿林修，只见对方单手抽出腰间佩刀劈开营帐，逃了出去，声嘶力竭地大喊。

"抓刺客，抓刺客。"

沈爻从林修劈开的营帐缺口望去，只见士兵都被林修呼喊声吸引，纷纷手持兵刃涌来，连忙大呼道："走。"

"可是……"

万筠灵心中不甘，此次前来未能带走刘凤刀，竟还成了刺客，真恨不得擒住林修将其千刀万剐，质问他为何陷害。可此时情势危急，不容得她迟疑半分，若是被抓，估计林修当场会将他们四人灭口，立即随着沈爻冲出营帐，只见士兵已从各个方位涌来。

"十六、万捕头，拿回兵器。"沈爻吩咐了一句，知晓兵器若在，便成了证据，扫视一番，立即发现南面士兵相对较少，提醒道，"拿回兵器，从南面突围。"

"好。"

陈十六、万筠灵听命，寻之前卸下的兵器。陈十六率先找到破剑与佩刀所在，冲了上去，刚拿起自己的破剑，正要拿万筠灵的佩刀，可已有士兵冲了上来，一刀横劈，他只能收回企图拿刀的手，后退两步，便失了机会，士兵已涌到佩刀旁边，其他方位的士兵也涌了过来。

“走。”

陈十六深知若纠缠下去，必定被围杀，立即对万筠灵提醒。

万筠灵看着近在眼前的佩刀，心有不甘，可士兵就在旁边，越来越多的士兵朝这边跑来，越迟疑越危险，只能无奈扭头离开。

沈爻提醒二人之后，便拉着邱怡朝着南面突围，邱怡任由沈爻拉着奔跑，目光凝视着沈爻的侧脸，俏脸神情复杂，只见这时，弓箭手已就位，拉满弓箭朝着沈爻、邱怡射去。

“嗖，嗖，嗖”，一道道箭矢射来，落在沈爻、邱怡脚边，邱怡望了一眼，只见一道箭矢朝沈爻射去，连忙大喊一声，加快脚步，企图为先生挡下这一箭。

“先生，小心。”

沈爻扭头一望，注意到射来的箭矢，身子一侧，将邱怡揽在怀中，同时抬起手中的刀。

“啪！”箭矢从中间被劈断，箭头射入沈爻左臂，血涌而出，沈爻忍痛，邱怡俏脸惊愕，不解先生为何挡在自己前面。

“那边有马。”

沈爻喊了一句，拉着邱怡继续往前跑，可胳膊被射中，实在疼痛，强忍着疼痛朝骏马跑去，箭矢还在不停射来，邱怡松开沈爻的手，率先跑到马前，拉住马缰绳，纵身一跃，身影飘逸地落在马背上，这一动作令沈爻不由一惊。

“先生，上马。”

邱怡伸手，大喊一声，沈爻来不及多想，立即抓着邱怡的手翻身上马。邱怡双腿一蹬，骏马嘶鸣前奔，箭矢纷纷落在马后，沈爻回头望去，只见陈十六、万筠灵正从西面突围，情况并不乐观，但知晓返回营救并非明智之举，他与邱怡也并未脱离危险，身后追兵已骑马追赶。

“驾。”

邱怡抽打着缰绳，策马狂奔，后面追兵穷追不舍。

沈爻观察了一下方位，提醒道：“往京城的地界跑。”

“知道。”邱怡应了一句，拽拉缰绳掉转方向，朝着京城方向奔去，狂奔数里，过了新城地界，只见赤圣军勒马停下。

未经皇上召见，不可入京，否则，便是重罪。

邱怡并未松懈，又行了十几里，见前面有座破庙，行至破庙前才勒马停下，说道："先生，他们应该没追来，我先为你将箭头拔出来，包扎伤口。"

"嗯。"

二人下马，邱怡搀扶着沈爻走进破庙，在枯草堆上坐下，说道："先生，我帮你把箭拔出来。"

"用这个。"沈爻从腰间抽出一把匕首，递了过去，说道，"有倒刺，将附近的肉拉开再拔箭。"

"嗯。"邱怡应了声，起身找了些柴火点燃，拿着匕首在篝火上灼烧。沈爻目光打量着邱怡的侧脸，将她此时担忧的神情尽收眼底，眼神中泛着复杂的情绪。

"先生，忍着点，会很痛。"邱怡烧红匕首说了句，将沈爻从思绪中拉了出来。

沈爻朝邱怡点点头以示可以开始，邱怡一手摁着沈爻的胳膊，一手抓着匕首在箭头边缘处拉开肉，免得拔箭时箭头倒刺将肉带出，沈爻痛得紧咬牙关，额头直冒冷汗。

邱怡将箭头四周的肉割开，一把将箭头拔出，从衣服上扯下一块布为沈爻包扎好伤口，说道："先生，好了。"

沈爻满脸冷汗，无力地点了点头。

邱怡见沈爻如此虚弱，将匕首放在沈爻身边，说道："先生，我去河边给你打点水。"

"好。"

邱怡见沈爻应声，起身离开。

沈爻脸色苍白，目光凝视着邱怡渐渐远去的背影，眼神中尽是疑惑，之前邱怡翻身上马的动作干净利落，绝对是个练家子，她为何隐瞒自己身怀武功？若她身怀武功，朱涛能将她打昏？

朱涛被杀一案，沈爻对凶手陈明自杀之举始终无法理解，纵然他与朱刘氏苟且，只要二人不说，谁能知晓？他为何选择自杀？为此，沈爻特意命芙蓉调查邱怡，可她身份干净，毫无可疑，也调查过朱刘氏，也未有疑点。

沈爻脑海中不由浮现军营之中，邱怡试图为自己挡箭、骑马救自己，如此危急时刻，她未独自活命丢下自己，应该不像害自己之人，之后，为自己拔箭时脸上的关切、担忧颇为自然，想到这些，沈爻心头不由一暖，喃喃自语道："人人都有不愿让他人知晓的秘密，呵……自己善耍阴谋，何必将他人想的如自己一样不堪？"

半炷香后。

邱怡抱着水壶若有所思地回来，神情尽显不安之色，沈爻望着邱怡一步步走来，将她脸上的神情尽收眼底，开口问道："怎么？担心十六跟万捕头？"

"哦！嗯！"邱怡回过神应了一声，连忙将怀中的水壶递上去，说道，"先生，喝水。"

沈爻伸手接过水壶，仰头连喝几口。

邱怡在沈爻旁边坐下，歪着头望着喝水的沈爻，脸上不安之色愈发浓厚，见先生喝完，连忙将头低下，轻声问道："先生对军营发生的事如何看待？"

"你是说林修杀周谋臣、刘凤刀诬陷我们？"沈爻扭头望了邱怡一眼，继续说道，"此时细想林修当时状态，他一直在挑衅、煽动情绪，为的便是让营外的士兵听闻争吵，日后查证也多了人证，如此计策不可能一蹴而就，定是他深思熟虑暗自推演多次而行，而我们前往军营是为冷锋被杀案查刘凤刀。如此推算，之前我始终想不通冷锋为何被悬于大门上也说得通了，便是凶手为了今日，杀人找替死鬼。"

"杀死冷锋的凶手是林修？冷锋与他好像并无深交。"

"应该不是。"沈爻若有所思地摇了摇头，缓缓说道，"林修后面应该有高人，能布下此局，此人实在了得，不过，此事还有疑惑，林修杀周谋臣、刘凤刀自然不只是为嫁祸我等，赤圣军将军乃皇上钦定，纵然周谋臣被杀，将军也轮不到林修来做，他们为何如此大费周章？"

"选定新将军需些时日，或许这些时日已够。"邱怡缓缓说道。

沈爻一惊，扭过头，眼神惊愕地凝视着邱怡，似乎在说如何都不愿相信邱怡也参与其中，然而，细想一下，当日在刘凤刀宅院，邱怡发现冷锋的剑，应该就是推动了事情的进展，嘴角不由泛起一抹苦笑，不由为刚才努力说服自己相信她而自嘲，缓缓说道："朱涛被杀案，凶手陈明当堂自杀，始终令我想不通，如今看来，有人以朱刘氏及腹中胎儿要挟，令陈明甘心杀人，再当堂认罪自杀，此案便无疑点可言，查也难查，只是我不明白，当时我尚未接下冷锋的案子，布局之人为何将你安插到我身边？"

"冷锋的案子先生出现只是巧合，之所以留在先生身边是因先生破获武邑县那起案子实在睿智，其中又有所牵扯，担心与先生敌对，便未雨绸缪，也是希望能接近先生，说服先生，将来有朝一日共谋大事。"邱怡缓缓回道。

"你这背后之人实在深谋远虑。"沈爻由衷称赞了句，此人布局如此之深远、精密，令沈爻发自内心敬重，沉默片刻，继续说道，"我尚有一事不明，林修不仅杀周谋臣，也杀刘凤刀，便说明刘凤刀并未参与其中，那他为何话语遮掩，不将信件内容拿出？若拿出来，便能洗脱嫌疑，也不会令局势失控、林修有可乘之机。"

"四年前，刘凤刀之妻病故，然而此事并非如此，他妻子是被杀，凶手正是他。"

"可这关乎冷锋何事？他怎会说冷锋约他入京？"

"冷锋知晓此事，书信以此要挟，他自然得去，而且冷锋正说服刘凤刀加入其中，刘凤刀并不同意，二人最近关系并不融洽。"

"原来如此。"

沈爻恍然大悟，布局之人以冷锋身份约刘凤刀，并在书信之中提及刘凤刀杀妻之事，刘凤刀为保名声，必须前往，却发现冷锋被杀。他虽知这背后有阴谋却无法揭露，自己未杀冷锋，六扇门无证据，他只要承认违反军纪，留在军中便无事，或可保一命，却没想到幕后布局竟如此深远。

"先生，你心存疑惑的地方我都已告知，我想问先生，可愿与我一样？"邱怡眼神期待地问道。

"这是你背后之人的意思？"

"是。"

沈爻淡淡一笑，懒懒问道："若我同意会得到什么？若我不同意又会有什么样的后果？"

"若先生不同意，便将先生留在此地，以绝后患；若先生同意，便助先生得到心中所想。”

沈爻似乎有了兴趣，淡然一笑，问道：“心中想要？哦……你背后之人知晓我想要什么？”

“陈十六真正身份，先生比任何人都清楚，先生将其留在身边悉心栽培，又以冷锋案为契机入京，不惜冒着得罪皇上的危险提条件，不正是为有朝一日恢复他皇子身份？若先生答应，陈十六不仅可以恢复身份，我们还会辅佐他为帝，到时先生必定身份显赫。”邱怡回道。

“你背后之人还真是慷慨。”沈爻嘲弄地笑了笑，继续说道，“那他冒着性命之忧所做这些又是为何？”

“只为将赵权赶下皇位，另立善待百姓的明君。”邱怡义正词严地回了句，继续说道，“赵权连年征战、横征暴敛，使得民不聊生，君不为民，如何为君？先生，陈十六虽学识浅薄，但性情宽厚，又明辨是非、嫉恶如仇，若他当皇帝，埋头苦学圣人之道，将来定是位好皇帝。先生，我不想与你、十六为敌，无论为了十六，还是为了天下黎民，请先生答应。”

沈爻并未立即回话，一直保持沉默。

邱怡望了他一眼，猜想他可能正心中思量其中利弊，正欲继续劝说，只听沈爻缓缓说道：“你有你的路，我有我的路，十六有十六的路，每个人的路都要自己走，谁也无法替别人做决定。”

“先生已经决定了？”邱怡双眼噙满泪花，声音颤抖地问了句，她不明白沈爻为何做如此决定，纵然先生不是为天下苍生考虑之人，但若陈十六为帝，他可得到想要的一切，为何如此执拗？若是不相信自己所言，大可先行答应，与主人相见谈及条件，为何直接拒绝？

“决定了。”沈爻淡淡回了句，说道，“邱怡，你伺候我多日，也有主仆之情，此言一出，便没了这情分，先生要告诉你，纵然先生受了伤，中了毒，你并不见得能取我人头。”

“先生永远都是邱怡的先生。”邱怡含泪回了句，抽了抽鼻子，强忍着崩溃的情绪，继续说道，“正如先生所言，每个人都有自己的路要走，谁也无法替别人做决定，我只能走我的路，请先生谅解。若今日死于先生之手，邱怡无怨无悔，若先生死于邱怡之手，邱怡定以死谢罪，陪先生共赴黄泉。”

沈爻淡淡说道："动手吧！"

邱怡点点头，脚尖点地，身影往后退了数米，身子已直起，手快速从腰间抽出一把薄如蝉翼般的薄剑，随手一挥，立于沈爻对面，语气悲凉地说道："先生，得罪了。"

第五十五章　决裂

话音刚落。

邱怡提剑朝沈爻飞奔而去，只见沈爻竟纹丝不动，心中知晓先生向来善耍计策，错愕半息，出剑便慢了半分，在她挥剑那一刻，沈爻已动，他一把抓起身旁匕首，快速抬起，抵挡袭来的薄剑。

“当！”匕首挡住薄剑，发出清脆响声。

剑太薄，剑身被挡，立即一弯，剑尖划过沈爻脸颊，顿时，沈爻脸上出现一道鲜红、细长的伤口，鲜血流出。

一招化解。

沈爻身子往后倒去，躺在地上，双腿立即去缠邱怡双腿，企图将其缠倒，邱怡当即看出沈爻意图，脚尖轻点地面，身影后闪两米，躲了过去。沈爻见诱敌深入之计失效，立即起身，只觉气血攻心，一股血腥味上涌，喷出一口黑血，喘息愈发沉重，脸色愈发苍白。

这毒好生厉害。

邱怡远望沈爻，赞誉道：“先生果然好计策，若被先生缠住，定让先生占了先机。”

沈爻失望回道：“可惜未能如愿。”

“先生是否还要一试？”

沈爻淡淡回道：“自然，坐着等死实在非我风格。”

“邱怡得罪了。”

邱怡应了句，朝着沈爻击杀而去，她知沈爻中毒已深，反应不比平时，纵然善于计策，反应跟不上亦是枉然。她剑气逼人，出招奇快无比，薄剑如灵蛇般闪动，瞬间便到沈爻面前。

沈爻不敢轻敌，全神贯注应对，提起匕首抵挡。

刀尖相撞，火花四射。

邱怡出剑力道极重，沈爻不顾体内毒性蔓延，以内力抵挡，却还被逼得连连后退，彻底落了下风。邱怡见先生悲壮支撑，心中万分纠结，眼中泛泪，可她必须完成任务，沈爻不答应就只能死，她含泪出剑，只见沈爻出招愈慢，手中薄剑一甩，缠住沈爻手里的匕首，抬手一掌，击中沈爻胸口。沈爻中了一掌，后退连连，血脉翻涌愈发剧烈，又喷出一口黑血，不由双腿一软，瘫坐地上。

邱怡凝视着苟延残喘般的沈爻，已泪流满面，哭着说道："先生，这路真要走下去吗？"

"你可知我为何要走下去？"沈爻淡淡问了句，拖着沉重的身子倔强地站起来，望着邱怡，说道，"正如你一样，我活着，也只有这一条路可走，无路可退、无路可走，你选择以武力复仇，而我选择以智慧求清白，若我答应，纵然真相大白，这份清白也玷污了，我沈家人必须清白于天下。"

"邱怡明白了，先生，邱怡答应事后陪你共赴黄泉。"

邱怡应了一声，提剑击杀而去，沈爻凝视着袭来的利剑，知晓以自己如今的身体无法躲过这一剑，但他没有放弃，身子一偏，邱怡这一剑也偏了几分，刺中了沈爻左肩伤口。沈爻忍痛，抬起匕首刺向邱怡脖颈，可邱怡早有防备，伸手抓住其手腕，抽出刺入沈爻左肩的薄剑，正朝沈爻胸口刺去。突然，邱怡感觉左侧传来一股杀气，扭头一望，只见一把刀飞驰而来，邱怡立即提剑抵挡。

"当！"飞驰而来的刀被打飞。

邱怡尚未稳住心神，只见一道身影飞奔而来，一掌轰在邱怡胸口，将邱怡击退三四米，这才看清此人正是万筠灵，她浑身是血，看上去颇为狼狈，可以看出从军营中厮杀出来历经万难。

万筠灵一把扶住沈爻，关切地问道："你没事吧？"

"中毒了。"

万筠灵望着邱怡，问道："她为何要杀你？"

"有人让她杀我。"

"解药在哪儿？"

"应该在她身上。"

此毒颇为厉害，估计一个时辰后毒性便会蔓延到心脉，邱怡背后之人希望能将自己收纳旗下，不答应才动杀机，答应便不会害自己，那解药必定在邱怡身上。

万筠灵将沈爻搀扶坐下，美目狠瞪着邱怡，冷冷说道："交出解药，我留你一命。"

"先生死，我未想活，自然不会交出解药。"

"什么意思？"

万筠灵听得一头雾水，沈爻死了，她也不想活，那她为何杀沈爻？可此时已容不得她多想，沈爻随时中毒身亡，先夺回解药再说，当即提刀朝着万筠灵击杀而去。

刀光剑影。

邱怡虽武学天赋极高，可半路练剑，仅有三年，击败沈爻也是因沈爻受伤又中毒，自然比不上从小习武的万筠灵。二人过了十几招，邱怡便落了下风，只见万筠灵猛烈一刀，将邱怡震得后退连连，又出一刀，邱怡来不及抵挡，一刀刺入邱怡腹部。

邱怡中刀，竟纹丝不动，手中的剑从手中脱落，鲜血从嘴里涌出，脸上泛着笑意，强忍着最后一口气，说道："解药在我怀中，救……救先生。"

沈爻听闻此话，神情复杂地望向邱怡。邱怡朝沈爻咧了咧嘴，露出只有沈爻能明白的笑容，微微闭上双眼。万筠灵一头雾水，不知邱怡到底怎么回事，又杀又救，到底为何？此时救沈爻要紧，也来不及多想，立即从她怀中掏出解药，一把将刀拔出。

"邱怡。"

就在万筠灵拔刀那一刻，听闻门口传来大喊，扭头望去，只见陈十六浑身是血地立在门口。万筠灵来不及解释，立即拿着解药走向沈爻，陈十六狂奔到邱怡尸体前，一把将邱怡抱起，可邱怡已毫无生机。

"你为什么杀邱怡？"陈十六怒目欲裂地瞪着万筠灵，嘶吼质问。

万筠灵为沈爻喂下解药，才淡淡回道："她要杀沈先生。"

“她什么杀先生？”

“为……”万筠灵一时语塞，她也不知邱怡为何杀沈先生，赶到之时，正见邱怡提剑刺向沈爻，便出手营救，又从沈爻口中确定邱怡杀他，才动手杀邱怡夺解药，只听沈爻说有人让邱怡杀他，至于具体原因并不清楚，不由扭头望向沈爻寻求答案。

“有人让她杀我。”沈爻缓缓回道。

“先生。”陈十六悲恸地喊了一句，指着万筠灵质问道，“邱怡与你无冤无仇，为何要杀你？你这是在包庇她吗？”

“这是事实。”沈爻淡淡回道。

“事实？”陈十六一脸苦笑，冷冷说道，“好，纵然事实是邱怡要杀先生，可先生还活着，她要杀邱怡，邱怡死了，我便让她偿命。”

陈十六缓缓将邱怡的尸体放下，提起破剑，直奔万筠灵而去，破剑一出，直刺万筠灵。沈爻见状，往前迈了一步，挡在万筠灵前面，只见陈十六袭来的一剑在沈爻面门前止住。

“你若杀她，那便先杀我。”沈爻淡淡说道。

陈十六不敢相信地凝视着沈爻，问道：“先生，你真如此护着她？”

“是。”

“好，先生执意如此，那你我之情就此决裂。”

陈十六将剑放下，望着沈爻身后的万筠灵，声音冷彻心骨地说道：“今日先生护着你，我便不杀你，总有一日，我会杀了你为邱怡报仇。”

陈十六说完，转身走向邱怡，抱着邱怡的尸体飞奔而去。

万筠灵见陈十六远去，不解地问道：“你为何不告诉他真相？”

“怎么告诉？”

沈爻淡淡问了一句，他知陈十六对邱怡用情至深，邱怡虽杀自己，可也是立场不同，她死前希望自己活着，便表明她心中想法，纵然沈爻是铁石心肠之人，也心中感动，他不希望邱怡在陈十六心中完美的形象倒塌，另一方面，陈十六如此愤怒，纵然自己说出来，他未必相信，只会认为自己如此说是为了包庇万筠灵。

既然如此，何必多言？

万筠灵心中何其委屈，自己莫名其妙地成了杀人凶手，不解地问道：

"那这到底是怎么回事？"

沈爻将与邱怡的谈话如实地告知了万筠灵，不过却隐去陈十六身份一事。万筠灵听完，震惊连连，没想到冷锋被杀只是诱饵，目的竟为夺取赤圣军，从而夺位，若赤圣军被掌控，这支军队到时候进京怕不是勤王而是擒王了。

"沈先生，我们得尽快将此事告知圣上。"万筠灵担忧地说道。

"如何说？"沈爻淡淡反问了句，说道，"此时你我已成杀害周谋臣、刘凤刀的凶手，估计林修已将此事上报朝廷，说不定京城之内已贴满缉拿告示。"

万筠灵焦急地问道："那怎么办？"

"找出真凶。"

"林修？"

"林修只是奉命行事，若通过他查幕后真凶，说不定还未查到，他们已举兵起事了。"

"那查什么？冷锋的案子？冷锋被杀的线索皆指向刘凤刀，如今刘凤刀已被林修所杀，不查林修，该查什么？"

"国库失窃案。"沈爻掷地有声地回了句，解释道，"此案乃是一切案件的起始点，只要查出幕后真凶，一切便真相大白。"

"哪有那么容易，此案已过去一年之久。若容易查，便不会令先生从调查冷锋被杀入手。"万筠灵无奈地说道。

"说说此案经过。"

"真决定从此案入手？"

"是。"

"好吧！"万筠灵无奈地应了句，详细说道，"此案发生在深夜子时，被盗乃是金部，历来金银存放之地。金部共有三门，按照财宝价值分别存放，由重兵把守，另外每门皆是机关锁锁死。最外一门，四把钥匙同时开启方可进入，钥匙分别在四名主事手中；里面一门两把钥匙同时开启方可进入，钥匙分别在两位侍郎手中，内部有武林高手把守；最内一门，钥匙分别由户部尚书崔庸、当今圣上各持一把。除最内一门，其余两门皆被开启，里面财物被盗一空。"

“机关锁被开启？”

“对，此点我们查过，查到善于奇技淫巧的江洋大盗魏子良身上，可他已被人灭口，确定开锁之人正是此人，但无法查到与之勾结之人。”

“如此大规模地盗取国库，难道京城守卫毫无察觉？”沈爻问道。

“贼人行动之时，正值京城守卫换班，我们也怀疑内部有奸细，也做了调查，发现有名领班也被灭口。”

“银两是如何运出京城的？六扇门如何追查到阎王殿？”

“此事说来奇怪，贼人逃出京城，禁军得知消息，立即追踪，可贼人分散而逃，禁军在京城十里外击杀一撮贼人，却发现银两竟变成石头，对未死之人进行审讯，得知他们入国库搬运财物，由阎王殿负责运输，在城外将财物交与他人，分头逃离，他们对于阎王殿何时何地将金子换成石头并不知情。我们追查到阎王殿，发现阎王殿内死伤无数，一些国库失窃的银两散落，认为起了内讧，阎王殿未死之人却消失无踪，银子不知所踪，一年后追查到刘海，可刘海被荀勖所杀，线索便又断了。”

沈爻若有所思，银子竟变成石头，这一切都是阎王殿独吞？可阎王殿内为何起内讧？或许并非内讧而是被灭口？连忙又问道：“贼人在京城的运输路线呢？”

“从西门而逃。”

“西门？”沈爻喃喃说了句，沉思起来。

万筠灵见他久久不言，问道：“沈先生，可有怀疑之处？”

“有。”沈爻回了句，大胆猜测道，“我怀疑国库被盗之物或许一直都未离开京城。”

“什么？你怎会如此认为？若国库被盗之物在京城，为何迟迟不见踪影？”万筠灵不敢相信地问道。

“只是猜测。”沈爻回了句，说道，“走。”

“去哪儿？”

“京城。”

第五十六章　万险之境

入夜。

京城大街如白昼一般人流涌动，沈爻乔装打扮独自穿梭在人群之中，乔装入京之后，他与万筠灵见到张贴缉拿四人的告示，决定分开行动，吩咐万筠灵想办法联络郭玉求助，自己则前往国库周围，顺着贼人逃跑的路线走上一遭，看能否发现什么端倪。

走了一路，沈爻察觉到巡逻的官兵比平日多了些，而且京城之中随处可见持刀佩剑的江湖中人，不知这巡逻的官兵是担忧江湖人在京惹事还是为了缉拿他们四人，只见前面有家酒肆，沈爻已饥肠辘辘，便走了进去，一坐下，小二哥热情上前招呼。

“二两牛肉，一个馒头，一壶清茶。”

“好嘞！”小二哥应了声，热情似火地吆喝。

沈爻静坐等候，伸手摸了摸嘴上的两撇假胡子，抬头一望，只见对面一桌坐着三个正畅快饮酒、高谈阔论的汉子。满脸络腮胡的汉子灌了口烈酒，糙手摸了把嘴说道：“你们可听闻无极楼今日出了一则价格高达万两黄金的悬赏令？”

“什么？”

正饮酒的二人一惊，速将手中酒碗放下，青衣汉子率先说道：“无极楼自发布悬赏令以来，前后共出了百多起悬赏令，特别是近一年来大大小小的悬赏令多达三十余起，可从未出现过如此离谱的价格，樊兄可知投令之人是谁？悬赏之人又是谁？”

“投令之人俺不知晓，不过这悬赏之人俺倒是知道。”

“谁？”

“沈爻。”

二人一听，相视一眼，花衣男子一收折扇，好奇地问道：“可是那断案如神的沈爻？”

“正是此人。”青衣男子若有所思一番，缓缓开口道，“听闻此人断案如神，不知为多少江湖、朝廷之人查出真相，因而结识甚广，纵然此人性情怪异，得罪了不少大人物，却无人敢动其分毫，如今竟有人花高价请无极楼出悬赏令，怕是借着朝廷通缉令有仇报仇、有怨报怨，若是此人，也算对得起这个价格。”

“不错。”花衣男子一撑折扇，应了句，摇着折扇继续说道，“正所谓一人得道鸡犬升天、一人遭难千人投石，怕是这沈爻难以过去这个坎了。”

“是啊！”络腮胡汉子语带同情之感地应了句，继续说道，“俺听闻除了朝廷通缉、无极楼悬赏令，还有一些江湖中人加价，天雷派的程泰便是其中之一，听闻此人曾求助沈爻查杀他儿子的凶手，怎知沈爻未接此案还将其羞辱一番，这程泰已亲自来京，参与击杀。”

“无耻。”青衣男子愤愤地骂了句。

“谁说不是呢！”络腮胡汉子赞同地应了句，端起酒碗大口饮酒。

沈爻吃饭间将三人谈话听完，付了银子，走出酒肆，神情不由凝重起来，无极楼出悬赏令让他这十二年来首次有种无法应对的危机感，无极楼乃天机十二宫之一，素来神秘，其楼主更是神龙见首不见尾，沈爻曾让芙蓉秘密查过，然而，派去之人皆无功而返，至今连其楼主是何人都不知晓。

七年前，无极楼发布第一条悬赏令，悬赏刀王——燕北人头，此事轰动整个武林，无人敢接，燕北狂傲，提刀闯入无极楼意图逼问何人投令，结果却葬身于无极楼，赏金也归无极楼。从此以后，无极楼声名大振，投令之人纷至沓来，而无极楼如约向江湖发布悬赏令，凡击杀悬赏令上之人者即可获得赏金，无极楼从中抽取三成利息了，也就是说，只要你付得起银子，说出想杀之人是谁，无极楼便会发布悬赏令吸引整个武林击杀此人，十足解决私人恩怨之地。

莫不是那凶手想以此除掉自己？沈爻倍感压力，走了一路，想了一路，他深知当务之急便是尽快破了国库失窃案，令真凶伏法，将其阴谋公告天下，还自己以清白，朝廷通缉撤销，投令之人伏法，无极楼应该会收回悬赏令。如此想着，已快到国库，远远望去，只见国库门外守着官兵，一队队官兵巡逻而过，想必里面更是三步一岗五步一哨，危险重重。

沈爻并未想过进去查看，远远观望一番，便顺着国库门口的路往京城西门方向走，万筠灵说过，这便是贼人盗取金库之后所走之路。走了不足半炷香的时间，遇见五队巡逻的官兵，三伙江湖中人，沈爻皆小心避开，并未引起怀疑。到了拐角之处，竟见一处苍凉、荒芜的宅院，沈爻不由止住脚步，四处观望一番，见无人，跳上墙头，在高处观望，才发现这宅子所在方位竟通西门、南门，通往西门的只有大路，而通往南门的却是胡同小道。

沈爻若有所思地从墙上跳下，朝着南门的方向走去，穿过两条胡同，前面横贯着一条大路。沈爻觉得这大路有些眼熟，顺着大路往东而行，走了没几步，只见前方迎来七八个江湖气颇重之人，定眼一看，走在最前面的一人竟是程泰。

冤家路窄。

沈爻微微侧头，与程泰一行人分别从路的两边而过。

此路并无他人，程泰见迎面有人走来，本能地多瞄了两眼，只觉此人有些眼熟，身材似乎与沈爻有几分相似，却并未在意，走了数米，才回过神，扭头试探地喊道："沈先生。"

沈爻不理，迈着步子往前行走。

"沈爻。"

程泰见对方不理，愈发觉得可疑，回想起那张脸虽多了两撇胡子，头发有些灰白，可依稀能辨认出来，立即大喊，快步朝着沈爻飞奔而去，其他几人茫然不知所以，但见掌门追赶，也跟了上去。

沈爻心中忧虑，京城之中想取自己首级之人多如繁星，程泰如此大喊，怕是用不了半个时辰整个京城都得传开，那定必死无疑，逃为上策，沈爻二话不说，加速朝前飞奔，见面前一处民房，纵身一跃，跳上墙头，脚尖轻点，身影一跃飞到房顶之上，随后落入胡同，消失在程泰的视线中。

半炷香后。

整个京城沸腾起来，各路江湖人马、朝廷官兵纷纷四处寻找沈爻踪迹。

烛火微微，花香四溢，幽静怡然，仿佛将世俗杂乱叫喊都阻隔于墙外，如何都无法扰其幽静。

这里便是公主府，此次是沈爻第二次入府，与前次相比，此次不请自来，翻墙而入，实在不雅。然而，逃亡之人，命顷刻间说没就没，又岂会在乎其他？

沈爻站在熟悉的石子路上，嗅着沁人心脾的花香，神情略带几分陶醉，丝毫不像个逃命之人。突然，沈爻听闻远处传来悠扬琴声，不由一愣，鼻头离开香气四溢的花朵，微微抬头望去，只见远处凉亭之下，烛光映照，一道倩影正优雅抚琴，那般美妙如仙。

沈爻迈着步子走向凉亭，在凉亭前止步，静静地凝视着凉亭中的女子。

赵焕尔指尖离开琴弦，双手一摁，琴声中止，她微微扭头，望着沈爻，缓缓开口道："沈先生果然非常之人，如此时刻，竟敢入我府中，难道就不担心我为避嫌疑向朝廷告发先生？"

"若我是公主，绝不会向朝廷告发。"

"为何？"

"将人拿下，取其首级，去无极楼换万两黄金的赏金。"

"沈先生实在有趣。"赵焕尔捂嘴一笑，眼珠一转，正色道，"万两黄金，确实不是小数目，值得考虑。"

沈爻叹了口气，无奈说道："在下实在不该入府。"

"可沈先生已经来了。"

"是啊！"沈爻感慨了一句，语带悔意地说道，"若在下通晓百花，闻其香便能识其品种，当日检查冷锋衣物时，也不会认为闻到的那股清香是风尘女子的胭脂香味，而是曼陀罗的花香；若是在下再观察入微些，便可发现公主府就种着曼陀罗，而且此花乃花中极品，只有皇室才可种植，只可惜，总归还是错了一步，晚了一步。"

赵焕尔神情漠然，眼神变得冷冰起来，问道："沈先生后悔吗？"

"公主饶命吗？"

"若沈先生真心后悔，甘心留于府中，我便保先生周全，这公主府一般人不敢搜。”赵焕尔一语双关地回道。

沈爻故作沉思，不答反问道：“公主所做这些究竟为何？”

“所做哪些？”

“公主是为人谨慎呢？还是故意考验在下？”

“请先生赐教。”

“好，那在下便说说。”沈爻应了一句，缓缓开口道，“在下查冷锋的案子，便从冷锋案说起，冷锋被杀，身上三处不同伤，一处为万捕头所伤，已愈合，正是万捕头调查张展死而复生、冷锋灭仵作之口时所伤，而张展在万捕头追查国库失窃案贼人之一刘海时，企图杀万捕头，事后又要杀国库失窃案参与者荀勖，说明张展、冷锋皆与国库失窃案有关。

“冷锋虽未被万捕头拿下，但却泄露了身份，他一旦被抓，便会暴露，为保计划，冷锋必须死。幕后之人知晓六扇门正查冷锋，便心生一计，杀冷锋，疑点指向刘凤刀，凶手十分狡猾，为不令查案之人生疑，故布疑阵，其点便是冷锋身上第二种伤，轻微剑伤，乃是凶手将冷锋杀死之后故意划伤，便是令查案者以为是幕后主使派人杀冷锋，便不会将第三处伤口与第二处伤口结合而想。无论何人查此案，都会将最大疑点放在冷锋致命的伤口上，也就是第三处伤口，一剑致命的伤口，此伤口乃是当面而刺，冷锋剑法极高，杀他之人定是他极为熟悉、信任之人，疑点便是那把未曾使用过的剑，若在下没猜错，那把新剑是冷锋亲自打造，将其送给了凶手，凶手携带此剑与冷锋见面，令冷锋念及情义，这才中计。

“二人关系外人不知，外人只知冷锋素来与刘凤刀关系密切，这也是凶手的目的，凶手故意将冷锋尸体悬于冷玉门大门上，便是令追查此案的六扇门步入圈套，将疑点放在追查刘凤刀上，其真正目的便是利用冷锋之死令唯独听从皇上号令的赤圣军乱起来，当然，另一方面亦可打击六扇门，令其背上杀周谋臣、刘凤刀之罪名，却没想到查此案的竟是在下。”

“先生无端卷入，实在是运气不佳。”赵焕尔感慨道。

“若说卷入，怕早在武邑县便已卷入其中，被盯上也并非始于冷锋的案子，而是北定王封地的狐仙案。”

“先生这下把我说糊涂了，皇兄封地的案子与我有何关系？”赵焕尔俏脸泛着好笑意味，问道。

“王妃方茴、幕僚刘夜制造‘狐仙’为祸遮蔽世人眼目、私采铁矿，是经公主点拨吧？”沈爻淡淡问了一句，见赵焕尔盯着自己并不回应，继续说道，“北定王素来有仁爱之名，深受百姓爱戴，治国之能亦是出类拔萃，若北定王攻占宫廷，这朝廷上下支持、反对的人应有五五之数，公主计划北定王夺帝，不会乱了国基，乃国之大幸，只可惜北定王重视名节，虽心中徘徊，但始终做不到弑兄夺位，公主便利用方茴、刘夜私采铁矿，令北定王无法上缴铁矿，待皇上降罪，他便不得不反。

“刘夜并非庸才，王妃亦非武断之人，举兵起事并非易事，若朝廷无人，内外不通，他二人岂会冒如此大的风险逼北定王谋反？在此二人看来，北定王的命远比他们更尊贵，而且先皇驾崩之时，此二人不向北定王进言，为何非得几年之后用如此办法逼其就范？定是有人向他们二人表示里应外合。”

“沈先生如何就认为此人是我？”赵焕尔淡然一笑，反问道，“可有证据？”

“没。”沈爻摇了摇头，说道，“王妃方茴、刘夜皆已故，死无对证，何来证据？”

“那不就得了。”

“是与不是，公主心知肚明。”

“还有吗？”

“有。”沈爻应了句，说道，“数十日前，孔明灯夜袭皇城也是出自公主之手吧？若想夺取宫闱，最忌讳的便是皇城禁军，王储乃是皇上亲信，忠心不二，统领八十万禁军，若想拉拢此人怕是毫无机会，唯一的办法便是令皇上免其职位，禁军必乱，纵然皇上立即另立新统领，一时间难以磨合，怕也会出错，胜算便大了几分，这孔明灯夜袭皇城对付的并非皇上，而是王储；另外，赤圣军驻扎在新城，与京城仅相距百里，若皇城出事，赤圣军可及时赶到，这也是公主为何扰乱赤圣军。公主真是多手准备，才智实在了得。”

赵焕尔鼓掌赞誉道：“沈先生不愧为沈先生，先生来之前，我还在后悔花了冤枉钱，可如今看来这钱花得实在物有所值。”

沈爻笑着回道：“自然物超所值，这钱未花出去，人已在公主手中，公主睡觉都能笑醒。”

“若先生助我，那我还真是睡觉都能笑醒。”

“公主谬赞，如今公主筹谋已定，只待时机成熟，哪里用得着在下？”

赵焕尔听出沈爻之意，神情流露出一丝遗憾，缓缓说道：“先生到底是什么样的人，我至今未能看清。”

“公主是什么样的人，在下亦无法看清。”

“纵然我愿意支持陈十六也无法改变先生想法？”

“若能改变，邱怡便已改变了。”

“好吧！”赵焕尔语气悲凉地回了一句，淡淡说道，“那只好委屈先生了。”

话音刚落，四周几道人影横空跃来，纷纷落在沈爻四周。

沈爻定眼一看，这七人他听闻过，便是有名的“南亭七子”，剑法超群，剑阵更是无人能敌，纵然剑圣——北固也无信心能破其剑阵，沈爻将目光从七人身上收回，望向赵焕尔，笑着说道：“公主真是网络天下英豪。”

“唯独无法令先生折服。”

“在下还有一个问题。”

“请问。”

“国库失窃的财宝并未流出京城，而是藏于公主府吧？”

“是。”赵焕尔犹豫少许，认真回了句，吩咐道，“沈先生安息。”

第五十七章　终·局（上）

“嗖！嗖！嗖！”

七道凌厉剑气朝沈爻各个方位击杀而来，无形之中化为剑阵，将沈爻彻底封杀其中，稍有不慎便被剑气所伤，这便是“南亭七子”的七步剑阵，此剑阵每人只走七步，可演变成七七四十九种剑法，剑阵之中，几乎毫无破绽，一旦被困，便只能做困兽之斗。

沈爻身影闪过，挥动着手中的利剑应对着七子招式，几次欲试破阵，终究还是无信心，败下阵来，唯有勉强硬撑。剧毒虽解，可身上的伤隐隐作痛，后路、侧路的击杀令沈爻束手无策，几次差点一命呜呼，应对得愈发吃力，短短二十余招，便露出颓败之色，身上已中了七处伤，虽是小伤，但也生疼，这七人配合得实在完美无瑕。

若剑阵不破，如此消耗，定毫无生机。沈爻神情一凛，如炬的目光盯着“南亭七子”中的一人，察觉出细微破绽，或者说这并非破绽，而是瑕疵，七步剑阵的瑕疵，然而，面对如此瑕疵，应对之人或许也不敢进一步，此乃以命换命之举。沈爻深知如此下去定撑不了十招，心中一动，对着剑阵瑕疵一剑击去，只见这一剑正中七子中的一人，可下一息，后面二人的剑已刺入沈爻后肩，两把利剑直接刺穿沈爻肩头，二人并未拔剑，强大的内力推着沈爻前行，两侧之人立即提剑朝着沈爻脖颈刺去。

沈爻行动受限，如砧板鱼肉，命悬一线，已然无法躲避，只能忍痛抽剑应对左侧之人，用尽全力，一记甩剑，阻断那人击杀。然而，右侧一子的剑已朝脖颈刺来，千钧一发之际，只听一阵剑鸣，一把破剑横空出世，剑尖刺中右侧一子刺来一剑的剑身，使得方向扭转。

那是陈十六的破剑。他终究还是来了。

沈爻望去，只见一道熟悉的身影飞跃而来，不知为何，心中竟有种难以言说的暖意，眼眶不由湿润起来，而此时，刺入后肩的两柄剑依旧推着沈爻，令他难以行动，只见这时，一刀袭来，封住持剑二人的前路，二人无奈，只得弃剑止步方可躲过这一刀。

这是六扇门的佩刀。她也来了。

“先生。”陈十六一把抓住抛出的破剑，纵身跃下，搀扶起沈爻，轻声唤了句。沈爻微微点头，笑骂道：“为何每次出现的方式都如出一辙？”

“帅气。”陈十六嘴角泛笑，恬不知耻地回了一句。说话间，万筠灵也提刀在沈爻另一侧落地，搀扶着沈爻，关切地问道：“沈先生，可还好？”

“撑得住。”沈爻淡淡回了一句，心中对二人一同赶来不由诧异，问道：“你二人……”

陈十六一收脸上笑意，瞥了万筠灵一眼，冷冷回道：“无意中碰到，救先生为先，她杀邱怡，我必杀她。”

“照先生吩咐，完成之后得知先生已被人追杀，便立即赶来公主府，半道遇上寻先生的陈十六，路上告知了他先生的计划，便一同赶来营救先生。”

万筠灵不理陈十六，回答沈爻询问，连忙问道：“先生，计划可还顺利？”

“顺利，你那边呢？”

“六扇门正在赶来的路上。”

“如此甚好。”

赵焕尔立于凉亭之下，静静地听着二人谈话，立即察觉这话中有深意，明白自己被耍，美目愈发冰冷，瞪着沈爻，失去刚才那般自若之态，咬牙切齿地低吼质问道：“你并非被逼入府，而是故意为之？”

“公主睿智。”沈爻应了句，继续说道，“公主处事周密，万无漏一，在下纵然已推测到一切事件的幕后主使乃公主，却无真凭实据，只能以弱示强，令公主疏于防范，方可置之死地而后生。”

“沈爻。”赵焕尔白牙咬得咯咯作响，恨不得将沈爻生吞活剥，冷冷问道，“你是如何在如此短的时间内筹划如此之多？”

“这一切归功于公主。”沈爻轻咳两声，缓缓说道，“无极楼的悬赏令乃公主投令，我与万捕头商议之时并未考虑到，只不过先从国库周围查看，确定国库失窃的金银如何运到公主府。若在下没推断错，公主便是利用西门、南门的那处废宅将金银调包，将真正的国库失窃物运到公主府，而将石头交与参与此次行动的其他组织，之后再进行击杀，其目的便是令六扇门查无可查；确定了路线，在下便思虑如何入府调查，没想到却被程泰追杀，便心生一计，正大光明地入府，当面询问公主，公主府中戒备森严，在下一入府公主便知道了吧？不然，公主也不会在这凉亭之中抚琴等在下。”

赵焕尔美目阴冷如冰，愤愤问道：“你从我口中套出答案，六扇门便以缉拿犯人为由入我府中拿人，实则救你？”

“公主聪慧。”

“六扇门是敢闯，而我还能挡得住一时半刻，这段时间足以斩了你们三个的人头。”

赵焕尔杀意凛冽，厉声吼道：“来人。”

此言一出，阁楼之中飞出数道人影，定眼望去，万筠灵立即认出其中一人，指着那人说道：“他便是张展。”

张展落地，淡然一笑，说道：“万捕头上次未死，此次怕是保不住脖子上的这颗漂亮脑袋了。”

万筠灵愤愤骂道：“口出狂言。”

赵焕尔冷眼旁观，隐约听见府外叫喊声大了起来，料想江湖中人、六扇门纷纷聚在门口，都等着这沈爻，想杀的杀、想抓的抓，必须尽快解决这三人，毁尸灭迹方可松心，冷冷命令道：“动手。”

命令下达。数十道身影立即朝着沈爻三人击杀而去，沈爻已深受重伤，无法应对，只得躲在陈十六、万筠灵身后，二人应敌之时将其护住，心中亦知撑不了多久，只希望六扇门的人能尽快闯入府中。

人在动。

剑在刺。

刀在砍。

短短一盏茶的工夫，已有三人死于万筠灵、陈十六刀剑之下，而陈

十六、万筠灵也各中两剑，鲜血直流，染红衣裳，二人气息、步履沉重起来，面对数十名一等一的江湖高手，二人深知情况不容乐观，恐怕难以再撑一盏茶的工夫，陈十六一剑击退一人，立即退到沈爻旁边，问道：“六扇门什么时候来？”

“我怎么知道？”

万筠灵也退到沈爻一侧，不耐烦地回了句，她之前与郭玉商议计划，六扇门一旦得知沈爻入公主府，便立即派人以抓捕沈爻为名闯府，只是沈爻入府比原定计划快了些，她也是与郭玉见面之后从江湖人口中听闻沈爻被追杀失了踪迹，立即猜测沈爻可能进了公主府便匆忙赶来，但六扇门整顿人马前来需要时间，他们唯一能做的便是撑下去，撑到六扇门赶来。

陈十六本就不喜官府中人，万筠灵又杀了邱怡，恨屋及乌，自然对六扇门没啥好感，此时救援又迟迟未到，更是心中不忿，冷冷说道：“哼……等六扇门赶到也只能为咱们收尸了。”

“怕这尸都收不成。”赵焕尔淡淡插了句话，目光望着陈十六，说道，“十六，你真连性命都不要也要追随沈爻？那你可知这位让你忠心追随的沈先生将你留在身边其实另有目的？”

陈十六冷哼一声，淡淡说道：“先生将我留在身边教我识字练剑做学问，未有半分索求，有何目的？你莫要挑拨我与先生关系。”

“那是因为沈爻知道你的身世。”

“我的身世？”陈十六一脸诧异，扭头望了沈爻一眼，只见沈爻苍白的脸上浮现出一抹凝重之气，不由问道，“先生，你知我身世？我是什么人？”

“你便是你。”沈爻答道。

“沈先生为何不告知他真相？”赵焕尔戏谑地回了一句，扭头望向迷茫的陈十六，说道，“陈十六，你出身皇室，曾经的十六皇子，我的十六皇弟。”

此言一出，众人皆惊，沈爻神情无奈，终究还是遮不住了，万筠灵俏脸惊愕，满脸不信地望着陈十六，听闻十六皇子出生不久便染病去世，怎会是民间的陈十六？莫不是赵焕尔故意挑拨，连忙质疑道：“公主莫要胡说，十六皇子刚出生不久便已染病身亡，如何会是陈十六？”

“染病身亡？哼……宫闱内院肮脏之事岂是外人能知全貌？”赵焕尔冷笑，语气中透露着身为皇室的悲哀，正要开口讲述当年之事，一人急匆匆赶来，告知赵焕尔六扇门正在硬闯，怕撑不了多久，赵焕尔收回思绪，望着陈十六说道：“陈十六，你若想知你生母婧妃如何而死，你为何流落民间，那便杀了沈爻、万筠灵二人，我不仅告知你详情，还帮你手刃仇人，更助你登上皇位。”

陈十六没有理会赵焕尔，呆滞的神情渐渐回过神，扭头望着沈爻，一脸诚恳地问道：“先生，她说的可是真的？”

“哪方面？”

“你知我身世。”

“是。”

“为何不告诉我？”

“时机未到。”

“什么时候到？”

“至少不是现在。”

“那是什么时候？”

“时机成熟的时候。”

“那先生将我留在身边真有目的？”

“你觉得呢？”

沈爻并未直面回应，出口反问，这令陈十六一时茫然，不知如何作答，回想与先生相识经历，先生看似冷漠，却真诚待自己，让自己体味亲情滋味，纵然自己是皇子身份那又如何？纵然先生想利用这个身份那又如何？先生便是先生，是他的亲人，如此足矣！而面前这位女子口口声声说告知详情，帮自己手刃仇人，还不是想利用自己？

详情自己会查，仇人自己会杀。

陈十六眼神中的茫然逐渐变得坚定，凝视着对面的赵焕尔，上前一步，抬剑远指，冷冷说道：“他是我家先生。”

“纵然他想利用你，你也甘心被利用？”

“若先生想利用那个身份，用便是，那身份于我来说可有可无。”

“如此，那勿怪我了。”

赵焕尔美目阴冷，白牙紧咬，正欲下达杀令，只听院外传来“砰砰砰”几声巨响，抬头望去，只见几个人影被丢入院中，郭玉带着六扇门捕快冲了进来。赵焕尔盛怒，厉声吼道：“郭玉，你好大的胆子。”

“公主恕罪，下官听闻朝廷通缉的犯人藏匿于公主府，生怕这些犯人对公主不利，只得硬闯，好望公主见谅。”

郭玉抱拳请罪，扭头瞥了一眼，看到沈爻三人，故作姿态地说道：“犯人果然在此，公主，他们可曾伤你？”

赵焕尔深知六扇门已到，无机会杀沈爻，冷冷说道：“既然郭总捕头来了，那便把人带走吧！”

“等等！”沈爻拖着身子走到郭玉面前，抱拳说道，“郭总捕头，国库失窃的珍宝便藏于公主府。”

“沈爻，此话当真？”郭玉神情一凛，凑头压低声音说道，“我可下令搜查公主府，但如果找不到国库失窃的银子，你我这颗脑袋怕是都要搬家。”

“公主亲口承认。”

郭玉犹豫不决，过了好一会儿，他终于下定决心，抱拳说道：“公主，下官怀疑国库失窃的财物藏于公主府，来人，查。”

“郭玉。”赵焕尔彻底暴怒，美目冷冷地盯着郭玉，一字一句地说道，“你可知今日之行为，若你在本府查不到什么，别说你这身官服，本宫可以肯定地告诉你，你头上的这颗脑袋本宫也摘定了。”

“查。”郭玉厉声下令。

六扇门捕快纷纷行动，半个时辰后，将整个公主府里里外外搜了一遍，却连半两国库失窃珍宝都未搜到。郭玉听着下属汇报，脸色青一阵白一阵，被这沈爻害死了。

沈爻心中难解，赵焕尔明明亲口承认国库失窃之物就在公主府，为何什么也没搜到？难不成上了她的当？那此女心机了得到何种地步？

赵焕尔瞥着郭玉，冷冷说道：“郭总捕头，本宫说话算话，今夜你羞辱本宫举动，本宫定让你这颗脑袋搬家，慢走，不送。”

第五十八章　终·局（下）

难道自己推测错了？

国库失窃的珍宝早已被赵焕尔转移？她才这般有恃无恐？

沈爻一时间思绪烦乱，拼命推测若自己是赵焕尔会将珍宝藏于何处。他抬头一望，只见月光之下的小湖波光粼粼，心思一动，说道："水下。"

"什么？"

郭玉心情正烦，打算带人离去，无心去听，他深知公主虽受驸马当年私通敌国的牵连，不受皇上待见，但她并未住在驸马府而是公主府，便说明皇上念及兄妹之情，今日自己带人硬闯还算事出有因，但强行搜查便是打了皇室一记耳光，皇上岂能不降罪？若公主进言，怕这颗脑袋是保不住了，就不应听这沈爻的话。

"国库失窃之物藏在水下。"沈爻自信满满地说了句，继续说道，"世人皆有通病，越是危险之物越喜欢留在身边以确保无事，公主常在这凉亭之中，正是为确保珍宝无事，亲眼确定才可放心。"

"沈爻，你确定？"郭玉谨慎地问道。

"确定。"

郭玉见沈爻如此自信满满，却不敢妄动，他心中已失去胆识，得罪一次或许还有机会，若再强行查下去，那真是将公主彻底得罪，几条命都不够杀，一时间犹豫不决。

赵焕尔神情坦然，淡淡瞥了郭玉一眼，冷冷问道："郭总捕头，是否还要查一下？"

"这……"

郭玉难以下定决心，纠结良久，正要开口告辞，只听院外传来整齐的步伐之声，扭头望去，禁军统领王储带着禁军已冲进院子，众人皆望去，似乎都知晓王储所来目的，沈爻、万筠灵、陈十六更是心如死灰。

只差一步。

“来人，拿下。”

王储走进庭院后止步，厉声吩咐，两名禁军士兵从院外跑来，直奔沈爻三人所在，陈十六紧握手中破剑，打算做困兽之斗，沈爻知晓他的意图，一把摁住其手腕，示意他不可乱来。

众人神情不一地望着沈爻三人，都能猜测到这三人结局如何，可那两名士兵走到沈爻三人面前却未停下，而是直接迈向凉亭，一左一右押住赵焕尔。

赵焕尔弯着身子，厉声质问道：“王储，你干什么？”

“回公主，机刹阁阁主郑廷已伏法，交代了全部。”王储面无表情地回道。

“什么？”赵焕尔神情一变，惊愕少许，冷笑道，“无极楼，无极楼竟是他的暗线。呵……我将沈爻视为劲敌，没想到却因此栽在他赵权手中。”

“带走。”王储厉声下令。

赵焕尔在士兵的押解下离开，走到沈爻面前，她突然停了下来，众人不解地望着，赵焕尔俏脸浮现着笑意，缓缓开口道：“这局棋尚未下完，前半段我输于你和赵权联手，而后半段你还会这般‘忠心’？他还会这般‘信任’你？我若不死，定在牢中看着你与他交手；我若死了，在阴曹地府也要看着你们俩如何争斗。”

外人不知此话何意，沈爻心知肚明，怕是陈十六流落民间与当朝皇帝有几分关系，心中不由担忧起来。

赵焕尔看着沈爻凝重的神情，俏脸挂着诡异的笑容，被两名士兵押着离开。

“沈先生。”万筠灵唤了一句，沈爻才从思绪中回过神，点了点头，意有所指地说道：“如今公主被捕，郭总捕头也无须担心，查一下也心安，在下伤势严重，便先行告辞了。”

沈爻说完在陈十六的搀扶下远去。

郭玉立即命人下湖打捞，搜了半夜，只见下水之人冒出脑袋，欢喜地说道："总捕头，水下有机关，藏着东西。"

"捞。"郭玉兴奋大喊。

大理寺。

天牢。

赵焕尔衣着囚衣坐在石板床上，她面无表情，看不出丝毫的情绪，不知是知晓死亡来临的淡然还是其他。已关三日，饭照常吃，觉照常睡，不言不语一直坐着，也无人前来探监，盗窃国库、意图谋反，桩桩都是杀头死罪，谁敢沾上分毫？

这时，幽静的牢房中传来稳健的步伐声。赵焕尔微微扭头，目光望向门口时，走来的那人已在牢门前止步。

"开门。"

赵权淡淡下令，衙役领命弓腰开门，将早已准备的椅子抬进牢房，听话地退了出去。赵权走进牢房，随意坐在椅子上，目光怜悯地打量着对面的赵焕尔。赵焕尔亦是如此打量着赵权。

二人便这么凝视着对方，谁也没开口。

赵权微微一笑，率先开口道："妹妹与驸马爷还真是情比金坚，为给驸马报仇，这种大逆不道之事也能做得出来？"

赵焕尔冷笑着质问道："若皇上是仁爱明君，若驸马真通敌叛国，我还会做这么多吗？"

"妹妹依旧不信当年真相？"

"真相？"赵焕尔冷哼一声，不齿地说道，"若那是真相，除驸马爷之外，另有八名官员又如何算？仅凭一封书信，便可认定他们与驸马暗中勾结、皆通敌叛国？他们做这些有何目的？真相？你我心知肚明，他们只不过是你用来杀鸡儆猴震慑那些阻止你北伐之人罢了！"

"纵然如此，那又如何？"赵权眼神闪过一抹杀意，冷冷说道，"你暗中扰朕一年之久，不是终究被朕拿下？你那些党羽不照样一个个被斩首？当年，朕念及兄妹之情，驸马一案未牵连于你，还将你安置于公主府，你竟如此不识好歹。"

“我是败了，可败给的并非是你，而是沈爻。”赵焕尔冷冷回道。

“那又如何？他是朕的人。”

“是吗？”赵焕尔嘴角泛起一抹冷笑，继续说道，“皇上还记得十九年前婧妃怎么死的吗？若我告诉你婧妃腹中胎儿未死，沈爻找到此人并将其留在身边，你会如何想？”

赵权神情一凛，目光冷冷地盯着赵焕尔。

赵焕尔见他不答，笑了笑，说道：“沈爻将此人留在身边，借助冷锋案进入皇上视野，皇上难道不会多想？纵然此人并无目的，皇上若见到那曾经的腹中胎儿，心中不觉得难受？”

“够了。”赵权盛怒，猛然从椅子上站起来，凶目瞪着赵焕尔，冷笑道，“你无须挑拨，纵然他沈爻是个不可多得的人才，朕不见得缺他不可。他若听话，朕可赏他鹏程万里；他若不听话，朕亦可将他打入地狱。”

赵焕尔大笑着说道：“那皇妹便在地狱看着你二人。”

赵权冷冷瞥了她一眼，起身走出大牢。少许之后，两名衙役端着白绫走进大牢，赵焕尔一脸漠然，一名衙役手持白绫绕到赵焕尔身后，用白绫狠狠勒住赵焕尔的脖子。

沈爻窝在房中与芙蓉对弈，公主府那天之事已过去三日，身上的伤渐好，国库失窃案已尘埃落定，只等皇上封赏，可每每想起赵焕尔被带走时说的那番话，沈爻便心神不宁，之前他只知赵权善猜忌、喜征伐，却没想到无极楼竟是他的暗线，这皇上还真是深不可测。

若他知陈十六身份，该如何做？

“先生在为十六忧虑？”芙蓉见沈爻走神，轻声问了句。沈爻回过神，感慨道：“若我当时不答应他破那起案子，不将他留在身边，或许他现在在武邑县还过着打手的日子，虽苦了点，但不会扯出心中的痛。”

“先生并不知这背后故事。”芙蓉安慰了一句，不由嘟了嘟嘴，语气酸味十足地说道，“如今见先生这般关心十六，芙蓉心里一阵酸意，先生还从未这般关心过芙蓉。”

“你……”

沈爻正要说话，突然房门被推开，扭头望去，只见万锜灵风尘仆仆地赶来，这几日她都在做国库失窃案的后续工作，追查参与者上百人，关的关、杀的杀，今日才有时间来探望沈爻，一进门，便关切地问道："沈先生，伤势可好？"

"多谢万捕头关心，已无大碍。"

沈爻点了点头，芙蓉见二人有事要谈，知趣地告辞离开，随手将门关上，沈爻见状，开门见山地问道："事情结束了？"

"嗯，国库被盗的珍宝已基本找齐，共计黄金九十五万两；张展等一些死而复生之人也都查明身份，追究其根；释放孔明灯的贼人也都全都抓住。这下可谓大获全胜，这多亏沈先生。"万筠灵激动地回道。

沈爻觉得事情有些怪异，开口问道："此事无朝廷官员牵扯其中？还是说皇上特意下旨不深追？"

万筠灵不解地回道："并无朝廷官员牵扯其中啊！"

"公主府可找出通往信件？"

"并无。"万筠灵摇了摇头，不解地问道，"沈先生，为何这么问？此次公主谋反，利用的都是江湖中人，并无朝中大臣，沈先生是不是觉得哪里有问题？"

"可能是我想多了。"

沈爻淡淡回了句，万筠灵一头雾水，正要开口，只听房门被推开，扭头望去，只见芙蓉栈的丫鬟匆匆走来，说道："沈先生，皇上派太监召先生入宫觐见。"

宫闱内院。

小太监在前带路，沈爻忐忑不安地跟着，行了一路，便来到御书房，小太监请示了一句，带沈爻入御书房便退了下去。

沈爻连忙上前跪拜道："草民参见皇上。"

"起来吧！"

"谢皇上。"

赵权淡淡说了句，身子后仰，靠着椅背，神情懒散地打量着面前的沈爻，说道："此次破获国库失窃案，追回九十五万两黄金，沈先生功不可没，朕不食言，这御赐题名朕已写好。"

“谢皇上。”

“不用谢朕，这是你应得的。”赵权淡淡回了句，身子微微挪动了一下，寻了个舒服姿势，继续说道，“沈爻，朕知你有野心，朕欣赏你的才能，也欣赏你的野心，知道这小小的御赐题名根本满足不了你的野心，你善于查案、办案，大理寺如何？大理寺少卿。”

沈爻心动了，大理寺少卿，正四品，处理案件之所，可翻阅以往案件记录，正是沈爻梦寐以求的职位，如此便可入手调查沈家的案子，可他知道赵权此言的意图，心中挣扎，他不可以放弃这个机会，但同样不可放弃陈十六。

沈爻内心挣扎了许久，正欲开口，赵权率先开口打断道：“当然，你需先为朕做一件事，朕不希望以后有什么十六皇子之说，也不希望世上有陈十六这个人。”

沈爻压低脑袋站在地上一动不动，袖子里的手紧握成拳。

“还不谢恩？”

赵权的话令沈爻回过神，立即跪地，拜谢道：“谢圣上恩典。”

“退下吧！”

“是。”

沈爻正要起身离开，赵权瞥了一眼桌子上的白纸黑字，说道：“字。”

沈爻走上前，双手恭敬地拿起，双手托着退出御书房。

沈爻托着皇上御赐题名走在深宫内苑的石板路上，神情布满凝重，缓缓低下头，望着托在手上的白纸，上面写着——上爻堂，凝望了几息，他缓缓抬起头，脸上的凝重之色消失，取而代之的是难以言说的坚定，迈出的步伐变得稳健有力，一步步走出这令人窒息的宫闱。

未完待续……

《天机十二宫》第一部《诡局》到此完结，第二部《上爻堂》敬请期待！